仁义·团结·创新

義順30年

杨文君 著

敦煌文艺出版社

图书在版编目（CIP）数据

"义顺"30年 / 杨文君著. -- 兰州：敦煌文艺出版社，2018.8（2022.1重印）
ISBN 978-7-5468-1591-6

Ⅰ.①义… Ⅱ.①杨… Ⅲ.①长篇小说－中国－当代 Ⅳ.①I247.5

中国版本图书馆CIP数据核字(2018)第179759号

"义顺"30 年

杨文君 著

封面题签：张守正
责任编辑：田 园
装帧设计：孟孜铭

敦煌文艺出版社出版、发行
地址：(730030)兰州市城关区曹家巷1号
邮箱：dunhuangwenyi1958@163.com
0931-8121698(编辑部)
0931-8773112 0931-8120135(发行部)

北京一鑫印务有限责任公司印刷
开本 787 毫米×1092 毫米 1/16 印张24.5 插页9 字数416千
2018年8月第1版 2022年1月第2次印刷
印数：5 001~7 000

ISBN 978-7-5468-1591-6

定价：68.00 元

如发现印装质量问题，影响阅读，请与出版社联系调换。

本书所有内容经作者同意授权，并许可使用。
未经同意，不得以任何形式复制转载。

历史留痕

"义顺"商号创始人张庭鉴

"义顺"商号第二代传承人张好顺

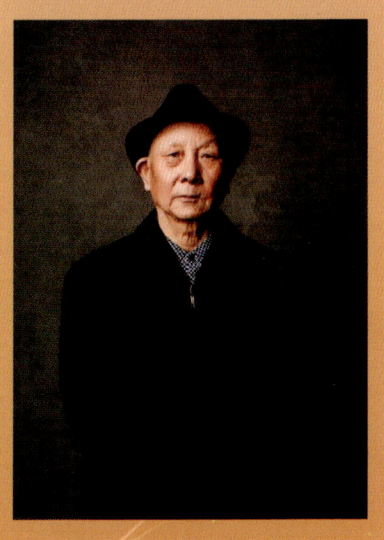

"义顺"商号第三代传承人张守正

"义顺"商号第四代传承人张秉庆（右）、张秉柱（左）、张秉华（中）

1988年，义顺综合商店成立之初，张守正与夫人余娥合影

1995年，康乐县义顺农工商公司全面开业典礼现场

1997年，兰州义顺公司开业

2003年，义顺公司金港市场经营部开业

2012年，张守正和夫人余娥在崖张家"义顺张"商铺遗址合影

2017年，老张家全家福

商號活動

2005年，纪念"义顺"商号建号八十周年庆典活动上，张秉庆为时任甘肃省临夏回族自治州委书记姜信治等来访领导介绍公司情况

2008年，纪念"义顺"商号恢复经营二十周年庆典仪式上，甘肃省商务厅副厅长张立民为义顺公司迁址揭牌并讲话

2010年，纪念"义顺"商号建号八十五周年暨《追梦》画册首发仪式上，张守正为员工赠书

2012年，纪念义顺公司成立二十周年庆典活动圆满举行

2015年，纪念"义顺"商号建号九十周年，《义顺商道九十年》电视片开机仪式

2017年，纪念"义顺"商号恢复经营三十周年庆典活动拉开序幕

公益事业

2012年，甘肃省光彩会义顺助学公益项目办公室成立仪式上，甘肃省光彩会副会长张勇现场授牌

2018年，甘肃义顺助学公益基金会成立仪式上，张守正与甘肃省光彩会原副会长张勇共同揭牌

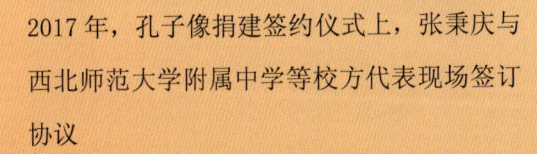

2017年，孔子像捐建签约仪式上，张秉庆与西北师范大学附属中学等校方代表现场签订协议

2017至2018年，义顺公司共为三十所中小学捐建孔子像。图为甘南藏族自治州夏河中学孔子像揭幕仪式

2012年度"义顺助学金"发放仪式在康乐一中举行，现场为一百名贫困生发放助学补助

2018年度"义顺金榜题名奖"在康乐发放。截止2018年连续七年，共有二百一十名高考学子荣获该奖

红心向党

2017年7月1日，义顺公司党员代表重温入党誓词

2018年7月1日，义顺公司党员代表庆祝党的生日

义顺公司党支部全体党员合影。义顺公司党支部成立于2010年6月，由最初的十五名党员发展成一个拥有四十多人的红色基层堡垒

品牌力量

琳琅满目的义顺"自产品"

"陇宝醋"飘香，引来了一大批消费者

义顺"老张的店"连锁便利店宣传路演场景

义顺"奇肥"深入乡镇热销场面

合作共赢

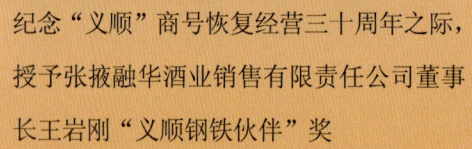

纪念"义顺"商号恢复经营三十周年之际，授予张掖融华酒业销售有限责任公司董事长王岩刚"义顺钢铁伙伴"奖

2011年，义顺公司组织省内重点客户赴敦煌市场调研学习。图为全体参会人员在莫高窟景点合影留念

强化合作　共赢未来

共享喜悦

2012年度义顺功勋员工奖励车辆发放现场

2017年度义顺功勋员工颁奖盛典现场

一路同行　共享喜悦

义顺风采

员工户外拓展训练　　　员工集体出游　　　员工年会

义顺集团甘青两省营销骨干合影

初 心
唐振寰

杨文君女士新作《"义顺"30年》正式出版发行，这既是对兰州义顺工贸有限责任公司发展三十年历程的全面回顾和梳理，更是为隆重纪念祖国改革开放四十周年的厚重献礼。我谨表示热烈祝贺！

《"义顺"30年》，从一个企业的典型案例浓缩了作为中国特色的社会主义市场经济不可或缺的重要组成部分——民营企业在跌宕起伏的发展中不断探索、孜孜追寻的丰富实践。这是义顺公司三十年商场苦战的奋斗史，可歌可泣的创业史，也是中国民营企业发展的一个生动的缩影。俗话说，一滴水珠能折射出太阳的光辉。义顺公司的成功从一个侧面歌颂了中国改革开放四十年的丰功伟绩，歌颂了中国特色社会主义道路的无比正确，指出只有共产党才能发展中国，才能使人民过上好日子。

我要为这本书的出版点赞。读这本书，我的心灵被公司员工们顽强拼搏的精神所震撼，被他们对各种困难不屈不挠的斗争勇气而折服，使人更深刻地认识到这一支力量在建设中国特色社会主义伟大事业所做出的巨大贡献，在党的全面实现小康社会的伟大工程中所起的极其重要的作用。读这本书，也会不由自主地使人引发深深的历史思考，即民营企业健康发展之路应该怎么走？相关的政府部门和领导干部应该怎样引导和帮扶？这些问题，都将会在这本书中找出答案。读这本书，你就会深信在党中央的英明指导下，社会主义民营企业这个新生事物已经取得和必将取得完全的胜利，会结出累累硕果。

我是比较了解义顺公司的。回忆起来，书中所写的那些栩栩如生的人和事总是历历在目。那还是我在康乐县担任县委书记的时候，那时的康乐县还是有名的省列国列贫困县。由于地域、自然和历史条件的种种限制，县域经济发展极不平衡，民营企业基本空白，人民生活还处在如何解决温饱的深度贫困状态，县委政府日思夜想的主要工作就是如何帮助群众不再挨饿受冻，柴米油盐有钱买。是中国改革开放的总设计师邓小平南行讲话精神打开了人们封闭僵化的思路。县上贯彻南行讲话精神出台了放开搞活的若干政策，冲破了制约发展的各种条条框框，允许国家干部"下海"经商，鼓励群众东进西出，南来北往，自主地从事各类商贸流通生意。

现任义顺公司董事长张秉庆先生当时就是第一个响应县委号召，自愿报名扔掉"铁饭碗"，辞职经商办企业的带头人。他是共产党员，是内定的干部第三梯队建设培养对象，也是学农专业出身的农业科技干部。他的举动深深感动了我。考虑到他家庭几代人曾有经商的背景，我约他谈话。他率真的谈吐，敏捷的思维，开放的观念，果敢的勇气和对人的真诚给我留下了极为深刻的印象，我极力支持他的行动，叮嘱他做好吃苦的思想准备，打消各种顾虑，勇敢地开创一番事业。说实话，国家干部是人们世代梦寐以求、趋之若鹜的梦想，老百姓称之为端了"铁饭碗"。当时，这个被组织看好、有大好前程的干部竟然要"下海"经商搞"个体"，社会上许多人不理解，各种非议纷至沓来。这确实是一次人生的重大蜕变，需要有很大勇气，我十分理解其中的不易。从此以后，我工作岗位虽多有变动，但我一直关注着这个公司，这个年轻人的成长和发展。但实事求是地讲，我对义顺公司的发展在以后的岁月里，并没有做太多的帮扶，而他们却给我长久的尊崇和赞誉。至今有张照片我一直珍藏着：那是张秉庆三弟兄和他父母的合影，三个弟兄站立在后排，父母坐在前排，而我也被位列其中，并坐在他父母当间，俨然把我当成他们家庭的重要成员。我每每看到这张照片，心中顿生一种亲切感，而更多的则是惴惴不安。现在我离开康乐二十多年了，从事高等教育领导工作，这是与义顺公司业务完全不同的两个行当。但是义顺人每临大事喜事总不忘与我分享，重大活动请我参加，大小节日都来看望我，还一再喃喃地说，"滴水之恩当涌泉相报"。我深深敬仰义顺老总们对中华优秀文化的传承，躬行仁义礼智信的浑厚家风家训。我想，这就是义顺维系内外，交友八方，推动公司发展的根本基石。

"真实是报告文学的生命"。《"义顺"30年》写的人、事及每个商品都是真实的，有血有肉的，没有丁点儿的臆造妄说。它用"以线穿珠"的手法把义顺人许多可歌可泣的故事，紧紧围绕义顺艰苦奋斗、不断开拓、发展壮大的主题纵向组合在一起娓娓讲给大家，并且进行深度开掘，重点突出了每个人物的精神世界，歌颂他们的信念与忠诚，勇气与担当，继承与创新，勇敢与开拓，奋斗与吃苦等等高尚的品德和丰富的人文情怀。人常说："德不孤，必有邻"，"人是第一要素"，因此，义顺才获得了巨大成功。党的建设和文化建设，是当下民营企业发展的短板，许多企业重视不够，而义顺人却高屋建瓴，下气力抓了这件大事，并且抓出了成效，不断地提高了员工的素质，大大激发了企业发展的活力，促进了企业的效益，受到上级党组织的表彰奖励。《"义顺"30年》认真总结了这一宝贵经验是十分正确的，并鼓励他们应该发扬光大，认真坚持，常抓不懈。

读《"义顺"30年》让人看到，在国家改革开放的大背景下，在一系列党的惠民政策的帮扶下，在董事长张秉庆的率领下，在父亲、大哥、三弟开办的义顺综合商店的基础上，义顺公司以壮士断腕的勇气，抱着"要干就要干好，要干就当第一"的决心，披荆斩棘，奋勇前行。在大市场、大流通、大商贸的舞台上，演出了一出又一出精彩壮观的"重头戏"。应该说，这三十年，是义顺公司发展最快的时期，也是遵纪守法为国家税收和社会公益事业贡献最多的时期。他们把一个在康乐街头贩卖针头线脑棒棒油的小铺开进了省会兰州，进而把触角伸向全国；把一个只靠"父子兵"单打独斗，游击队式经营的家庭小贩，发展成利用互联网平台，依靠几百人的精英团队，网点遍布省内外的庞大企业集团；把企业经营理念由"仁中取利，义内求财"的商业传统道德提升到

"仁义、团结、创新"的现代化企业理念，即仁义为基础，团结为纽带，创新为动力，使先辈们长期坚持的传统经营理念，与时俱进地加以丰富和升华。这是义顺公司发展史上一次根本性质的飞跃，是家庭企业经营思想的重大突破。形成了比较完整、系统的义顺商道。义顺人就是靠这个先进理念，像磁铁一般吸引了全国知名品牌向他们靠拢，产生了商业聚集效应。

回顾三十年走过的发展道路，义顺人发迹于股份制试行和转换经营机制，其核心在于他们有一个思想解放、团结协调、真抓实干的领导班子；有一个善于学习、敢于创新、求真务实的好领头人；有一股锐意改革、敢为人先、开拓进取的精神；有一个符合社会主义市场经济要求，富有生机和活力的经营机制；有一套适应市场消费变化，逐步向现代化发展的营销策略、经营方式。

当我们把三十年的往事搬到纸上面时，才发现自己已置身于茫茫的历史汪洋。创业者的荣光、艰辛和悲怆以及他们的成败荣誉，留给我们的是更多的反思，对现实中每一次进步的珍惜，更多的则是对未来的希冀。

"年年后浪推前浪，江草江花处处鲜"。预祝义顺人不忘初心，继续前行，为实现人民富裕，民族振兴的中国梦做出更大贡献。

2018年2月25日于北海

为有源头活水来　强根固魂济沧海

陈　浦

　　企业文化从内涵上讲是文化宏观在企业中的微观表现，从范畴上讲涵盖了企业全部的文明成果，从功能作用上讲在于解决企业经营管理问题，从性质上讲是反映了企业的价值理念，从本质属性上来讲是企业的核心竞争力。事实上，企业文化是企业持久存续的精神动因和动力支持，是企业的"DNA"。

　　公元1925年，英国发明家贝尔德发明了电视，中国共产党第四次代表大会在上海召开，中国革命的伟大先行者孙中山先生在北京逝世，甘肃最早的中国共产党组织——中共甘肃特别支部在兰州成立……

　　这一年，老太爷张庭鉴在地处大山深处，交通闭塞，运输全靠人背畜驮，离最近的商贸集散中心也有十里之远的康乐县崖张家村庄中央开设了小卖铺三间，创商号"义顺张"，寓意十分明了——"义内求财，一帆风顺"！

　　公元1934年，日本发表侵华宣言，蒋介石发起"新生活"运动，中国工农红军北上先遣队组成，中央红军开始长征，陕甘边区苏维埃政府成立大会在南梁荔园堡召开并选举习仲勋为陕甘边区苏维埃政府主席……这一年，九岁丧父，年仅十四岁的张庭鉴之子张好顺一条扁担挑起货箱，走村串户当起了"尕货郎"，货郎箱上那副对联极其醒目——"大丈夫仁中取利，真君子义内求财"！

　　公元1988年，国务院发布企业承包经营责任制具体规定，国务院决定扩大沿海经济开放区，中共中央决定创办《求是》杂志，中共中央决定放开绝大部分商品价格……这一年，在鼓动长子秉柱、三子秉华骑着自行车、摩托车行商探路后，好顺长子张守正召开家庭会议，拍板决定恢复祖传"义顺"商号，康乐义顺综合商店在震耳欲聋的爆竹声中开门迎客！在艰难恢复经营历程中，张守正一遍又一遍告诫家人们——"吃亏是福！"

哦！屈指算来，"义顺"创号已经九十三年了！历经四代人的努力，终于在共和国改革开放波澜壮阔的历史进程中，用这个三十年成就了一个中国百年老字号的家族企业。而有学者做过统计，在当代中国，家族式企业的平均寿命为三年。

为什么"义顺"百年，能够梦想成真呢？您会从杨文君女士这本《"义顺"30年》中的不同角度找到各种丰富答案。这些年，我始终在关注着"义顺"的发展，也在着力捕捉"义顺"的闪光点和成功秘诀。

事物发展既有内因又有外因，满足事物发展内外因的表现形式就是内驱力和外驱力。内力外力形成的合力合成了事物发展的即时形态。企业发展同样是内驱力和外驱力相互作用的结果，是政府宏观经济政策和发展环境这个外驱力与企业内驱力的和谐统一。离开微观实体的经济是无源之水，离开宏观政策支持的企业是空中楼阁。只有把政府外驱力与企业内驱力转化为企业文化力，落实为员工自驱力，企业才能无往而不胜。

从创号者庭鉴"义内求财，一帆风顺"，到二代掌门好顺"大丈夫仁中取利，真君子义内求财"，再到三代掌门守正"吃亏是福"，这一个三十年，"义顺"第四代掌门人从传承、创新、弘扬家族文化中，成功地将政府外驱力与企业内驱力转化为企业文化力，落实为员工自驱力。或许，这就是"义顺"最大的闪光点和最主要的成功秘诀！

文化是衍生软实力的重要资源，经济构成了硬实力的坚实基础。文化融入企业内部，构成企业文化，便对企业的运营与发展起到引领、助推和规范作用。成功的企业在发展过程中都会形成相对独立的特色文化。独特的企业文化作为企业的软实力，不但能够增强企业员工的归属感和责任感，激发员工的积极性和创造性，提升员工的使命感和荣誉感，而且以企业自驱力为表现形式，与企业硬实力相辅相成、相互转化，共同构成企业的核心竞争力，从而提高企业的经营效率和经济效益，为企业持续、健康发展提供重要保证。

自驱力的源头活水在哪里？人的认识总是随着时间的推移、知识的扩展和实践的深化而由点到面、由浅入深、由低到高的。人的自驱力是世界观、人生观、价值观不断改造提升的结果，是扩大内需的反映。人生追求是随着理想驱动、价值驱动、信念驱动、道德驱动、兴趣驱动、圈层驱动等逐步达成的。

人与社会有一种奇特的反射定理：人对社会给予什么，社会就会反馈什么；社会对人回馈的多少反映了人对社会给予的多少，人的付出与社会回馈呈正相关关系。所以，人要活得有价值就要做对社会有价值的事，所做的事价值越大，人生价值也就越大。人生价值最大化，就在于贡献最大化。向上、向善、向好是人类共同的价值观。人来到这个世界就是为了改变这个世界，这就是人生的意义。

人不可以虚幻好高骛远的抱负，但是完全能够追求内圣外王的品格。然而理想人格扎根于脚踏实地的作为，修齐治平必须从格致诚正开始。"古之欲明明德于天下者，先治其国；欲治其国者，先齐其家；欲齐其家者，先修其身；欲修其身者，先正其心；欲正其心者，先诚其意；欲诚其意者，先致其知；致知在格物"。

我们欣慰地看到："即便百年传承，枝茂叶繁，张家一族，仍有多人进入华商书院，以万分的文化自觉，手捧经典，心向圣贤。此等成就境界，犹觉可敬可叹！"

我们更加欣喜地看到："义顺"第五代中，有的已学成归来成为公司高管；有的已赴海外留学；更多的，正在茁壮成长！

习近平总书记曾经提到：政治是骨骼，经济是血肉，文化是灵魂。人类文化与人类共生，民族文化与民族共起，有企业便有企业文化相应而生，古今中外无一例外。文化之于企业有自觉自发之分，健康病态之别，先进落后之分，没有有无之别。文化要成为企业核心竞争力，必须经过精心培育，去除野蛮粗糙文化，扼制负能量文化，建设现代先进文化，弘扬正能量文化。企业文化的提炼整合，其目的在于形成企业管理的最高境界——文化管理，在于形成企业各种力量之中的核心力量——文化力。企业文化存在的客观性并不必然推动企业进步，唯有经过自觉、自强，达到自信，形成强大的力，才能使企业充满生机，从而生生不息。这也是本书昭示的价值意义。

正如人们通常所说的一个像样的人家都有一本家谱一样，一个具有长远发展能力的企业不可能不具有齐全完整的文史档案。纵观世界企业发展史，越是发达的国家、地区和企业，文史档案工作越受到重视，文史档案工作做得越好。日本百年以上的企业有两万多家，两百岁的企业一千两百多家，五百年的企业三十四家，这和他们重视文史档案的建设利用息息相关。日本帝国数据库史料馆保存了日本所有企业的完整资料，这是日本企业长寿的重要因素之一。这又是本书体现的另一个价值意义。

《"义顺"30年》是历史的认知，也是时代的产物。源头活水，强根固魂！企业的成功是文化的成功，企业的寿命取决于文化的优劣。文化是理念性的东西，是行为准则，是价值观念体系。文化是能教育人、鼓舞人、激励人、凝聚人、感染人、影响人的东西。一句话，文化能够铸魂。文化是精神动力，文化一旦统帅灵魂，其作用就成为巨大的物质力量。

诚如斯言，祈愿"义顺"号"航空母舰"早日出港！更期望更多的民营企业、家族企业能够从本书中获得启迪，获得内驱力和自驱力，创建并拥有自己企业的"DNA"。

2018年5月1日成文

2018年7月23日修订

我眼中的"义顺进化论"

王恒真

十六年前,也就是2002年的春天,我与义顺家族首次结缘。

这一年,由于规划中的兰州小西湖黄河大桥正式施工,原兰州湖滨市场、中部市场被整体取缔搬迁。围绕这两个市场经营户的归属与去向,国字号土门墩西部市场、甘肃糖酒副食批发市场与民营企业金港商贸城大"打"出手,展开了一场激烈的争夺战。彼时我的身份是中国商报驻甘肃记者站站长,我被国字号企业西部糖酒市场和甘肃糖酒市场方邀请,寄望于以舆论力量拨乱反正,将政府政策传达贯彻下去,以使原湖滨市场与中部市场的经营户们顺利入驻。当年,兰州市政府出台的相关文件中确实有"组织湖滨糖酒市场和中部市场的经营户整体搬迁到土门墩西部市场和甘肃糖酒副食批发市场,同时对附近四个同类市场进行归并、重组和联合经营"的政策。

义顺公司作为湖滨市场里的经营大户,是土门墩西部市场管理方争取的战略合作伙伴,他们也是迁往西部市场的坚决拥护者和执行者。当年5月,义顺人坚决响应政府号召,带头迁往西部糖酒市场。义顺公司就这样进入我的视野,并成为我的重点采访和报道对象。

这场腥风血雨的经营户争夺战最终却成为一次典型的政府"拉郎配"管制失败的案例,"市长不如市场",政府有形的手伸得太长,最终被市场无形的手牵制了。西部市场与甘肃糖酒批发市场败北,金港商贸城最终将大部分经营户硬生生"撬"走了。义顺公司在这场搬迁风波中,搬迁费、装修费、租赁费等近百万元付之东流。

这并非我要叙述的重点，我要叙述的真正重点是义顺公司在这场搬迁风波中展现出来的鲜明个性。当年，在受搬迁风波影响而销售低迷的诸多经营户中，义顺公司是一个另类，他们在逆境中实现了销售额不降反增百分之五十的良性发展，显示出极强的市场掌控能力。我印象非常深刻的是，当年他们在兰州各大媒体及广播电台做过名为"别湖滨，难分难舍；进西部，再创辉煌"的广告，显示出极强的广告意识。在几大糖酒批发市场就争夺经营户而闹得不可开交时，他们不惜投入，不惜付出，显示出勇于"自救"的个性。当年，张秉庆用"跑出来的效益"来概括他在这场危机中得以成功逃脱的"生意经"。

患难时候的相交总是令人刻骨铭心，我与义顺人共同经历了这场惊心动魄的商战，我也就得以窥见他们应对危机时的能力与智慧。此后多年，我与义顺人的交往时紧时疏，但从未中断过。

作为一名常年报道商贸口的老记者，我所接触报道的企业数不胜数，但是平心而论，从来没有一家企业像义顺公司这样，年年都有新的变化。发展，是他们的主基调，由发展而演变来的新进化，是他们亘古不变的轨迹。我眼中的"义顺进化论"始于十六年前的湖滨市场搬迁风波，那时候，义顺公司初具甘肃白酒行业龙头企业的雏形，还谈不上具有强大影响力。

2008年金融危机，白酒行业连带受到重创，而义顺人依然创造着逆市增长的奇迹，并被誉为西北渠道的"王者"，在甘肃酒类营销行业的影响力与日俱增。就在此阶段，我相继为义顺人撰写了《买名酒缘何找义顺？》《缘何要举渠道扩张的大旗》《刮目相看义顺人》《做大做强的人才观》等报道。说实话，这些极尽溢美之词的标题并非单纯出于宣传措辞的需要，更多的，也是我发自内心的感受。正如我曾经在一些文章中所写，义顺人令人惊叹的业绩，凭嘴巴子是"吹"不出来的，靠笔杆子是"造"不出来的。他们做产品、做市场像滚雪球般越滚越大，以至越来越多的政府部门、专家学者和媒体记者也在不断地探讨义顺、追踪义顺、关注义顺，而我，除了惊叹，也得时时提醒自己，不能再用过去的眼光端详义顺了，否则，义顺正一天天变得陌生起来。

2010年，时逢"义顺"商号建号八十五周年，我受邀为义顺公司编撰《追梦》一书，这可称是义顺企业历史上第一次全面梳理总结企业文化及成功之道的内部刊物，我撰写了报告文学《见证义顺》，由衷感叹，"义顺"商号的发展史，是一个家族充满艰辛曲折的前进史，也是一段勇于拼搏的奋斗史，更是一段挫折与成功交替的追梦史。而借此机缘，我与义顺公司上上下下、家族内外多人密切接触，成为当之无愧最了解义顺人的媒体记者。这个时候的义顺，已经发展成为一家典型的多元化经营的现代化企业。除酒类经营的主业外，壮根灵、莲花山药业等多条战线也颇有斩获。

2017年，适逢"义顺"商号第三代传承人、义顺公司终身名誉董事长张守正老先生八十大寿，我受邀参与了《守正之路》画册的编撰工作。虽是记录老先生个人生平，但因为他特殊的身份，不可避免要涉及对企业的了解，我蓦然发现，此时的义顺已成长为甘肃名副其实的酒界航母。非但如此，义顺还蜕变成了一个集团化企业，在名优酒类营销板块、农肥科研板块、土特产深加工生产板块、"义顺老张的店"直营零售板块及证券投资、教育培训等板块多有发展。诚如业界所赞颂，义顺已经成长进化为甘肃一艘巨大的"酒界航母"了。

如果说此前的义顺，在我眼里还是"一年一小变，三年一大变"，那么，2017年，我突然发现这个认识已经过时，义顺的进化速度远超我的想象，可能用"一年一大变，三年一巨变"来形容更为贴切。

除了对他们的发展与进步由衷地高兴以外，我也在苦苦思索这背后的缘由，"义顺进化论"，这个词反复闪现在我的脑海中。

割裂1925年起，"义顺"商号建号之后几度沉沦的历史，1988年元月，康乐西桥边，义顺综合商店开业，拉开了"义顺"商号恢复经营的帷幕，1992年，个体户华丽转身成为康乐县第一家由农口系统下海的干部领衔的私营公司，1995年，成为康乐县最大的商贸公司，1997年，挺进省城兰州后，兰州义顺工贸有限责任公司成立，两年的时间从籍籍无名到站稳脚跟，再到成为甘肃酒类营销行业龙头企业，西北渠道王者，一直到成为甘肃酒界航母。三十年翻天覆地的巨变背后到底是什么在支撑义顺的"进化"？达尔文物种进化论的中心论点是"物竞天择，适者生存"，以一个商贸口老记者的视角出发，我以为，"义顺进化论"的核心命题也可以归结为：应时顺势，适者生存，三大"法宝"，文化兴企。

"义顺"商号1988年恢复经营，"应"改革开放的春风而生，"义顺"商号第三代传承人张守正是拍板者和总设计师，由"乡村能人"转行而一举成功的张秉柱，发挥了"探路者"的关键作用。1992年邓公南行讲话，本为康乐县农业局干部的张秉庆"下海"，领衔康乐县义顺农工商公司。这两个关键环节均可理解为"应时"，"应时"的背后最为关键的便是胆识、胆略、胆智。1997年，以张秉庆为首的"义顺七君子"挺进兰州二次创业，某种程度上依然可理解为"应时"，因为在老家康乐发展受限，走出来另寻一方天地别无选择。这是一步惊险的跳跃，对义顺人的胆识、胆略、胆智提出了更高的要求，如果走不好这一步，则折戟沉沙，满盘皆输，幸运的是，张秉庆带领义顺人成功地迈过了这一坎，而成功迈过这一坎，则依仗于"顺势"。

这个"顺势"体现在三个方面，第一个方面是顺应现代企业管理的潮流，挺进互联网，引进会计电算化，树立"一切皆为我用"的意识，从完善管理制度和技术手段建设上，保证了企业发展的速度。第二个方面是结缘五粮液，成功地站在了巨人的肩膀上，初步形成名酒战略的意识，此后牵手剑南春，则正式确立名酒战略的思路，从而"顺"中国白酒黄金十年的大势，一路从"龙头企业"向"渠道王者"晋级。2014年晋身茅台，依然"顺"的是茅台扩张大战略的"势"，这一次"顺势"，成就了义顺人甘肃"酒界航母"的梦想。第三个方面，实际上也"顺"的是中国民营经济发展的"大势"，安定平和的社会环境、日渐公平的经济秩序为企业发展提供了良好土壤，而如何抢抓机遇，顺势而上，顺势而为，则是企业自身面临的重大课题。这几个方面的"顺势"，背后需要更强有力的胆识、胆略、胆智来支撑，仅仅靠勤劳苦干远远不够，而需要更多注入智慧的因素。应该庆幸，义顺家族有一个素质过硬的掌舵人张秉庆，他九年体制内工作的经历，和他聪敏好学、善于思考、勇于担当的个性，支撑起了义顺家族崛起必须具备的"既要低头拉车，也要抬头看路"这一重要环节。

何谓适者生存？我想这里面主要牵涉的是学习型企业的精髓。

八年前的2010年，义顺三兄弟中的张秉华非常坦诚地告诉我，他每逢开大会讲话，一看台下人多便忘词，有时拿着稿子念还忍不住腿肚子抽筋，我笑了。那个时候，三兄弟中的张秉庆，谈吐还不像现在这样"溜儿"，他们的大哥张秉柱，一口康乐话也比现在难懂。再看今日的义顺三兄弟，张秉柱是"花儿"高手，康乐口音越来越趋向普通话；张秉庆被公认为是儒商，在政界、商界、学界游刃有余；张秉华在数百人的大会上即兴演讲，谈笑自若。除了人生阅历的自然沉淀外，学习，是他们发生如此翻天覆地变化的重要因素。他们报读了多所知名院校的EMBA，并且先后进入华商书院学习，他们的眼界、境界，今非昔比！作者在本书中写道，张秉华以"百战归来再读书"作为自己的座右铭，事实上，这是他们兄弟三人的集体写照。

领导者如此，企业员工更是如此。2012年，《义顺网络商学院》正式开通，并开辟了网上义顺大讲堂，义顺企业员工的学习从此不再受到时空限制。本书作者写到"2012年春节放假的前一天，每一位业务人员除了拿到沉甸甸的奖金，还收到了一份堪称寒假作业的假期作业单——公司要求他们至少完成五个一：读一本书，观看一个学习视频资料，写一份市场调研报告，交一份新年度工作计划，做一份人生规划书"，这的确是让人大伤脑筋的作业，但是，正是因为注重于对学习型企业的打造，义顺企业的员工们也获得了长足发展，他们的"十大功勋员工"和"五大功勋员工"，有一部分我在十六年前便认识，他们的文化水平普遍不高，但是，为什么他们能在销售战场和工作岗位上取得令人瞩目的成绩？学习，是他们的不二选择。正如书中作者所说，"学习贯穿

13

于义顺企业发展的每个阶段，学习的层次不断向上突破，从经商初期的学算账、学经营，上升到后来的学管理、学战略、学战术，再到后来学修身、修心；从开始的用到什么学什么，需要什么学什么，到后来的系统化、学历班学习；从向书本学，到请进来学，再到走出去；从实践中带着问题去学，到用学到的理论指导经营实践；从用中国的眼光看世界，到用世界的眼光看中国……"

正是学习，造就了义顺2012年以后更加快速的发展与扩张。在我看来，学习，是适应时代、适应社会、适应企业、适应自身而主动选择的一条自我改良、自我突破、自我发展、自我生存的进化之路。故，我归纳为"适者生存"。

再来说"三大法宝"，义顺人成功的"三大法宝"人人皆知，仁义、团结和创新！

"己欲立而立人，己欲达而达人"，这是仁义的重要原则，帮助别人就是帮助自己，成就别人就是成就自己。一个最具说服力的例子，义顺的"钢铁伙伴"王岩刚，张掖融华商贸的董事长称颂，在二十年的不离不弃中，义顺发展成为甘肃酒界航母，融华商贸公司也从一个名不见经传的小公司发展成为张掖市赫赫有名的酒类龙头企业。除了合作伙伴的发展，义顺企业员工的发展实际上也是仁义的最直接表现，否则，便不会有骨干员工工龄超过十年甚至二十年以上这种大面积的现象。

"兄弟同心，其利断金。义顺这个家族企业，从兄弟三人搏击商海，发展到目前四百多人的企业集团，团结凝聚力量，团结是义顺兴盛的根本。"张秉柱这样说。而张秉庆甚至说过这样的话，"如果说我的哥哥或者弟弟不干了，那我也就不干了，我连自己的哥哥和弟弟都不能团结，我又能去团结谁呢？"团结，真的不是表面的一团和气，团结是一种才能，是一种心态，更是一种精神境界，团结关系着企业的生死存亡。

张秉华有一条经典语录，"勇于探索，善于创新是我们能持续稳定快速发展的强大动力"。并且将义顺人的创新概括为思路创新、服务创新、技术创新和制度创新四个方面。这里面，商者有其股，打造"共享型幸福企业"的做法，是义顺人创新的极致体现，并且具有普世价值。

最后说文化兴企。文化，看不见，摸不着，闻起来也没有气味，但是，文化却是真真切切、实实在在存在的。文化，令一家企业具有鲜明个性，文化，让企业的无形资产裂变出有形的效益。当企业度过了初创期、成长期，在平稳期和调整期时，文化建设成为一个重要课题。义顺企业不但注重企业文化建设，而且颇多成果。义顺人不断传承、提升、固化和传播企业文化，总结提炼了企业核心价值观、企业精神、企业使命、企业愿景等企业文化，相继刊印了《追梦》《跨越》两本书，并出版了多期《义顺报》，"义顺商情"门户网站成功改版，义顺商学院项目成功启动，企业用于文化建设上的费用超过百万元。

近年来，"义顺文化"成为业界一个流行词，概括来讲，主要涵盖了慈善文化、感恩文化、家文化、红色文化、勤学文化、吃亏文化几个方面。"义顺文化"的精髓在本书中几乎全部有深度挖掘，本书作者以大量翔实生动的事例详解，很多案例读来令人落泪。

2004年前后，我曾数次亲历义顺人捐资助学、回报家乡的善举。2012年，他们成立了甘肃光彩基金会义顺公益助学办公室，使之前随机无序的善举逐渐规范，而2018年，甘肃义顺助学公益基金会的揭牌，使义顺慈善之路走上了科学系统和规范之路。他们的善心、善念、善行、善举，一以贯之，他们对社会的影响和改变潜移默化，他们在慈善之路上的进化，永不停歇，一如我眼中的"义顺进化论"。

十年前，我在《刮目相看义顺人》一文中，曾以"义顺人，真该为你们披红挂彩！"结尾，今天，有幸为《"义顺"30年》一书撰写序言，我依然以这句话作结：

义顺人，真该为你们披红挂彩！

2018年6月

目 录

引 言

第一章 承前启后 恢复经营　　3

义顺张·义顺永·义顺　　6
承前启后张守正　　11
探路者张秉柱　　16
上阵父子兵　　23
"一夜暴富"的故事　　31
自产自销 苦心经营　　33

第二章 秉庆下海 快速发展　　39

张秉庆其人　　42
"迟下海不如早下海,早下不如现在下!"　　50
关于"92派"　　55
野蛮生长与底层智慧　　58
张秉华的车轮人生　　63
人治之困下的伤疤　　71

第三章　转战兰州　凤凰涅槃　75

落地桥头堡的困惑　78
结缘五粮液　83
伟大的背后都是苦难　89
"义顺奇肥"的前世今生　94

第四章　"龙头"初现　回哺家乡　111

湖滨市场搬迁风波　114
牵手剑南春　118
关于莲花山药业　121
"陇宝醋"的幕后故事　128

第五章　上下求索　渠道王者　133

"义顺"出名　136
危机面前　137
乔迁之喜　141
情系"万村千乡"　144
无孔不入的节会营销　148
十大功勋员工荣获汽车大奖　154

第六章　调整升级　酒界"航母"　165

"义顺加油！"　168
学习，学习，还是学习　169
酒业寒冬　晋身茅台　175

"老张的店"便利连锁成功启动　179

成立丹露电子商务平台　187

"相约2018"期权股　190

"五粮醇"行销甘肃二十年的背后　193

第七章　蜕变成长　共享幸福　205

"义顺"蜕变　208

共享型幸福企业　211

商者有其股　215

义顺家族的三次股改　225

股改背后的家族传承　228

第八章　发展之道　与时俱进　239

三大法宝　242

义顺商道　256

实干与远见　258

第九章　团队建设　本立道生　265

感恩，义顺企业文化之本　268

家文化　275

学习型企业　291

红色文化　298

第十章　回哺社会　热心公益　307

义顺家族的慈善——积德行善，造福乡里　310

义顺企业的慈善之路——捐资助学，公益社会　　313

第十一章　渡人渡己　自觉觉他　　319

华商书院，一个绕不过去的话题　　322
儒商与企业家精神　　325

第十二章　盛世义顺　高歌猛进　　335

盛世·盛宴·盛典　　338
用谦和引领时尚　　345
未来已来　　354

附录

"义顺"商号发展史　　357
"义顺"商号恢复经营三十年以来的主要荣誉　　361
参考书目　　367
后记　　368

引　言

　　历史的车轮滚滚向前，时代潮流浩浩荡荡，多少风烟往事俱被时间的长河淹没。但在历史的螺旋上升曲线中，总有一些时间拐点值得铭记和讴歌，总有一些壮歌慷慨的瞬间留下永恒的痕迹。历史的规律从来不以个人意愿为转移，但是，当我们致敬历史时，却不期然发现，历史，终究是被人创造和书写的。

　　五代人，用九十多年的时间，创造了一个家族的传奇，在甘肃商业史上书写了浓墨重彩的一笔。这个家族，就是"义顺"家族，这个商号，就是"义顺"商号！"始创于一九二五年"的字样永远占据着"义顺"LOGO的最核心位置，它风尘仆仆，带来历史的思考，带来无数人的景仰。

　　"义顺"自1925年建号，迄今为止已有九十三个年头，当时间的脚步跨越到2018年时，"义顺"商号恢复经营整整三十周年，巧合的是，中国改革开放也迎来了四十周年大庆。放在这样的一个历史背景下，探究"义顺"商号恢复经营三十周年的历史，别有一番意义，而站在这样的一个时间节点上，用审视的目光回眸"义顺"商号变迁的历史，种种错综复杂的往事必将会被重提。

　　参天之木，必有其根，环山之水，必有其源。"义顺"商号如何产生，根在何处，创始何人，郡望何方，缘何聚散，有何演变？对于局外人来说，这是一个又一个充满疑惑的问号。

　　三十年，"义顺"商号复兴大业已然蓬勃，盛世欢歌的庆典上，他们演绎着这个时代的最强音。追本溯源，让我们追寻历史的轨迹，去还原"义顺"商号每一根关键的历史链条，去探究"义顺"商号发展的规律，去叩问历史，以鉴古明今，展望未来……

第一章 DIYIZHANG

承前启后　恢复经营
CHENGQIANQIHOU　HUIFUJINGYING

大丈夫仁中取利，真君子义内求财
——「义顺」商号第二代掌门人张好顺货郎箱上的对联

崖张家，距离甘肃省康乐县城西北八公里处，这里依山傍水，山清水秀，是大山深处一个宁静秀美的小村庄。像中国千千万万个普通村庄一样，很多地图上没有它的标识。然而，对于世世代代生于斯、长于斯的崖张家人来说，这里，是他们梦想起航的地方。

这是一个满含沉甸甸历史信息的名字。

百年以前，这里的人家背靠着悬崖，开凿了许多大小不一、高低不等的窑洞，用以住人。当时称为上窑、下窑、高窑、尕窑、大窑等，崖跟前住的全是张家人，这便是"崖张家"的由来。

近百年老字号"义顺"，就发轫于这里。

公元1925年，"义顺张"建号。从"义顺张"到"义顺永"，"义顺"家族两代祖先前仆后继，试图追逐"以商治家"的梦想，然而，社会动乱与历史洪流无情地将"义顺梦"拦腰斩断，两度中断，梦难圆！

1988年元月8日，随着康乐县义顺综合商店开门营业，"义顺"商号恢复经营的大幕正式拉开，这个蕴藏近百年梦想的"蛹"，终于重见天日，羽化成蝶，开启了新一轮的筑梦征程。

义顺张·义顺永·义顺

家谱,一个家族的传世之作,它知古明今、承前启后,它和时间抗衡,把遗闻旧事保存下来。

翻开《张氏家谱》,仿佛站在了历史的大门前。门的那一边,是一个家族近百年前仆后继、不屈不挠的奋进历程。

历史是那样厚重,又是那样不易捕捉,而由于家谱的存在,历史变得真实而又容易触摸。《张氏家谱》把近百年老字号"义顺"的发展轨迹脉络清晰地呈现在人们面前:

公元1925年,张氏祖十世孙张庭鉴在康乐县崖张家村庄中央开设了小卖铺三间,创商号"义顺张",取"义内求财,一帆风顺"之意,开了子孙经商之先河。

民国期间社会动荡不安,崖张家地处大山深处,交通闭塞,运输全靠人背畜驮,离最近的商贸集散中心也有十里之远,在这种困境下,开三间铺面,不但需要超人的胆识,付出的艰辛也是可想而知的。可惜老太爷时运不济,仅仅四年之后便遭遇康乐匪患,张庭鉴苦心经营的"义顺张"三间铺面被土匪焚烧,化为灰烬,所得家财也全部散尽。受此重创,张庭鉴在康乐去往临洮的逃难路上一病不起,年仅四十二岁便溘然长逝。

1929年的康乐匪患在历史上被记载为民国十八年社会动乱。1995年出版的《康乐县志》记载,1949年以前,生活在康乐的居民实际上非常不"康乐"。放在这样一段历史背景中探究,不难得出一个结论:人,作为个体,在社会整体大环境中渺小而又微不足道。乱世之中,安身立命尚是一种奢望,又如何能靠正当途径实现"发家致富"的梦想呢?不幸的是,张庭鉴恰恰就生活在这样一个水深火热的动乱年代。

一个人的时代终结，但历史永远记住了他。由于年代久远，张庭鉴创办"义顺张"商铺四年之中经营状况如何，经商手法有无高明之处，都已无从考证。然而，他的创举对当地地理生态所产生的巨大影响却是长远而真实的，崖张家村间蜿蜒的小巷道里，"铺子门"和"铺子道道"的称谓即因"义顺张"商铺而来，这两个地理坐标至今仍在使用。

2012年8月，张氏后人在铺面原址设立了"义顺张"商铺遗址纪念石碑，将张庭鉴的"义顺"商号创始人身份和他的时代悲剧永远定格在了岁月的风烟里。

翻阅《张氏家谱》，这个家族历史上不乏优秀出众之人，但总体而言，他们或农或官，从商，张庭鉴是开天辟地第一人。在当时单一落后的农耕经济主导一切的崖张家，张庭鉴的经商之举，不能不说是一次冒险。关于张庭鉴开办"义顺"商号的创举，《张氏家谱》收录了这样一副对联：威先祖嫁樯买卖奠基人，看子孙商号陇原出铺面。一言概之，"敢为天下先"的奠基者身份是张氏后代给予他的评价。

1944年，张氏祖十一代孙、张庭鉴之子张好顺承袭"义顺张"商号，在康乐县苏家集街道上开了两间杂货铺，改名"义顺永"。"义顺"商号第二代掌门人登台。

出生于1920年的张好顺命运多舛，父亲早逝，九岁的张好顺亲眼看见了家庭的变故，并不得不忍受这种变故带来的残酷现实。他随母逃难于甘肃临洮、站滩等地，靠乞讨度日。天性好学，他时常去附近学校站在教室外听老师讲课，在"偷听"中完成了他的初级教育。苦难的命运并没有压垮这个自强不息的少年，反而激发起他与命运抗争的无穷勇气。十五岁时，张好顺走街串村做起了"货郎"，一副扁担挑起了整个家庭的生计与希望，童叟无欺，为人厚道，人称"尕货郎"。骨子里他豪爽仗义，视货郎生涯如走江湖，货郎箱上"大丈夫仁中取利，真君子义内求财"的对联，颇具江湖气息，这是他经商的信条，也是他处世的原则。

张好顺用十年的时间在走街串户的货郎生涯中完成了自己的原始积累，创办"义顺永"时，他才二十五岁。或许，正是对"义顺张"被毁于动荡匪患而心有余悸，"义顺永"，仅从字面便可看出他期望长久经营的愿望。然而，时代再一次挟裹了个人和家族的命运。1949年7月，康乐解放时又遇土匪作乱，社会治安极其混乱。张好顺带着全家投奔寄住在他临洮的好友潘荣洲家中，"义顺永"杂货铺也被迫关门。一年后，康乐局势趋于稳定，张好顺带领全家回到故乡，"义顺永"杂货铺也重新开门营业。1954年，初级合作社风生水起，张好顺积极响应政府号召，弃商从农，"义顺永"和众多的家族铺面一样，偃旗息鼓。

"义顺永"存续九年间，在康乐民间留下诸多的传颂。康乐民间"花儿"（"花儿"是广泛流行于我国青海、甘肃、宁夏、新疆、西藏等省区的民歌，已入选世界非物质文化遗产名录。花儿发源于甘肃临夏，临夏亦被称为中国"花儿"之乡，临夏州康乐县则被命名为中国"花儿"保护基地和中国"花儿"传承基地。）有唱"'义顺'点心酥又甜，一炮打响置良田"，又云"诚实守信门路宽，'义顺永'字号诚为先，生意兴隆客满店，又添两间新铺面"。当时的张好顺已经有了商标意识，他用刻有"义顺永"商标的点心木版印刷商标，每年春节前自产自销"义顺永"点心，很受当地百姓欢迎。他还曾远赴陕西宝鸡采购"三道圈"牌铁锅进行销售。

从《张氏家谱》中留下的只言片语和康乐民间流传的"花儿"分析，张好顺堪称当时社会的商界奇才。他所倡导的"仁义诚信待人，温良恭俭让求财"，正是后来"义顺"商号经商理念的雏形。张好顺是苦孩子出身，最后成长为一个私营企业主绝非偶然。他强烈的商标意识，远赴外省采购知名品牌铁锅的举动，以及"诚"字为先造就的生意兴隆客满店，都说明他在经商过程中颇有谋略和远见，他的商业天赋已经最大限度地突破了当时现实环境的局限。他经商手法灵活，经商理念淳朴，方法和态度用现代企业营销理念来阐释，一个是术，一个是道，堪称是他成功的两翼。"义顺永"关门歇业时，正值张好顺年富力强最有干劲的年龄，可以设想，如果不是当时社会正处于动荡期，"义顺永"或许再创辉煌也未为可知。非常可惜，历史没有如果，只有结果！

张好顺乐善好施，身前身后留下诸多美名。《张氏家谱》记载，他在弃商从农之后，投身组建互助组，创建农业合作社，先后任康乐县康丰乡杨家台初级社社长、高级社社长和大队队长、村主任等农村基层干部三十多年。实际上，张好顺踏上了弃商从政的道路，此间还有一段小插曲令张氏后人引以为豪——"义顺永"关门后，张好顺赊欠出去的一大批"三道圈"牌铁锅无法回款，面对如此重大损失，他坦然接受，显示出他的大肚量。

张好顺以最年富力强的年纪干一行爱一行，在任基层干部期间亦做出了自己的贡献。三年困难时期，张好顺在五达子清真寺藏下几十袋粮食，并带领着乡亲们到铁沟背矿石，到紫沟峡伐竹子，尽自己的能力想方设法保护社员，全大队三千多口人没有一人饿死，深受当地老百姓拥戴。

这些故事被康乐县知名的中医大夫罗守德记录在自己的回忆录中。罗守德现已七十九岁，目前仍然在康乐县苏家集行医。1959年腊月，他被康乐县医院抽调派到基层乡镇巡回医疗。由于这样的工作性质，他走遍了康乐县诸多乡镇的村村社社，他也比普通人更多见证了那个灾难深重的年代里饿殍遍野的惨烈情境。他的回忆录尽管没有公开出版，却在康乐民间很多老人手里传阅。饥饿、死亡，在三年困难时期的康乐乡镇很常见。为了食物，人性的黑暗在那个饥荒的年代被彻底释放。而张好顺在杨台村担任大队主任时，三千多口人没有饿死一人，在那时堪称是一个奇迹。"他藏粮食，有胆有谋，绝非一般人可比。"罗守德提及往事时这样称赞道。

据说张好顺当年任大队主任时，有人犯错了，按照规矩要用皮鞭抽打，但张好顺心善，只是让受罚的人把衣服脱下来打衣服。至于给同村缺吃断粮的人们送米送面，给冬天光身子跑的娃娃送些衣服，这样的事情数不胜数。凡此种种，再加上最经典的藏粮救人的壮举，张好顺有"尕佛爷"的尊称。

"老骥伏枥,志在千里",1984年,政府鼓励发展个体经济,年逾花甲的张好顺重操旧业,以两头牛折价五百元为本钱,在康乐县苏集乡摆起了日用品小货摊。一年后,租用了三间临街铺面,开始了定点销售。此处有一个细节颇耐人推敲,张好顺此时开办的商店没有店名。可以大胆地分析,他的商业智慧在此已经大踏步地衰退。60多岁的老人,依然有自信和干劲做一番事业,无疑是异于常人的,但是,比起他年轻时候,他的创造力和开拓精神都在消失。经商,可能是早年沉淀到他骨子里的一种习惯使然。假设如果他此时沿袭"义顺永"商号,那么,他晚年创办的商店必将在苏集乡诸多店铺中脱颖而出,而"义顺"商号之后的承接历史也将可能被改变。

张好顺的一生可以说充满传奇色彩,放在历史的潮流中,他在康乐民间赢得的"尕佛爷"的美誉,他的菩萨心肠以及由此而给后人带来的影响,足可媲美他一生两度经商对后辈的影响。

张好顺1998年逝世,享年七十九岁。《张氏家谱》中《先祖列传》所录张氏先祖数十人,独独对张好顺有一段精彩的评述,颇有些盖棺定论的意味:

古人云:"智人不泥滞于物而能与世推移。"出身寒苦,心存正义,始终植根于众人,知其心,明其思,晓其望,能率其顺应时代之潮流而进,实为张氏族中智人也。

俗语说:"一等人忠臣孝子。"他尊老爱幼,体现中华传统美德,且严于律己,清廉为政,以党和政府的政策教育人,感化人,堪为张氏族中"一等人"之楷模也。

一曰"智人",二曰"一等人"之楷模,张好顺顺应潮流为"智",以一己之力勇挑重担,尽忠尽孝,大仁大义,可称"一等人",这个评价并不为过。张好顺晚年开办商店显示出一种英雄暮年的气概,他的举动可以说直接推动了"义顺"商号第三代掌门人拉开登台的序幕。

1988年元月8日,康乐县西桥边,康乐县义顺综合商店在震耳欲聋的爆竹声中开门迎客。商店的幕后拍板人正是张氏祖十二代孙、张好顺的长子张守正。他遇到了全新的时代，拉开了"义顺"商号恢复经营、重返商业大舞台的序幕。

1988年，将永远被义顺人载入史册。

承前启后张守正

出生于1938年的张守正，生在旧社会，长在新中国，天资聪颖，且酷爱读书。和许多出身农村的孩子一样，张守正度过了他快乐的童年。如果非要说有什么不同的话，那么首先是他有一个与众不同的父亲。张好顺不同于一般农民，因为早年挑货郎担闯荡江湖，他历经磨难，见多识广，认为"传家无别法非耕即读"，尊崇孔孟之道的同时，也力主孩子读书。由此，张守正七岁起便入学读初小，后来上初中、高中，皆离不开这位尊崇教育的父亲的支持。

另一个不同，便是张守正的奶奶。这位奶奶其实是父亲张好顺的养母，但张好顺视养母为亲生母亲，和和气气，孝敬至极。奶奶也对张守正如亲孙子一般疼爱。这位奶奶不但照顾张守正的基本生活，还给张守正讲他的爷爷张庭鉴首开"义顺"商号经商的故事，从小给张守正灌输仁义、诚信的理念，教导他要滴水之恩，涌泉相报。奶奶不仅在张守正的童年时给了他无私的爱，同时也给予了他人生中最宝贵的启蒙教育。

中国几千年来有"三岁看大，七岁看老"的说法，看似充满宿命色彩，实则有理可循。这个说法与现代启蒙教育的观点殊途同归。现代启蒙教育认为，一个人的童年生活可以决定他终身的价值取向，影响他的人生观、世界观，对他的一生，包括人格、事业、婚姻，都会产生不可估量的作用。

如果从这个角度看，张守正无疑是幸运的，也是幸福的。也许就在那个时候，他身上的坚毅、勤奋、真诚、感恩等人性中最光辉、美好的一面就已经形成了。

张守正曾回忆，小时候家里贫寒，学写毛笔字的时候，一支毛笔用了很久，最后毛笔上的毛磨损脱落都用成"杈杈笔"了，还在用。"书山有路勤为径，学海无涯苦作舟"，正是他的聪明好学、勤学苦学，为日后改变自己的命运奠定了基础。

应该说，少年时期的张守正便得到了父亲张好顺对他商业意识的启蒙教育。1950年前后，全家因躲避动乱寄住在临洮，十二岁的张守正就被父亲安排到临洮大街戏院门前卖货。货物里有焦糖，有水果，还有香烟。圆的焦糖叫疙瘩糖，扁的叫灶糖，货品摆放在盘子上端着卖。这一幕令人联想起影视剧里旧社会童工沿街叫卖香烟糖果的情景。每天一盘子的推销任务，张守正基本都能完成，并获得微薄收入。这其实是张好顺有意识地锻炼张守正的胆量，培养他做生意的本领。

天资聪颖，又酷爱读书，如果不是命运的捉弄，他一定会沿着"读书改变命运"这条定律开始自己广阔无垠的人生。但是，偏偏，命运小小地难为了他一下，让他对生活、对政治没有选择，而是任由时代、政治选择了他。

1955年下半年，张守正升入高二，本来顺理成章，可以进一步求学，但是一场突如其来的病痛袭击了他。医生诊断，他得了肠结核，只能休学在家。他听从医生的安排，积极治疗，梦想着有一天病愈重返校园，但由于当时医疗卫生条件较差，这种现在看来很容易治愈的"小病"在当时可是大病。可怕的病魔残酷地击碎了他的梦想，张守正由休学变成"辍学"，他再也没有回到朝思暮想的校园，他彻底失去了考大学的机会。

命运有时候残酷无情，有时候却又和善公平。上帝为张守正关闭了一道门，却又仁慈地打开了一扇窗。之所以这样表述，源于张守正自己的心声，"如果考上大学，我可以有多重选择，但不考大学，我无权选择，只能任由命运来选择我"。

张守正内心更向往做农业科学家一类的职业，作为农民的儿子，他更知道振兴农业的意义是何等的重大。面朝黄土背朝天，日出而作，日落而息，辛苦到头却依然吃食简陋，食不果腹，没有人比他更清楚农民的辛劳和那黄土地的贫瘠。只是，中断的学业令他无从选择。谁也没有料到，他农业科学家的梦想会在日后由他的儿子来实现。

这其中有一段插曲不得不说，张守正虽然一生从政，但他对种田的积极性似乎与生俱来。他常常在工作之余，在自留地里实验栽树苗，种党参，还研究科学养蜂。儿子们的记忆里，张守正总是在研究和琢磨，怎么样才能提高产量，提高收入。对农业，他有一种天生的痴迷，这种痴迷直接影响了二儿子张秉庆后来的择校和择业，也使得张守正农业科学家的夙愿在张秉庆身上得以实现，并在日后成为义顺企业投身农业科学领域的溯源。

张守正的儿子们至今引以为豪，1980年包产到户以后，在张守正的带领下，全家人大胆地引进新技术，实行科学种田，他家的各种作物产量屡夺头魁，以至当时半工半农的大儿子张秉柱获得"种田能手"的称号。

那个年代，读书人是稀缺资源。中华人民共和国建立伊始，百业待兴，农村受教育程度普遍不高，而对文化人才的需求却是极其迫切。张守正这个休学在家的高中生就如同一个"香饽饽"，稀缺又抢手。特殊的时代造就特殊的机遇，"1956年是我幸运的一年，5月初入党，5月底就参加了工作。"张守正如此回忆。当时他因病在家休息，闲时就给村干部帮帮忙，做一些念报纸、起草文件的工作。正赶上农村发展党员，他很快便审查通过，顺利入党。康乐县康丰乡发现这个人才后，以乡团委书记的苗子作为重点培养对象上报，康乐县委组织部经过审查后，以苏集乡缺少文化人才为由，最终安排他做了苏集乡政府文书。那一年，张守正十八岁，一个月三十一元八角的工资，让他成了吃公家饭的人。

张家祖坟上自此冒出了"青烟"。在张守正成为"公家人"之后，他的两个兄弟相继学有所成，成功地跳出了"农门"，成为各自领域出色的人才。也正因为他第一个走出了崖张家，又是长子，他的肩头注定将承担更多的责任。

张守正从康乐县苏集乡政府文书做起，一路升迁，先后任康乐县鸣鹿、流川、苏集等人民公社党委秘书、公社副主任等职，并且在康乐县组织部、科委等部门任职，1978年调任康乐县广播局局长，这是他从政生涯的巅峰。在广播局八年的任期内，他引领康乐步入广播时代，后又修建康乐县龙头山电视差转台，使康乐广播电视事业得到全面发展，成绩有目共睹，多次获省、州表彰奖励。然而，由于秉性耿直，不善人际关系，1985年，他被"整党运动"工作组认定为"违反规定"，理由是他带头为广播局职工修建家属院。

张守正回忆，当时康乐县派出工作组调查他，先从经济上查，没有查出问题，个别领导觉得工作组不够专业，于是又派出一个由县财政会计人员组成的专家组来查，到头来还是一无所获。"我不怕查，我清清白白，一不贪污，二不受贿，我始终记得父亲对我的教导，做人要本分，做官要为民做实事。"提及往事，张守正心情激动，留下如此言语。工作组最后给出了一个结论，说他带头在广播局修建家属院是违反规定的。

"事实上，张守正在广播局修建家属院，在当时是政策允许的，也是受鼓励的，并且也是请示过上级领导的，带有那个年代特有的福利分房性质。他本人也只是按照规定住了里面最小的三间房，并未多占多得。至今很多人，尤其是广播局的老员工，他们是受益者，并且交口称赞着张守正的业绩和为人。"张守正昔日在广播局的同事，现今康乐县有名的书法家王琦如是评价。同为康乐县广播局中人，王琦亲历并见证了那段历史。

这一年，张守正四十八岁，在人生和事业正处于巅峰的时候，他由广播局局长调任水利局副局长。

骨子里，张守正不是一个安分的人。也许，祖辈们身上开拓创新的精神早已植入他的灵魂，他注定将举起"义顺"商号这面大旗，令他祖辈的夙愿得以实现。

此时正值改革开放的春风吹遍大江南北，私营经济的萌芽如雨后春笋般冒尖，张守正牵头重举"义顺"商号几乎可以解读为一个"官场失意则转战商场"的临退休官员的现实版演义。

14

《大觉经》有云：守正善法，道义自彰。劝人向善，弘扬正义，并暗含一种因果逻辑关系。似乎是一种巧合，张守正的"守正"之路，既固守本分，又能适时地予以变通，既不忘祖训，又能加以传承和发扬光大，砥砺前行中，上下求索。

不忘初心，信义为本！他用坚毅与仁厚、责任与担当诠释了"守正"方能"善法"，"善法"则道义自彰！一路风尘，翻山越岭，坚守与创新之中，披肝沥胆，风雨无阻！他以自己特有的聪慧、勤奋、坚毅和深明大义，为三个儿子树起了一个标杆，带领全家步入了一个全新的时代。他改变了自己的命运，改变了家庭的命运，也改变了家族的命运，并进而引领了一个村庄的命运，在一方经济中占据了一席之地。

广袤的康乐大地，处处流传着他自强不息、鞠躬尽瘁、乐善好施、积德行善的故事。他身负多重角色，太爷爷、爷爷、父亲、儿子、丈夫，他是一位孝子，一位曾经建功立业、有所作为的国家干部，一位曾经叱咤风云、运筹帷幄的商海弄潮儿。在他的多重身份中，他注定被后代子孙以及历史永远铭记的，是他"义顺"商号第三代传承人的身份。他是一个承前启后、继往开来的人物，是他恢复了"义顺"商号，让"百年义顺"有了实现的可能。

在康乐，他是一个经久不息的话题，也是整整一个时代的缩影，当他从幕后走向前台，所有的光环将他笼罩，他俨然是一个传奇。以至于他的二儿子张秉庆说，父亲在自己心目中是一个杰出的英雄，用现在时髦的话来说，是一个男神级的人物。

张守正的从商在一定程度上并非出于自愿，而是源于被迫。一方面，张守正咽不下从政生涯戛然失色的气，希望从另外的途径实现人生价值；另一方面，他的父亲张好顺晚年经商，等于是给张守正做了样板，营造了家族浓重的经商氛围。张好顺不但自己经商，而且还鼓励当时做木匠的孙子张秉柱改行。年轻的张秉柱考虑事情远没有祖父辈周全，他直接向父亲张守正提出了开办商店的想法。改行不是小事，开商店更非同小可，张守正跑去和父亲张好顺商量，张好顺给他出主意说："先别着急开商店，让他跑一段时间的货郎再说。"张守正认为这个方法可行，于是，义顺商号第二代掌门人张好顺和第三代掌门人张守正联合设计了张秉柱改行经商的人生路线。

探路者张秉柱

如果说张守正是"义顺"商号恢复经营的总设计师，那么，他的大儿子张秉柱则可以说是"义顺"商号恢复经营的探路者。

出生于1958年的张秉柱，性格腼腆，长期随母亲生活在农村老家。纵观他的人生轨迹，他人生的上半场写满了两个字——抗争，他分明就是一个不甘现状，因而不断与命运抗争的人。勤奋好学不亚于当年他的父亲张守正，可惜的是，张秉柱上学时刚好赶上"文化大革命"，天天在学校里读毛主席语录，参加劳动，不但错过了上大学的机会，而且并未在学校教育中获得多少真才实学。几十年后，张秉柱在自己创作的"莲花山花儿"《我的昨天、今天和明天》中写道，"小学中学共九年，十年动乱人心烦。文化不高学识浅，金榜觅名落松山"，显示出动乱年代留在他内心里的酸楚与落寞。

1975年，张秉柱高中毕业，回到生产队里参加劳动挣工分。十六岁的少年身体单薄，当时生产队搞基建拉土方，一辆车两个人一组搭伙干活，成年劳力明显表现出对他的嫌弃，他成了无人愿搭的对象。好歹和比他大一岁的姑娘搭了伙，虽然卖力地干了一天，最后却连一个土方都没拉够，连一个工分都没挣到。毕竟也是十几岁的人了，他心里惭愧自卑，都不好意思回家。他深刻地感悟到，凭体力干活，自己没有优势。况且，他的父亲张守正当时是康乐县苏集乡人民公社主任，是正儿八经吃"皇粮"的国家干部，这样的家庭出身让他的起点显然比一般农村青年要高一些，从骨子里，他不愿做一辈子农民。

这期间还发生一件事情，既让他对自己的命运充满不甘，同时也对家乡的贫穷落后面貌忧心忡忡。有一天，他正和生产队的社员一起走在挖土方做基建的路上，他的大舅恰好路过，大舅打趣道："哟，崖张家的光棍队来了！"他细一思量，加上自己，崖张家单身男青年共二十四人。本就天性羞涩的张秉柱满脸通红，臊得连脖子根都发烫，他心里暗暗思忖，一定要改变这种落后的面貌，再不能遭人耻笑。

于是，他一方面苦苦挣扎，试图摆脱自己农民的命运，另一方面，也在努力探索着改变家乡贫困落后面貌的路径。张秉柱先是学厨师，像赶场子一样辗转于康乐县各乡镇的婚丧嫁娶红白喜事的宴席。他拜当厨师的舅爷爷为师，追随师傅经常是大半夜不睡觉，有时干到天亮，要准备妥当第二天酒席上要用到的各种材料，天明以后还要操心酒席上菜的事。这个行当非常辛苦，但是比起当农民来，既有心理上的优越感，更有丰厚的物质回报。张秉柱小心翼翼，盼望着有朝一日顺利出师跻身大厨行列。然而机遇降临，康乐县农机厂招聘合同制工人。托了父亲的关系，张秉柱顺利进入农机厂成为一名合同制工人。那年头，当工人是很多人的梦想，一个月四十元八角的工资，再加上那令人艳羡的工人身份，张秉柱满心欢喜，倍加珍惜这个工作。合同制工人在很多人眼里就是个打杂的，但张秉柱却一丝不苟，对待工作勤奋踏实，很快就赢得了师傅们的好感与信任，并在师傅的教导下学会了开车床。满心以为过个两三年就能转为正式工人，然而，好景不长，一年半以后，农机厂因生产架子车、人力车销路不畅效益滑坡，合同制工人全部清退，张秉柱也就丢了合同制工人的饭碗。

工人梦破灭，张秉柱转而寻求一技之长。为此，他做了整整九年的木匠。在崖张家老宅院的屋子里，至今还摆放着20世纪80年代农村时兴的各种家具，高低柜、电视柜、写字台、扶手沙发，结实耐用，做工精良，均是他当年的作品。张秉柱建房子、做家具，可说是样样精通。

这个时候的张秉柱实际上已经成为一个乡村能人，和一般农民不同，他的主业是当木匠，副业是务农。木匠活干得漂亮，务农也务得出色，张守正崇尚并热爱科学种田，张秉柱在父亲的指导下栽树苗、种药材，收入远比种粮食作物高,他甚至得到"种田能手"的美誉,他的家境远比一般农民要好。如果不是爷爷张好顺,他恐怕就此定格为一个受人尊敬的乡村能人,但是爷爷的动员和鼓励改变了他。

张秉柱清晰地记得,1987年春节前,他拿着自己做的十几个蒸馍馍的镜壁子找到爷爷,求爷爷拿到集镇上去卖。那时候的张秉柱成了家且已为人父,但天性羞怯,见了生人脸就红,他无论如何也不敢上街去吆喝卖东西,就借口说自己太忙了,顾不上出去卖。爷爷爽快地答应了他,拿到街上卖了之后对他说:"我吃顿饭的功夫,卖了几斤瓜子糖果就挣了几块钱,你当木匠一天到晚才能挣四块钱。你现在年轻,还有人请你做木工活,等你过了四十岁,你还有力气下苦力吗?到时候谁还会来请你。你想过改行吗?"张秉柱的内心动摇了。爷爷活生生不就是一本经商的教科书嘛,他总不会骗自己的孙子呀。于是,克服重重性格上的缺陷,他在爷爷和父亲的鼓励下迈出了改行的脚步。

1987年2月15日,农历正月十八,是张秉柱改行的第一天。元宵节刚过,康乐大地尚是一片冰天雪地,厚厚的积雪在太阳的照射下反射出刺眼的光芒,张秉柱骑着一辆永久牌自行车,身上背上一个黄色帆布包,手腕上戴着一块上海手表踏上了经商之路。那自行车和手表,是他昔日种田能手的纪念,是用父亲指导他栽树苗攒下的钱买来的。他身上总共有三千一百元的本钱,那是他做木匠附带务农积攒下的血汗钱。

爷爷张好顺当年是一根扁担走天下,张秉柱骑上自行车走乡串户,出行方式已经摆脱了纯粹靠体力的原始状态。与此同时,他在经营理念上有了创造性突破。爷爷搞零售,他则跑批发,批发和零售是两个层次,事实证明,这个定位对义顺家族后来的崛起功不可没。

爷爷十五岁就走乡串户做货郎,自然而然成为张秉柱做生意的军师。张秉柱虚心求教做生意的门道,爷爷倾囊相授。张秉柱至今对爷爷经典的"三块钱"理论印象深刻。爷爷告诉他,生意人要念好"三块钱"的生意经,一块是自己的本钱,一块是借来的,还有一块是赊来的。初闻此语,张秉柱一脸懵懂，本钱很好理解，可是另外两块钱就不好懂了。很多年后，张秉柱领悟，"借来的一块"实际上就是入股，"赊来的一块"实际上带有账期的性质。他真心佩服爷爷，高深的现代商业理论，爷爷早就用最浅显易懂的语言给总结归纳并加以应用了。爷爷还告诉他，做生意很简单，就是从便宜的地方买进，加价出售给需要的人，薄利多销，赚差价！

张秉柱一开始从临洮进货，因为本钱少，一次只进两三百块钱的货，毛巾和袜子是主销产品。临洮距康乐较近，二十多公里的路他骑着自行车就去了。一双袜子进价一块钱，一块一毛钱就批发了，一条毛巾也是在进价基础上加价一毛钱。每天卖十双袜子，三十条毛巾，薄利多销，四块钱轻松入了口袋。

出师大捷，很快，张秉柱的妻子王香莲也加入了"探路者"行列，专门在康乐县各个乡镇的集市上摆摊卖袜子和毛巾。

改行后的张秉柱随身揣着个小本本，一天的成本多少，利润多少，每天都记得清清楚楚。这个已经发黄的记账本至今还被张秉柱珍藏着，上面清楚地记录着，他改行第一个月最多的一天收入十三元五角钱，相当于当时三个匠人一天的工资。当天张秉柱给自己买了一双皮凉鞋算是做个纪念。此时的张秉柱内心非常满足，他每天的费用就是中午在外面吃一碗五毛钱的面片子，自行车嘛，又不用加汽油，只不过费些力气，走乡串村在外面跑又不上税。这个买卖，划算！

后来，张秉柱发现从一百公里外的临夏进货价格更低，于是他经常和妻子王香莲搭班车去临夏进货。他们慢慢摸清了进货的渠道，对商品的质量、价格都非常熟悉。

王香莲清楚地记得，康乐到临夏的班车单程两块钱。他们头天搭乘班车赶到临夏，先是在临夏的华侨饭店登记一个房间，因为当天赶不回去，必须得在饭店住一晚。登记完房间后，就开始马不停蹄地到临夏各个批发点进货。当时临夏著名的三道桥、浙临商场，还有第三旅社，整个一条街都是浙江人的批发点。他们夫妻来回几趟货比三家，最后雇三轮车把从各个批发点进的货集中到华侨饭店。第二天,临夏返回康乐的班车就停在华侨饭店院子里,那时候往班车上载货一般都在班车顶子上。王香莲自己站在班车下面协助往上递货,张秉柱只穿一件背心,光着膀子站在车顶上码货,大冬天也不觉得冷,反倒看见他因为出大力气浑身冒热气。

在张秉柱的眼中,20世纪八九十年代的临夏是个名副其实的旱码头,浙江人特别多,商贸繁荣,堪称西部小商品集散地,张秉柱见证了临夏在改革开放初期的辉煌。临夏,古称河州,历史上,丝绸之路、唐蕃古道、甘川古道在这里交汇纵横,互补有无,明代曾在这里设置著名的河州茶马司,令这里商贸流通的地位升至顶峰。"东有温州,西有河州。"著名社会学家费孝通的一句话,将两个原本远隔千山万水、八竿子打不着的地方联系在一起,既是对临夏历史上商业繁荣的称赞,也是对临夏商贸富州之路的期许。不得不说,临夏深厚的经商传统和文化滋养并深刻影响了周边县市,临夏商人不但遍布西北,而且走出国门,在世界很多地方留下了足迹。然而,温州与河州,一字之差,却差出千差万别,随着时代的变迁,交通的便利,临夏旱码头的优势早已消失。康乐在行政划分中隶属临夏回族自治州,当多年后张秉柱兄弟在商业经营上颇有成就时,他们被媒体冠以临夏商人中的杰出代表。

第一个月收入一百二十元,每天平均四元钱,等于匠人一天的工资,仅仅四十天之后的3月26日,张秉柱仅一天的收入就飞涨到了四十一元八角钱,相当于他在农机厂里当合同制工人一个月的工资,也相当于当时普通农民一年的纯收入。

张秉柱激动万分,晚上八九点钟特意跑去给爷爷汇报。原以为爷爷会好好夸奖一番,没想到爷爷给他当头泼了一瓢凉水,爷爷说:"把这算啥哩,你以后能挣千千子、万万子哩!那可不是几十块钱的问题!"张秉柱呆呆地看着爷爷,感觉爷爷像是在说梦话,"万元户",他只在电视剧里看过,康乐县他还没有见识过万元户呢。他本人做梦也没想到,挣"万万子"的日子离他并不遥远,爷爷的话不久之后就会应验。

将时间的镜头快进到2012年度义顺企业年终大会上，义顺企业人力资源部部长王培与义顺企业账务总监赵月玲编辑导演了八个反映义顺企业历史发展经典故事的情景剧，其中第一幕展示的是张秉柱和妻子王香莲穿着大棉袄，骑着自行车，大雪天里在农村的集贸市场推销袜子和洗衣粉。剧本文字如下：

人物：年轻夫妇，老人，男孩

道具：自行车，背篓

配乐：遇见，中国娃

旁白：一场瑞雪之后，给这个原本宁静的小镇笼罩上了浓浓的冬的气息。1987年，这一年的冬天似乎比往年更寒冷一些。这样的早晨对于又将开张营业的张秉柱夫妇来说既熟悉又陌生，两人原本是老实本分的庄稼人，却又在这寒冬时分，开始摆摊营生。

（音乐起，女伴舞）

同期：一对年轻的夫妇，轻手轻脚地关上了自家的院子大门，男手推自行车，女背背篓，一步一个脚印艰难地行走，面露焦急状。终于到达了目的地，街上的人行色匆匆。

女：唉，这一天又冻又饿，又是赶个大早，出门太匆忙了，都没有来得及给孩子们蒸些馍馍……

男：（打笑道）这就叫早起的鸟儿有虫吃嘛！

女：你还有心思开玩笑！

男：哎，想想过去的日子，队里日挣几毛钱，男儿有志心不甘，农机厂里勤钻研，集体解雇梦难圆。如今可好了，改革春风神州暖，永久车子驮货转。夫妻二人并肩行，郎送货来妻摆摊。半天能挣四块钱，日晒雨淋心里甜。冰天雪地人心暖，早出晚归不怕难。赶集摆摊学经验，仁中取利商海宽。

女：你啊！净是些流淌话！

二人相视一笑。

旁白：正是这辆貌不惊人的永久牌自行车，成为张秉柱改行经商的主要交通工具，他骑着它走街串巷，沟通着经销商和消费者，沟通着你我他，正是凭着这股子韧劲从无到有，硬生生地闯出了一条义顺致富路！

赵月玲清楚地记得，演出此剧目时，坐在台下的张秉柱和妻子王香莲泪如雨下，哭得稀里哗啦，舞台上呈现的就是他们当年早出晚归摆摊设点的真实情景。

出生于1960年的王香莲，虽然一直读书到初中毕业，但是由于"文化大革命"，她常年参加学校文艺队的汇演，真正上课的时间并不多。王香莲克服重重困难，常年追随张秉柱奔波在经商之路上。起初她一边学习摆摊经商，一边还要务农种地。开办商店后，她每天从老家赶到康乐店里做营业员，回家还要抽时间下地干农活。这种半商半农的情况一直持续了两年多。后来"义顺"商号的事业越做越大，王香莲负责康乐的出纳工作一干就是二十六年，直到2014年年底才因身体原因休息。王香莲手工点钱又快又准，假币很难从她手上混过去。她的吃苦耐劳、勤奋好学有目共睹，尤其让人称颂的是，她作为长孙媳妇，孝心可嘉。王香莲不但对爷爷奶奶晚年的生活嘘寒问暖，而且在张好顺摔断了大腿骨，瘫痪在床长达一年的时间里，和全家人一起跑前跑后精心侍奉。张秉柱当年是在父亲一手包办下与王香莲结婚的，但他认为自己很幸运，虽然是包办婚姻，但很幸福。他评价自己的妻子尊老爱幼，不但是一位贤妻良母，而且身上有长嫂比母的优良传统。

张世重儿时的记忆里，母亲常常要在晚上数钱，这是一项工作量非常大的事情。那会儿零钱特别多，几分的，一毛两毛的，一大堆钞票倒在炕上，看起来很多，其实没有多少。母亲要一分一分地数，一张一张地捋顺，十块一沓就算大钞票了。

命运总是眷顾那些勤奋而敢于挑战自我的人，就在二十九岁这一年，张秉柱成功转行，做一个商人，显然比做木匠更能实现自身价值。一辆自行车，就是张秉柱流动的商铺，而他本人，就是一张名片，厚道、诚实、守信，最重要的，送货上门，薄利多销。很快，他们夫妻二人就已经忙不过来了，找他要货的人络绎不绝，他忙得连吃饭睡觉的时间都没有。于是，1987年10月，弟弟张秉华也被他拉来入伙，一辆"原野"牌摩托车成为张秉华的专属坐骑，张秉华就此踏上经商之路。

几乎与这个时间点契合，张守正调任康乐县水利局副局长之后，分到一间新落成的水利局一楼铺面，一切水到渠成，张守正牵头拍板，又租下了隔壁一间房，康乐义顺综合商店进入筹备阶段。顺理成章，就有了前文所述，1988年元月8日，康乐义顺综合商店在震耳欲聋的爆竹声中开门迎客了。"义顺"商号第三代掌门人与第四代传承人交集，登上了义顺企业的历史舞台。

上阵父子兵

纵观"义顺"商号发展的历史，每一次的诞生与延续都深深地烙上了时代的印痕，但是时代厚爱了张守正，在他恢复"义顺"商号，接棒"义顺"商号第三代掌门之后，"义顺"家族得到了前所未有的发展。

两千多年前的太史公司马迁总结道："以贫求富，农不如工，工不如商，刺绣文不如倚市门。"意思是，贫穷的人谋求富裕，从事农业不如从事工业，从事工业不如从事商业，妇女在家里做刺绣卖钱不如在街上开办商店挣钱多。细加探究，"义顺"商号恢复经营的历史路径恰恰就印证了这一经典论述，从某种意义上也是对探路者张秉柱从商之路的一个映射。

在司马迁的论述中，"倚市门"，也就是在街上开商店，是商业经营中一种比较高的形态。义顺综合商店的诞生无疑是义顺企业历史上具有标志性意义的大事件，围绕开商店到底取什么名号彰显了这个家族的深谋远虑。为此，全家人曾经有过一次专门讨论。张守正以一个开明大家长的姿态，首先听取了家族成员们的意见，大家七嘴八舌，争相贡献了一个又一个新潮现代的名称。张守正一一点评，或者太花哨，或者没内涵，或者不顺口，逐一否决。最后进入备选名单的有"守正"和"兴康"。"守正"取自张守正的名字，契合《大觉经》"守正善法，道义自彰"的说法，而"兴康"，即振兴康乐，饱含一种强烈的故乡情怀。张守正最后表态，我们祖上有过"义顺张""义顺永"，不如就延用"义顺"这个商号吧。张秉柱回忆，当时尚在人世的爷爷张好顺听到后也拍案叫绝，"义顺"商号就此确定，家族成员无一不拍手通过。

将时间之轴推到2017年7月17日，知名学者张国刚在义顺公司有过一次谈话。张国刚，清华大学人文学院历史系教授，华商书院特聘教授，他在研究《资治通鉴》基础上专门为企业家讲授《王者之道》。这一天，他应邀出席博鳌儒商兰州论坛大会，期间赴义顺公司调研。在详细了解了义顺公司的发展历程之后，张国刚由衷地称赞："我认为你们恢复经营期间，做得最正确、最英明的一件事情就是沿用了老祖宗留下的'义顺'商号，一下子就承接了几十年的历史和深厚文化，这是一笔巨大的无形财富啊！"此段插曲，从一个侧面揭示了义顺人善于挖掘和传承家族文化的基因。

商店开起来了，"工欲善其事,必先利其器"，为此，他们首先在通讯和运输工具上做了投入。一部电话成为沟通城乡的重要工具，事后证明，这种对通讯的重视在某种程度上令义顺综合商店领先了不止一步。义顺综合商店安装上了价值不菲的电话，号码为167。康乐县偏僻落后，通信极不发达，电话号码直接以100为基数，167就意味着这是康乐县第六十七部电话。彼时的康乐县，除过县长和县委书记以及一些局级单位一把手的办公桌上会安装电话，其他很多正式单位都没有电话。义顺综合商店成为康乐县第一个安装电话的个体户。

很多年后，义顺人依然津津乐道于此事，对通讯的重视以及敢于第一个吃螃蟹的精神，奠定了这个家族敢为天下先的鲜明个性，在某种程度上，也注定了这个家族在后来遥遥领先，胜人一筹。至于对运输工具的不断投资，实际上是不吝对生产资料的再投资。

商店开业后，张守正和他的妻子余娥都搬到铺子里，货架背后一张不足一米宽的床就是他们的住所，吃住都在铺子里，白天当营业员，晚上是守门人。张守正的妻子余娥此时已年过半百，当了半辈子农民，此时转行成了义顺综合商店的第一任营业员。余娥,生于1939年7月,她和张守正一样,经历了最苦难的岁月。余娥回忆,1957年12月,一辆马车把她娶进了张家,从此她嫁鸡随鸡,生儿育女,伺候公婆,开始了漫长的劳作生涯。

余娥坦言,一生中最大的遗憾就是没有读书。由于家里弟妹多,又是女孩,她读书的权利被无情地剥夺了。她回忆,大约十一二岁的时候,她到学校报了名,满心欢喜地准备上学,可是家里父母不让去。那时候的老人受封建传统的思想影响,认为女子无才便是德,女孩子接受教育的机会较少。学校里的老师为此专门到家里来做工作,父母说她得照顾弟弟妹妹,她当着老师的面给父母保证,说她愿意背着弟弟妹妹去上学,不耽误照顾弟弟妹妹。老师想了想说,这样也可以。可是最后父母还是不让她去,她伤心地大哭一场。

虽然大字不识几个,但由于那时候普遍受教育程度低,有些公家单位缺人,也会适当放宽条件。1960年前后,康乐县附城乡选拔她当卫生员,那个年代,吃上公家饭是多少人梦寐以求的事,这样好的机会摆在眼前,可是因为那时候婆婆有病需要照顾,她最后没能如愿。但有失必有得,孝敬和供奉公婆令她赢得"孝媳"的美名,在崖张家,无人不称赞她的孝行。

20世纪六七十年代,贫穷,就像一个可怕的恶魔在整个中国大地上游荡。不同于那被贫穷折磨到灵魂里的麻木,余娥的骨子里有不甘、有倔强,有"穷则思变"的骨气。这,也许就是她身为张家长媳,与一般农村妇女的不同。应该说余娥骨子里乐观、有志气、肯上进,也颇有商业头脑。她的吃苦敬业精神和一般农村妇女无二,但她的前瞻意识却绝非一般农村妇女可比。

余娥不甘贫困的农村生活,坚信勤劳致富,她在务农之余兼做裁缝,实际上也属于农村里的致富带头人。这段经历,实际上也可算是她早期商业智慧的发源,亦是她顺利从农向商转变的基础。

余娥大字不识几个,却自创了一套记账方法,她的记账本只有她自己能看得懂,比如"1234元",她就写成"1千2百3十4元"。余娥没有正经上过学,只是在年轻时参加了生产队组织的"扫盲班",她的文化知识完全来自于后天自发的学习，但她善于钻研，做到了很多人做不到的事。在余娥的身上，充分显示了"勤能补拙"这个词的极致意义。她因为识字不多，白天站商店，晚上就在被窝里拿个小本子练习记账，怕记不住商品价格，她就在每样商品前面写个小价签。除练习记账，她还苦练打算盘，她硬是通过勤学苦练，把算盘打得噼里啪啦，水平不比专业会计差。

对于张守正来说，从局长到个体户，这是一种强烈的身份落差。中国几千年来重农抑商的传统思想将经商之人排在"士农工商"的最末一位，改革开放初期，从计划经济向市场经济过渡阶段，"个体户"是一个半褒半贬的词汇，一般是走投无路的人才会做出的选择。封闭落后的康乐与中国多数地方一样，以安贫乐道为美德，追求财富是被人瞧不起的。

强烈的身份落差一度让张守正自己都觉得难受。他亦官亦商的身份很快在康乐政界引起波澜，并不是所有人都支持他一个国家干部经商，当时就有人给张守正泼凉水，说他是"不当局长当奸商"。虽然政策允许，但允许之外却又周身充满质疑和不明朗，张守正在起步之初承受了不小的心理压力。

与这个心理压力同期而来的是经营上的种种问题。首先是资金上的捉襟见肘。义顺综合商店初创时的资金大部分来自于亲朋好友的借贷。当时的张守正心里非常害怕，虽然说做生意政策上是允许的，但总是担心有什么变化。应该说在这个问题上，他比一般人更为敏感，也更为慎重。祖父张庭鉴的"义顺张"毁于匪乱，父亲张好顺的"义顺永"最终中断于1949年后的初级合作社，这些前车之鉴无疑深刻地影响了他的思维。多年后，他坦承，从局长到个体户，他"胆子很小，步子很慢"。在筹措本钱时，他只向同学和朋友借了两万元钱。

饶有意味的是，当初借钱的人后来大多都不愿意让张守正还钱，而是变相地入了股。而这一入股不要紧，那可比存银行利息高多了。张秉柱回忆，有一个父亲的朋友，当年借给父亲五千元，20世纪90年代又追加了几千元，算是入股。这位朋友从不退股，也不拿走分红，就这样利滚利，截至2016年，本金加分红，已经在义顺有了二十万元的资产。这大概就叫无心插柳柳成荫吧。

张守正本以为当时三万元开个铺子就够了，没想到铺子一开起来这点钱就紧张了。商店的生意非常火爆，进来一批货很快就卖完了。商店的定位是批零兼营，搞批发所需要的资金量比较大，三万元钱简直就是毛毛雨。康乐县城的国营商业企业公然笑话他们这是在胡干，说拿着那么一点钱搞批发，这不是开玩笑吗？的确，这点本钱太少了，每次进不了多少货，手上就没钱了。没钱怎么办？只有勤进货快跑路，张秉柱和妻子王香莲三天两头坐班车跑临夏、去兰州进货，张秉华先是骑着摩托车四处送货，后来摩托车满足不了需要，又添置了一辆四轮拖拉机送货，一家人忙得脚不沾地。后来，实在忙不过来，张守正又安排二儿子张秉庆来帮忙。

张秉庆，此时义顺商业大舞台上本不应该出现他的身影，因为他是张守正唯一"学而优"跳出农门的儿子。文化带给他无穷的想象力，义顺综合商店提供了让他将文化付诸实践的真实场景，他已经迫不及待地要在家族商业上一展自己有文化的优势。尽管此时，他根本不会想到，这个家族日后的崛起、腾飞将要把像山一样沉重的担子压到他的肩膀上。张秉庆经常利用出差的便利和周末时间跑兰州进货，这为他日后全面介入家族事务埋下了伏笔。

张秉柱回忆，当时康乐县城只有很少的一两家个体商店附带做一些批发，市场环境可以说是一片蓝海。这种蓝海不是打出来的，也不用刻意寻找，是计划经济向市场经济过渡期间形成的天然缝隙。这样的蓝海局面无疑是义顺快速崛起的重要因素。正是在这种局面下，张守正带领全家人硬是将不可能做成的批发生意做成了。

初创时的义顺综合商店处在杂货铺时代，大到烟酒糖茶碱面，小到针头线脑、火柴、棒棒油，应有尽有，可谓是大而全，多而杂。这和康乐县城诸多的杂货店并无太多不同。"人一之，我十之；人十之，我百之"，"人无我有，人有我优"，拼质量、拼价格、拼服务都成为义顺综合商店的竞争特色。

而让义顺商店崛起的最主要因素还是在经营方式上推行差异化经营。批发零售一起上，不仅"坐商"，而且还送货上门，兼"行商"，这比起当时大老爷一般四平八稳的国合商业来显然是一个创新。与此同时，义顺综合商店还坚持"两条腿"走路，实体与"游商"相结合。张秉柱采购批发四处推销，他的母亲余娥带着两个儿媳妇王香莲和王秀琴看店售货，随着业务扩大，摩托车和拖拉机都已经满足不了经营需要，张秉华开始驾驶一辆华山牌农用车负责下乡送货。毛泽东"农村包围城市，游击战与持久者相互结合"的实战理论被切实运用到了"义顺"商号的商业运作之中。

很快，义顺综合商店便蓬勃发展，形成"父子兄弟齐上阵，半边天撑起大门面"的局势。

表面的风光背后是不为人知的苦涩。几十年后回想起初开商店的艰苦和困顿，几个儿子还深为父母亲所受的苦感到难过。他们清楚地记得，商店货架后面一张不足一米宽的床，就是父母亲的住所。商店初开时，张守正尚是当局长的国家干部，为了全家人的事业，他一下班便赶来看守商店。有一次下大雨，兄弟三人也被困在商店里，于是，他们五口人挤在商店里过了一夜。风雨交加的夜晚，他们身体疲惫，但他们的心在一起。有父母亲在的地方就是家，即便那里破旧，他们也能感受到内心的甜蜜和充实，体味到世界上最珍贵的幸福。

余娥白天守铺子卖货，晚上没人了才有时间做饭吃饭。当时使用煤炉子做饭，因为房子窄小，煤块放在室外，有时候被雨淋湿了，炉子也就没办法生火，只好胡乱凑合。很多时候打点生意太忙，饭也顾不上做，只能等到天黑了从旁边饭馆里随便买点饭凑合。

这段守铺子的艰苦岁月里，余娥印象最深刻的事情有三件：一是商店里经常有小偷光顾，趁人多混乱偷走东西，她一个人在时，不能去追，怕顾此失彼，只好吃哑巴亏。二是由于文化水平低，她时常算错账，少找钱的情况下一般都会被对方纠正，即使当时对方没有发现，回家之后发现了也会返回来讨要少找的钱。但是多找钱的情况就复杂了，只有极少数人会坦然相告，大部分人要么不知要么佯装不知，这个时候余娥只能埋怨自己没有算清楚，打下牙往肚里咽。第三件事情是最让余娥刻骨铭心的,就是商店里的赊账问题。老主顾赊账,亲戚朋友赊账,县城里有头有脸的人物也赊账,赊账是那个时候康乐县城惯有的消费形式。这本身并不可怕,可怕的是相当一部分欠条最后变成白条,让全家人欲哭无泪。她还记得,那时候康乐县邮电局一位职工经常来店里赊账,过后却不还钱,余娥就打听邮电局啥时候发工资,在发工资的那天硬是堵在邮电局门口把钱要回来了。曾一度,余娥想,他不还钱,就把他的自行车给推走。她把自己的想法说出来,三个儿子坚决地阻止了她,说这样做名声不好。几年下来,商店里的欠条累积了几摞子,钱却要不回来,最后只好不了了之。这期间还发生不少被人骗走货物和借钱不还的事情,余娥心痛,总是惦念这些辛苦钱,三个儿子开导母亲说,不要再追究了,人家不会还钱,还伤了彼此和气,就当破财消灾吧。张守正在旁边加了一句"吃亏是福!"

世事难料,令所有人意外的是,当他们将这些欠条都遗忘了时,时隔多年后,有一部分欠条的主人却陆续来还钱了。直到2018年3月,张秉柱还接待了一位满头白发的七十一岁老人,是专门来找张守正还钱的。他名叫田华贵,是张守正当年在康乐县广播电视局的同事。老人回忆,1989年他向银行贷款一千元,还款时资金不足,是张守正从义顺综合商店拿出二百五十元钱帮他还了贷款。张秉柱告诉田华贵,老父亲早计划不收此款了,心意领了,钱,你拿上去用。但田华贵执意放下了三百元钱,并表示多还的五十元钱让张守正喝茶。这笔近三十年才归还的借债了结了田华贵老人的心病,也让张守正和余娥感慨不已:头顶三尺有神明,老天爷不会亏待善良的人!

张秉柱还记得,母亲踏实又勤快,每天总是要比别人早开门晚关门。一毛钱几颗的水果糖,两分钱一袋的酸梅粉,母亲从不嫌弃这是个小生意,"来的都是客,不拒绝任何一个小主顾"。就是这种童叟无欺、至勤至俭的做法使义顺综合商店美名远扬,拥有了一大批老主顾。然而,由于长期的劳作得不到休息,余娥患上了静脉曲张,后来不得不做手术才得以缓解。

此间有一个饶有意味的插曲是,义顺综合商店1988年元月8日开业,当年6

月底第一次盘点，居然盘不清楚，到底是赚是赔没法搞明白。就是因为缺乏懂核算的专业人才，义顺综合商店连基本的成本和效益核算都没法完成。1988年10月，张秉庆开始参加兰州大学作为主考院校的经济管理专业高等教育自学考试，通过对《会计学原理》《商业会计》等课程的系统学习，掌握了相关知识，终于在1989年3月底盘点时弄清了所有账务。边干边摸索，边摸索边总结，这个家族至此第一次盘点清楚，真正做到了心中有数。此后，张秉庆开始接管记账事务。

这时候的"义顺"商号可以说已经完全处在家庭成员合伙的阶段。随着商店事务繁忙，张秉庆除记账外，业余时间还帮助进货，他同为康乐县农业局干部的妻子景晓宏因为文化程度比较高，也被张守正安排在下班时间学习财务记账。张守正认为记账可以让成本和收益做到心中有数。不负厚望，景晓宏很快就能进行比较专业的财务记账核算了。景晓宏所学的专业并不是会计，为此，景晓宏以极大的热情投入到会计专业学习中，克服种种困难，致力于服务家族事务。

不会就学！谁也不是天生就会经商，天生就会开车，天生就会当营业员，天生就会当会计，这个家族最不缺的就是学习精神，更不缺逢山开路、遇水架桥的勇气！

张秉柱没有在学校教育中获得太多的知识，但他有超强的学习能力，义顺综合商店经营过程中，他使出浑身解数刻苦钻研经营之道，为此，他不惜重金聘请同族亲属来指导商店的生意，但终因理念不合几个月后便终止了合作关系。这一段因涉及家族亲属关系，极少被人提起。然而，当时令张秉柱大伤脑筋的"坎坷"并未影响家族事业的发展，义顺综合商店仿佛周身都充满了强大的磁场，每天人来人往川流不息，强盛的生命力喷薄欲发，货物吞吐能力与日俱增，以远超张秉柱想象的速度向前发展着。

仅仅一年半以后，水利局铺面已经远远不能满足经营需要。此时的义顺综合商店，货源地已不再局限于临夏、兰州，进货数量也不是小打小闹的几箱几袋，他们已经成为天水火柴厂、武威针织厂袜子毛巾的康乐总代理。每逢进货时一来就是一大车，卸没地方卸，装没办法装。现实逼迫他们需要找个场地大、车辆通行方便的地方。于是，1989年4月，义顺综合商店搬迁到了县城南街康乐保险公司楼下的三间商铺中。

此间，义顺综合商店与康乐县供销社下属公家商店狭路相逢，义顺综合商店地处康乐南街，与供销社的商店成了近邻。眼见义顺综合商店侵入自己的地盘，康乐县供销社放出狠话，拿出二十万，要在一年之内挤垮义顺综合商店。面对康乐公家大企业的宣战，张秉柱手足无措，头疼欲裂，夜不能寐。还是父亲张守正有见识，说了一句，"老话说，吃亏是福，别看他们财大气粗，我们能吃的亏，他们可吃不下去，你只管多吃亏，剩下的就由他去吧！"张守正还下断言，"你看着，到时候垮的不是我们，一定是他们！"果然，还不到一年时间，康乐县供销社商店没有挤垮义顺综合商店，反而自己先关门了。"当然，这其中有体制的原因。"多年后，张秉柱如此总结。父亲那一句"吃亏是福"的老人言，从此成为张秉柱处理兄弟、家族，甚至合作伙伴关系的灵丹妙药，屡试不爽，亦在日后发展为义顺企业"吃亏文化"基本的精神内核。

此事件给张秉柱活生生地上了一课，道不同不相为谋，但若以搞垮别人为目的，不但违背道义，也终将自取灭亡。

"一夜暴富"的故事

张秉柱从乡村能人成功转变为个体户的经历几乎是20世纪八九十年代社会现象的一个缩影，而他"一夜暴富"的故事，也几乎是那个年代只要人胆大，便能获得巨额财富的一个典型案例。

1990年12月，张秉柱迎来了他商业生涯中最惊心动魄也最难以忘怀的大事件。老天爷似乎就是在应验之前爷爷的话，这一年，张秉柱获得了他人生最大的一桶金。很多年后，张秉柱回忆说："那样的好事，或许我几十年也就只能碰上一回。只能说那是我占了当时市场信息闭塞的便宜。"

张秉柱回忆，当年由于义顺综合商店尚属个体户，虽然是武威针织厂在康乐的最大批发商和事实上的总经销，但是在名义上，武威针织厂总有一些身份不对等的居高临下感。有一天，武威针织厂发来通知，称因为成本提高，他们即将把供给义顺综合商店的袜子调高出厂价。当时义顺综合商店的袜子批发价两元两角一双，零售价三元。万分巧合的是，此时的张秉柱正在兰州进货，令他没想到的是，一边武威针织厂要涨价，另一边，甘肃省百货公司由于袜子积压太多，却在一块钱一双降价处理。乍听到这个消息，张秉柱被惊呆了，经过再三确认，的确是这么回事。张秉柱意识到这是一个千载难逢的机会，他下定决心"通吃"甘肃省百货公司积压的袜子。于是，他分别给临夏的几个批发大户打电话，联系以优惠价供货的事宜，批发大户们纷纷表示愿意接手这批货。于是，当天下午，张秉柱就开始从兰州整车往临夏拉袜子。张秉柱如实告知批发大户们，这些货品是甘肃省百货公司的处理商品，并在原价一块钱的基础上加价五毛钱批发。

十天的时间，张秉柱往返于兰州和康乐七八趟，最后获得近十万元的收益。张秉柱用这笔钱购置了康乐县城一院房子，并购买了"义顺"商号历史上第一辆"跃进"牌汽车。

如果说信息闭塞产生了这样的机会，那么，胆识使张秉柱发现了这个机会，胆量则使张秉柱抓住了这个机会，他的超强执行力和诚信、勤奋的特质则成就了他一生中最富传奇的"倒爷"经历。

一个值得探究的细节是，当年张秉柱手头并没有多少钱，他在这次"倒爷"经历中完全是空手提货。凭借在经营中积累的信用，他只需填写一个银行盖章的委托收款书就能开票先把货提出来，收到批发大户们的钱之后再给甘肃省百货公司付款。

机械重复的辛苦早已被巨大收益带来的喜悦抵消，张秉柱只记得当时他每天早上四点从康乐出发，四个小时赶到省城兰州，然后到百货公司开票，之后到仓库提货、装货，再开着车赶到临夏时也就到了下午五六点。然后，给一户又一户批发商卸货，钱一数完又赶回康乐。就这样，第二天又开始跑……

这次成功的"倒爷"经历让张秉柱内心着实兴奋了一阵子，作为纪念，他给自己做了一套西装，大家都夸说挺精神的，那是张秉柱第一次穿西装。但是就在这十天里，有一次从临夏返回的路上司机迷路了，张秉柱平时从不抽烟，那会儿怕睡着就点了一根，结果烟还没抽，却把好好的西装烫了个大洞，他为此而懊恼了好一阵。迷路发生在夜里，天下着小雪。汽车在泥泞的山梁小路上行走，又窄又滑，张秉柱提心吊胆，晚上十二点才出了山梁，回到家中已是深夜。至今回想起来，张秉柱还有些后怕。

当年，就是用张秉柱赚的这笔钱，张秉华与张秉庆专程奔赴南京购买了一辆二点五吨双排座"跃进"牌柴油车。康乐到南京全程总长两千零五十公里，张秉华一开就是两天两夜，一口气从南京把车开回家乡。车上反复播放着罗大佑的《恋曲1990》，"乌溜溜的黑眼珠和你的笑脸，怎么也难忘记你容颜的转变……"，张秉庆坐在车上跟着听都会唱了。很多年后的2005年，义顺企业员工赴青海旅游的大巴车上，员工们起哄让他们的董事长唱歌，张秉庆熟练而深情地演唱了这首《恋曲1990》。回想起当年弟弟的辛苦，他的双眼泛起泪花……

自产自销　苦心经营

也就是在张秉柱经历"一夜暴富"神话的同一年，义顺综合商店开始引进技术设备自产自销棒棒油，棒棒油先是取名"白云"牌，后来因为"白云"商标已经被注册，又更名为"义顺"牌。这似乎暗含了这个家族与生俱来热衷实体经济的基因。

义顺企业历史上第一次涉足生产制造业的产品就是棒棒油。那会儿棒棒油需求量非常大，义顺综合商店批零兼营，为他们供应棒棒油的厂家送货都送不及。张秉柱清楚地记得，他们引进的是定西一家棒棒油厂的生产技术，当时技术转让费八百元。棒棒油项目最开始由家族亲属余寿祎负责生产，后来，由张学军出任厂长。

"一开始一天生产四箱，后来一天二十四小时生产，能生产出一百多箱。即便如此，还是供不应求。"张学军回忆，当年一支棒棒油不过几毛钱，但是正因为物美价廉，深受广大农村消费者的喜爱。

棒棒油的推广也做得非常成功，义顺综合商店出产的棒棒油在临夏市场有四十三家经销商，张秉柱能在一天之内跑遍这些经销点，完成进货和送货计划，他练就了一身快走的好功夫，一般人追不上他。

棒棒油的交易上，张秉柱吃过大亏。当时商家之间流行以货易货，临夏市场上的经销商曾经多次用冰糖来交换棒棒油，张秉柱觉得双方都有利可图，对这种交易形式并不反对，但是隐患就在这中间埋下了。当年临夏有一家名为"三星"的商行，用钨丝灯泡换取了义顺综合商店价值一万两千元的棒棒油，岂料，大部分灯泡都不能用，再加上后来照明产业升级换代，钨丝灯泡沦为淘汰商品，一万二如数交了学费，至今义顺企业康乐大院仓库里还放着几千只灯泡。

眼见得棒棒油销路好，技术门槛低，康乐县一时又冒出了好几家加工作坊，但是这并不影响义顺家族在棒棒油产业上的发展。他们的棒棒油一度远销青海、西藏和宁夏、内蒙古。"义顺"牌棒棒油后来升级为"义顺"牌润肤棒棒油，包装也从最初的简易塑料纸升级到铁盒包装，铁盒包装还分好几种规格，也算是生产技术的创新。那些年市面上出售的棒棒油多有一股煤油味，而义顺家族的棒棒油却是清新的水果味，仅此一点，便奠定了"义顺"牌润肤棒棒油很强的市场优势。

那会儿，义顺人将"义顺牌润肤棒棒油，润肤保湿质优价廉"的公路墙体广告做遍了西北主销的省区。"义顺"牌润肤油畅销西北多省，满足了广大农村消费者的需求，创造了二十多年风头不减的辉煌历史。但是，由于后来产业调整，棒棒油本身是粗放型产品，却需要化妆品的生产资质，不得已在2014年停产停销。这是后话。

棒棒油自产自销大获成功之后，义顺综合商店又紧接着上马了五香葵花籽和蜡烛的生产项目。五香葵花籽是瞄准农村流行趋势上马的项目，为此张秉柱专门设计制造了烘烤葵花籽的机器，这个项目规模小，生产出来的葵花籽仅能满足义顺综合商店自己的销售，除机器烘烤的环节外，全凭人工操作，很费劲。生产蜡烛是因为当时电力供应不足，各地经常停电，蜡烛是居民生活必需品。

这一阶段，义顺综合商店上马的生产项目，基本属于技术门槛和附加值都比较低的项目，实际上更类似于家庭作坊，除棒棒油外，五香葵花籽和蜡烛都分别在1996年左右停产。

义顺综合商店在康乐保险公司店面经营了两年，后来又因为地方太小，不能满足经营需要，1991年9月，搬到了康乐县农业大楼一楼。商业地点几经变迁，随之而来的是家族产业的愈做愈大。他们依然是个体户的身份，但他们已经不满足于在康乐本地发展，他们的客户逐渐发展到临洮、陇西、渭源、临潭、卓尼、合作等临近县市，兰州曾经是他们最稳定的进货地点，而后来，他们甚至"反向操作"，将部分货物配送到了省城兰州。"质优价廉走天下，义顺好货进万家"的墙体广告就在这个时候出现在康乐各主干道上。

20世纪八九十年代，家族成员合伙在康乐是一种很常见的经营模式，然而，"共苦"容易，"同甘"却很难。一旦合伙的家族生意上了一定规模之后，往往随之而来的就是分家，父子、兄弟离心离德，分崩离析，再亲近的关系都破不了这个魔咒。随着分家而来的便是竞争力下降，最后能够存活下来都很难。张守正在康乐土生土长，这样的事例，他看得太多了。那么，他又该如何打破这个魔咒呢？"义顺"商号恢复经营之前，他的三个儿子已经按照当地习俗分家，因为生意需要，他又将儿子儿媳召集在一起，这么多人在一个锅里搅饭，怎么才能够和睦相处，劲往一处使，心往一处走，相互帮衬，相互扶持？这，正是张守正的高明之处。他用开阔的胸襟接纳每一个人，但不是无条件，每个人都要自觉遵守老祖宗定下的规矩，他时时告诫家族成员，"吃亏是福"！谁都不想吃亏，结果必然是撕破脸皮。他在家族内部倡导"亲兄弟，明算账"，"诚信待人，多吃亏"。同时，他又用相应的制度来约束和平衡家族成员之间的关系。比如，他在家族内部推行按出勤、出力、贡献大小进行分红的制度，多劳多得，每个人都很辛苦，但每个人都很开心。

此时的张守正虽已是知天命之年，但却是"义顺"商号的灵魂与核心人物。他如狼族里的头领一样，带领着全家奋勇向前，横行千里。中国几千年来流传的狼文化中，狼被误解为贪婪、自私、凶狠，事实上，狼是最重族群伦理，且团结、忠诚而富有智慧的物种。"狼"文化反映在张守正为首的"义顺"大家庭里，则显现出的是最具有温情和智慧的一面。

秉承祖、父两代人心愿，"仁中取利，义内求财"，成为义顺综合商店经商的信条。这期间，张守正将祖传家训牢记心间，因此结交了不少有缘人。

人无信不立，市无信则乱。从恢复"义顺"商号的那天开始，张守正玩味着当初有人讽刺他"不当局长当奸商"的话语，心中暗暗立志，绝不能让别人看了笑话。他不但在家庭内部教导儿孙们"吃亏是福"，而且将这种精神运用到商业经营中来。"义顺"商号的历史上多有吃亏是福的剧情，这种精神一再传承。

家族企业能发展得越来越好，团结是首因，但到后期光靠团结远远不够。这个时候就需要相应的利益平衡机制来约束家族成员的行为。所有人都承认，张守正是这一阶段平衡家族、成员利益关系的关键人物。

义顺综合商店的发展并不是只有表面的风光无限。每一个企业的发展史都是一部艰辛的奋斗史、血泪史。义顺综合商店飞速发展的背后是无尽的辛酸与血泪。

张守正的妻子余娥回忆，开铺子最初的那段日子，化妆品明明还在保质期内，公家（应该是指工商部门）却来人说是过期了，没凭没据说没收就没收了。义顺企业督查部总监张月圆，生于1987年，几乎是与"义顺"商号恢复经营同步成长起来的"义顺"商号第五代传承人，她是张守正的孙女。张月圆回忆，小时候，她最害怕穿蓝制服的人。

余娥对于几个儿子付出的辛劳更是历历在目。"那时候条件不如现在好，孩子们吃过的苦太多了。秉柱这孩子最能吃苦，1987年还没开铺子，他骑着一辆自行车搞批发，一开始是毛巾、袜子，后来又加上蜡烛，从康乐到临洮，再到临夏，不知道走了多少路。现如今他的膝关节不太好了，可能就跟那时候骑自行车有关系。"老夫人提起儿子初入商海的情形明显情绪激动，护犊之情溢于言表。

"我记得秉华那时候开车送货，经常是早出晚归，晚上回来还不得休息，卸货忙到大半夜。有时他白天送货，晚上就在家里修车。有一年冬天，他把一张报纸往地上一铺，就钻到车底下开始修车。那地上多冰呀，修完车出来一看，两手黑油，浑身又脏又黑，心疼得我直想掉眼泪！"

昔日义顺公司大院内数辆报废的送货车和一大堆废轮胎是那段艰辛奋斗史的见证。

张月圆在一篇名为《心灵的馈赠》自述中写道：

今日，你只见他的得意与辉煌，却不知他奋斗历程中的失落与悲伤；今日，你只见他顾客盈门的盛况，却不知他曾在寒冬腊月骑着自行车穿梭在集市间摆设的小摊；今日，你只见他面对大事的泰然自若，却不知他也曾因联系不上货源而窘迫不安；今日，你只见他在领导席上的精神抖擞，却不曾见他深夜灯光下斑白的双鬓；今日，你只见他的潇洒豪迈，却不知他大雪天人车困于山梁的无助……

张月圆现已升至义顺企业高层，她如此表达自己的心声："我辛苦勤劳的先辈，一群善良、勇敢、充满智慧的人，身为你们的后人，我感到无比的骄傲！"

第二章

DIERZHANG

秉庆下海 快速发展

BINGQINGXIAHAI　KUAISUFAZHAN

迟下海不如早下海,早下不如现在就下!

——1992年,唐振寰如是鼓励张秉庆

康乐，位于甘肃省临夏回族自治州的东南部，地处青藏高原边缘地带，据传是三国时期著名的赤兔马故乡，有据可查是红军第四军第十二师长征时经过的地方。历史上，康乐是回、汉、藏"茶马互市"，古丝绸之路经广河、通河州的要塞，也是西北地区各族人民经济交流的门户。这里回汉杂居，在中国现代版图上，康乐只是一个很小的标识，它无籍籍名，更多的时候，它因列入少数民族贫困县之一而受到瞩目，这并非一种荣誉，常常令有志气的康乐人感到难堪。对近百年老字号"义顺"来说，从1988年恢复经营开始，到1992年成立康乐县义顺农工商公司，再到1995年发展成为最大的商贸公司，再到1997年挺进省城兰州以前，康乐，就是"义顺"商业舞台的全部。这里，是义顺人梦想启航的地方；这里，留下了义顺人太多不堪回首的记忆；这里，有拼搏，但也会每每揭开义顺人遭遇的伤疤。

　　时空交错，在"义顺"商号恢复经营三十年的历史上，每逢2、7，总是会相似的发生一些惊人大事件。1992年，对于义顺人来说，绝对是具有里程碑意义的一年。这一年发生的大事件就是张秉庆下海。几乎可以肯定地说，如果不是邓小平南行讲话，中国历史上不会出现大规模的体制内优秀人才向市场经济输送的局面，同样的，如果不是张秉庆下海，也可能就没有日后"义顺"商号突飞猛进的发展，开启"义顺"商号向百年老字号发展的梦想也可能不会如此轻松顺利。

张秉庆其人

出生于1964年的张秉庆，从小热爱学习，张秉柱评价这个弟弟，仿佛天生就是个学习的坯子。不但爱学习，而且极其有个性。他个性中的执拗令他年近八十岁的母亲余娥至今记忆犹新。

七岁时，他给家里放羊，母亲怕羊走丢，给羊脖子套上缰绳交到他手里。可是张秉庆偏不，非要解下羊脖子上的缰绳，为此母亲动手打他，他非但不跑，还犟劲十足。母亲用刚抽穗的玉米秆子打他，边打边说"看你跑不跑"，心里其实很希望他跑，可是打断了三根玉米秆子，他都不跑，也坚决不屈服。他找到一块青草地，坐着看书，被争取到自由的羊儿就围着他一圈一圈地吃草，三年后一只羊变成了五只羊。张秉庆成了家里的功臣，母亲对这个"小牧童"的倔劲无可奈何。

这股犟劲有时到了令人啼笑皆非的地步。初入小学，他每天放学，先是回到自己家里把书包放下，然后就一路小跑到爷爷奶奶家去喝水。其时，爷爷张好顺已与成年的孩子分家，农村生活设施落后，几个家庭共用一口水井，那口水井就在张秉庆一家的园子里，爷爷奶奶家的水就来自这口水井。母亲几次拦住他，给他讲道理，一样的水，为什么要跑到爷爷奶奶家去喝？喝完了还得爷爷到这边来挑水。张秉庆回答"爷爷奶奶家的水香"，依然如故，每天做着舍近求远的事情。这一度成为家族中的笑话。

张秉庆天性爱读书，爱思考，不喜欢干总是重复的简单农活。为此，童年张秉庆没少挨打，他宁愿挨打，也不愿放下书本去做不喜欢干的农活。

上小学时，学校实行勤工俭学制度。五年级时，老师安排他们每天给学校拉建筑用沙石。当时张秉庆身体瘦弱，干活很吃力，任务完成得不好还被老师批评，自尊心受到很大伤害，他居然不想上学了。爷爷奶奶和父亲母亲知道后，轮流劝他，并再三告诫他，只有读书才能有出息，只有读书才能改变命运，摆脱拉沙石这种粗活重活。那是他第一次看见爷爷流泪。爷爷提出，自己可以代替他到学校拉沙石，爷爷跑到学校替他拉了一天的沙石，并且对老师说："我孙子身体单薄，以后拉沙石就让我替他拉吧！"老师一看爷爷那么大年纪，不好意思了，后来再没给张秉庆安排拉沙石这类重活。

张秉庆回忆此事，认为"如果不是当初父母亲和爷爷极力劝导，也许，我小学五年级就辍学了！"

都说一个优秀的民族崛起的希望就在一个优秀的母亲身上，一个优秀的母亲可以惠泽三代，影响一个家族。张秉庆的母亲余娥，可以说正是这样一位母亲。她教导孩子们要与人为善，要有志气，可以说是最早给儿子输入了"穷则独善其身，达则兼济天下"的经世报国思想启蒙。她的教导注定让她日后会因自己的子孙们而感到骄傲自豪。

余娥以自己的方式教育张秉庆要善待他人，要懂感恩，要有爱心。张秉庆小时候，有一次家里养了很久的兔子死了，张秉庆觉得是自己没有照顾好兔子，怀抱着那只死兔子号啕大哭，整整一天不吃不喝。责任一词，恐怕就在那个时候深植入张秉庆的心间，让他日后终有大成。

很多年后，崖张家的父老乡亲们争相称赞张秉庆，并且回忆，从孩童时期就能看出他的与众不同。很多老一辈人至今还打趣叫他的绰号——张主任。小学时，张秉庆在学校接收到很多新知识，其中一条就是要讲究卫生，老师教导他，要帮助家里打扫卫生，还要监督大人们爱干净。张秉庆很快学以致用，一放假就带着同族的两个兄妹，成立检查组，挨家挨户地检查卫生，看着哪家卫生不干净，三个人就给帮着扫地擦桌子，并且告诉这户人家，以后把卫生打扫干净，我们明天还要检查。"张主任"的绰号就此传开。他的组织领导能力在孩童时期已经得到发挥和体现。

童年张秉庆，虽然生在农村，但他的家庭有别于一般农村家庭。爷爷张好顺早年经商，后弃商从农，在农村基层担任多年的干部，父亲张守正是公社干部，母亲余娥是远近闻名的裁缝，正是这种优越的家境，造就了他阳光自信的个性，使他天生带有一种领袖气场。上学时，他俨然是"孩子王"，班里的孩子都服他管，甚至年龄比他大的同学也听他指挥。他似乎从"孩子王"的童年经历中，很早就领会了管理之道——胡萝卜加大棒，软硬兼施。凡是服从他指挥的同学都奖励水果糖，有个别不听话的同学，他就拿父亲给他买的翻毛毡皮靴踢他们，踢得很疼。他脚上那双翻毛毡皮靴曾经在整个校园引起轰动，引来无数山里孩子羡慕的眼光。他的优越感得到极大满足，他喜欢被人瞩目。

张秉庆的求学经历比起哥哥张秉柱来要幸运得多，尽管也费了一些周折。1980年，他第一次参加高考，英语只考了几分，当年，他名落孙山，复读一年后，英语成绩勉强提高到十几分，仍然拉了总分的后腿。对于一个上了高中才开始学英语的人来说，英语宛若天书，他总是把汉语拼音和英语字母混淆，底子太薄，令他苦不堪言。而当时的学校里，甚至都没有专门的英语老师。那个时候，他恨死了英语这个"拦路虎"，他无论如何也想不到，几十年后，他的两个女儿操着一口流利的英语先后漂洋过海，走向世界，好不令自己欣慰。

那个时代，农村家庭的孩子跳出农门只有两条途径，考学和当兵，很自然的，张秉庆学而优则仕，他最终以考学为跳板成功跳出了农门。在张秉庆亲手写就的自述体文章里——《我的"下海"之路》，如此记叙他的经历：

1981年，十七岁的我以优异的成绩考入了临洮农校。作为一个在农村长大、从小看农民务庄稼长大的孩子，深知农业科技在农业生产中的重要性。于是，我特别喜欢学习农业科技知识，还没毕业，就成功地做成了康乐县第一个人工沼气池。

1984年，中专毕业后，我被分配到康乐县农技站。工作头一年，我就把全县一百五十二个行政村跑了个遍，在写那份长达上万字的调查报告时，当时的感觉既悲哀又兴奋。我为父老乡亲世世代代不曾改变的靠天吃饭的原始耕作习惯悲哀，又为了自己面对的挑战而兴奋。

大凡贫困地区，都有一个共同的特征，缺资金、缺人才、缺文化、缺技术……那么，脱贫靠什么？靠贷款？靠救济？这在一定情况下是必要的，但是，根本的出路还是靠实实在在的帮扶，这也是我从多年的农村生活中悟出来的。

其实，走服务农业生产的路并不那么平坦，特别是科技支农则更漫长、更艰辛，不可能一蹴而就。同样一块地，种了油菜新品种"陇油1号"，可使平均亩产提高百分之三十，而出油率也从百分之三十三提高到百分之四十六。可是，这样的好东西，推广起来却很难，农民要看的是结果，管你说得天花乱坠，他们就是不相信！怎么办？我就借钱买种子送给农民种。结果咋样？就是不一样。农民们信服了，不到三年，"陇油1号"就在康乐县普及了。

在县农技站，我不仅推广了"陇油1号"，引进了新式沼气生产技术，还自己钻研咨询专家探索成功马铃薯的"坑种"栽培技术，并开展了蚕豆枯萎病的防治试验工作。可以说是做一件事，成一件事，真可谓少年得志，事事顺心。1985年到1987年，我先后在省、州农业报纸杂志发表论文、调研报告及试验示范报告一百多篇。

几年的工作实践告诉我，真情+付出+专注+热爱，持之以恒，这个世界终将为你让出一条宽阔的大路。要想做事赚钱，先得做人修行——这是冥冥之中的规律，这是无形中的因果。

然而，在县农技站的第四年，一件事却使我放弃了自己喜爱的事业。这一年，由于"陇油1号"在康乐县的成功推广并提高了农民收入，而获得了甘肃省科技进步奖。奖还没公布，省农科院参加评奖的专家就将这个消息告诉了主持推广工作的我，并鼓励我再接再厉。可是我万万没有想到，表彰的时候主要受奖人却不是自己，而是县农技站一个与这个项目没什么关系的副站长。农技站的同事们议论纷纷，我气愤难忍，找到站长那里了解情况。站长安慰我说：一共就奖了个石英钟，给你拿到家里去，名声都是虚的。不要有情绪，好好干，你还年轻，以后机会多的是。

科技成果被剽窃，我抱着石英钟回了家，看着这座钟，想到四年来推广

"陇油1号"的艰辛,心里别提有多委屈了。

为了争口气,这一年,我狠下决心复习功课,以全临夏州第一名的成绩考取了甘肃省委党校党政管理大专班。1989年,即将离校的我以《贫困县的出路在哪里?》为题撰写的毕业论文,提出了党政机关干部走出去,创办企业、开源节支,另一方面解决企业缺乏人才难题的设想。这在当时是有点"出格"的想法,其大胆和创新精神得到了老师的好评,作为优秀论文发表在省委党校的刊物上,还转给州县的相关领导参阅。但是我没有料到,自己在论文中的设想会在后来由自己身体力行。

这篇自述只能说是张秉庆"下海"之前人生经历的一个概述,关于他的学生时代以及在临洮农校的表现,他在洮农的同学,后来成长为媒体人的周诚曾经作文《永远的同学,永远的兄弟》,文中记述他考试时不是第一就是第二,可以称得上是名副其实的"学霸"。

张秉庆在自述中所提到的人工沼气池,毫不夸张地说,在康乐县具有划时代的意义。周诚当年也部分参与了这项工作,他在《永远的同学,永远的兄弟》一文中如此记述当时的情景:

1983年夏季的一个周六,张秉庆拽上我和马勤、屠建章等人,放学后骑着两辆加重自行车连夜赶到三十公里外他的老家。为了给沼气池加料,只会使蛮劲的四个年轻人将沉重的豆青装车,竟然将他家架子车的车胎给压爆了。那时的他就善于动脑,沼气池技术由他掌控,我们三人只能给他打下手。那段时间,他每周都回家,操持他的沼气池。经过反反复复的实验和实践,当年他家就用沼气点灯做饭了。想想现在还有不少农村才开始推广沼气技术,而当时的一个在校学生,二十多年前就为家乡做了一件很有意义的事情。

当时康乐县农业局、科委等单位曾经做过多次沼气池实验,但技术一直不过关,要么是渗水漏水,要么出现配料上的问题不产气。最后得出结论,康乐天气太冷,沼气池技术上突破不了,冬天会冻坏,不可能建成沼气池。而张秉庆挑战了这个"不可能"。作为一个在校学生,他相信科学,崇拜技术,肯钻研，善学习，屡败屡试，终于将临洮农校白廷弼教授改良后的沼气池技术成功运用到实践中，做成了康乐县第一个能点灯做饭的沼气池。

此后，康乐县科委牵头将这项技术在全县推广，人工沼气池这项新能源工程甚至走到了全省前列。

周诚在《永远的同学，永远的兄弟》一文中不吝褒奖，称"那时的他就已显现出柔中见刚的韧性和勤于思考的谋略，蕴藏着要干一番大事业的雄心与信心"，又说张秉庆"他的韧性，他的执着，他的勤奋，他的进取，还有他的善良和他的勇于开拓的坚定信念……他的咬定青山不放松的精神，学生时代就已显现……"。

对于他在任康乐县农技站技术员时所取得的各项成绩，张秉庆当年的实习老师，临夏州农科所原党支部副书记李志忠称赞他："不仅拿到了洮农的学历证书，还得到了大专的文凭。"

由于光鲜的获奖经历，那位副站长很快就破格晋升到了副高技术职称，而张秉庆却仍然只是个助理农艺师。此时的张秉庆感到："技术虽好，当官更好，当官可以保护搞技术的人不受欺负。"他觉得还是从政更有出路。这也就是促使他下定决心复习考上甘肃省委党校的原因。

在党校学习期间，张秉庆还参加了企业管理专业大专段的全国高等教育自学考试。这个自学考试的学习与其说是为了文凭，不如说是为了服务他的家族蒸蒸日上的生意，因为此时的义顺综合商店极度缺乏管理人才。《企业经营管理》《统计学》《会计学原理》《财务会计》《财政与金融》……均是企业管理自学考试中的经典科目。多年后，张秉庆坦言，这些理论课程对他后来参与家族生意起到了非常大的作用，他学以致用，将理论运用到了实践当中。

张秉庆自学企业管理，知道了商业的本质是满足需求，互通有无，也知道了商业利润主要来自三个方面，一是地区差价，二是季节差价，三是批零差价。酒类经营的利润正是来自这三种形式。就好比自来水管，水管的动能就是压差，商品因为差价（压差）而一层一层往下中转，渗透到每一个毛细血管中去。

理论上的问题很清楚，那么在实际操作上当然应该尽量靠近产区、厂家和一级批发商。鲜为人知的是，就在1988年，张秉庆和大哥张秉柱就实践过这条理论。他们试图蹚出一条最接近利润顶端链条的路子，尽管这次探路最后以失败告终，但它的意义不可小觑，不但积淀了宝贵的经验，更为后来的发展奠定了诸多的基础。这段经历今日看来，依然显示出不同寻常的意义。

1988年8月8日，张秉庆利用假期和张秉柱一起来到四川资阳县，他们的目标是争取资阳大曲在康乐的经销权。当时资阳大曲市场销售非常火爆，设在甘肃的总经销是兰州糖酒二级站。可是与个体户合作，对当时的国营资阳大曲酒厂来说没有先例。此后的1993年，兰州二级站停止经营资阳大曲，义顺人才有机会争取到了资阳大曲的经销权。1988年时，张秉庆兄弟并没有达到目的，但他们此番去了剑南春所在地绵竹，去了资阳大曲所在的资阳县，还去了当时卖得很火的川曲酒厂所在地四川南部县，四川的几个好酒厂，包括全兴、文君酒厂，他们全部走过了，但没有一家酒厂能够与他们合作。因为当时白酒还在实行专卖，国营酒厂给个体户供货没有先例。最后他们在绵竹县一个乡镇企业贸易公司购进了一批六吨集装箱的绵竹二曲。张秉柱至今记忆深刻，在绵竹的几天里，天天细雨蒙蒙，没看到过太阳。

这批货从绵竹用汽车运到成都火车站单程五个小时，火车运到兰州要二十多天，集装箱在兰州火车站放了一个多星期又提不了货，火车站工作人员告知张秉庆，没有酒类专卖局的准购证不能提货。张秉庆还是第一次听说有这么个单位，费了好大的周折才找到酒类专卖局，专卖局的工作人员告诉张秉庆，要罚款，原因是："你没有准购证，居然敢到外省去进酒！"好说歹说，最后交了五十元罚款才办了证提了货。

当时一瓶绵竹二曲售价四元钱，成本三块八，一瓶酒平均赚两毛钱，由于转运次数太多，再加上野蛮搬运，一件二十四瓶装的箱子里，往往有好几瓶破损，刨掉兄弟俩各项差旅费用，此次探路没有赚到钱。但多年后提到此事，张秉庆感到很有成就感，认为此番探路"蹚开了一条路，第一次吃了螃蟹！"而张秉柱提到这次探路之举，至今还心有余悸。那是他生平第一次坐火车，与其说是"坐"火车，毋宁说是"站"火车更准确一些。张秉柱回忆，当时正是炎炎夏日，他和弟弟从陇西上了火车，正好撞上四川人大批从外地赶回家忙夏收的当口儿，火车上人满为患，不要说找个座位，站在车厢里连个转身的地方都没有。从头天中午上车一直站到第二天下午，张秉庆实在坚持不住，就爬到座位底下的空地上睡了一觉。到达广元车站之后，张秉柱才等到一个空座位，此时他的腿都站肿了。当时火车上的条件非常差，没有供应水的设备，口干舌燥没有水喝，兄弟俩就从车窗外面的小摊贩手里买了几瓶香槟，喝了几口，相互对望一眼之后都哑然失笑了，这哪里是香槟呀，分明是用色素勾兑的水，把他俩的嘴唇都染成紫红色了。

就是从这次的探路之行中，义顺人和兰州市酒管局有了联系。张秉庆事后问当时的酒管局领导，我怎么做才可以从省外采购酒而不用交罚款？对方回答，你们最好要在兰州设立一个办事处，再设立一个账号，我们给颁发一个批发许可证，你们就合法了。所以1993年，张秉庆设立了康乐县义顺公司兰州业务处，地址是张秉庆经常入住的宾馆。兰州市酒管局给张秉庆发了一个证，每次进货都要到酒管局开证明，并且要交费，但费用比起罚款来少多了。

1988年，中国白酒正处于改革开放的初级阶段，从一开始的价格管制到逐步放开，从计划经济向市场经济转型，开始了市场化进程。很多人赞叹，张秉庆兄弟俩那个时候就显露出的开拓创新精神已经注定他们日后终将成功。

《贫困县的出路在哪里？》作为优秀论文发表在甘肃省党校的刊物上，还转给临夏州县的相关领导参阅，时任康乐县委书记的唐振寰批转县政策研究室参考，并将张秉庆列为重点培养的青年干部，列入干部建设"三梯队"名单中。

1989年党校毕业之后，张秉庆被安排到康乐县农业局，任办公室秘书。当年的康乐县农业局局长马仲德亲眼见证了张秉庆在此阶段的出类拔萃和旺盛精力。"他不但能将本职工作做到无可挑剔，而且还在业余时间参与家族生意，一有机会便跑出去帮助他大哥和弟弟打理生意，有时还会借出差机会到临夏、兰州等地进货。"多年后，马仲德如此回忆。

马仲德开明而又胸襟广阔，明示张秉庆，只要不耽误分内的工作，时间上可以不那么死板。但谦虚谨慎如张秉庆者，从来不敢辜负领导的期望。那个时候的张秉庆精力旺盛，好像从来不知道什么是累。义顺综合商店搬到农业局楼下后，楼上便是张秉庆的办公室，他近水楼台，如鱼得水，白天楼上楼下地跑，忙得不亦乐乎，夜晚来临，他回归自己的秘书身份，在夜深人静时起草农业局各类领导讲话，工作汇报和总结，从未耽误过正事。

马仲德认为，正是在农业系统多年的工作经历，使张秉庆对科技兴农有一种天然的热爱和使命感，这恐怕也是他后来成立甘肃义顺莲花山药业，生产研发和推广"义顺奇肥"和"陇宝醋"的渊源所在。

马仲德评价当年的张秉庆踏实能干，是个难得的人才，"有上升的空间"，并着力加以培养。但从政两年之后，张秉庆内心却生出深深的迷茫，从政最好的结果会是什么呢？此时的张秉庆大有怀才不遇的惆怅，他写了一首诗抒发当时的情感：

松鸣岩上长青松，栋梁深埋隐山中。

他日若遂凌云志，再世孔明定乾坤。

他自比有诸葛亮之才，希望立下匡扶社稷之功。他的表述将他渴望出人头地的心绪暴露无遗。在庞大的公务员体系里，他感到自己手脚被缚，缺乏施展才能的空间。他渴望有个独立的舞台，自己是这个舞台的主角，从"孩子王"到"张主任"，他的领袖欲望早已形成，而现在，这个欲望遇到了强大阻力。

"迟下海不如早下海，早下不如现在就下！"

"1992年，又是一个春天。有一位老人在中国的南海边写下诗篇，天地间荡起滚滚春潮，征途上扬起浩浩风帆……"

歌中描述的是八十七岁的邓小平，在1992年1至2月南方巡视时陆续做出的"南方讲话"。市场经济，这位迟到的佳人，在中国改革开放总设计师亲领的"天鹅之舞"中，终于告别了"犹抱琵琶半遮面"的暧昧，走到了众人面前。

1992年被公认为是中国企业家的转折年，某种意义上，亦是张秉庆命运的转折年，如果不是1992年，他可能下乡当个乡党委书记或者乡长，锻炼一两年，回来之后在县上任个局长，最后争取到一个副县级待遇就不错了，这政治生命似乎也是一眼能望到头了。

1992年邓小平南行讲话后，党中央、国务院提出了"农口系统干部领办经济实体"的号召。随后临夏州康乐县政府发布了一系列优惠政策，动员全县干部职工转变观念，摆脱农业经济的束缚，开创市场经济的致富路。此前的1990年，张秉庆被派去河北保定考察学习。这次考察之旅让张秉庆无比震撼，他深刻地感受到了东西部经济发展的巨大差异，"感觉康乐要比东部发达地区落后二十年。"作为康乐政府体制内的一名小吏，他油然而生一种耻辱感，另一方面，他感觉沿海发达地区的今天，就是康乐落后地区的明天，康乐有太多发展的机会，他已经萌生了"下海"的心思。

没过多久，康乐县政府还颁布了一系列的优惠政策，其中一条说，如果"下海"的干部想再回原岗位也可以。事到临头，张秉庆手里捧着红头文件，心里却在闹矛盾，到底是下还是不下呢？

也就在1992年，时任康乐县委书记唐振寰动员机关干部"下海"，于是张秉庆成了第一个被"谈话"的对象。唐书记分析了各方面的利害关系后，说了一句让张秉庆至今记忆犹新的话："迟下海不如早下海，早下不如现在就下！"

唐振寰，从此与张秉庆有了千丝万缕的联系，被张秉庆誉为是对义顺有过巨大影响力的人物，备受义顺家族尊崇。这个曾在党的宣传教育战线工作多年，对邓小平南行讲话有深刻理解，有带领群众脱贫致富的强烈紧迫感和使命感的县委书记，后来历任临夏州委副书记、兰州城市学院和甘肃广播电视大学党委书记兼校长。退休之后，唐振寰出版了四十万字的回忆录《不褪色的记忆》，他在回忆录中如此记录当时和张秉庆谈话的情景：

作为县委书记的我召见了张秉庆，他忐忑不安地走进我的办公室，只见他中等个子，敦实的身板，一脸福气，一双明亮的大眼闪着灵气。我开门见山地问："你想好了吗？不怕丢掉铁饭碗吗？家人同意不同意？"一连串的问题，张秉庆都回答得斩钉截铁。他说："我们全家开过会了，一致决定要我下海。有县上《八条》优惠政策，有唐书记支持，天大的困难也难不倒，我要干出个样来，报答县委县政府的关怀、支持。"同时我告诉他县上决定从扶贫款中贷款支持他。为了彻底打消他的顾虑，我又说："迟下海不如早下海，早下海不如现在就下！你下海试一下，不行再回来，岗位我给你留着（他当时是县农业局干部）。"张秉庆脸色通红通红的，飞扬着兴奋和决心。

从这段记录可以清楚地看出，张秉庆的"下海"是想好了之后才下定的决心，充满理性。下定决心之前来自外界和家族内部的质疑和反对均可以忽略不计，但张秉庆一直记得二叔张守浦当时的告诫："自古以来，为官再经商的例子很多，但经商再能回去为官的没有！"二叔的说法并没有错，但张秉庆其实已经是下定决心，放弃了自己回去当官的机会。事实上，不同于一般公务员下海，张秉庆家族中经商的传承和此时正红红火火的义顺综合商店正是他的靠山。可以说，正是由于这个先天的好条件，给了张秉庆闯"商海"的决心。

有人认为，从某种意义上说，张秉庆"下海"是回家守业，而不是创业。此话只说对了一半，因为客观来看，当时义顺家族的"业"还很小，如果仅仅是"守'的话，似乎没有非他莫属的理论前提。只能说，因为有这样的基础，他能比平常人更容易下定决心抛开公职走上"下海"创业的道路。

1992年9月24日，康乐县人民政府常务会议研究决定，正式批准成立股份合作制集体企业——康乐县义顺农工商公司，挂靠县农业局，任命张秉庆为总经理、法人代表。10月16日领取营业执照，27日公司挂牌营业。从可行性分析，递交申请报告，到县政府常务会议研究批准，最后领取营业执照，只用了短短一个月时间。所谓"挂靠"，只因这家企业是康乐县在家族原有的经济基础上创办的第一家由机关干部领办的经济实体。换句话说，它是地地道道的"红帽子企业"。有一段插曲或许人们早已忘记，但历史会将它们忠实地记录下来。改革开放前，中国只有清一色的公有制性质的企业，即国有企业和集体企业，没有私人企业。改革开放开辟了市场化进程，但在当时的环境下，很多企业都被要求有一个"主管单位"，于是私人企业被迫挂靠到某些国有企业和集体企业之下，甚至挂靠到机关单位名下，戴上一顶"红帽子"。这是中国企业发展史上的一个特殊现象，造成了经济秩序的混乱，同时由于产权不清晰而引发了很多悲剧。最突出的悲剧案例是，私营企业老板动用企业资金被认定为挪用或贪污公款，变卖企业资产成了侵吞国有资产，甚至被判刑。改革开放前三十年是"大破"的三十年，摸着石头过河，总是要付出许多代价。相比而言，张秉庆是幸运的，康乐县义顺农工商公司作为康乐县第一家民营公司，也是迄今为止保留下来的为数不多的并且正常经营的老公司之一。

如果站在1992年这个时间节点来分析，当年成立的康乐县义顺农工商公司成为康乐县第一家私营企业，可见康乐的市场化进程相比较其他地方落后了至少十年以上。庆幸的是，义顺的"挂靠"仅仅是走了一个形式，以便符合当时的政治要求，它的产权极其清晰，没有为后来的发展留下什么大的隐患。

脉络已经非常清晰，康乐县义顺农工商公司就是在义顺综合商店的基础上成立的，基于此，在关于张秉庆出任总经理和法人代表的问题上，很多人会发出疑问。如果论资排辈，张秉柱是老大，而且比张秉庆经商早五六年，但为什么张秉庆当了康乐县义顺农工商公司的总经理，而张秉柱却甘愿屈居其后呢？

将时间的镜头拉到2008年，彼时义顺企业已经在兰州站稳脚跟，初具甘肃酒类龙头企业的雏形。甘肃卫视《新财富》栏目以《三兄弟傍"大款"》这样一个极具噱头的标题对义顺企业进行了报道，片中提及这个问题时，张秉柱说了一句非常经典的话："火车跑得快，全凭车头带，"并且极其谦虚的重申："我这个车头不行。"

2010年，为纪念"义顺"商号建号85周年而刊印《追梦》一书，原中国商报甘肃记者站站长王恒真为义顺企业撰写报告文学《见证义顺》时，再次提到这个问题，张秉柱如此回答：

"我虽然是老大，而且做生意也比秉庆早几年，但我念下的书远不如秉庆，胆识和眼力等方面都不如秉庆，所以让我兄弟秉庆撑起义顺这面旗帜，我心甘情愿。其实，在公司成立之前，秉庆就一直在帮我，那时候，我发现他的脑瓜子就比我聪明，因为他念的书比我多，而且理论能结合实际，他的本事在公司能派上用场。再说，义顺公司成立的时候，我父亲的身体不好，生意上的一大摊子事儿，我和三弟确确实实是忙得顾不住了。所以让秉庆当总经理，当时父亲也征求过我的意见，我说这样合适着哩，秉庆文化程度高，能力比我强，我让位是合适的。"

很多年后，张秉柱依然为自己当初的让贤感到庆幸。他说："多亏了有秉庆这个挑重担的兄弟，如果当初让我挑这个担子，公司发展的速度肯定没有这么快。"而张秉庆在不同的场合，均表达出他对大哥高风亮节的钦佩。这似乎也从一个侧面解读了这个家族之所以兄弟牵手一路发展壮大的内在原因——兄弟之间是敬与让，而不是争与抢！长兄如父，宅心仁厚的张秉柱甘愿成为默默站在弟弟身后的那个人，这成为义顺家族兴盛的因素之一。

"义顺"商号恢复经营的前五年，可以说是乡村能人靠胆大、运气好而赶上了改革开放的好时机，积累了一定的资源。而它后来的发展，则因为张秉庆的下海而注入了更多智慧的因素，正是因为张秉庆受到体制的滋养，当他后来脱离体制，自然而然地将这种滋养带到了企业经营中来。应该说，从下海担纲康乐义顺农工商公司总经理的那天开始，张秉庆在他周围的人眼中已经变得与众不同，在他以后的人生当中，这种出类拔萃一直延续。在他之后，康乐很多党政干部望"海"兴叹，深陷"能否'下海'？'下海'是否安全？"的争论中难以自拔，先就在胆识上差了一大截。

九年的体制内经历不仅让张秉庆开阔了眼界，有了更多的知识储备，更重要的是确立了他恒定的价值观，这套价值观表现为一种积极的人生态度，很努力奋斗的精神以及对社会问题变化的持续关注与参与。

"凡是从体制里走出来的人都是有个性的，就是不能融入体制的这种。如果没有南行讲话，我只能做一个庸人，或者说是一个平常人。"时过境迁，多年后张秉庆分析自己当时下海的心态时如此说道。

唐振寰在《不褪色的记忆》一书中有这样一段略显俏皮而又真实感人的记述：

看笑话的人说："是个二杆子，看他尕娃咋蹦跶？兔子尾巴长不了。"张秉庆却说："出水才看两腿泥哩！"他不说怂话，义无反顾地扎进"商海"中了。

张秉庆正式下海，他的第一位妻子景晓宏此时同为康乐县农业局干部，也追随张秉庆下海了。她的下海颇有意味，康乐县政府一纸调令，她由康乐县农业局被调往康乐县义顺农工商公司，等于是由官方出调令，把她调到了自己的家族企业里，这种在今天看来荒谬的行为也只有那个年代才会发生。1995年后，康乐县财政停发了她的工资，但一直保留她的干部身份。景晓宏从1990年兼任义顺综合商店的会计到1992年开始任专职会计和营业员，一直到1997年追随张秉庆来兰州创业，担任义顺企业财务总监多年。2005年，景晓宏罹患肺癌，她表达了自己想恢复公职、办理病休的想法，最终相关部门满足了她的愿望，她终于重回机关，以康乐县农业局干部的身份办理了病退手续。2012年6月，景晓宏病逝之后，张秉庆一如既往陪伴和照顾着痛失爱女的老岳父，正如张秉庆的同学周诚称赞的那样，张秉庆不但是商界奇才，也是一位真情男儿，有情有义有担当！

关于"92派"

将时间之轴拉到2010年，"义顺"商号历史上第一次全面梳理总结企业文化和成功之道的《追梦》一书中，媒体人王恒真在详细了解了张秉庆的"下海"过程之后，用到了"92派"一词，首次将张秉庆列入"92派"，但当时的张秉庆并未有太深的感触。2012年2月，张秉庆从一些门户网站上看到关于"92派"的相关报道，列举当今中国最负盛名的如冯仑、潘石屹、陈东升等企业家聚首于黑龙江亚布力，举办了一场名为"市场的力量——纪念邓小平'南巡'二十年"的论坛。他详细阅读之后，思想有很大的触动，原来自己也是"92派"啊，但是除了有1992年下海这一相同的经历外，他感到自己离这些中国商界的领袖太遥远了。2017年初，张秉庆赴北京参加慧聪网董事局主席郭凡生的股权激励培训班，期间与郭凡生把酒论英雄，简单的互动之后，郭凡生说道：原来你也是我们"92派"啊！这句话竟使张秉庆内心泛起巨大的波澜，"92派"本是一种身份，此时他却感到这对于自己更像是一种荣誉。

从北京回来，张秉庆翻阅了大量"92派"的相关书籍和报道，内心受到极大的震动。此时他蓦然发现，个人的命运往往被时代裹挟，与国家命运交织，制度与环境比个人更能创造历史！

"92派"原始的定义来自泰康人寿主席陈东升："政府官员、知识分子等社会主流精英下海组成的有责任感、使命感的企业家群体。"在他看来，1992年前后由官员、学者身份下海的企业家都可归入这一群体。这里的"派"不是派别的意思，"而是以1992年作为分水岭"。

1992年1月18日至2月21日，邓小平南行武昌、深圳、珠海、上海等地，发表著名的"南行讲话"———改革开放的胆子要大一些，敢于试验，看准了的，就大胆地试，大胆地闯。10月，党的十四大正式确立了市场经济体制改革目标，由此结束了"姓资姓社"的争论，中国式改革进入以制度创新为主要内容的新阶段。几乎所有的禁令都被取消了。政府可以办公司，学校可以去赢利，教师可以兼职，官员可以做买卖，倒卖紧俏物资的人可以合法地从中谋利。

据《中华工商时报》的统计，当年度全国至少有十万党政干部下海经商。

有人认为，1992年是中国企业家成长的转折年，也是中国现代企业的元年。那是一个知识分子大迁徙的年代，一部分人选择继续留在体制内，而另一部分人则毅然投身市场，中国历史里又一个追逐财富的时代轰轰烈烈地开始了。

作家余秋雨有过关于"文化转型与竞争力"的评述，他认为，一个国家或地区的经济发达与否，不取决于精英文化人物的众寡，也不取决于所谓文化精品的众寡，而取决于社会心态、文化观念的价值取向。

这个观点正好印证了主流经济学人士对"92派"的另一番点评：强调"92派"的意义，不是在乎几个人做生意是否成功，而是改变了一代人或者几代人的价值观。从此以后，创业成为潮流，企业家成为社会的主角，并深深影响了这以后读书人的选择。

然而，泱泱创业大军，成功者并不像想象的那么多。二十多年里充满了不确定性和挑战，有的人没有坚持到最后，有的人摔倒后再也没有爬起来。眼下头戴各种光环的"92派"们，无一不是在艰难困苦中熬过来的。

与很多白手起家的"92派"略有差别，张秉庆有自己家族经商的经济基础。而在最初下海时，他只是按相关规定享受了一些很少的优惠政策。张秉庆初下海时，停薪留职三年，三年后，工资停发，时至今日，他依然被保留有康乐县农业局干部的身份，但仅仅限于一种身份。

诚如有媒体所评价的那样，在"92派"们高傲的骨子里，永远不会甘心只做一个商人，而是做一个有精神、有格局的企业家，并深深希望后来者将之传承。这，亦引起张秉庆极大的共鸣。毫无疑问，张秉庆是一位真正的"92派"，或许，他比不上当今中国最具盛名的商业大佬，更不能与他们的成就相比较，但他亦走出了一条自己的"92派"之路——将一个家族传承的企业从一个偏僻的小县城带到了省城，又从省城一路开疆拓土，成为西北乃至全国有一定影响力的企业。

野蛮生长与底层智慧

那是一个疾风暴雨、轰轰烈烈又充满了理想主义的年代，每一个人都拥有纯洁而勇敢的心灵。改革开放带来的商机不断涌现，越来越多的商业智慧被开启，"92派"们心怀梦想在迁徙，在创业，在义无反顾！

"下海潮"的激情与火热，铸造了一个只相信实力，不相信眼泪的时代。成立了公司，张秉庆觉得浑身的血液都在沸腾，从个体户到私企总经理，这是一个巨大的飞跃。然而，一腔激情跳到商海里，迎面而来的便是诸多极其现实的问题。首先是公司经营没钱，康乐县政府承诺的扶持贷款最后因种种原因并未落实，集资在当时按照金融管理制度是不允许的，但改革开放很多事情都是摸着石头过河。为此，当时的康乐县委书记唐振寰亲自出面给张秉庆打包票说，只要你不超出康乐县，不超出亲戚朋友的范围，数额不是很大，我可以保你没事。有了这个尚方宝剑，张秉庆得以放心地从亲戚朋友中借钱，有部分亲朋当年的入股至今还躺在义顺公司的账上。其次是办公司没地。张秉庆要办的可不是皮包公司，在他当时的意识里，就和农民种地一样，土地是根本，办公司也必须有自己的地盘。东奔西走，最后，在县委县政府的支持下，县上将县城南桥外的三亩地以每亩一万元的价格出让给了义顺农工商公司。张秉庆说，我一下拿不出这么多钱。县上领导说，地，你先用着，钱，等你有了再给，但是，三亩地三万元钱，你每年得给县上交三千块钱作为资金占用费，四十年后，你再一次性交清三万元的土地出让金。按照常人的思维，这是一笔不划算的买卖，原本三万元的土地最后却要付出十五万元的代价，但张秉庆和全家人商量之后觉得可行。他以现代经济学的思维考量这场买卖，认为买卖双方可以达成共赢，于是欣然签约。至今，义顺依约每年向康乐县农业局交纳三千元的资金占用费。这场买卖也让义顺人获得了康乐县新集街28号第一个根据地。

1993年，用尽前五年的所有积蓄，义顺人一气呵成修建了公司大院。从这个根据地开始，义顺人以一个农民种地渴望拥有土地的思维，每待时机成熟便向四周扩展，通过二十五年的努力，义顺人八次分别收购兼并周边单位、个人的土地，共计二十亩。而这一区域的地价，随着地方经济的发展，又受房地产市场的影响，在2017年前后早已越过了一亩地五十万元的上限。这是另一段"无心插柳柳成荫"的插曲。

公司成立后，最突出的问题就是缺少货源。张秉庆下天水，上兰州，去四川，走上海拜访生产厂家，寻找适销对路、价格合适的商品。"三尽量"的原则在那时已深入他的脑海，即尽量从生产厂家进货，尽量从省级一级代理商或区域二级站进货，同品种同质量的商品尽量选择从政策相对较好的供货商处进货。

张月圆儿时的记忆中，除了二伯张秉庆经常不在康乐外，大伯和爸爸其实是和自己生活在一起的，但是他们的相逢是错时的，她睡了，他们回来了，等她醒了，他们已经又出发了。起早贪黑，早出晚归，是父辈留给她最深刻的记忆。张月圆还记得，父辈们经常会在出差回家后讲起，上了火车没有座位，万幸抢到一个座位下面的空地，一张报纸一铺，倒地就睡。这样的事情义顺三兄弟都曾经历过。1993年春天，兰州开往成都的列车上，张秉庆因为乘客严重超员，只买到一张无座票。谁也不会想到，那个为抢到一个硬座下空地而暗自喜悦，全然不顾形象在拥挤的车厢里，混杂着脚臭、汗臭的环境里酣然入睡的人，会是日后一代企业家。

成立了公司就不比当初的小商店，要发展就得找客源，没有客源，那就得开发客源。张秉庆带领全家人利用康乐地处三个地区交界处的区位优势，跑临夏，跑甘南，跑临洮，建立销售网络。当时的各县都有农副公司、糖烟酒公司、民贸公司，可是这些公司都是国营单位，坐等客户上门，与之形成鲜明对比的是，义顺人早已经开始送货上门，价格低，服务好，孰优孰劣，一目了然。可是，借助于地方保护主义和行政管制，这些国有公司事实上还有一把巨大的保护伞，行政干预相当于是在告诉私营企业：此处是我的地盘，不许跟我抢！不许跟我竞争！

张秉柱回忆，"那个时候，我们给临洮县城送货的时候，经常是晚上半夜行动，因为在白天，他们抓住就要罚款哩！"张秉庆描述，"那是一段相当于地下工作者的经历，我们经常是与经销网点约定时间，半夜把车开到经销商门前，敲三下门，里面的人就出来，二话不说开始卸货，一夜能跑十四五家网点，连个欠条都顾不上打，等天亮时，我们已经空车回到大本营了，休息一下，才拿着大提包挨个去收款。"交易是如此简单，但又是如此辛酸，只是当事者完全以此为乐，不觉得与行政力量玩"躲猫猫"的游戏是一件狼狈不堪的事情。这是一段野蛮生长与底层智慧并存的岁月。

回过头来看，昔日辉煌的国合商业今何在？毫无疑问，早已被历史的车轮碾得粉碎，国合商业没落之日就是私营企业崛起之时，竞争是不可能靠行政力量来阻止的，因为它不符合市场经济发展的规律，只有充分的竞争才能最大限度地激活市场经济的活力。

"并非私营企业搞垮了国合商业，是国合商业自己搞垮了自己。他们不思进取，才使我们抓住了机会。"张秉华如此阐述自己的观点。

1995年3月，张秉庆和弟弟张秉华怀揣十五万元专程赶赴湖北，购进加长东风牌大货车一辆。"当时还没有一百元面值的人民币，最大面额就是十元，可想而知，那是何等壮观的一堆纸币。"很多年后，当时的情形还历历在目。他们兄弟俩的内裤分别都缝上夹层用来装钱，外套和随身的提包里到处都塞满了钞票，活脱脱就是两个移动的人体钞票押运车。幸亏天气冷穿得厚，鼓鼓囊囊的倒也不显眼。可是千小心万小心还是难逃小偷的"火眼金睛"。张秉庆回忆，当时他和张秉华紧挨车窗面对面坐着，因为太困都睡着了。等他惊醒睁开眼睛时，发现有一个人正爬在他俩中间的桌板下面，已把手伸进张秉华的口袋里，他一个激灵，一脚踢在那人身上，那人踉踉跄跄站起身来，从过道逃走了。

一旦有了积累，义顺三兄弟首先想的就是再投资，投资购买运输工具，投资扩大经营场地，凡此种种，总之，绝不把钱装在口袋里。投资充满了风险，相反，把钱装在口袋里是安全的，正是这种小富即安的小农意识，让很多私营企业发展到一定程度便裹足不前，错失了发展良机。与之完全相反，当义顺人超越了封闭落后的小农意识，他们也便充满动力，从而迎来了企业一步又一步的跨越式发展。

张秉庆"下海"前的领导原康乐县农业局局长马仲德如此评价张秉庆："七八十年代成长起来的知识青年能力是最难估量的，一方面他们继承了前辈吃苦耐劳、脚踏实地的优秀品格，另一方面他们又具有新时期青年思路开阔、目标远大的良好素质。二者结合就能干出惊天动地的大事业。"

人的命运来源于三个支点：知识、习惯、性格。张秉庆并没有总结过这些道理，也没有听取过大家的评价，但他凭借理性和毅力，将这三个命运的支点，一并改变了。也许是真应了那句古语，"天将降大任于是人也，必先苦其心智……"，期待、焦虑、无助、失望、挣扎、忍耐，心灵煎熬的种种痛苦已难以启齿。很多年后，张秉庆直言：在没有枪炮声的商战中，所有"下海"又"上了岸"的干部走过的路，我都走过。只不过有人"上了岸"，有人"出了事"，也有人"连身影都找不着了"，而我却还在大海里扑腾着。

时光的流逝常令我们远离那些尘封的记忆，尤其在阳光灿烂的岁月，人们常常会淡忘了阴雨如晦的日子。然而，对于一些特定的历史，对于关乎一个人、一个企业、一个家族乃至一个民族重大命运的过去，却无法不令人铭刻在心，历久弥新。

下海后的张秉庆如拼命三郎一般，为了扩大业务，采购货物，他一年四季没黑没明地跑货源、跑市场，吃尽了苦头。他经常凌晨四点钟坐运粮车从康乐出发，早上八点钟左右到兰州。刚好是国营单位上班时间，一刻不停地赶往三五家省级批发公司，开好进货票、办好手续就到了中午，可他不能休息，得利用午饭时间联系运货车。车找得顺利，还有个吃饭喝水的时间，要不然，连口饭都吃不上。到了下午上班时间，张秉庆又得到各个发货的仓库点货、装货，再跟最后一辆运货车到康乐。那时从兰州到康乐的七道梁隧道还未开通，货进得顺利，路上不出任何问题，到康乐最早也要到晚上十点钟。这还不算完，还要看着人卸货，有时人手不够，他还得和全家人撸起袖子一起干。卸完货又对账，折腾完基本上到了十二点以后，直到这时他才能躺到床上出口气。睡两三个小时又开始重复前一日的工作。

就是在那个时候，张秉庆练就了在车上睡觉的本领，任凭运粮车在颠簸崎岖的山路上摇摇晃晃，他却能酣然入睡。当后来条件好转，他有了自己的司机之后，他常常利用赶路的时间在车上办公，及至后来，凡遇出差乘坐飞机，飞机上的时光也被他用来读书写作，这种对时间的争分夺秒式利用，已经成为他的一种习惯。

"下海"那几年，张秉庆又黑又瘦，比起在农业局当干部的日子来，简直就是苦不堪言。他自己有时也忍不住想，放着安安逸逸的日子不过，瞎折腾，累成这样到底图什么？

然而，比这种"苦"更令人提心吊胆、受尽煎熬的是经营多元化过程中的决策失误。张秉庆也承认，当时走过很多弯路，因为看不到大势，有过很多失败的投资，最典型的就是上马印刷厂。重型印刷当时已经过时了，自己却还大力投资。义顺印刷厂生产出来的作业本、稿纸由于技术落后，质量差而销路不畅。而那个时候还继续生产蜡烛显然更脱离实际需求。这期间，他们还生产五色纸，纯手工印刷，"当时生意很红火，但是从长远来看，方向不对，最后都不得不断腕舍弃。"张秉庆补充道。

成功的道路上总是充满荆棘，不经历风雨，哪见得彩虹呢？那是一个风起云涌的时代，只要努力就有回报：苦干了三年时间，公司初具规模，义顺人终于在康乐县站稳了脚跟，成为全县最大的商贸公司。

作为一个家族企业站立起来的标志和转折，1995年5月19日，义顺人在康乐县城新建成的公司大院内召开了热闹非凡的全面开业典礼。而颇具讽刺意味的是，此时，康乐县很多人还在讨论能不能下海。张秉庆在开业典礼上向社会交上了一份自己还算满意的成绩单：义顺在以康乐县为中心的周边地区形成了一个比较完善的货源配送网络，成功地取得了天水火柴、天水电池、兰州燕牌洗衣粉、洮阳春、陇南春酒、四川资阳大曲等省内外十多个厂家产品在当地的总经销权。义顺同省内外四十多个厂家建立了稳定的供销关系，垄断了全县部分商品的代理经销权。为了适应当地日益增长的供销需要，义顺又一连开设了两个经营部。义顺自产的润肤油畅销临夏、临洮，远销青海、宁夏、内蒙古等省区。义顺还一连购置了几辆运货车，拥有了自己的专业运货队伍。

义顺代理的洮阳春酒在1995年做到了顶点，后来被证明是决策失误的义顺印刷厂、义顺五色纸厂此时正红红火火。

饶有意味的是，也是在这一年，董事长张守正携总经理张秉庆赴四川宜宾五粮液酒厂考察。他们到五粮液酒厂的目的非常明确，便是争取直接从五粮液酒厂进货。但五粮液方面的人面对来自边远甘肃的这两位不速之客，客气地拒绝了这个"出格"的请求。五粮液是国有企业，在当时的经济条件下已经形成相对完善的经销体制，只与省市级国有公司合作，根本不屑于和一个小"个体户"做生意。谁也不曾料到，几年后，义顺成功"逆袭"，成为甘肃最大的五粮液及五粮液系列酒经销商，年销售额上亿元，并且是甘肃首家五粮液品牌模范运营商。昔日无名小卒成为今天五粮液"座上宾"，这是何等的意气风发，荡气回肠！三十年河东，三十年河西，历史往往就是这样耐人寻味！

从另一个层面来解读，当年的"出格"之举恰恰显示出义顺人的过人之处，那个时候开始，他们已经有了"站在巨人的肩膀上，你将看得更远"的意识，虽然无果而终，但只是时机未到，"名酒战略"的意识已经生根，时机一到，一切水到渠成！

张秉华的车轮人生

义顺人在三年内成为康乐县最大的商贸公司，然而，谁会想到，这背后的艰辛与苦难。碎片化的片断和故事太多太多，让我们通过张秉华的经历来窥一斑而见全豹。

出生于1968的张秉华，在义顺三兄弟中排名第三，作为家中的老小，他并未受到过分的溺爱。张秉华幼年时因生病突发高烧，高烧过后记性变差，这导致他学习吃力，甚至厌学，最终初中尚未毕业便辍学。父母亲没有强迫他继续念书，而是指导他学习技术。张秉华先是学习放录像，在康乐县广播站工作了两年。1987年，在康乐县义顺综合商店开办的前一年，因他喜欢开车，父母亲和大哥张秉柱用其所长，专门买了一辆"原野"牌摩托车由他负责送货。随着业务扩大，后来又支持他学车考驾照。张秉华就此与"车"结下了不解之缘。

义顺企业历史上经典的八个情景剧中有一幕的剧本文字是有关张秉华夫妇的。

旁白：1995年5月19日，当很多人还在讨论能不能下海的时候，义顺公司全面开业典礼在公司大院内隆重举行。第一步创业获得成功，完成了历史性的惊险一跳。不到三年，义顺公司在以康乐为中心的周边地区形成了一个货源配送中心。第二经营部、苏集经营部相继开业。

女：喂，您好！哦，您请讲，老马家吗？好的，我们马上送。

喂，您好！您稍等我记一下，两箱火柴，一箱洗衣粉。

喂，好的好的，我们的人已经安排送了……

（望向窗外，高声呼唤）秉华，那些是要装车的棒棒油，说是今天要送到青海的，四百箱呢！

男：哦！好，我这就去装！（汗流浃背的身影）

旁白：这个风里来雨里去的壮小伙不是别人，正是当年淘气不已的小混混，没少给两个兄长添过麻烦的三弟。俗话说：一个篱笆三个桩，一个好汉三个帮。自行车、三轮车、摩托车、小汽车……义顺公司的商品远销四面八方，他真是功不可没啊！曾几何时，因为天黑路滑，因为路途崎岖，因为货物超载，人仰车翻，倒在血泊中的他着实让哥哥们心疼不已，更多的感动还是我们

的弟弟，终于长大了！（音乐起）

张秉华在义顺家族中，有一个"先锋官"的称号，寓意"指到哪儿，打到哪儿，有极强的执行力。"正如这部情景剧中所描述的，张秉华用汗水积累着家族财富，用车轮开拓着家族成功之路。

张秉华面色黝黑，他的妻子王秀琴据此推断，这可能与他早年间时常被拖拉机烟囱里的黑烟"熏陶"有关。王秀琴回忆，张秉华经常夜里三四点钟就发动拖拉机外出送货，她躺在被窝里听着拖拉机巨大的轰鸣声渐渐远去，拖拉机烟囱里喷出的黑烟就这样长期"熏陶"着丈夫。张秉华非常能吃苦，为了省下装卸费，经常一个人装满一车货。

由于张秉华在"义顺"商号恢复经营早期兼任司机的角色，他的故事也就更多一些。翻开他的履历，车，成为一个绕不过去的名词，而对于他来说，车就是他的生命载体。很少有人在自己的履历表中，以一辆"车"为主线讲述自己的成长之路，张秉华就是这个特例。他的履历表中展现了这样一条清晰的主线：1987年下半年后，用新购置的四轮拖拉机进货送货；1988年上半年，用一辆旧方园车进货送货；1989年，用新购置的华山牌四轮柴油车进货送货；1990年元月，从南京购进一辆跃进柴油车进货送货；1995年3月，从湖北十堰购进一辆加长东风柴油车进货送货……

张秉华的前半生基本上是用车轮丈量着祖国大江南北的土地。他创下的最长开车时间是六天，最远开车距离是两千公里，从康乐到南京，中途不休息，两个人轮流开车，中间翻越六盘山。

以"车"为主线，张秉华见识和经历了种种世态人生，其中尤以"山贼"和修车的故事令他记忆深刻。1993年，张秉华经常去徽县陇南春酒厂进货，那时候没有高速路，早上从康乐出发，晚上十一二点才能到徽县，次日早晨装满一卡车酒，便启程返回康乐。途中，天水武山是必经之地，张秉华的描述里，武山，山大，沟深，贼多。初走这条道时，张秉华没有经验，车上只有他和另一个司机，他透过车窗已经明显感觉到有人上了车顶，可是，势单力薄，又不了解对方的情况，他们没敢停车，睁着眼睛任凭"梁上君子"胡作非为，好在只是一些小损失，也就没放在心上。让他真正领教武山山贼的厉害是在1993年年底，当时张秉华与张秉庆同去徽县进货，中途又在天水针织二厂购进了十箱劳保手套，码在卡车顶部。上山时已是晚上八点，深夜两点多下山后，发现车顶上空空如也，十箱劳保手套不翼而飞，直接损失一万多元。这次事件发生之后，张秉华采取了预防措施，再经过这里时，一个人驾车，另一个人冒着寒风坐在车顶，这个举措很是有力，有人在车顶，山贼也就不敢上来了。可是道高一尺，魔高一丈，千小心万小心，还是难防山贼的厉害。有一次，张秉华路过武山时，特意将装满酒箱子的卡车四周蒙上一层篷布，便放心地上路了。一夜安宁，过了武山，他们下车检查，四周篷布完整如初，但不知为什么，他心里就是不踏实，于是，他爬到车顶上检查。这一查不要紧，车顶上的情景让他目瞪口呆，山贼们居然在车顶中央割开篷布向下掏出了一个深坑，几十箱酒再次不翼而飞。事后有当地朋友给张秉华分析，这个地方的山贼不只是团伙作战，而且是整个庄子的人参与偷盗，分工很细，不然不可能轻易地将几十箱酒完整安全地送达地面。

1994年的春节旺季，寒冬腊月，张秉华率领七辆卡车组成的车队，装满陇南春酒经过武山。拐弯处，他亲眼看到一个人影飞快跳到了前一辆车的车顶，如若不是来偷东西的，张秉华真是佩服这人的飞檐走壁之功，完全可以拍电影了。这是张秉华第一次在武山见着"梁上君子"的真面目，他把头伸出车窗大喝一声，那个人影迟疑了一下，终于跳下车跑了。

贫穷的年代，封闭、落后扭曲了人们正常的价值观，造就了彼时武山蛮荒的偷盗行为。历史演变到今天，武山山贼早已消失在历史云烟里，但是，每每提及这里，张秉华总要长叹一口气，武山是他的伤心地。

影视剧里所描述的商队遭遇马匪的情节，义顺家族经历了不止一次。这个家族一步一个脚印，走得艰难，走得曲折，他们所遭受的磨难、曲折、惊心动魄胜过一部波澜壮阔的电视剧所有能设想的情节。

张秉华还清楚地记得，当年义顺自产自销棒棒油，他经常到南京金陵石化厂购买原料。有一次夜过华家岭时，被人偷走了一桶白油。张秉华形容，白油原料桶体积非常巨大，搬运极其不易，可是山贼是什么时候下手的，他竟然完全不知道。他除了惋惜自己的损失，更有一种哭笑不得的感觉，这种生产原料对行外人来说一无用处。他打心底里佩服这些山贼，功夫了得！

如果说武山教会了张秉华防贼术，那么，河南堰市修车人的不地道则逼迫张秉华不得不自学成才，实现了从司机到修车技师的跨越。1994年，义顺企业上马了五色纸印刷项目，张秉华第一次去河南新乡造纸厂购买纸原料，返回途中车辆出了故障，此时他开的正是那辆"跃进"牌柴油车。找到路边一间修车铺，工人检查之后告诉张秉华，一天就可以修好。可是这一天一等就是一个星期。期间各种刁难与勒索，最后求爷爷告奶奶，车终于修好了。可是，开出修理铺上路不到五十里路，又坏了。张秉华没敢回去找之前的修车铺，他已经被勒索怕了。他走了很远的路，终于找到一家正规的修理厂，这次运气很好，居然遇到来自兰州的修车师傅。修理厂的厂长五十多岁，是兰州兰通厂的退休技工，好歹算是甘肃老乡。厂长检查之后告诉张秉华，还是老毛病，汽门没有装好，实际上就是之前那个修车铺故意留下的隐患。当时张秉华心里那个气呀，他想不通，人心咋就这么坏呢？很长一段时间，张秉华消除不了对河南人的偏见。

有了这次教训，张秉华此后刻苦钻研，他熟悉一般车辆的基本构造，但凡车辆出了故障，他自己就是修理工。于是也就有了在他母亲的记忆中，总是见他满手黑油浑身脏兮兮修车的形象。但是，遇到车坏在半路，又没有零部件可换，他也就"巧妇难为无米之炊"了，任凭风吹雨淋，饥寒交迫，也只能求助于别人。

这样的事情不止一次发生过。

七道梁，位于兰州市七里河区以南二十余公里处。这里高寒阴湿，山大沟深，地势险要，自古为交通之咽喉，是兰州通往康乐的必经之处。兰州最好的百合就出产在这里。对于张秉华来说，这里却是又一个经历磨难的伤心地。七道梁隧道尚未开通时，仅仅翻越这座山就得两个小时，耽误时间不说，还常常因为山路崎岖易出故障。

那是1996年冬天，张秉华和同事及妻子王秀琴在从兰州进货返回康乐的途中，路过七道梁时，车坏了。正是寒冬腊月三九天，又是晚上七点，张秉华检查之后发现一个零件坏了，没有办法，只能买新零件来更换。可是前不着村后不挨店，当时也没有移动通信工具，只能等天亮之后再想办法。三个人在雪夜里冻得瑟瑟发抖，本来计划回家吃晚饭的，此时胃里空空如也，饥寒交迫。万幸的是，恰好遇到一辆康乐的运粮车经过此地，张秉华千恩万谢，让妻子先搭运粮车回家去。王秀琴上车之后得知这辆运粮车到康乐卸货之后还要返回兰州，她大喜过望，马上跟运粮车司机约好，她到康乐家里拿一些御寒衣物就再坐运粮车返回七道梁。王秀琴回到家里，婆婆余娥给她套上棉大衣，又找出两件棉大衣，装了一摞子干粮，并再三嘱咐让她提了一个暖壶，里面是滚烫的开水。她当时不解，觉得拎暖壶坐车不方便。婆婆说，拿上，数九寒天里喝点热开水好。这样来回折腾，终于凌晨三点时，王秀琴重返七道梁。当时的张秉华和同事正一圈一圈围着跃进汽车跑步取暖。张秉华和同事套上了棉大衣，喝上了热开水，啃上了干粮，让王秀琴感觉自己像是他们的救星。而张秉华喝着热开水时竟有些热泪盈眶，妻子的勇敢，母亲的细心周到，让他无比温暖和感动。张秉华请运粮车司机帮忙，次日中午，兰州的朋友买了零件赶到七道梁，终于在天黑之前成功发动了汽车。

"那个寒冬腊月的大雪夜，我一辈子都忘不了！"多年以后，张秉华如是说。

七道梁也给张秉柱留下深刻印象。1993年冬天，他租了一辆东风汽车，从兰州装了五吨白砂糖，冰天雪地翻山越岭从七道梁旧路走过，张秉柱形容汽车的行走速度和老牛车差不多，走一趟运费三百元，用时四至五个小时。一路上提心吊胆，高度警觉，因为"走的全是旧沙石路，七道梁山高路陡，弯道急，一不小心就会出问题"。

有关车的各种艰难困苦，对张秉华来说简直就是家常便饭。1993年冬，张秉华开着加长东风车去南京拉凡士林，路过六盘山时，因天气寒冷，柴油被冻住了。无奈，张秉华只好用手套粘上柴油点燃之后烤油箱和管道。路面结冰，为防止车辆打滑失控，只好用棉衣服铺路，用手挖出路边的沙土散到路面防滑。此番景象，真可谓冰天雪地，车困山梁，叫天天不应，叫地地不灵。

他的女儿张月圆在《心灵的馈赠》一文所说的"大雪天人车困于山梁的无助"的情景，他经历过不止一次。

1994年，张秉华与一个同乡从河南装了一卡车的纸，一路行驶到陕甘交界，但就在离甘肃地界三公里处却发生了车祸。当时那段公路正在施工，只限半幅通车，开车的司机没有看清堆在路边的土堆，直接撞上去，把方向器撞坏了，好在人没有受伤，当时正好是夏天，汗流浃背，费了好大的周折才把车修好。还有一次在渭源会川，当时正下着大雨，天色已黑，不凑巧，气门掉下来把活塞给打破了，张秉华和同伴无奈在大雨中度过了煎熬的一夜，次日才想法找来一辆大卡车，将车上的货转移干净，然后把车开到附近县城去维修。

古人好马，今人爱车。对于张秉华来说，"车"就是他忠实的"坐骑"，这"坐骑"载着他走南闯北，闯荡商海，他像一位久经沙场的将军，对那些曾经的"坐骑"充满深厚的感情。

张月圆的记忆里，每当爸爸拉回家一车货，全家必然总动员。卫生纸、膨化食品，这些轻点的物品便是小孩子们的专利。上百斤重的碱面子，家里的大人都扛过，等到搬酒时，"父亲常说，碱面子我都扛过了，搬个酒算什么？"

张秉华不但能吃苦耐劳，而且个性开朗，极易与人交往。张月圆清楚地记得，有一天父亲外出回来，笑着对她说，我给你带回来一个包子，她喜出望外地问，在哪呢，在哪呢？然后，父亲伸出肿得很高的手放到她眼前，说，在这里呢。原来，父亲去通渭送货回来时空着车，为了赚点路费，便拉了一车蜂回来，天热没有空调，车窗玻璃是摇下来的。结果蜜蜂泄露，父亲便被蜜蜂美美地蜇了一顿。父亲的乐观豁达在张月圆的童年心里留下了深刻的印象。

69

张秉华说，当年公司之所以发展快速，一个很重要的原因是竞争对手少，市场一片蓝海。这与张秉柱、张秉庆的说法不谋而合。当时的康乐国合商业深陷"老子天下第一"的自大，无视私营企业的竞争，致使张秉华他们有更多的机会攻城略地。

康乐县有多少个乡镇，多少家商店，卖什么货，所供的货多长时间卖完，都在他的脑子里印着呢，装货的时候就计划好，早上满车出去晚上基本就是空车回来了。后来搞配送的人多了，同样的价位，别人的卖不出去，义顺的货却能卖出去，这也是常年树立的良好的人际关系在中间起了作用。

当时陇南春酒厂的金徽大曲非常好卖。从酒厂出来，一路经过陇西、临洮，最后到康乐时，基本已经上货完毕。

"那个时候，生意好做，好做到什么程度？"张秉华回忆，"路过有固定关系的客户时，就和客户说好，车大概会在什么时候经过，到了那个点，客户就会等着，货卸下，也不打条子，隔天再回来收钱，说一就是一，人心比较单纯。现在才真正是竞争激烈，生意不好做了。"

张秉柱在多种场合说，"其实，在我们弟兄三个中，秉华是这些年流血流汗最多的一个。公司成立前，我既跑采购又守铺子，而秉华却是骑着摩托车四面八方送货。有一次，他骑着摩托车刚出大门就被一辆大卡车撞倒，不仅浑身是血，而且好长时间唤不醒他。这么多年，他送货下乡，究竟跑过多少路，恐怕只有公司后院那几辆报废了的送货车和那一大堆废轮胎知道……"张秉柱自始至终认为，"秉华从小养成的为人忠厚坦诚和讲义气、讲信用的性格，可以说为公司发展立下了汗马功劳。"张秉柱亦曾对媒体人王恒真如此叙说，"我和秉庆身体都不太好，所以这几年往全省各地市场跑的重任就压在了他的肩上。要知道，那是长年累月在外面奔波啊！与几百家经销商的联络主要靠他，几十个品牌厂家营销政策的贯彻主要靠他，一个接一个营销活动的督促落实主要靠他……"

很多年后，回首往事，张秉华和两个哥哥一样，也发出这样的感叹："真不知当初是怎么扛过来的!"

回溯他们在这一时段的人生情境,不光是为了展示苦涩、温情的商业励志故事,或许,也是更多昭示时代的节拍在个人身上的体现,更是为后人留下可供借鉴的精神纽带和启发。

人治之困下的伤疤

受制于那个法治尚不完善,经商环境很是依附政府部门管制的时代,张守正带领着全家人吃尽了苦头受够了气。康乐,这个生他养他的地方同时也留下了他太多的泪水与伤痛。

在市场竞争日渐公平的今天,很难有人相信,20世纪八九十年代的私营企业曾经有那么一段频遭国合商业打压的历史。"轻轻松松、舒舒坦坦"这样的字眼与义顺人无关,"虎口夺食"倒是更能形象地表现他们当年开拓渠道的处境。"我们往一些乡镇网点送货,有时候就像打游击战似的",张秉柱说。他还清楚地记得,有一次,他们的送货车去渭源,碰上了渭源县糖酒公司的人,糖酒公司堵住要扣车扣酒,那怎么成!司机和送货的业务员胆子也够大的,开起车就拼命地跑,糖酒公司的车也在后面一直追赶。路陡弯多的山区路,上演的是玩命逃脱的惊心动魄。跑了二三十公里总算甩掉了糖酒公司的人。

有数次的经验教训,义顺人改变策略,他们给周边县城送货的时候,经常是晚上半夜行动。因为在白天,当地有关部门抓住就要罚款。原始资本的积累就是如此的惊心动魄而又令人心酸。

"虎口夺食"虽然惊险,却是心甘情愿,主动权在自己手里,"痛并快乐着,也收获着"。但一系列不公正的待遇却让义顺人如鲠在喉,在康乐发展的处境越发艰难。

时间来到1996年,适逢临夏州成立四十周年大庆,仅仅成立四年时间的康乐义顺农工商公司由于骄人的业绩，不但被州电视台和报刊等新闻媒介采访报道，而且入选临夏州成立四十周年大庆专刊《州庆报》，成为全州先进典型。

"当时入选临夏州成立四十周年大庆专刊的企业，全州才筛选了四家，可想而知，这对于我们是一项多么可贵的褒奖。"张秉庆如此回忆。然而，一方面，康乐义顺农工商公司不断受到临夏州政府褒奖和扶持，另一方面，在康乐本地，它却不断遭受刁难和打压。

按照张守正的描述，当年，由于义顺人在康乐受到诸多不公正待遇，才会最终选择到兰州发展。他愤愤地说，"做到全县最大的商贸公司，纳税额占到了康乐县私营经济总税额的一半，可是，就是这样一个公司，在康乐的处境却越来越艰难，到了被人欺负得待不下去的地步"。张守正认为，主要是经商环境的问题，有些人就是害红眼病，千方百计给义顺人设置障碍。

1996年似乎是义顺企业的多事之秋，一场接一场的风波，令他们在康乐的处境非常不顺，压抑和痛苦如恶魔一样附着在义顺人的身上。首先是一场假烟风波。当年，义顺公司从临夏州烟草公司进来的香烟被有关部门扣下了，并且硬要给定性成假烟。该部门局长把这个烟封存到其他铺子，并说"这个烟，不准任何人动，要等最后鉴定出来再说。"鉴定结果还没出来，这批香烟却不翼而飞。张秉庆前去交涉此事，恰好遇到有个"大人物"正在给那个局长打电话，张秉庆听得清清楚楚，电话里对方极其嚣张地说，"你就给他定成是假烟，罚款一万，一分钱都不能少，我就不信治不了他"。有人劝张秉庆，胳膊拧不过大腿，退一步海阔天空。张秉庆年轻气盛，还想据理力争，但是没有人能站出来替他说句公道话。一天，张秉庆在街上碰见了当时的那位局长，可这位局长大人竟然当众说："我就是要把你义顺公司搞臭、搞垮！"张秉庆气极了，揪住他的衣领子就往县委拖，周围的群众也为他们愤愤不平，连呼"太冤了！你是主管部门，要保护企业，现在不要说保护，还破坏打压，叫人怎么不生气！"

还是在1996年，康乐县举办商品交流会，义顺公司带头搭了大帐篷，积极响应有关部门的号召，搞宣传，撑面子。但是，只因为他们有一个门店交管理费时慢了点，有关部门就派人把铺子门用封条封上了。

"假烟"风波还没结束，一场"买楼"纠纷又接踵而至。当年康乐县搞旧城改造，一家工程建筑公司要在县城街道旁开发修建一幢楼房，但因为资金短缺而开不了工。这时，义顺公司正想扩充门面，于是双方一拍即合，义顺人和这家工程建筑公司签订了合同，为总造价二十四万元的工程投入资金十八万元，合同中约定，工程完成后，义顺公司将获得其中五间商铺。然而，楼房盖起来了，商铺却被卖给了康乐县某个部门作服务大厅。义顺公司不服，先是告到了临夏州法院，后又把官司一直打到省高院，但是，省高院最终裁定，建设方无预售资格，判决他们与义顺公司之间的合同无效。最终，应该给义顺公司的商铺还是卖给了县上那个部门做了服务大厅。

张月圆还记得，有一年她随同二伯张秉庆回康乐，从一间办公室里的柜子里整理出一大堆手写的文件，其中有一份文件是诉讼状，当时二伯深深地叹了一口气说，这些东西都要好好保存，这都是我们当年受人欺负的见证，是比可怜更凄惨的见证。张月圆翻阅之后知道，这是当年为争回商铺不得已打官司时，张秉庆起草手写的诉讼状。

几次事件罗列，义顺家族成为"人治"之困下的受害者。如果放大范围，事实上，那个年代，"人治"大于法治的又何止康乐呢？社会文明的进步总是要付出代价的。

经此磨难，一个教训让义顺人铭心刻骨：除了生产和经营，办企业还必须重视一个关键条件——经营环境。创业的过程就是准备接受磨难的过程。今天，张秉柱承认："当时的确没预料到，开放公平的投资环境对企业极其重要，那些常常出人意料的'障碍'同样可一夜之间置人于死地。庆幸的是，早早到来的'障碍'使我们幡然醒悟。一次教训就是一笔财富！"

张秉柱说，"打那之后，我们总结出了一个朴素的真理，如果没有好的环境，你可能连个睡安稳觉的时间都保证不了。同时下定决心：走出去，为了更好地生存和发展！"

1996年以后，义顺公司开始不断收缩在康乐县的发展规模。即使这样，连续六七年时间，义顺公司上缴的利税额仍是全县城所有个体私营商家总和的二点五倍。一个利税大户，结果还要挨冤受气！

"这是一些让人伤脑筋的事情。本来，去外面发展的事，我们还没下定决心，走与不走，一直在犹豫。但这一连串的事情发生以后，我们就拿定了主意，下决心走！"张秉华这样说道。

这是一段痛苦而迷茫的时期，企业要发展，方向很重要。张秉庆初"下海"时，曾经给全家人定了一个目标，声称五年之内要把公司发展到兰州去。他在体制内养成的善规划，赋予前瞻和高屋建瓴的习惯被他运用到了企业经营中来。然而，最开始没有人把这个目标当成一回事。闯荡外面的世界，哪儿有那么容易？而此刻，张秉庆的五年战略构想成为一个关键的支撑点。

张秉庆认为，从经营的角度来讲，康乐这个水池太小，义顺公司用三年的时间发展成为康乐最大的商贸公司，其实最大也没有多大。当康乐本地消化不了义顺公司的货物时，义顺公司甚至反向操作，开始将货物运送到榆中、通渭和兰州。"从物流的角度来说，这是非常不划算的！"

到兰州去，到兰州去，方向就在那里！

第三章

转战兰州　凤凰涅槃

ZHUANZHANLANZHOU　FENGHUANGNIEPAN

有志者，事竟成，
破釜沉舟，百二秦关终归楚；
有心人，天不负，
卧薪尝胆，三千越甲可吞吴。

——转战兰州受困，张守正如此勉励张秉庆

兰州，我国唯一黄河穿城而过的城市，又名金城，有固若金汤之意，因地理位置有座中四连之优势，是古代兵家必争之地。在商业征战中，兰州被各大厂家视为进军大西北的桥头堡。西部大开发的战略中，兰州的战略位置得到进一步提升。而一带一路的规划中，兰州更赢得政策青睐。"义顺"商号恢复经营之后的第十个年头，随着义顺人进军兰州的战略梦想的起航，这里，将成为义顺人此后的主要战场和舞台。

固若金汤的兰州将会带给义顺人怎样的考验？

与高手下棋才能在对弈中提高自己，在大海中搏浪，才是勇士的梦想，在海中游泳，才有机会锻炼搏击风浪的好身手。这，便是义顺人转战兰州之后总结出的心路历程。

落地桥头堡的困惑

1997年2月21日，正是农历正月十五元宵节，兰州城区灯火通明，爆竹声此起彼伏，然而，张秉庆落寞地站在黄河岸边，望着滔滔东去的黄河水，望着烟花迭起的五彩星空心潮起伏。他满怀热情和希望来到兰州，可是，兰州，会怎样迎接他的到来？省城可不比家乡康乐那般知根知底啊，这里不相信眼泪，只相信实力。

正是在这一天，康乐县义顺农工商公司兰州业务处开业了。义顺三兄弟共同见证了这个喜庆的时刻，跟他们一起来闯荡兰州的还有从康乐招聘来的余文华、宋广宇和王远宾。开业仪式结束之后，张秉华返回康乐固守根据地，这既是出于一种战略布局的考虑，实际上也是父亲张守正周密的安排：万一在兰州闯荡不成功，好歹有个退路。

经营之神王永庆说："理想是用于规划人生的思考，但它终究使更多的人不知所措。"

这是一句注定令人们反复忧伤的名言。当一代又一代的创业者们秉持着人生哲学，怀揣着远大理想，开始自己的"征服世界之旅"时，他们首先面对的，不是想象中披荆斩棘的激情与美丽，而是现实里扑面而来的粗暴与无情。

鞭炮放了，第一步迈出来了，可是转战兰州的前景究竟怎样，义顺人心里还真没有底。兰州湖滨糖酒市场是当时西北最大的糖酒专业市场，义顺人在这里接手了二区十九号一间批发商铺，十四个平方米，十四万元的转让费。当时所有人都觉得这是个天文数字，但是义顺人咬咬牙，硬是接手了。

初来乍到，新面孔总是容易引起关注，甚至于是警觉。市场里的经营户对这群来自大山里的康乐人充满了警惕。那眼神里似乎在说，这群"山里人"来抢我们的饭了，与此同时，还充满嘲笑，嘲笑这群"山里人"不会讲普通话，嘲笑他们脸上特有的"高原红"。

在强手如林的兰州市场，康乐商业老大转眼变成无名小卒。如何才能让义顺脱颖而出呢？

张秉柱回忆，当时的康乐县义顺农工商公司兰州业务处经营部沿袭的是在老家康乐开商店时的套路，杂货多，品种多，什么赚钱做什么，特点是"杂而全"，经营的商品乱七八糟，从棒棒油、作业本、纸、各种糖到白酒、甜葡萄酒、黄酒等商品，总之是要啥有啥。只要进来一个客户，义顺人马上笑脸相迎，绝不放走。客户要的货没有，没关系，你等一会儿，我们马上拿过来。转身就到别的经营户那里去调货。一开始得拿着现金去调，因为互相之间不熟悉，市场里的经营户不相信他们，后来慢慢熟悉了，可以早上调，下午付钱。很多时候平调平出，根本不挣钱，目的只是为了拉拢回头客，培养关系。

铺面小，又没有主打商品，很快，义顺人发现，这样的经营形式流水少，利润更少。他们意识到，进入专业市场，固有的经营模式很难适应市场变化。天气越来越热，生意却一直不景气，为此，义顺人把当时很畅销的泸州头曲，每瓶十五块八，平进平出，还负责把货送到客户的车上，即便如此，一周连二十箱货都出不去。业务处门庭稀落，惨淡的状况令很多人心灰意冷。但是张秉柱相信，只要坚持，并且坚持到底，就一定能够站稳脚跟，得到想要的结果。他硬着头皮，每天一大早就开始在市场里到处转，并学习别人店里的成功经验，苦苦思索自己的不足之处。

与此同时，张秉庆也着急得满嘴起泡，天天骑着自行车穿行在兰州城的大街小巷，见了烟酒店就进去看，反复观摩别人的做法，吸取成功经验。这一年，他先是参加了成都糖酒会，糖酒会释放出一个强烈的信号，专业化是大势所趋。他还在兰州参加了一次类似于营销论坛的啤酒行业会议。这个会议有一个环节令张秉庆至今记忆犹新。主持人先是请黄河啤酒厂和西凉啤酒厂的厂长各自喝了一杯自家生产的啤酒，然后又请他们各自喝了一杯对方生产的啤酒，最后请他们各自喝了一杯两种啤酒混合之后的啤酒。末了，主持人语重心长地告诫他们，两种酒兑起来喝可能口感更好，酒，要交融，你们，也要联合，再不联合，狼就要来了！当时黄河啤酒厂厂长杨纪强似乎有些不以为然，坐在台下的张秉庆听到旁边有人窃窃私语：没办法，谁让黄河啤酒这么牛呢！想涨价就涨价，涨多少全凭人家厂长的心情好坏。黄河与西凉终归没有联合。但是在后来，西凉啤酒被雪花啤酒兼并，黄河啤酒也与嘉士伯啤酒联合。这是一段题外话。这个环节给张秉庆带来了强烈的冲击，他感到，单打独斗恐怕很难走出困境，想锻造自己的实力，最好是联合有实力的厂家。

三兄弟最后理清了思路，达成共识，确定了在湖滨市场的发展之路，就是必须走以酒类商品专营的路子。下半年开始，他们以酒为主开展工作，从四川、河南、重庆等省市糖酒公司调进绵竹大曲销售，代理了四川绵竹产的剑中王，销售火爆，供不应求，再后来又从邛崃开发了孔明特曲等酒，经营状况终于有所好转。

事实证明，这一步走得还不够彻底，专业化的路子确定了，但如果只是代理一些小品牌，终究还是会偏离企业发展的快车道。义顺人明白，中国是一个重礼仪的国家，不论哪个地方，酒都承载起了传递感情的重任。把酒作为主导产品，应该能够获得较好的发展。同时，义顺人认为，虽然甘肃当地也有不少地产酒，但是，在1997年，中国经济已经呈现出越来越好的势头，在这种环境下，义顺人判断，名酒将会受到越来越多消费者的青睐，卖就要卖名酒，这个定位一定要高。

1997年7月，作为义顺人在兰州站稳脚跟的标志，业务部鸟枪换炮，兰州义顺工贸有限责任公司正式成立。而更要打上惊叹号的则是1997年8月，"甘肃义顺商情网"的开通，义顺公司由此成为甘肃省第一个登上国际互联网的酒类经营企业。互联网的使用，开辟了一条让世界了解义顺，让义顺走向世界的窗口。很多年后，张秉庆与慧聪网董事局主席郭凡生把酒论英雄，他无比自豪地对郭凡生说，我是慧聪网最早的注册会员，我创建的甘肃义顺商情网是甘肃商贸行业里第一家涉足互联网的企业。中国商界有一句名言，率先模仿就是创新。如果细究张秉庆诸多的创新做法，他们的发展之路似乎一直就是循着这样一条理念走出来的。

初次"触网"，张秉庆给自己取了个网名叫"商海浪花"，他谦逊低调，把自己的位置放得很低，然而，从这个时候开始，他已经逐渐成为"义顺"这艘大船真正意义上的船长，由他掌舵，这艘大船将在大海上乘风破浪，开疆拓土。大哥张秉柱的网名叫"商海荡舟"，他和张秉华一样，终将成为"义顺"这艘大船的大副、二副，为"义顺"大船的航行贡献自己不可磨灭的力量。

义顺人不怕做第一个吃螃蟹的人，从第一部电话到第一个网站，创新精神一再传承。这种应用新技术，勇于创新的精神再次体现。可以毫不夸张地说，他们此举是走在了西北大多数商贸企业的前列。与此同时，义顺公司手工记账向微机电算转变，实现了全公司会计电算化。

义顺公司于1997年5月率先引进计算机，将全公司财务纳入微机核算监控系统。鼠标轻轻一点，购、销、调、存、资金往来资料一目了然。既增强了核算能力和效率，更主要的是把自己从以前烦琐的手工对账算账的束缚中解脱出来，有更多的时间学习和思考，有精力去解决其他重要事务。不到一年，由于应用计算机管理，义顺公司下设的经营分部由原来的三个猛增至九个。在义顺人实现会计电算化的过程中，景晓宏有着不可忽视的作用。可以说，是她一手推动了这项革命性的创举。

这些对现在人来讲可能算不了什么，但对当时的义顺公司这些先前对电脑一无所知的门外汉来讲，正应了那句话"蜀道难，难于上青天"。人们对光鲜的成绩只有赞叹，而这成绩背后当事人所付出的努力，只有经历过的人才会有更多的关注。2010年，为纪念"义顺"建号八十五周年，景晓宏撰写了《爱我所爱，圆我所梦》一文，被收录在《追梦》一书中，文中详细记录了这一段艰难探索的过程：

记得1997年3月，我与秉庆赴成都参加全国糖酒会时，慕名前往"管家婆"软件公司，在那里了却了我俩的一块"心病"。

什么心病呢？义顺的生意越做越大，可由于多年来企业的现金流、库存商品、应收应付、费用支出等等都是手工记账，时常出现因监管不及时造成意外损失，期间，有一经营分部在不到半年的时间里亏损就达到五万多元。"管家婆"软件公司开发的这套财务软件能及时、准确地反映公司每月每日的业务状况，简单易懂，非常适合我们小型企业进行财务管理。

与现在大多数企业不同，我们是先从成都购买了软件，回到兰州后又投入四万多元买了两套586型的联想电脑，然后从打字学起，进而学习DOS命令，通过三个月的攻关，终于实现了全公司会计电算化。

那是1997年4月的一个晚上，秉庆给我打电话说："晓宏，我白天忙于工作，晚上顾不上吃饭跑到夜校学习电脑五笔打字，背字根，敲键盘，天天累得精疲力竭，因为我作业完成得不好，经常挨老师批评，我实在有点坚持不住了，我快要崩溃了。你说怎么办啊？"

我一听此话，心头不由得一阵难受，但对着话筒却劝他："只有坚持了再坚持，咱们才能渡过这一关。也许你眼下不算好学生，但将来你肯定会成为电脑高手！"

……

一个月后，秉庆从兰州再回康乐，简直变了个人，面目憔悴不堪，身子瘦了一大圈。这样的变化，我们都看在眼里，疼在心上。

这段文字写于2010年11月，当时景晓宏因为生病已在家休息。她拿笔长时间写字已经有点困难，于是由她口述，女儿张苗园帮她写出来再打印。张苗园的记忆里，妈妈非常优秀，写着一手好字。"她爱岗敬业，一心一意为工作付出，把自己的半辈子都奉献给了义顺事业。义顺能有后来的发展，她的功劳很大。"成年后的张苗园无数次这样说。

1997年4月底，张守正做出安排，让景晓宏赴兰州帮助张秉庆，当时的景晓宏已经怀孕六个多月。与景晓宏同去兰州的还有后来的义顺企业财务总监赵月玲。

转战兰州受困，张守正送给张秉庆一句话"有志者，事竟成，破釜沉舟，百二秦关终归楚；有心人，天不负，卧薪尝胆，三千岳甲可吞吴。"母亲余娥也对张秉庆说，事非经过不知难，今日你受的苦，他日将得到百倍的回报。

张秉庆咬紧牙关，重振信心，一套《开天辟地》视频，他和景晓宏反复观看学习，他们互相鼓励，共同进步。正像父亲张守正勉励他的，苦心人，天不负，张秉庆终于熟练掌握了五笔输入法，从此电脑成为他的标配。由于进入互联网的世界，他紧跟在时代潮流的前沿，他的视野开阔，思路开阔，他比普通的创业者又多了一件护身符。

景晓宏不但学会了电脑记账、对账、查账、结账，还考取了会计从业资格证，并学习了中级财务管理的相关知识，学会了以理服人，以制度管人，学会了向管理要效益。

1998年12月，作为义顺人在兰州经营扩张的标志，他们在兰州湖滨市场九区二十七号增加了一个铺面，铺面后面是个停车场，装卸货物非常方便。

结缘五粮液

1997年前后的兰州商界，有强大的省市国有公司、二级批发站，还有经营多年的老商号，这些企业一开始起点就很高，定位、营销几乎是自然而然的事情。但是在义顺人形成自己名酒战略的过程中，真的是摸着石头过河，起点很低，吃亏很多，在终点的问题上，他们领先的却不是一点点。如此来看，确实要为义顺人竖起大拇指。

时间穿越到2009年12月18日，在四川宜宾举行的第十三届五粮液12·18厂商共建共赢大会上，兰州义顺代表团成了西北地区最显眼的明星。在参加央视"电影之歌——五粮液得名百年大型文艺晚会"时，张秉庆接受了央视主持人的现场采访。或许，在接受央视主持人现场采访时，张秉庆所讲的故事才是他与五粮液结缘并逐步做强做大经营名酒事业的真谛：

从1988年我们开始销售五粮液的酒，到今天已有整整二十一年的历史了。从1998年开始，我们公司正式成为五粮液的一级经销商，我也是第十二次参加12·18经销商大会。

在十二年前，我们义顺经过十年的打拼，也有了一定的规模，代理的品牌不少，日子过得还不错。我们虽然也想成为五粮液的直接经销商，但紧迫性不强，也一直没有找到一个比较好的切入点。

在1998年元月的一天，我从省糖酒公司购进了十箱五粮液，放到我的店里还不到两个小时，就让酒类专卖局的人拉走了，说这个酒涉嫌假冒。经厂方检验，这批货是正品，但时间已经过去了五十天。

这五十天对我来说的确是太漫长了，因为那是春节期间的酒类旺季，而我们损失的不只是金钱，受影响更大的是我诚信经营的企业形象和十年来客户对我的信任。可以说这件事对我们公司构成了一个很大的冲击。

当时我就问专卖局的负责人：我当时发票等证明都有，你为什么还要扣我的酒呢？他说其实原因很简单：你刚到兰州经营，大家对你还不了解，如果你是五粮液的直接经销商，那肯定就不是这个结果了。

说实在的，真是一句话点醒梦中人。从那时起我就将带领义顺公司进入五粮液一级经销商队伍作为我必须要实现的目标之一。

当时的国企五粮液很牛，还没有大规模与私企合作，直接代理五粮液显然没有机会，张秉庆曲线救国，1998年10月，五粮醇诞生的第三个年头，义顺人成功取得五粮醇甘肃省总经销权。几乎可以说五粮醇作为一块敲门砖，让义顺人从此站在了巨人五粮液的肩膀上。然而，世事就是这样，如果以果为因来解释，后来的岁月则证明，五粮醇成就了义顺人，义顺人同样成就了五粮醇。五粮醇的时代开启，义顺人名酒战略的构想也正式拉开帷幕。

时至今日，五粮醇依然是义顺公司最核心的品牌。义顺三兄弟在多种场合对五粮醇的感恩之情无以言表。以五粮醇为切入点，义顺企业聚焦名酒的战略开始发力。在义顺企业的发展历程上，记载着这样几段令人惊叹的转折点：

——1998年，公司追加了一百五十万注册资金，进一步扩大了公司的规模，其后五年中陆续取得了五粮液集团、剑南春酒厂、中粮集团烟台长城干红等一些国内知名品牌系列产品的代理权；

——1999年，针对各种酒类市场的特点，在老作坊酒的营销中引进应用了"终端为王"的策略并取得成功；

——2000年，以"刺激消费、引导消费"为百年公主酒的营销策略，使当年该酒在兰州酒类市场的占有率排在了前三名。百年公主酒的成功得益于营销手段的创新，义顺人创造性地在酒盒内配放了各种各样的打火机，直接推动了百年公主酒在同档位产品中的消费；

——2001年，义顺人抓住了尖庄酒更换包装后市场萎缩的契机，开展"农村包围城市"的战术，以"上山下乡、走村串户"的促销策略推广尖庄酒，一举成功，为五粮液集团的低价位产品在甘肃打开了一片市场；

——2002年，把醉不倒酒的营销和当地人文现状相结合，通过捐资助学、扶贫济困的善举，赢得了民心、赢得了市场……

多年的人生蓄积开始厚积而薄发，张秉庆不求一鸣惊人，只求滴水穿石。一种在逆境中锤炼而成的坚韧，开始为张秉庆的人生谱写出与众不同的篇章。

渐渐地，义顺开始在临夏州和省城兰州名声大噪：

——义顺公司多次被省、市、州、区政府评为"先进私营企业""诚信企业""纳税先进企业""酒类保真批发单位"……

——张秉庆本人也开始荣誉缠身，康乐县政协委员、康乐县工商联副主席、康乐县消费者协会副会长、临夏州政协委员、临夏州工商联常委……

与此同时，张秉庆在省城兰州也是身兼数职，兰州市七里河区人大代表、兰州酒类同业协会理事、甘肃省酒业协会理事、甘肃省光彩事业促进委员会理事……

阵痛之后的反思，反思之后的自我革新终于迎来了"凤凰涅槃"之后的

"浴火重生"。张秉庆用了不到三年的时间，让义顺实现了从康乐小县城转战省城兰州的目标。聚焦名酒的战略，被证明是义顺企业历史上最正确、最契合时代节拍的战略。

2001年11月16日，义顺人组织来自五粮液集团、百年公主酒甘肃办事处及临夏州建设银行的相关领导和客户代表参加了甘肃卫视黄河风采电脑福利彩票开奖仪式。下午录制，晚上播出，实际上这也是义顺人企业宣传的形式之一。张秉庆回忆，当时组织人们在电视上露个脸，大家都很高兴，录制的过程中可以举广告牌，五粮醇、百年公主酒都采用过这样的形式，宣传效果非常好。这样的节目义顺人前后组织了十多场。这中间还有一个插曲值得玩味，本来义顺公司在黄河风采电脑福利彩票录制的节目中宣布，将和甘肃省福利彩票中心联合推出"喝好酒，送彩票"活动，即买一瓶酒送一张彩票，结果头天晚上电视播出后，第二天早上工商局的人就找到了义顺公司，说这样的活动涉嫌不正当竞争，责令他们马上取消，义顺人只好叫停了此次活动。张秉庆至今想不明白，这怎么就涉嫌不正当竞争了呢？他超前的广告意识、大胆的广告手法超过了很多人的想象，因而注定要遭受一些挫折。

2001年1月召开的冬季营销大会上，张秉庆总结了义顺公司的四大优势：

第一大优势：形成了较为雄厚的经营实力。义顺公司由康乐和兰州两个公司组成；现辖四个批发部、五个外销科、两个加工厂及超市商场工作部、酒店商店配送中心、壮根灵科研开发中心等十四个经营部门。现有职工一百零八名，注册资金二百万元，固定资产二百万元。

"义顺"牌商标于1997年8月通过国家工商局注册，2001年作为临夏州重点商标推荐参加全省著名商标的评定。义顺公司已经积累了比较雄厚的经营实力和无形资产，并在社会生活中拥有一定的地位。

第二大优势：拥有比较强大的终端销售网络。我们的销售网络已全面覆盖兰州市内所有的大型超市、商场、连锁店、便民店和主要的酒店、餐馆；地县市场已覆盖除天水、陇南以外的甘肃所有地区，通过设立地、市、县代理商，派营销代表协助他们建立营销终端，在市场上我们占据较为主动的有利形势。

第三大优势：形成了比较强大的配送网络。立足兰州，覆盖甘肃，辐射西北，巩固的配送网络已经形成，配送服务已基本做到了及时、准确、高效、价优。在兰州，对客户的订货，我们基本做到了二十四小时内送达。借助经营部在湖滨市场的优势，我们可以组织到大量的好货服务于顾客，"好品牌，我代理。你开店，我配送"的经营主题正在迅速加强。

第四大优势：拥有比较丰富的经营经验和先进的管理制度。八十年的"义顺"老字号和十五年的经营磨炼，使义顺人积累了丰实的经营经验，管理体制的改新和先进管理方式的引进，微机、互联网等先进科技手段的采用，更使义顺事业插上了腾飞的翅膀。

也是在这次营销大会上，张秉庆喊出了以下振奋人心的话语：

我们拥有一大批团结、勤奋、有创新精神的义顺人，我们不等不靠，敢于投入，抢抓市场商机。我们有一套比较先进的经营理念和营销理论，特别是对农村市场酒的营销上，我们基本上是每年能成功运作一至两个品牌的畅销。1998年的孔明特曲，1999年的剑中王，2000年百年公主、福进门，去年至今年的五粮醇、尖庄酒，还有陇上情、醉不倒业已形成比较强的市场优势。

关于"不等不靠，敢于投入"，张秉庆不但做了详细的描述，而且列举了主要的做法，他在发言中这样说道：在尚无厂方明确具体化支持的情况下，我们根据市场营销阶段的实际情况，果断投入打广告、搞促销，抢抓市场商机，收到良好效果。好品牌既然我代理，品牌就是你的孩子。作为经销商，你必须要爱护它、关心它，给它创造适合的生存和发展条件，对所做的品牌来说，主要的是网络的建设，终端的铺货，销售的促进……而广告宣传与即时促销具有很强的时间性，商机不可失。基于这个原因，我们为了不失商机，按市场需要做了大量的前期投入，累计投入费用近百万元。譬如：在二至四月份，连续在义乌楼、湖滨市场、西固等地悬挂五粮醇广告巨幅三块；在五一节前后，为一百八十对新婚夫妇，免费提供婚宴赠酒六百箱，当时有两万余人品尝到了第二代五粮醇；在全县各地结合铺货悬挂巨幅广告十八块；车贴广告九千多辆，此项费用十三万元；制作横幅五千多条，费用五万元；酒店包厢门帘三千多条，费用四万五千元；购置价值二十八万元的广告笔、促销包；门头广告二百一十二块，价值十四万元；中心广场、西固立交桥等大型广告牌广告，价值十万元；印发宣传材料六万份；在庆阳、定西等地方电视台播放电视广告，费用三万元；在省广播电台每天二十五次面向全省广告，电视及甘肃报纸的广告连续刊登，费用六万元；参加经销商业务会五次，费用两万元；在全省搞堆头促销一千两百家，费用两万元。所有这些，我们都是先期垫支。我们都相信，市场不存在神话，有投入就有回报，对我们来说，有了市场就有了一切。

正如五粮液集团之歌所唱：商烟如海，战事如潮，商战是实力的对抗，是智慧的碰撞。张秉庆号召全体义顺人：我们要生存，我们要发展，我们要胜利，我们作为义顺人现在只有一条路，那就是团结、勤奋、创新、提高、竞争、拼搏！

在2001年度泸州老窖兰州分销商表彰大会上，张秉庆有一段发言显示出他当时不断超越的白酒营销理念。他认为，白酒市场的竞争，已由过去的"经营产品"上升到"经营市场、经营客户"。网络建设及客户管理已经成为品牌竞争的关键环节，白酒市场的竞争更需要建立和完善现代市场的营销体系。同时，白酒市场已经进入精耕细作的阶段，营销工作有一个大的趋势，就是更注重品牌形象的传播，更注重与消费者的沟通。而厂商联手做品牌正好迎合了这种大趋势，生产厂家有技术、有实力；而经销商了解消费者，了解市场，懂营销。厂商强强联手，才能谋求更大的市场和更长远的发展。

义顺企业的历史上，曾经与天水火柴厂、四川省古堰酒业集团联合开发出莲花山特制火柴和莲花山圣酒、莲花山大曲酒等物美价廉适销对路的系列产品。2002年7月，张秉柱率队在莲花山进行促销，并推出"划亮莲花山火柴，唱饮莲花山圣酒"的大型让利促销活动。他无比深情的发言饱含对家乡的热爱："我们是听着莲花山花儿发展壮大起来的，我们要回报家乡父老的厚爱，要宣传咱们雄伟秀丽的西部旅游胜地莲花山……"

这绝对不是一句空话，伴随着义顺公司的崛起，义顺人对康乐的影响也越来越大。

让义顺人津津乐道的是2001年夏，他们在康乐召开业务大会，恰好是一百零八名员工，召称一百零八条好汉，拉着横幅，开着汽车，敲锣打鼓，围绕康乐县城转了两大圈，时间长达两个小时。一队人马浩浩荡荡走在大街上，义顺人出名了。

2002年临夏《民族报》以《闯天下的临夏人》为题报道义顺公司时，这样说道：义顺公司百分之八十的员工来自康乐县，先后有三百多待业青年走出了大山成为义顺公司的员工，接受了义顺公司的业务培训，其中有一部分人已成为义顺公司的部门经理或业务骨干，一部分人用学到的知识自己做起了小老板。

在义顺公司的带动影响下，很多亲朋好友加盟到经商的行列，走上了脱贫致富的成功之路。有人说"康乐街上十家商店中有八个老板姓张"，这就很生动地从一个侧面反映了问题。

伟大的背后都是苦难

在湖滨市场的那几年，可以说是义顺企业二次创业的几年，这是一段典型的"勤扒苦做，起早贪黑"式的创业。一点一滴的积累，白手起家的艰辛，渐渐开放的市场洪流，这群来自康乐大山的人心里比谁都清楚，在奔向理想彼岸的过程中，挫折和磨难总是在所难免。如果因为不堪忍受而放弃，自己将会长久地畏缩在失败的阴影中而意志消沉；一旦坚持，灾难的洪水终会过去，自己也因此脱胎成另一种更加成熟和勇敢的个体。

冯仑说，伟大的企业都是熬出来的。义顺企业在兰州的开端，那就是一段极其苦难的日子。关于这段历史，义顺企业现任财务总监赵月玲是见证者，也是亲历者。生于1977年的赵月玲，籍贯康乐，是1997年赴兰州闯荡最早的那一批人。赵月玲称当时第一批来兰州闯荡的七人为"义顺七君子"。"七君子"以张秉庆为首，包括张秉柱、余文华、宋广宇、王延宾、景晓宏和赵月玲。"七君子"中的张秉柱后来和张秉华交换岗位回到康乐驻守根据地。在相当长的时间里，"七君子"紧密团结，担负着义顺企业在兰州二次创业的重任。

从二十岁加入"义顺七君子"行列，二十一年来，义顺公司财务工作是赵月玲的第一份工作，也是她唯一的一份工作。赵月玲回忆，那个时候，所有人没有休息天的概念，更没有按时上下班的要求。眼睛一睁就是上班，上床睡下才算是下班。几个车皮几十吨的货卸到夜里两三点，那是常有的事。义顺三兄弟在客户面前被大家称呼为张总、张经理，可是，他们一样下苦力，凡事亲力亲为，撸起袖子，他们也是装卸工。

"义顺七君子"中的余文华回忆，当年兰州湖滨市场的环境非常差，夏天，简易房被烈日晒透，水泥地面炙热得让人站不住，甚至店里的棒棒油被高温软化，没有办法销售。冬天，简易房被冻透，屋子里必须生煤炉子，否则一些怕冻的商品会被冻裂口。

当年义顺公司在湖滨市场旁边居民楼里租了一套不足七十平方米的三居室，三个房间里分别靠墙放一个高低床，空余的地方堆满了各种货品，既是起居室，又是仓储室，同时还是接待室。"义顺七君子"挤在七十平方米的出租屋同吃同住，像一家人一样，不分白天黑夜地拼命工作。

赵月玲因为身体瘦弱多病，得到大家的一致关爱，在最需要搬箱子时，她没有搬过箱子。那时候湖滨市场的商铺非常简陋，没有防盗门和卷闸门，一块布拉下来就是门，市场里面小偷特别多，商铺里一般都留人值班。有一天晚上，大家都去卸货，留赵月玲一人在店里值班，张秉庆不放心，对她说，万一出现情况，要多少咱们的酒，让他们拿，你可千万不能有闪失啊。义顺企业以人为本，推行家文化的雏形似乎从那个时候起就已经形成。

赵月玲一直从事财务工作，初来兰州由于缺乏工作经验，公司安排她白天上会计班学习，晚上利用所学的知识边学边干。彼时，景晓宏怀孕六个多月，为了实现会计电算化，也在拼命学习。赵月玲对怀孕完全没有概念，她觉得景晓宏只是变胖了。她与景晓宏骑自行车上课回来的路上，经常听到景晓宏说，我们坐下休息一会儿再走吧，她不知道，景晓宏此时正怀着张世阳，非常疲惫。赵月玲对景晓宏当年熬夜练习电脑操作至今记忆深刻。

这期间，为了提高竞争力，张秉庆带着员工四处打广告，但是，他的广告不花钱。赵月玲回忆，每当夜色降临，"义顺七君子"一行人就开着面包车，提着糨糊，四处刷小广告。兰州小西湖附近的电线杆和墙体上到处是义顺公司的小广告。这些被市民们深恶痛绝的城市"牛皮癣"是义顺人当初立足兰州发展客户并广而告之最行之有效的方法。为此，他们乐此不疲，铲了贴，贴了又被铲，如此循环……

如果纵观义顺人的广告之路，就理念而言，他们的广告意识非常强，可以说是最早领悟了"好酒也要勤吆喝"的内涵。就形式而言，初创时期包括转战兰州初期，有非常浓厚的"草根"共性，比如小广告，比如墙体广告，对于真正的广告人来说，甚至觉得这样的做法难登大雅之堂，匪夷所思的是，就是这样的广告最后却被事实证明是最经济有效的。如果从内容和广告语的设计而言，则是高度凝练，朗朗上口，一以贯之，具备广告传播的各种要素。

1998年，义顺人把公司自有品牌义顺牌棒棒油的广告做遍了甘肃全省及内蒙古临河市公路主干线的显要位置。"康乐县义顺牌润肤棒棒油质优价廉"的广告铺满整个农村、集镇最显眼的墙体上，强行植入路人的视线。

时间穿越到2012年，甘肃省政协一位领导人在康乐县召开的一次大会上说，康乐偏僻少有人知，我知道康乐，就是从义顺牌棒棒油开始的。这也从另一个侧面印证了，一个地方区域，往往会因为龙头企业和知名品牌的崛起而起到某种推动作用。

及至后来，"决胜千里，喝孔明特曲"，"好品牌，我代理，你开店，我配送"、"买名酒，找义顺"之类的广告标语，不但凝练上口，而且采用的形式低端高端一起上，甘肃周边地县的墙体没少见这样的广告。后来，广播、电视、报纸、杂志、公交站牌、飞机场大型路牌、高速公路大型路牌，各种媒介、场景均囊括了。单是义顺人的广告经，就足够写一本营销案例操作指南了。

鲜有人知，义顺公司最初所有的广告设计均是张秉庆所为，这与他早年体制内工作的经历分不开。他任康乐县农业局秘书时，农业局的报道工作在全县各大部门中名列前茅。当时的张秉庆还兼任康乐县广播局的特约记者，也是临夏日报、甘肃农民报等媒体的特约通讯员，可以说，他的早期"笔杆子"经历间接锻造了他作为一个广告人的素养。

1998年春节前夕，有一天，公司进账二十多万元。当时尖庄酒一瓶才三四块钱，赵月玲至今都唏嘘不已，那二十多万元，是几个义顺人搬了多少个箱子之后才卖出来的啊！1999年，下岗职工刘先丽应聘到了义顺公司。出生于1969年的刘先丽，原是兰州轴承厂职工。下岗之后，她自谋出路，在义顺公司"从一而终"，2016年，义顺企业开设分公司，刘先丽荣任义顺七里河安宁区分公司总经理。2012年，刘先丽获得义顺"功勋员工"大奖，公司奖励了她一辆比亚迪小轿车。获得奖励之后，她考取了驾照，成为有车一族。她也是义顺企业"功勋员工"中第一位获此殊荣的女性。鲜为人知的是，刘先丽来到义顺的第一件事就是学习蹬三轮车。此后，她骑着三轮车穿行在湖滨市场与小西湖市场之间送货。当时的批发市场秩序混乱，小西湖市场尤其乱，小偷还多。她刚开始没有经验，几十米的距离，一回头，两箱子酒不知啥时候已经被人偷走了。当年，十一二岁的张月圆经常帮刘先丽推三轮车，有时刘先丽上楼送货，张月圆就坐在三轮车上帮她看货。近二十年的追随，让刘先丽成为义顺企业元老级人物。

这一阶段，张秉华也经常扮演着三轮车车夫的角色。为了防止小偷偷东西，他时常将四五岁的小儿子张世茂放在装满货物的三轮车上。聪明伶俐的张世茂看到小偷要拿自家的东西，大声喊"爸爸，爸爸"，张秉华急忙停车，那小偷见状落荒而逃。

在湖滨市场的几年，刘先丽的感觉就一个字：忙。但是所有人好像浑身都有使不完的劲，铆足了精神加油干。也就是在1999年，义顺年销售额首次突破千万。

"那上千万元的销售额就是这样一点一滴苦出来的。"张秉华的妻子王秀琴如是说。出生于1967年的王秀琴，从义顺综合商店营业员做起，后来张守正号召家族成员"全员营销"，人人都是业务员，王秀琴负责临洮、渭源、会宁市场的送货收款工作。1998年开始，她任兰州义顺公司总出纳，直至2016年才因病休息。王秀琴对待财务工作的勤奋敬业和钻研精神与她的两个嫂嫂王香莲、景晓宏一脉相承。她管钱，随手摸一下便识真假，她数钱，只经一遍手便分毫不差。王秀琴因此而被家族成员戏谑为"活的验钞机"。

每一个家族成员都曾经历过开疆拓土时的艰难险阻，甚至是生命的威胁。1999年，王秀琴在前往会宁送货收款的途中发生车祸，面包车从高达十米的悬崖上翻滚下来，神奇的是，司机和王秀琴除受到过度惊吓和轻微皮外伤之外，并未有其他车祸痕迹。王秀琴至今对此事记忆犹新，那时正是新版百元人民币发行的第一年，她收到客户的货款之后，不好意思当着客户的面验明真假，坐到车上才拿出来准备细看，当时她对司机说，我看看这百元大钞真着呢没，说完这句话后，车祸瞬间发生。事故车后来被吊出悬崖拉回康乐后完全报废。王秀琴大难不死，被康乐民间传言，义顺家族的先人积下大德，得到了佛祖保佑。

送货路途中的危险，张秉柱和王香莲也无数次遇到过。张秉柱还清楚地记得，有一年他和妻子跟车到渭源和陇西送货，返回时从陇西又购进了一车酒，夜幕降临，电闪雷鸣，刮起了狂风，下起了暴雨，雨越下越大。车辆行驶到会川镇过去不远处时便动弹不得，前面的道路被洪水冲断导致车辆不能通行，沿路停满了车辆。向前走，路断！向后退，路堵！左边，河水猛涨；右边，悬崖峭壁！平时的小河此时波涛汹涌，更可怕的是，悬崖上石头泥土往下掉，满路的泥石流。一行三人提心吊胆，饿着肚子在车里等了一夜，天亮后，道路才恢复了正常通行，好在是有惊无险，最终得以平安到家。回想起当年的这一幕，张秉柱至今都有点后怕，"这样的事在我们的生活中，是很普遍的现象。"他如是回忆。

"义顺奇肥"的前世今生

酒，入口之物；农肥，农作物喷洒之物，两个完全不搭界的品类，却在义顺人这里并驾齐驱。如果说名酒代理销售是义顺人的主业，那么，农肥生产销售则当之无愧为义顺人初级阶段多元化经营的副业。

再次回归时间记叙的顺序，2000年的世纪之年，义顺人开启了多元化征程中具有里程碑意义的步伐，这便是涉足肥料行业，生产销售"义顺奇肥"。义顺牌奇肥是由康乐义顺农工商公司自主研发的一种含氨基酸水溶性高效叶面肥料，原名"义顺牌壮根灵"。简言之，这是一种喷洒在党参、当归、桔梗等药材地上部分，能让中药材等作物较大幅度增加产量的叶面肥。

张世重，是最早登上义顺商业舞台的义顺家族第五代传人，他常年驻守在康乐，负责康乐义顺农工商公司的各种事务。对于"义顺奇肥"的演变过程，张世重最是心中有数："壮根灵"推广销售十多年来，市场上出现了各种各样的名叫"壮根灵"的不同形态的三无产品和与"义顺牌壮根灵"包装、标签、名称相近的产品。甚至有个别农肥经销商为了追求高效益，开发出了所谓的新产品，肆意诋毁义顺产品，对"义顺牌壮根灵"的声誉和推广应用造成了很大影响。为改变这种状况，同时适应肥料登记法规对肥料名称的要求，经过慎重考虑，"义顺牌壮根灵"从2015年4月起正式更名为"义顺奇肥"。"义顺奇肥"采用"义顺"和"奇"两个注册商标，属于双商标注册保护。"义顺奇肥"经过一代、二代和三代更新换代，目前已经发展到第四代义顺牌奇肥，种类有奇肥、叶肥和磷酸二氢钾三大类，涵盖中药材党参、当归、桔梗、黄芪、柴胡和马铃薯等作物。

根据《甘肃农民报》2017年7月"义顺奇肥"特刊的公开宣传资料，"义顺奇肥"诞生十八年来，累计使用面积突破三百万亩，为农民增加产值二十八亿多元，先后荣获"甘肃省商业名牌商品""甘肃省消费者满意产品"称号，"义顺""奇"被甘肃省工商局认定为甘肃省著名商标，成为甘肃省中医药研究院监制产品和《甘肃农民报》重点推荐产品，创造了甘肃省乃至全国叶面肥生产推广史上的奇迹。这无限显赫的数字背后是农商结合趟出的新路子，是企业服务三农的赤子情怀，是"苦行僧"式的古老宣教与现代营销模式碰撞发出的惊艳火花。

1. "义顺奇肥"的诞生

中药材是甘肃省的优势经济作物和主要创汇产品，种植面积和产量位列全国第二。尤其是以陇中干旱地区的白条党为主的党参，产量占到全国的百分之七十以上；洮岷高寒阴湿区的当归，产量更占到了全国的百分之九十五，成为名副其实的传统道地药材。这使得甘肃当归、党参等中药材在全国占有举足轻重的地位。依靠科学技术，从中药材栽培技术上寻求突破，提高中药材种植效益，进一步发挥中药材大省的优势，也就成为甘肃省农村经济发展的重要突破口。

正是有这样的背景，"义顺奇肥"的前身——"壮根灵"应运而生了。"义顺奇肥"的研发者是甘肃省近物所张天虎教授。张天虎出生在甘肃陇中白条党参集中栽培区的临洮县石家楼乡，因为伴随着家乡党参产业而成长，他对党参的生长特性和传统栽培了如指掌。出于对农业的热爱，张天虎长大之后，义无反顾地考取了甘肃农业大学农学系，毕业后又执教于临洮农校。1984年，张天虎考取南京农业大学作物遗传育种专业攻读硕士学位，之后又到甘肃省农科院工作。

命运在此时间段交集。张秉庆在甘肃省临洮农校求学时，时任农校教师的张天虎教授曾给他上过遗传育种课，期间张天虎一直是张秉庆最敬仰的老师，张秉庆则成了张天虎最喜爱的学生。

1993年，由张秉庆牵线搭桥，张天虎在康乐县鸣鹿乡中药材试验基地试验研制壮根灵，期间，张秉庆还邀请同为临洮农校毕业生的同学赵文祥等人一同参与了这项试验。赵文祥后来被张秉庆邀请出任"壮根灵"科研中心经理。张天虎查阅了大量的国内外科技文献资料，运用植物生理学、生态学、土壤学、肥料学、作物栽培学等多学科理论，试配了二十多种配方，在日光温室的党参、当归上搞了十多次试验，终于筛选出了党参、当归壮根灵中试产品。张天虎研制的党参、当归壮根灵，喷在党参、当归叶子上，能让党参、当归较大幅度增加产量。同年8月，在康乐县鸣鹿乡两百亩的试验基地设置的随机区组小区试验和大田示范中，中试产品获得成功，增产率分别达百分之五十二和百分之四十以上。

当年，张秉庆他们共同见证了奇迹，产品的效果是显著的，然而，由于各种因素的制约，致使"壮根灵"这一科技成果长期处于停产搁置状态，成为科技成果无法转化成生产力的典型版本。无法转化的主要原因一是缺乏资金，二是缺乏营销队伍，三是药材价格低，药农种植和使用肥料的积极性无法释放。

很长一段时间，张天虎笑称，这个产品像是给自家亲戚专供的，种药材的亲戚们知道这是好东西，都来跟他要，他拿自己的工资买原材料，调配加工之后无偿赠送给亲戚们。为此，他的经济状况非常不乐观。即便如此，张天虎一直坚持不懈对壮根灵进行技术改进，他坚信，总有一天，"壮根灵"这一科研成果定会在甘肃中药材产区大显身手。

张秉庆的老家康乐县康丰乡，东临临洮、渭源等中药材主产区，境内有种植当归、党参的传统习惯，可以说他也是闻着药香长大的。前文已经叙述过，从小就有农业科学家梦想的张秉庆，曾先后在康乐县农技站、农业局工作。当年作为农艺师助理，张秉庆经常深入田间地头和家庭院落，解决过困扰当地农业生产的许多问题。特别在农技站工作的三年间，他亲手搞了新式沼气池的引进及沼肥试验、蚕豆根病的调查与研究、低芥酸油菜新品种的引进推广、小麦锈病防治试验，并首创了洋芋坑种栽培技术。当年的张秉庆实际上是一个在科技兴农方面很有建树的人。

相似的地缘经历，相同的农业科学家梦想，张天虎和张秉庆既是一对志同道合的师生，又注定会成为一对令人叫绝的合作伙伴。

2000年初，已下海经商的张秉庆在与张天虎教授的一次谈话中，意外得知当年他曾参与试验过的"壮根灵"叶面肥由于缺资金和无推广队伍仍被搁置的情况后，感到很惋惜。这位曾学过农、干过农，对农业科技工作相当熟悉的农艺师，凭着敏锐的眼光，看到了发展"壮根灵"事业的美好前景，萌发了开发"壮根灵"的念头。

张秉庆想，"壮根灵"如此有效，未来如果喷施到全省上百万亩的党参、当归上，会给农民带来多少增收？带来多少财富？企业将由此获得怎样巨大的效益？经过反复思考调研，张秉庆毅然决定与张天虎携手合作，投资开发"壮根灵"项目。由张天虎提供技术，张秉庆负责资金筹措、审批注册、原料采购、设备购置、生产和销售。

张秉庆经过多方奔波，很快就办好了一系列手续，并组建了义顺公司"壮根灵"科研开发中心，从此，"义顺牌壮根灵"便"无脚"走向了陇原大地。毋庸置疑，中药材种植已是甘肃的优势经济作物和主要创汇产品，也是全省农民摆脱贫困的宝贝疙瘩，更是有识之士施展拳脚的广阔天地。

一个千方百计钻研科学技术，成为中药材栽培技术上的突破者，张天虎曾经说，"壮根灵"是我一生最成功的研究；一个推广宣传科学技术，千辛万苦帮助和引导农民提高中药材种植效益，张天虎与张秉庆的合作可以说是珠联璧合。

2000年5月，甘肃省土肥站批准，给"壮根灵"颁发了临时肥料登记证。6月8日，第一瓶"壮根灵"问世，并正式投入批量生产。8月18日，在国家工商局商标局注册了义顺牌农业用肥商标。2002年12月，"义顺牌壮根灵"通过省级审定，颁发了肥料正式登记证。2004年11月，"义顺牌壮根灵"荣获"甘肃省商业名牌商品"称号。2006年，被甘肃省消费者协会评为"消费者满意产品"和"安全、节能、环保推荐产品"。2006年，通过了甘肃省科技厅科技成果鉴定。2008年，"义顺"商标被甘肃省工商局认定为"甘肃省著名商标"。

2010年6月4日下午，国家发改委组织专家组在北京对义顺公司《国家高技术产业化专项：新型高效生物液肥壮根灵产业化项目》进行了评审。张天虎和张秉庆在评审会上回答了专家们提出的问题。专家组认为："在叶面肥方面，能持续推广十年，并且推广面积以每年百分之四十以上的增长速度增加，的确不多见，也说明了壮根灵产品具有比较好的增产效果和比较强的产品生命力。"

直至2015年4月，"义顺牌壮根灵"正式更名为"义顺奇肥"，通过了农业部正式审批登记，颁发了国家肥料登记证。2017年3月，"奇"商标被甘肃省工商局认定为"甘肃省著名商标"。2017年7月，义顺叶肥（五个品种）、义顺含量百分之九十九的磷酸二氢钾正式上市。

2. "苦行僧"与"香饽饽"

"义顺牌壮根灵"诞生之初，大有一种养在深闺无人知的尴尬，几乎没有迟疑，张秉庆将运作酒商品的广告经验复制到了"义顺牌壮根灵"上面，"义顺牌壮根灵，亩投三十元，产值增一半"的墙体广告铺天盖地出现在康乐、临洮、岷县等农村的公路两旁。此广告后来还在甘肃省一次广告大赛中获最佳广告语称号。鲜为人知的是，这句广告语的设计者也是张秉庆。如果说重视宣传属于广告理念范畴，那么，善于宣传和懂得宣传则属于广告方法和技术层面的范畴，难能可贵的是，张秉庆将这两个方面完美地统一，称得上是一个专业的广告人。

"义顺牌壮根灵"虽然是一个好产品，然而，面对陇中地区十年九旱的气候环境，有限的黄土地，传统的耕作模式，在这处土地上生活的人们，他们只相信自己亲眼看到的实实在在的增产效果。从小在农村长大的张秉庆最熟悉农民的脾性，如果不把壮根灵可以增产增收的鲜活例子样板树起来，任凭你费尽口舌跑断腿，他也不会随便动心。于是，采取稳扎稳打，慎重推进的策略——

以"壮根灵"试验示范为前导，走典型引路的推广路子。他不惜资金人力，在甘肃省内不同区域的党参、当归田块，布点试验，既设置了严格规范的小区试验，又设置了大田简单对比印证试验。科技人员不怕吃苦，亲自划区、喷肥、测产，不仅积累了系统的试验数据，而且为经销商和广大药农树立了看得见的活样板，用显著的增产事实说服群众，用神奇的增产效果引导群众。

2005年，"义顺牌壮根灵"推广面积首次突破十万亩大关，在遍布陇原药区的同时还走出甘肃，落户省外。在当年6月27日"首届义顺牌壮根灵营销战略研讨会"上，张秉庆归纳了"壮根灵"得以快速成长占领市场的三个原因：一是科学严谨的配方、过硬的产品质量和显著的增产效益是"壮根灵"能够生存、并得以很快发展的关键。二是合理的组织形式和良好的营销策略是"义顺牌壮根灵"能得以发展壮大的动力源泉。"壮根灵"在起步阶段时，广泛采用了宣传广告促销攻势，先后发布了墙体广告五百多条、广告条幅两千五百多条、展牌七百多块、制作广告彩虹门五十多套、车体广告二十多辆，印发"壮根灵"特刊十一期，共五十多万份，并集中出动宣传车赶集宣讲，聘请康乐及相关各县的农业技术人员驻点展销咨询宣传，还在部分县市电视台和广播电台上播发广告，发放宣传资料，再加上良好的口碑传播，使"义顺牌壮根灵"在党参、当归主产区家喻户晓。三是诚信服务和执行力强是"壮根灵"事业得以发展的根本保证。包括对客户的要货保证及时送达，对退货、返利等各项承诺，认真按时加以兑现，对窜区窜片压价竞卖的经销商通过停止供货等措施果断加以取缔，保护了其他经销商的利益，稳定了市场价格，树立了良好的品牌形象。

在"义顺牌壮根灵"试验示范推广之路上的精益求精和"大舍得""大投入"上面，"壮根灵"科研开发中心经理赵文祥最有发言权。

赵文祥回忆，在"壮根灵"产品审批登记前的反复印证阶段，义顺人每年都要在我省党参、当归的不同生长区域布点，春夏选择准备试验田块；初秋划区，配置不同浓度肥液分区喷施，设置田间试验；随后定期定时观察记载肥害、地上部长势及物候期的变化；霜降前后收挖期，又要分区收挖药材，抖净泥土，分区称重测产；晒干后又分区称取药材样品重量测定折干率，并报送权威检测机构测定药效成分变化及残留成分含量。这些看似简单而又重复的试验过程，见证了义顺公司科研人员的艰辛与付出。

"义顺牌党参壮根灵"的生产基地设在康乐县，为了使试验条件具有代表性，2010年，义顺人赴"中国党参之乡"白条党集中栽培区渭源县新寨、庆坪，临洮县康家集等地设置肥效验证试验，2011年赴"中国当归之乡"的岷县十里镇设置肥效验证试验。这些试验地点都处在白条党和岷归的优势产区，试验条件最能代表将来准备推广地区的自然条件与农业条件，从而得到的试验结果也就最具有说服力。

鉴于以往试验中将农户的药材田选作试验田时，难免存在施肥、密度、种苗大小等方面的不均匀性，这样的田块选作试验田就背离了唯一差异的条件试验原则。为此，义顺公司不惜资金租地自种试验田，从栽种时就开始统一施肥，统一株行距，统一种苗，统一管理，这些都是为了设置肥效验证试验而做出的抉择。

为了降低试验误差，义顺公司科研人员严格贯彻田间试验的三项原则，实行局部控制、设置重复、随机排列，通过设置随机区组小区试验和大田对比试验相结合，准确无误地验证肥效。

多年来，义顺公司科研人员在甘肃省内的康乐、渭源、临洮、陇西、岷县、安定、成县、和政和内蒙古自治区喀喇沁旗等地开展涉及"义顺牌壮根灵"肥效验证的随机区组小区试验七十三次，大田对比试验二百四十次。

为了避免试验过程可能出现的差错和失误，义顺公司科研人员在设置田间试验时总会划区、打桩、栓线，用醒目的区间标志来预防喷肥液时小区间串喷，甚至多次用地膜围成屏障隔离；在试验收挖时，常常分区拉线，以杜绝小区间药材误混；在药材称重前仔细去掉残留茎叶，掏净泥土，有时用清水洗净泥土后才开始称重。因为根部药材收挖时常沾有大量泥土，若直接称重很难准确得到产量数据。细节决定成败,试验操作环节中每一个小小的细节,一旦被忽视,都会直接影响试验结果的准确性,甚至会铸成大错。这些经历,只有亲临田间试验的科研人员才深有体会。

田间试验中取得系统的第一手资料,无论对产品研发,还是审批登记,都至关重要。义顺公司科研人员在设置试验喷肥后,总会顶着烈日酷暑,定期观察记载试验田中长势差异;对喷施后物候期的细微变化,总要认真记录;对于植株上出现的各种异常,甚至是叶片上出现的小褐斑都不能放过,要一一记录,并探个究竟;对地上部株高、叶片数、开展度都要耐心仔细地量取。在试验收挖时,总会不厌其烦地分小区随机取样,认真细致地测定芦头径、根长、主根身径和分枝数,测定百株鲜重或者单药鲜重,即是在寒风刺骨的深秋季节也从不放弃,坚持在试验现场测定,用翔实准确的试验数据来诠释试验结果。多年来,义顺公司科技人员严格遵循田间试验的基本要求和原则,规范实施田间试验,采取一系列措施,最大限度地降低试验误差,提高了试验的准确度,为研发过硬产品、打造金字招牌提供了保障。

一同见证过"义顺牌壮根灵"试验的渭源县农技中心高级农艺师漆文选对此很有感触。漆文选也曾对"义顺牌壮根灵"的使用效果有过怀疑,而他从怀疑到肯定的转变过程中,起决定性作用的正是他亲身经历的义顺公司田间试验。漆文选在参与义顺公司田间试验时发现,凡参与过试验劳动的农民,期初对试验操作过程中的过细操作环节都不理解,更看不惯,总有抵触心理,认为这是"做细活儿""闲着没事干胡折腾"。但是到试验收挖后,当看到喷施"义顺牌壮根灵"的小区比没喷的对照药材堆子大、斤头多时,漆文选和所有参与者都被深深折服了。

试验对比的力量是无穷的,事实最具说服力,亲眼看见过"义顺牌党参奇肥"试验的农民一旦被这铁的事实所震撼,观念就会来个一百八十度大转变,认准了的道理便会永远根植在他的心灵深处,并且一传十、十传百,凭着药农的口碑,很快推广开来。"义顺牌壮根灵"正是凭着试验示范推广相结合的路

101

子，获得了广大药农的认可和喜爱。

农技推广与现代商业营销相结合，这才是"义顺奇肥"走向陇原的关键。这条路怎样走呢？既有"92派"体制内农业系统工作的经历，又有在商场上驰骋的实战经验，张秉庆敏锐地看到，要做全甘肃乃至全国市场，非常需要一个强有力的团队、稳定的营销网络和适宜的营销策略。

几度风雨，经营推广的路上困难重重、崎岖坎坷，支持着义顺人走下去的是对产品质量的信心和为民服务的责任，更有他们对"义顺奇肥"倾注的心血，他们像呵护婴儿一样，见证了"义顺奇肥"的发展壮大和创造的辉煌。

义顺公司的绝大多数营销骨干和公司领导，都曾参加过"义顺奇肥"的宣传营销、试验推广，为销售"义顺奇肥"立过汗马功劳，正是他们的亲力亲为，正是他们的辛勤付出和诚实守信，最终赢来了一瓶一瓶的销量增长。下乡推广，送货蹲点，带上宣传资料，背上扩音器，拿上广告条幅，走乡串户诚心地敲开一扇扇紧闭的房门；跑到田间地头，细心地给农户介绍这个叶面喷施的肥料该如何使用有什么特点、要注意什么。

那是一段"苦行僧"式的艰苦岁月。做宣传的，跋山涉水，不畏艰辛，每年销售季节，在各大药材产区，通过墙体、条幅、展牌、拱门、电视、广播、悬挂门头、赠订报纸等，大造声势，发放宣传资料，积极开展宣传促销活动。做销售的，不辞山高路远，冒着烈日酷暑，始终坚持送货上门，并始终坚持现款销售、销不完退货的承诺，不给经销商增加资金负担。

每到"义顺奇肥"的销售季节，张秉柱几乎都会和张世重出现在生产现场、药材产区、经销商店铺和试验地头。而张秉庆，无论工作多么繁忙，总是会在"义顺奇肥"销售季节，抽出几天时间，专门安排、调研、走访市场，为"义顺奇肥"事业的健康发展掌好舵、把好脉、引好路。

张世重回忆，2008年以前，陇中药材产区的乡镇，绝大多数是沙土路，晴天一身土，雨天一身泥，特别在气温高于三十度的三伏天，坐在没有空调的车上，那滋味确实难受。不开窗户一身汗，开了窗户一身土，从渭源新寨、陇西通安走一遭，汗水伴着尘土的花脸会让人不敢相认。还有走访市场、打假维权、宣传途间的辛苦和危险，至今让人回想起来都心惊胆战。

段爱花，康乐县义顺农工商公司办公室主任，同时也是张世重的妻子，她回忆，"义顺牌壮根灵"最初上市时，市场规模很小，生产流水线也很落后，所有工序，包括配料、贴标、灌装、包装、调配以及打包、装车都是纯手工的，而工人几乎都来自家族内部。她贴过标签，也拧过瓶盖，张世重和弟弟妹妹们也都做过这些工作。"壮根灵"诞生后的第四个年头，也就是2004年，由于效果极好，得到广大药农的认可，竟然一度脱销断货。有鉴于此，义顺人不得不扩大生产规模，并引进现代化的生产设备，车间工人也全部从社会招聘。

随着销售量不断增加，市场维护工作变得非常重要，每到暑假正好是"壮根灵"销售的旺季，张世旺、张世乐、张世茂、张世阳，这些义顺企业第五代传承人都曾做过"义顺牌壮根灵"的助销员。

张世旺回忆，上高中时，每到暑假，他都会组织"义顺牌壮根灵"宣传队，开上箱货车，带领队员敲锣打鼓，走乡串村，宣传推广"壮根灵"。一天下来，腰痛腿痛手腕痛，浑身就像散了架，躺倒在床上再也不想起来。但张世旺从来没有想过中途放弃，一个假期下来，变得又瘦又黑，他不怕吃苦永不服输的劲头深深影响了弟弟妹妹。

张世乐在上初中的时候，就跟随父亲张秉柱管理市场，参与打假维权。2005年是"义顺奇肥"首次表彰奖励后经销商积极性最高、形势最好的一年。这一年也是监管市场责任压力最大的一年。当年8月17日，他随同父亲在渭源县路园乡走访客户时，无意间发现指定供货处以外还有两处销售"壮根灵"的门店，就随便走过去看了看，但总觉得有点儿不对劲。详细观看，发现标签上的颜色有点深，就马上叫来父亲查看，发现这批"壮根灵"是假的，不仅产品假，就连箱子中装的甘肃农民报也是假的。他们发现假货后非常震惊，但是没有声张，马上返回县城到质检局进行了举报，渭源县质量技术监督局一举出动查获了假冒"义顺牌壮根灵"四十八件，涉案金额达七千两百六十元，并对当事人进行了严肃处理。2006年7月，嚣张的造假团伙在兰州一家纸箱厂定做了两千"个壮根"灵纸箱，等工商、质检执法人员赶到时，已被转移了。从这以后，义顺人高度重视产品防伪和维权打假工作，每年都有管理人员走向市场，在走访客户的同时，开展打假，确保农户能用上货真价实的正规产品，不让假冒产品扰乱市场。

张世乐回忆，高中毕业后的假期里他参加"壮根灵"助销工作，有几次去的乡镇较远，有一个叫达京堡乡的地方给他留下深刻印象。他在当天集市结束后搭乘去达京堡乡的班车，一路翻越五六座山，到达目的地后已是晚上八九点，在经销商家里吃点饭后住到经销商家里，第二天才开展工作。由于当地没有自来水，喝的、吃饭用的都是雨露水，每次吃完都闹肚子。

2008年"5·12大地震"发生后，义顺公司积极响应"一方有难，八方支援"的号召，向文县地震灾区千户纹党种植户捐赠"义顺牌党参壮根灵"两千瓶。赵文祥清楚地记得，那是5月20日，张秉庆不顾余震和路途危险，亲自护送捐赠的"壮根灵"从康乐出发，攀越高楼山，把"壮根灵"送到文县农牧局，并与农资经销户座谈，鼓励他们重建家园。当时，文县县城武警官兵还在抢险救灾，本地人都住在空地的帐篷中，只有外来的人员住在招待所的楼上。途经武都市区时，又发生了震感强烈的余震，行驶的车辆都能明显地感觉到，但是张秉庆一脸镇定，有序而又圆满地完成了这次捐赠活动。

2013年，是"义顺奇肥"销售形势非常好的一年，由于中药材面积大、长势好，三代"壮根灵"供不应求，7月中旬就出现了断货，络绎不绝的要货电话让义顺人压力巨大。张世重亲自坚守在生产车间，抓质量、抓生产，由于过度劳累，最后大病了一场。

2016年7月16日，张秉柱一行走访文县市场，早上从文县县城出发，沿途看望了堡子坝、石坊、石鸡坝客户，午后与中寨镇客户座谈后，又驱车前往九寨县永和乡，下午五点多到达舟曲县博峪乡，拜访完四户经销商后已到六点多钟。为了赶时间，决定翻越博铁梁。上山走了半个多小时，没想到天气变了，天上飘起了小雨，路也越来越窄，越来越难走，不是悬崖就是急弯泥潭。随着海拔升高，植被越来越稀少，山路被大雾笼罩，能见度不足五米，手机没有信号，车辆行走非常困难。山顶向左转弯时，完全看不清路面，车上的人都帮忙看路，有一人说"向右转"，张秉柱说不要紧张，向左转。大家仔细一看原来右边是万丈深渊，车上的人们惊出了一身冷汗。从山顶向下走了两百多米，大雾淡了，路况也慢慢好了，人们的心情也逐渐放松了，特别是走到铁坝村时，悬着的心终于放下来了，都长长地出了一口气。这一路虽然危险，但是大家都第一次看到了路旁高山上种植的纹党。

时至今日，每年七八月间，"义顺奇肥"的销售旺季来临之前，义顺人都要面向在校大学生、高中毕业生招聘助销员。将时间的镜头推进到2017年6月26日，康乐县义顺农工商公司的会议室里，由张秉柱主持，这里正在进行"义顺奇肥"助销员的培训会议。助销员首先要强化记忆"义顺奇肥"的相关知识。张秉庆这一天恰好赴康乐看望老领导，随即参加了此次培训会议。他不拿任何底稿，便开始了逻辑严密、滔滔不绝的动员讲话，一时间令助销员们热情高涨，仿佛被打了鸡血一般。张秉庆首先阐述了"义顺奇肥"对农民增收的作用，他的自信心，他的使命感深深感染了在场的助销员。张秉庆说，"义顺奇肥"畅销十八个年头，并且远销全国十八个省市，是一个质量过硬、造福药农的好产品。助销员的工作就是让更多的药农认识和接受"义顺奇肥"，并产生效益。义顺企业提供的舞台广阔而又充满无限可能。他同时承诺，如果将来助销员大学毕业有意向来义顺企业，义顺企业将优先录用他们。

助销员两人一组，一个音箱，一块喷绘，外加一摞子《甘肃农民报》的宣传资料，这便是"义顺奇肥"助销员的标配。助销员们每日工资加补助，四十天左右的推广宣传活动结束后，可获得近五千元的报酬，对于一个高中毕业生或者在校大学生来说，这第一桶金不光厚重，也必将教会他们金钱以外的社会实践经验和教训。团结一心，其利断金，这样一支建立在信任之上的精英营销团队，用自己实实在在的行动，用产品实实在在的效果换得了农户千金难买的信任。

　　在西北商界摔打了多年的义顺人最了解大大小小的老板，所以他在选择"义顺奇肥"的经营网点时坚守"以商业诚信为基础，走优质服务之路"这个关口。在优势中药材产区，以乡镇农资经营网点为基础，组建指定供货处，建立稳定的壮根灵销售网络。同时，开通技术咨询热线电话，对群众反映的问题，立即组织技术人员查清原因，妥善解决。

　　为了调动经销商的积极性，义顺人还引入了表彰奖励机制。2005年举行了隆重的表彰奖励大会，为第一代发明人张天虎教授授予"科技功臣"奖牌，颁发奖金两万元，同时为六十一位优秀经销商分别颁发摩托车、电动车、自行车等奖品，此后，还为优秀经销商奖励电冰箱、光波炉、手机、电脑、液晶电视，共举办奖励活动十次，受到表彰的客户达到六百三十三户次。

　　与此同时，义顺人还逐年完善营销策略，自2005年开始，不仅对做出优异成绩的经销商进行表彰奖励，还定期免费组织重点经销商赴全国各地参观考察。从莲花山、青海湖旅游开始，到游览首都北京、华东五市、宁夏沙湖、四川九寨沟、上海世博会、四川峨眉山、湖南张家界、山东青岛、大连、海南岛、云南丽江西双版纳、广西南宁桂林的十四次观光旅游活动，参加旅游的客户达到八百零六人次，部分客户每次都参加了旅游观光活动……这些过去农民想都不敢想的地方，这些年在义顺人的帮助下，他们都见识过了。张秉庆曾经在一次表彰大会上做出承诺，"要让重点经销商走遍祖国的名山大川"。

　　一系列营销措施，对"壮根灵"销售工作注入了活力，"壮根灵"成为药农争相购买的"香饽饽"。陇西县柯寨乡经销商刘珍荣，2001年开始销售"壮根灵"，仅售出了一瓶，2009年销量达一千两百二十九件，2013年销量达两千八百三十五件。陇西片区经理段爱康记得2006年7月下旬的一个逢集日，他在给刘珍荣送货时，由于装货耽误了时间，约定上午十一点一定把货送到，等送到货时已经是中午十二点半了，往常逢集到十一点时，街道就已经没有赶集的人了，可到刘珍荣的铺子门前一看，在烈日下黑压压地坐着七十多人，原来他们都是等着买"义顺牌壮根灵"的，三下五除二，一车"壮根灵"就被抢购一空，这场面让人震惊。这只是一个个例，很多经销商的销售额都在逐年增长，简单的数字中都倾注了推广工作的艰辛和经销商付出的努力，也体现出了营销策略的对路。

2006年，义顺人又开发推出了义顺桔梗奇肥，在内蒙古自治区赤峰市喀喇沁旗的桔梗上示范推广后取得了良好的效果。值得欣喜的是，2009年"义顺奇肥"又被引进到云南省昭通市永善县试验推广，"义顺奇肥"的应用区域有了更大的拓展。

这些年，"义顺奇肥"的推广区域也发生了飞跃，就省内而言，从最初的临夏州康乐县，发展到现在的定西、陇南、天水、武威市；从省外而言，"义顺奇肥"已经成功推广到山西、湖北、青海、宁夏、内蒙古、云南等十八个省市。

从2000年初次推广时的六千亩，到2004年突破十万亩，到2008年突破二十万亩，再到2013年突破四十万亩。这些直线增长的数字，标志着"义顺牌壮根灵"推广步入了成熟稳定阶段。

十八年风雨，十八年辉煌。义顺人十八年推广面积突破三百万亩，为药农增加产值二十八亿多元的业绩向全省人民递交了一份令人刮目相看的答卷——"义顺奇肥"已成为甘肃省叶面肥市场上一颗灿烂的明珠。

2017年7月，内蒙古赤峰一家专卖店一天之内"义顺奇肥"的销售量就突破五百箱，每天的营业额是十二万元。与此同时，"义顺奇肥"在山西、辽宁等省也开始畅销，每逢销售旺季，订单电话不断。"义顺奇肥"抓住了跨省推广的大好机遇，在进军全国市场的号角声中销量如芝麻开花节节高。

3."义顺奇肥""瘦肉精"事件

在"义顺奇肥"的发展历程中，有一个危机事件不容忽视，可以说，正是由于妥善应对了这次危机，义顺人反而抓住了契机，在成功的危机公关之后，让"义顺奇肥"置之死地而后生，为后来走向全国吹响了号角。

2011年3月17日，《南方周末》发表了一篇名为《硫黄当归》的文章。当时有"中国当归之乡"美誉的岷县，因为使用硫黄熏制当归，而广受社会舆论关注。记者前往当地调查此事，但令义顺人想不到的是，记者在文中轻描淡写地提到，说当地药农使用一种名为"壮根灵"的农肥，喷洒之后，使当归产量得到大幅度提高，"原来需要种五年的，现在用一两年就能催出来"，"在移栽时用'壮根灵'浸泡苗根更成重要工序"，称"壮根灵"是当归中的"瘦肉精"。当时"壮根灵"还未改名"义顺奇肥"。

2011年前后，国内频发食品安全事件，"瘦肉精"如过街老鼠，人人喊打，公众闻之色变，《南方周末》的这篇报道很快被各大网站转载，义顺人也被牵连，瞬间成为社会舆论追讨批伐的对象。

此时的张秉庆正在成都参加春季糖酒会，对此完全不知情。3月18日子夜一点，他突然接到一个朋友的电话，说，你赶紧看一下，网上有一个对你非常不利的消息，并告知他很多人都在骂"壮根灵"。张秉庆马上打开电脑，按照朋友提供的线索找到了《南方周末》的报道，他惊讶地发现，记者原本要揭示的是岷县当归用硫黄熏制一事，但却提到"壮根灵"是药材上的"瘦肉精"。整篇报道的题目是《硫黄当归》，但因为使用了"瘦肉精"这样极其敏感的字眼，人们将关注的焦点转移到了"壮根灵"上，《南方周末》网站下面的评论铺天盖地，很多人把矛头对准了"壮根灵"，各种声讨排山倒海，波涛汹涌。一片骂声中，诸如"不良商家赚黑心钱"的言论铺天盖地，网民们言辞激愤，与此同时，很多微博也转发了这篇报道，里面的帖子也是一片指责。

张秉庆镇定了一下情绪，回忆起就在此前一日，他曾经接到过一个自称是《南方周末》记者的人打来的电话。当时对方在电话里询问"壮根灵"是一种什么东西，张秉庆非常郑重地告诉对方，"壮根灵"是中国近物所教授研发的农肥，喷洒在党参、当归等药材上有非常明显的增产作用。由于当时的张秉庆正在甘肃省中医院输液，他对电话里的记者说，如果你不着急，两个小时以后，你到我办公室来，我可以出示我们所有的证照，或者我也可以来找你，我们详谈。对方的回复模棱两可，但两个小时以后，张秉庆给对方打电话，却再无人接听。

张秉庆揣测，当时记者应该是急于发稿，给自己打电话只是出于职业规范进行求证，张秉庆当时原话是，我们的证照齐全，我保证"壮根灵"没有质量问题，但是记者在报道中用了模棱两可的说法，说是记者向甘肃莲花山药业有限公司董事长张秉庆致电，张秉庆保证"壮根灵"不存在质量问题，并说记者没有见到张秉庆。这个表述原本也没有错，但是有部分网民断章取义，只抽取了那句"壮根灵是药材上的瘦肉精"这样敏感的语句，壮根灵居然跟瘦肉精画上了等号。于是，一大批网民群起而攻之。

张秉庆隐隐感到，《南方周末》这篇报道必须认真对待，否则，一旦负面消息不断扩散，将给"壮根灵"带来灭顶之灾。正是深夜，别无他法，于是，他分秒不停地开始起草"致《南方周末》的严正声明"。在信中，他要求重新澄清事实。同时，他还给甘肃各大媒体，给甘肃省土肥站、甘肃省质检局、甘肃省工商局分别发送公开信，希望这些单位能主持公道，还义顺人一个清白。

凌晨五点钟，他写完信之后发到了《南方周末》的电子邮箱。随后，他小睡了一会儿。早上八点，他打开邮箱，《南方周末》并没有给自己回复，他估摸着很多单位此时也开始上班了，于是，他开始给甘肃各大媒体的朋友致电，媒体的朋友首先表示，"壮根灵"给药农带来的效益有目共睹，质量可靠，对《南方周末》的报道决不跟风转发。

张秉庆内心极不安宁，他对媒体朋友表示了自己的担忧："不明真相的人们唾沫星子都会把我们淹死。"与此同时，张秉庆又打电话给公司的网络部经理刘皓。刘皓是大家公认的互联网专家，刘皓马上在新浪、网易、腾讯等各大微博上注册账号，与那些传播不实消息的水军展开了对抗。同时，刘皓还扫描了所有的证照和质检报告，上传至各大网站上，同时在网站上发布了严正声明。

那是惊心动魄的两天两夜，下午六点钟，张秉庆上网查看，发现风向略有一些改变。网民们骂得不那么厉害了。当天晚上,张秉庆给《南方周末》写了第二封信,同时继续给各个媒体发送公开信。

至次日早晨,网络上的风向已经完全转变,有网民开始替"壮根灵"叫冤,同时质疑《南方周末》记者报道的真实性。这一天,令张秉庆没有想到的是,由甘肃省农业厅牵头,率领省市土肥站、质检局等相关部门组成一支调查组专程赴康乐义顺公司和岷县当归产区进行实地调研。张秉庆告诉驻守康乐的人员,全力配合调查组的调研,打开所有大门,凡是调查组提出的问题,全部如实上报,并提供所有证照资料。调查组经过缜密细致的调查之后,得出结论,"壮根灵"手续齐全,质量合格,效果显著,是一个值得向药农推荐的好产品,并通过《甘肃农民报》公布了调查报告,澄清了事实。

至此,此次"壮根灵"危机全面化解,正是借助此次契机,"壮根灵"借助互联网赢得了更加广泛的知名度。"现在能销售到十八个省,跟那次事件有直接关系。"张秉庆回忆起当时那惊心动魄的两天两夜,大有一种劫后余生的感觉。

此后,借助阿里巴巴诚信通,"壮根灵"省内销售量与省外销售量持平。昔日"壮根灵",今日"义顺奇肥",至今仍是义顺企业发展实体经营战略上的明星支柱产品。

第四章

DISIZHANG

"龙头"初现　回哺家乡

LONGTOUCHUXIAN　HUIBUJIAXIANG

康乐的「胭脂三川」山清水秀，人杰地灵，莲花山群峰秀立，鲟水峡碧岭清流，这里是义顺人的家乡，这里也是投资的热土！义顺人热爱故土、回报家乡的拳拳之心，令人起敬！

——临夏州委原书记姜信治

历史是惊人的相似，"义顺"商号恢复经营的三十年中，每逢2、7的年头，均是义顺人五年计划圆满实现的节点。以时间为序，2002年至2007年是义顺人规划中的第四个五年计划。第四个五年中，义顺人遭遇了湖滨市场搬迁风波，以勇于"自救"走出了困境，经受了市场与政策的双重不确定因素的考验。其后，又成功牵手剑南春，标志着义顺人"名酒战略"的构想又上了一个新台阶。由于抓住了与剑南春合作的契机，义顺企业在甘肃酒业"龙头企业"雏形初现。

在这个被义顺人称为强行突破阶段的五年中，莲花山药业是一个绕不过去的话题。莲花山，位于甘肃南部的康乐、临洮、临潭、卓尼、渭源三地五县交界处的崇山峻岭之间，这是一处道教名山，境内群峰俊秀，因酷似一朵初绽的莲花盛开在绿波翠色之中而蜚声陇原，令人心驰神往。2005年6月28日，甘肃义顺莲花山药业有限责任公司挂牌成立，这个和莲花山一样极富诗意名称的企业，多少给人以神秘的色彩，并带来人们无限遐想。然而，这个以回报家乡为初衷的项目，后来的发展远非想象中的波澜壮阔，实际上成为义顺人一个折戟沉沙的尝试，取得显著社会效益的同时，企业效益却是连年亏损。

湖滨市场搬迁风波

时间的步伐来到2002年，前后不过四五年的时间，义顺公司已经成长为兰州湖滨市场的大户，被市场管理方视为盟友。湖滨市场几百家经营户，并不是家家都在成长，原地踏步者有之，退出行业者更是大有人在。经此对比，不得不发出感慨，黄沙吹尽始见金！并不是人人都能创造历史，且做到像义顺人那样不断成长。而面对义顺人的成长，那些当年讥笑他们的人不知该做何感想。

就在义顺人大干快上的时候，他们遇到了在兰州市场的一大"坎儿"。这一年的三月，此前被吵得纷纷攘攘的湖滨糖酒市场和中部市场将被整体搬迁的传言终于成为现实。兰州市政府关于《建设兰州商贸中心2002年工作安排意见》明确指出，为了"配合小西湖黄河大桥的开工建设，组织湖滨糖酒市场和中部市场的经营户整体搬迁到土门墩西部市场和甘肃糖酒副食批发市场，同时对附近四个同类市场进行归并、重组和联合经营"。

其实早在此前一年，张秉庆已经从多方了解到，小西湖黄河大桥的开工铁板钉钉，湖滨糖酒市场和中部市场都将被取缔。为此，他早已考察并敲定了土门墩落户西部市场的一系列事宜。然而，这一"决定"刚刚下达，却突然平地生风。由于"第三者"金港商贸城的介入，原湖滨市场、中部市场的经营户与金港商贸城、兰州市七里河区政府之间，西部市场、甘肃糖酒市场与金港商贸城之间，随即演绎起了一场近乎你死我活的经营户争夺战。虽说这场争夺战最终以西部市场、甘肃糖酒市场落败，金港商贸城取胜告一段落，但毫无疑问的是，这场旷日持久的商战，却使搬迁来搬迁去的数百家经营户蒙受了巨大损失。西部糖酒市场和甘肃糖酒市场此时尚属国有企业，彼时，义顺公司作为湖滨市场里的经营大户，是西部糖酒市场管理方争取的战略合作伙伴，他们也是迁往西部糖酒市场的坚决拥护者和执行者。西部糖酒市场和甘肃糖酒市场自认手里拿着政府给的"尚方宝剑",却未料"市长不如市场",金港商贸城虽为私企,却以极强的竞争意识、服务意识最终将大部分经营户硬生生"撬"走了。

这是一次典型的政府"拉郎配"管制失败的案例,政府有形的手伸得太长,最终被市场无形的手牵制了。当年五月,义顺人坚决响应政府号召,带头迁往西部糖酒市场,却未料,西部糖酒市场如西山落日。次年九月,迫于西部糖酒市场门庭稀落的颓境,义顺人终于在金港市场主办方再三邀请下,重新布局,在金港商贸城开设了经营部。折腾来折腾去的结果是,仅搬迁费、装修费、租赁费等近百万元付之东流。

"92派"杰出的代表人物,万通地产冯仑关于政商关系,有一个著名的观点,"离不开,靠不住"——在中国经商离不开政府政策的支持,想离也离不开,又不能完全靠政策养着来发展,想靠也靠不住。义顺人在此次搬迁风波中的遭遇俨然如这一论断下一个忧伤的注脚。

张秉庆曾经在多种场合提到自己的观点,小坎之后一般会迎来小发展,大坎之后,会迎来大发展,义顺企业这么多年,基本上比较平稳,没有遇到过太大的坎。事实上,一切小坎大坎都被义顺人平稳地化解。被市场教育的结果不是哭爹喊娘,哀怨叹息,而是见招拆招,顺势而为。

2002年5月,《西部商报·商界风云》周刊以《跑出来的效益——张秉庆眼里的生意经》为题,报道了在那场惊心动魄的搬迁风波中,义顺人的遭遇。翻阅这篇报道,十六年前义顺人经历的坎坎坷坷仿佛再现于人们眼前,而读者似乎也得以窥见此阶段张秉庆的经商理念和内心世界。

如同一个国家在遭遇动荡时,将不可避免地波及经济繁荣,出现暂时的经济萧条一样,作为一个生意人,任何一次与之相关的变动都会影响到他的"钱途",或者是收入锐减,或者是顾客转移。可是,有时变动也可能成为一种契机,为勤奋者所利用,张秉庆就是这样一个例子。

今年5月,由于小西湖黄河大桥的开工建设,湖滨、中部市场被迫大迁移。这其中,张秉庆作为湖滨市场经销酒的一个大户,出人意料地提前一个月将自己的经销公司搬迁到了土门墩西部糖酒市场。在此之后的一次大会上，他宣称，市场搬迁其实并未给他的经营带来多少损失，相反，他的销售额在市场搬迁后呈直线上升趋势，比去年同期增长百分之五十。这就不得不使人产生疑惑，究竟是什么原因使他在经历动荡后的销售额不降反升呢？

于是，采访张秉庆的想法就在这种疑惑下产生了。

采访张秉庆似乎还是件艰难的事情，记者数次拨通他的电话，得到的答复总是他在外地。5月的一天，当记者打电话，问他在哪里时，他回答"我在兰州"，记者哑然失笑，说道："我也在兰州"。一个商务人士的繁忙由此可见一斑，由于长期在外奔波，待在兰州的时间少之又少，与别人联系时，他几乎都是以一个大的地名来回答自己所处的位置，常常让待在兰州本地的人觉得奇怪。

像所有精明的生意人一样，张秉庆时时不忘给自己的公司做广告，所有员工，包括自己，西服的左上侧都佩戴印有"义顺"二字的公司牌子。你也很难准确地给他下一个定义，判断他到底是一个儒商还是应该归类为"官商"，因为这个来自临夏康乐大山的儿子，其阅历可有些不简单。曾经在政府机关做过多年公务员，在农业科技方面小有成就，20世纪90年代初期"下海"，属于下海较早的那批人。他坦言，最初与他一起下海的有不少已"上岸"，还有不少被"淹死"，自己是目前还在"海里游"的为数有限的人当中的一个。

直至看到他公司里自办的并且相当有水平的"义顺商情"报纸，后来看到他在网上熟练的操作电脑，又听他在网上介绍自己"义顺商情网络工作室"的情况时，一个词瞬间闪现在记者的脑海中，也许用"现代商人"来给他归类是再合适不过的了。

对，这是一个典型的"现代商人"，机敏、勤奋，既懂得用中国人传统而古老的仁义道德来对待自己的员工和客户，又善于利用一切现代化的工具为自己创造财富，既不忽视从公司内部抓管理，努力提高服务质量，同时又非常重视对外宣传和广告的作用。

那么，为什么他能在市场搬迁、公司受损的情况下，销售额反而上升百分之五十？张秉庆毫不掩饰地说，这是重视宣传的结果，同时也是重视跑市场的结果，这百分之五十的效益完全是"跑"出来的，听他这样说，你不得不佩服他概括之精确……

4月初，就在湖滨、中部市场搬迁的头一个月，他分别在当地报纸及广播电台做了名为"别湖滨，难分难舍；进西部，再创辉煌"的广告，之后，他马不停蹄地奔赴平庆、河西等地县市以及青海宁夏等地，与当地经销商进行会谈，为扩大市场份额全力以赴。正是这股子勤奋劲儿，正是有难得的先见之明，他没有让自己的生意萧条下来。

其实，说白了，张秉庆除了有实力说话以外，最主要的是，他善于抓住自己的命运。在几大糖酒批发市场就争夺湖滨、中部糖酒市场经营户的事情闹得不可开交时，在土门墩西部糖酒市场管理方为政府不能采取有力措施启动市场而有意见时，他却能置身事外，专心致志做自己应该做的事情，不惜投入，不惜付出，勇于"自救"。

可以毫不夸张地讲，他是一个将实干与理论巧妙地结合起来的现代商人。曾经有过的经历使他深知品牌的重要性，"义顺"是他从他的祖辈继承下来的老字号企业，他珍视这家传的老字号，并立志将这个牌子发扬光大。如今这两个字的品牌价值已经得到了人们的认可，产生了"金字招牌"的效应，兰州各大商场超市都与他建立了密切的业务关系，在甘肃各大糖酒批发市场，提起义顺公司，那可真是无人不知，无人不晓。

张秉庆说，经销商与厂家是唇齿相依、共生共存的关系，一个好的经销商如果没有好的品牌产品，他就很难做大市场；而一个好品牌如果没有好的经销商，同样也难以在偌大一个区域性市场施展拳脚。正因为有一个正确的思维方式，于是，五粮液、剑南春、五粮醇、六和春、绵竹大曲、百年公主等品牌酒在西北地区的销售在他的努力下做得有声有色，红红火火。

到目前为止，他的公司是全国近三十个品牌商品的总代理或特约经销商，酒类商品高中低档一应俱全，生意不可谓不大，"战线"拉得不可谓不长，可是他反而越来越游刃有余。

为什么会是这样？他如此概括自己的经商生涯：最初是两条腿走在羊肠小道上，除了行走别无他法，后来到了土路上，可以骑自行车，接着到了柏油马路上，可以搭拖拉机，渐渐地甚至可以坐汽车上路。

原始资本的积累，经验教训的总结，无不同理。

牵手剑南春

2002年1月25日，是义顺人值得庆祝的日子。这一天，发往兰州义顺公司的第一批剑南春酒从山清水秀的绵竹发出。这标志着义顺人"名酒战略"的构想又上了一个新台阶。改革开放之后的很多年中，五粮液、剑南春等名酒一直被省级公司、二级站垄断，义顺人最引以为豪的是，他们打破了省级公司、二级站对名酒的垄断，成为早期甘肃省内与名优酒合作的为数不多的私企。

义顺人成功牵手剑南春的背景是，原先经销剑南春的国企普遍进行改制，一时间剑南春在甘肃全省无人经销，市场形成大片空白。私企背景的义顺人这才有机会进入剑南春的"法眼"。如果说从1998年经销五粮醇，成为五粮液的直接经销商，让义顺人站在了巨人五粮液的肩膀上，开启了义顺人名酒战略的构想，那么，成功牵手剑南春则意味着名酒战略布局的初步形成。这就是机遇。业内普遍认为，2002年是中国白酒进入黄金十年的开端。搭乘这班财富的列车，义顺人也驶入了发展的快车道。趋势很重要，可以说，正是抓住了这一契机，义顺人赢得了其后十年的顺风顺水。

当年7月，义顺公司旗下剑南春专卖店与五粮液专卖店同时开业，几乎预示着义顺人从此踏上了名酒战略这个重要的节点。如果说义顺公司在发展之路上是多头并进，那名酒营销就是重中之重。从发展中不断突破，从突破中不断发展。义顺，走出了一条独辟蹊径之路，无论从营销或是品牌维护来看，都可圈可点。张秉庆认为，"名酒企业的经营思路，代表了时代和市场的发展方向，经销商跟着名酒厂家走，没错！"在很多人的观念里，名酒是"刚需"，坐等客户上门就行了，但是义顺人认为，为了打开销路，必须独辟路径，用创新的手法做名酒。2004年，义顺人推出了"五粮液之旅"的活动，将骨干客户带到五粮液酒厂考察参观；做五粮醇时，将每个区域市场的产品贴上标签和编号，防止窜货。刮刮卡、有奖销售、订货旅游等促销手段在名牌酒营销上以前很少被采用，义顺人大胆运用，效果奇好。

　　义顺人从零开始，建立了全省第一家剑南春专卖店，其后，义顺人以剑南春为龙头，以金银剑南、绵竹粮液和绵竹大曲为主销品牌，建立健全了覆盖兰州和地县市场的营销网络，销量快速提升。有目共睹，义顺人和剑南春公司共同经受住了市场的考验，并获得业界及广大消费者的认可。

　　与剑南春的合作中，"金剑南"是曾经的明星产品。2003年4月，金剑南登陆兰州，义顺公司是兰州及陇中区域总经销。虽然受到当时"非典"疫情的影响，但在各方协同努力下，义顺人充分利用剑南春酒的名牌效应，着力塑造金剑南强势品牌形象，重点致力于优秀联销网络的建设，当年便取得了骄人的业绩。与"金剑南"同时上市的还有"银剑南"。"金剑南""银剑南"属同一系列的两种品牌，但采取了不同的产品销售策略。"金剑南"重点打造产品形象、注重口碑传播，频繁出现在各卫视台黄金时段的电视节目中，而"银剑南"则以地面促销为主，通过实惠营销策略，达到规模上量。正如张秉庆后来总结的那样，通过金银双剑合璧，达到相互拉动，推波助澜，营造产品全方位的畅销态势，通过"牛刀杀鸡"的相对市场绝对优势资源配置，在产品力、销售力、宣传力上，达到了一点突破，全面推广的效果。与剑南春合作历史上有过共患难时的坚守，2008年义顺公司演绎的甘肃市场"剑南春品牌百日保卫战"的故事，至今是业界佳话。

　　2008年汶川"5·12大地震"，剑南春酒厂遭遇巨大损失，货源一度断供，一些储货量较大的经销商乘机涨价，每瓶剑南春酒少则涨价三四十元，多则涨价五六十元。然而，义顺人对此"发财机遇"无动于衷。为了平抑市场，他们将自己仓库储存的近四千件货源仍然按原价向下游经销商供货，直至几个月后厂家恢复生产供应。当年7月，在西安召开的剑南春通报会上，当与会代表得知义顺公司与剑南春共渡难关的情况后，现场顿时响起了经久不息的掌声。这热烈的掌声，是向义顺人表达的敬佩之情。

与剑南春有过共患难，也有过合作之中的不断妥协和让步。由于厂方市场扁平化布局的需要，义顺公司先后退出了绵竹大曲、珍藏级剑南春、金剑南、银剑南的代理销售。

十五年后的2017年5月7日，义顺人再次被授予"剑南春银牌经销商"荣誉称号。十多年的努力，甘肃市场的剑南春从无到有，从弱到强，销量从小到大，由点到面，实现了在全省各地全面开花结果的喜人局面，义顺人功不可没。

张秉庆在剑南春年会上发表获奖感言，他用"感慨万千"来概括自己当时的心情。他放眼望去，台下近三十名甘肃各地县经销商，有二十二位是他曾经的分销商，而今他们已然是剑南春独立的经销商。他对在场的同仁说，与剑南春合作的这十五年中，正是中国酒业江湖风起云涌、大浪淘沙的十五年，多少人被浪涌拍死在沙滩上，能活下来都是极不容易的。讲话的末尾，他忍不住半开玩笑地说，我从2002年1月25日从剑南春酒厂发出了第一批货，与剑南春合作已整整十五年，获得了这么多年的银牌经销商，可不知道什么时候我们才能拿到金牌经销商的大奖？

剑南春兰州办事处主任孟健闻听此言，安慰他说，这一天不会太远。私下里孟健也清楚，剑南春这些年推行渠道扁平化，昔日义顺公司的分销商现在很多都变成了剑南春酒厂的直接经销商。"没有办法，厂商合作中有时难免出现这样的问题。而我们这么多年也是在顾全大局中过来的。"张秉庆这样说。而孟健也曾由衷地赞扬义顺人，"你看，义顺公司做大做强，他们的合作伙伴也做大做强了，分出去那么多的客户，他们依然是西北最大的剑南春经销商，这不是从一个侧面表现出义顺人的强大吗？"

关于莲花山药业

世间事总是机缘巧合，当年在康乐受尽欺侮，迫不得已将经营重点转到兰州，仅仅几年之后，义顺人以自己独有的方式回报家乡，令家乡人刮目相看。为康乐抗洪救灾、修桥铺路、捐资助学等公益事业捐款捐物，为那些因家庭贫困而失学的儿童提供资助，帮助他们完成学业，这些方式虽然能起到一些作用，但也有很大的局限性。对家乡真正的回报应该是带动家乡产业升级，拔掉穷根，让家乡的父老走上脱贫致富之路。这是义顺人长期关注农村贫穷问题最终得出的结论。

原康乐县农技站站长雍正中评价张秉庆这个昔日下属："能承受巨大压力，对时间和挫折有非凡的等待和忍耐能力；富有爱心，那是成长经历铸就的社会的感恩及政治情结的表达，是对社会的责任感。"

2004年元月14日，临夏州委、州政府在兰州召开临夏籍企业家座谈会，动员临夏在兰企业回家乡投资药业，回报家乡。张秉庆应邀参加了这次座谈会，见到了当时的临夏州委书记姜信治（现任中组部常务副部长）。面对大家的盛情邀约，张秉庆当场表示：我们临夏人，有着勤劳勇敢、团结互助、热爱家乡的传统美德，为家乡服务，是我们义不容辞的责任，把家乡建设得更美好，是大家共同的心愿。

2005年6月28日，康乐县义顺莲花山药业有限责任公司成立。姜信治带领临夏州委、州政府领导亲临开业现场，亲自为新公司揭牌，时任州长马青林发表了热情洋溢的讲话，勉励莲花山药业发挥自身优势，早日带动临夏中药材产业快速发展，为振兴临夏，富民强州做出贡献。

张秉庆在甘肃义顺莲花山药业有限责任公司成立大会上发言时，列举了药业公司重点要抓好的六件事：

一是依托甘肃省中医药研究院建立的中药研发基地，积极引进技术和人才，开展相关加工工艺的科研攻关工作。分阶段开发出具有高附加值的系列产品。

二是依托有关农业科研院所和专家，积极开展野生中药材资源的征集保护和当归、党参优良品种选育工作；并通过订单形式，建立中药材种植基地，同时进行GAP规范栽培试验研究，争取早日通过国家GAP认证。

三是按GMP标准要求建设中药饮片加工和有效成分提取浓缩车间。高起点、高标准办厂，提高产品质量，增强陇原特产在国内外市场上的竞争力。

四是建立健全稳固强大的中药材收购网络。

五是组建能征善战的营销队伍，通过主动出击，积极参加展销会、洽谈会，并设专门的互联网站发布产品信息等方式，快速扩大销售渠道，尽快打开东南沿海市场及东南亚国际市场。

六是倡导新的消费理念，通过宣传引导，扩大市场对当归的需求量。力争在较短时期内将莲花山当归醋成功推向市场，快速占领行业新的制高点。

张秉庆同时表示，义顺人的目的，就是要通过药业龙头项目带动，精心打造"莲花山当归""莲花山白条党参"等强势品牌，真正做强中药材产业。在企业发展的同时，将当地资源优势转化为产业优势。为调整产业结构、增加农民收入、振兴农村经济、解决三农问题及构建和谐社会做出应有的贡献。

莲花山充满了神秘色彩，而莲花山药业其实一点也不神秘，它就是专业从事中药材购销加工的企业。莲花山药业因迅速带动造福一方百姓而被当地群众纷纷称颂，名扬乡里。和莲花山一样，甘肃义顺莲花山药业公司成为当地父老乡亲们心中的依靠和希望。

康乐县位于临夏回族自治州的东南部，是国列少数民族贫困县之一。多少年来，广大人民群众为改变贫穷落后面貌，付出了艰辛的劳动和巨大的代价，国家和省上也在这块多灾多难的土地上投入了不少的资金，这些资金虽然为改变这里的贫困面貌产生了一定作用，但总的说来，效果还是不尽如人意。

简单地给钱给物，并没有把贫困地区的人们推上自力更生的道路。事实迫使人们开始顺着另一个思路思考，着手从另一个角度行动，这就是将扶贫改为治贫，把有限的资金用在开发性的农业生产上，通过调整农村产业结构，推广实用技术，围绕开发和建设商品生产基地增效增收。

义顺人又义无反顾地回来了，这次，他们为什么要回来？他们想干些什么？为了名？为了利？还是有其他原因？面对外界的种种质疑，张秉庆在康乐县召开的政府产业研讨会上从四个方面做了解释：

第一，因为义顺公司是从康乐起步的，义顺人把回报家乡、建设家乡作为自己义不容辞的责任。我是地地道道的康乐人，这里的天很蓝，这里的水很清，这里有我的父老乡亲，这里有我美好的童年回忆。1997年后，企业发展的重点虽然转移到了省城兰州，但从来不敢忘记自己是康乐人，多年来为康乐抗洪救灾、修桥补路、捐资助学等公益事业捐款捐物三百多万元。其中在2002年前后资助康乐县二百零四名学生完成了小学学业。多年来，我们见证了家乡巨大的发展变化，但与外面的世界相比，咱们的基础还比较差，发展还不够快，与发达地区的差距正越拉越大。作为康乐人，我们看在眼里，急在心上。如何在企业发展的同时更多更好地回报家乡，成为我最强烈的愿望。我们在康乐创办甘肃义顺莲花山药业有限公司，就是为了发扬义利兼顾光彩事业精神，更是为了回报家乡的一种具体实践。

第二，创办药业公司，是义顺公司自身发展的需要。义顺人经过多年的努力，在经营管理和企业实力方面有了一些积累。如何寻找到新的更好的项目，培育新的增长点，成为公司决策层重点思考的课题。经过反复论证，我们认为：在世界和国内经济形势正处在有更多不确定因素影响的时期，从公司长期稳定快速发展的需求出发，选择甘肃最具特色的中药材产业，通过研发新产品、开辟新市场，将资源优势转化为产品优势，在行业内实现率先发展，将是我们最佳的选择。

第三个方面，在康乐创办药业公司，是因为康乐县具有独特突出的中药材发展的自然资源优势。康乐县地处青藏高原向黄土高原的过渡地带，植被良好，生物群落多样，是当归、党参的主要原产地之一，境内分布着当归、党参等三百多种野生中药材，目前全县人工种植中药材面积已发展到五万亩左右。

康乐县以当归为主的中药材具有较大的区域比较优势。莲花山属岷山山系，康乐县莲花山周围的土壤肥沃、土层深厚，无污染，水肥气热等自然条件更优于周围地区，更适合当归等中药材的生长发育，是公认的"当归"最佳种植区，所产的莲花山当归是当归精品中的精品，特别是景古等乡镇种植的当归由于归头大、品质优，更被药材商家奉为"当归王"在高价炒卖。康乐县有近二十万亩耕地适宜中药材种植。康乐种植中药材的历史悠久，药农们在长期的采药、驯化和人工种植过程中积累了丰富的经验。由此可见，在康乐县创办中药材购销和加工企业具有良好的基础条件。

第四个方面，创办药业公司，是因为中药材产业的发展前景广阔。我国是世界中药资源最丰富的国家，中药材产业是我国最具特色的传统优势产业之一，也是最具有市场潜力的朝阳产业。甘肃省的当归、党参、黄（红）芪、大黄、甘草五大药材产量占全国的百分之八十以上，其中康乐、岷县、漳县、渭源等陇中当归占全国总产量的百分之九十以上，党参占百分之七十五以上。康乐县周边的岷县、渭源、陇西等药材大县已分别被命名为"中国当归之乡""中国党参之乡"和"中国黄芪之乡"，并正在致力于打造"千年药乡""西部药都"。

当归是祖国医学中最常用中药材之一，素有"十方九归"之说。当归、党参等中药材除了药用外还是重要的滋补食品。随着人民生活水平的不断提高，当归、党参、黄芪等药食兼用的中药材市场需求量将快速增长。另外，中药材的提取物还可以用于保健品、化妆品的生产。当归党参等中药材在国内外市场现实的需求量和潜在的需求量都很大，中药材产业开发前景广阔……

第四章 "龙头"初现 回哺家乡

学农出身，感恩情怀、家国情怀、实业情怀，一系列的情怀促使义顺人义无反顾地选择回到故乡的怀抱，这一次，他们意气风发，这一次，他们踌躇满志……

一番豪情壮志的宣言之后，残酷的现实扑面而来。2005年，义顺人和康乐近百家农民签订了收购当归的协议，就在他们准备大干一场的时候，由于市场行情出现大幅度回落，义顺的几万元如数交了"学费"……

头一次出击就铩羽而归，今后的路，怎么走？

雍正中对张秉庆还有一个评价，说他"对前瞻性项目具有强烈的开拓欲望"，这几乎就是对张秉庆服务三农之路的高度概括。义顺人心里清楚，国民经济需要支柱产业，如果做大了的企业是奔跑的车轮，政策就是方向盘。义顺想做永不停歇的车轮，就必须和当地的经济脉搏同步跳动，找准自己在整个经济链条中的位置。在义顺人的思路里，要做大做强莲花山药业，必须装载的是占据市场优势的产品、一流的经营绩效以及过硬的名牌，从而成为一个公众的企业，供世人审视。

于是，当年，义顺人又上马了甘肃莲花山酒业有限公司，主要生产当归酒，同时还启动了当归醋厂和中药饮片厂。莲花山酒业起草的关于当归酒的企业标准，于2005年11月12日经临夏州质量技术监督局审定备案，并于2005年11月30日开始实施。

与此同时，张秉庆带着义顺人开始了艰苦卓绝的学习、考察、求教和磨炼，大大小小的外部环境由混沌变得透明，义顺莲花山药业的工作重点渐渐明晰：

——对当归、党参、柴胡等优势中药材，开展GAP规范栽培研究，建立订单种植基地；

——高标准、高起点，按GMP要求开展中药饮片加工和有效成分的提取浓缩；

——积极引导消费，培育新的消费市场，研发推广有当归成分的醋、系列化妆品等深加工产品；

——通过推广义顺、陇宝、乐润、乐顺等品牌的中药材系列产品，配合支持县上打造与当归相关一系列优势中药材品牌；

——投入研发资金两百多万元，从省内外邀请了育种、栽培、中药学及加工方面的专家作技术指导。

2006年，义顺人又启动当归化妆品厂。

2010年，响应临夏州委州政府"兴商贸、育产业"的发展战略和康乐县"提升发展中药材产业，加大对中药材产业开发，实施品牌战略，加快特色中药材品牌认证工作，打造康乐中药材品牌，加快龙头企业的建设步伐，扩大莲花山药业公司生产规模，延长产业链条，实现加工增值"的战略部署，义顺董事会经过认真研究，追加投资三千万元，用于扩建中药材收购加工厂，新建当归醋生产车间，扩建系列化妆品生产车间及配套设施。

也是在2010年，康乐县在确定重点提升的三大特色产业中，将发展中药材产业列为第一项。康乐县多年来占有中药材种植优势，但实际上每年增长的幅度很小，其瓶颈性的问题是市场的销售不畅。昔日农民出售当归、党参时甚至连秤也不过，只是成堆成堆地估价，其结果是价格始终上不去，销售没保障，严重影响中药材种植的规模和产业的发展。政府主导发展中药材产业后，政府热、农民热，中间的流通环节很薄弱，甘肃义顺莲花山药业充分发挥自身优势，形成了一个"企业+基地+农户"这样的模式，义顺人使康乐中药材产业得以发展，发挥了龙头企业带动产业作用。

康乐县政府从发展的角度，大力扶持义顺莲花山药业，立意是让义顺公司做得更大，让义顺莲花山药业做大做强，使他们拥有大量的中药材吞吐量，让他们既作为中药材的一个销售企业，又作为一个加工企业，使企业成为产业纽带。义顺莲花山药业精心打造的本地优势中药材品牌产品曾远销海外，创造过辉煌业绩。陇宝、乐润、乐顺等品牌的中药材系列化妆品在2010年前后投放市场后一度供不应求。

第四章 "龙头"初现 回哺家乡

2012年上半年，义顺公司投资三百万元，在康乐县鸣鹿乡洼滩、苏集镇马寨、八松乡裴家寨和龚家庄四个片及康丰乡崖张家点共租用耕地五百零八亩，涉及一百一十一个农户的一百五十七块耕地。其中洼滩一百四十七点二亩、马寨一百一十七点三亩、裴家寨一百五十一点四亩、龚家庄八十七亩，崖张家五亩。

基地按GAP标准规范化栽培中药材五百零八亩，其中黄芪二百二十亩，当归一百三十亩，桔梗九十五亩，党参三十五亩，柴胡十亩。按GAP规范育苗十六点五亩，其中黄芪十三点七亩，桔梗二点八亩。建立党参、羌活、黄芩、黄芪、甘草、丹参、冬花、大黄、红芪、关防风、板蓝根、牛蒡子、当归、藏柴胡、桔梗、防风和红景天十七种药材展示圃一点五亩。

在基地内已开展中药材栽培、育种方面的试验研究四项，共十三个试验。其中党参育种试验一项，包括杂种选种圃和株系比较圃各一个；中药材地膜覆盖栽培研究一项，包括地膜桔梗、膜侧黄芪、膜侧当归的对比试验各一个；多抗3+1菌肥在中药材上的肥效试验一项，其中在党参、桔梗、黄芪、当归上共设置对比试验五个；中药材施用施田补（二甲戊灵）试验一项，在党参、桔梗、黄芪上各设一个对比试验。另外，设置"义顺奇肥"肥效试验一项，涉及党参、桔梗、当归、黄芪等中药材。红景天在传统育苗移栽技术的探索取得成功，移栽一百三十五点四五平方米，经过三年生长栽培收挖，取得了折合亩产鲜药材一千八百三十八点三公斤的好收成。

然而，好的初衷未必取得好的结果。由于人才缺乏和行业标准不断提高，当归酒、当归系列化妆品和中药饮片最终只是昙花一现，2014年前后，分别停产停销。义顺人总结这其中的教训，当归酒是因为行业标准不断变化，企业跟不上监管部门的要求；化妆品主要是技术门槛高，康乐地理偏远，无法吸引相关人才；中药饮片厂尽管曾经创造过远销美国的佳绩，但依然难逃关闭的噩运。

"如果按照规范生产，产品成本居高不下，比不过个体户分散经营，而小打小闹的生产则根本无法存活。规范的中药饮品厂，一般只有大型的药业集团能够存活，莲花山药业在这方面很难突破。"时过境迁，张秉庆如是说。

时至今日，尽管将莲花山药业打造成为中药材龙头企业的愿景遥遥无期，企业效益差强人意，但是义顺人始终认为，由于自己的参与和努力，药业版块产生的社会效益很好，主要体现在：一是促使康乐县将中药材列为支柱产业；二是促使康乐县中药材种植面积从不到三万亩增加到了六万亩，扩大了一倍多；三是促成了康乐县药材市场的设立；四是极大提高了药农种植积极性；五是通过政协提案方式，临夏州安排有专项资金扶持康乐中药材产业，并规范了种植基地。

义顺人打造中药材龙头企业的愿景依然在路上。

"陇宝醋"的幕后故事

尽管莲花山药业药材版块成为义顺人一个折戟沉沙的尝试，取得显著社会效益的同时，企业效益连年亏损。然而，莲花山药业也曾造就辉煌，这其中，"陇宝牌"当归醋是一个成功案例，并且也是时至今日，依然畅销的明星产品。"陇宝牌"当归醋幕后的故事耐人寻味。

2005年，义顺莲花山药业当归醋生产技术研发成功，并获得了甘肃省质量监督局颁发的生产许可证。第一瓶下线的当归醋取名为"陇宝牌"当归醋，并带有清真食品字样，当归醋至此登上义顺人生产制造业的舞台，成为义顺企业中药材深加工的一个重要版块，在此之后，当归醋一直是义顺莲花山药业的当家品牌。

2015年，"陇宝牌"当归醋更名为"陇宝醋"。当归醋的发明人是原国家药典委员会名誉委员、高级工程师朱承伟。2005年，张秉庆赴上海采购设备时认识了朱承伟，当时的朱承伟已经七十三岁，还担任着上海制药厂的顾问。朱承伟是中国中药材行业泰斗级的人物,我国最早的黄芪注射液、丹参注射液就是他的科技成果。

义顺人至今心怀感恩,认为朱承伟是义顺人生产当归醋的第一功臣。很多义顺老员工的印象中,朱承伟保健意识很强,常年随身携带小袋装食醋,时常像喝水一样打开包装小口抿着喝醋。他的身体非常健康,据说与常年喝醋有关。在义顺人眼里,朱承伟俨然就是当归醋的健康代言人。当归是最常用的中药材之一,素有"十方九归"之说。在以后的岁月里,义顺人提炼出了当归醋的八大功效。"陇宝牌"当归醋上市以后,以其绵甜酸香的口感,当归药补的价值,受到人们的青睐和好评,不仅畅销国内多地,更走出国门远销海外,很多甘肃人在外地生活,"陇宝牌"当归醋成为他们离开家乡时必带的产品。

朱承伟应邀成为义顺莲花山药业的技术顾问,除指导当归醋外,还指导建设了义顺中药饮品的车间。包括当归片的创新生产技术也受到朱承伟指导,当归一经挖出马上清洗干净,先切片,再烘干,简单的改造产生了巨大的效益。此后,围绕当归化妆品的生产,朱承伟又指导了一系列药材成分的提取工作。

2016年,八十五岁高龄的朱承伟再次来到兰州,依然希望能发挥余热,并与义顺三兄弟有过一个"相约百年义顺"的约定,约定在2025年"义顺"商号百年华诞时再举杯庆功。

无论是生产的醋还是系列化妆品,都是以当归为原料进行的一系列深加工,那么当归从何而来?除过一开始向当地农民采购外,义顺人产业链向上延伸,开始了自己种植加工的实践之路。为此,他们成立了莲花山中药材研发中心,启动了义顺公司中药材基地建设。这也是义顺莲花山药业为做强做大中药材产业,进一步推动康乐县中药材产业快速发展而启动建设的中药材规范化栽培示范基地。此后,义顺人野生药材种植资源的调查征集工作大规模开展,并陆续建立品种资源圃。

在当归的种植历史上,野生当归的采集驯化是义顺人当年的创举。张秉柱回忆,早在2004年9月下旬,他们一行四人,驱车前往康乐县西部八松乡境内的药水峡。药水峡其实也是莲花山的分支，药水峡上有一处名叫魔山的地方据说生长有大量野生当归。沿着破旧的台阶，脚踩泥泞，他们艰难地攀登魔山。两个小时以后，汗流浃背的一行人总算来到了母山主峰下的一块缓坡地带，他们在路边找到了野生药材竹节羌活、鹿含草、山荷叶、鬼臼等。他们休息了一会儿，向林中前行，在一片巨石林立、苔藓丛生的林间，终于找到了野生当归，一人多高的三年生抽薹当归，分枝上长满了密集的种子，双悬果种子已初露白色，接近成熟。大家齐声欢呼，第一次见到野当归，心情非常激动。又沿着林下细细寻找，找到了好多两年生当归，还有当年的小幼苗。这些野生当归与人工栽培的当归从形态上比，没有差异，只是野生当归更喜阴湿，气味更加浓郁。由于时间关系，他们只采收了少许种子和种苗，在夕阳的余晖中赶紧下山了。

时隔几天后的10月上旬，张世重又带领一拨人，沿着上次父亲张秉柱走过的旧路，不辞辛苦，喝泉水、啃干粮，专门对野生当归生长环境、土壤、特性进行考察研究，同时收集了一些野当归种子种苗和两年生当归根部，带回公司进行专门栽培试验研究。第二年，他们虽然针对野生当归的习性进行了部分遮阳处理，但是非常可惜，栽培野生种苗和种子育苗的工作都以失败告终，这说明野生当归驯化栽培工作非常艰难而又漫长。但是，义顺人在当归党参优良品种的选育和新法育苗工作上取得了重大成果。

与野生当归驯化实验同步进行的还有野生中药材红景天的驯化栽培工作。这项工作由农艺师孙俭峰具体负责。孙俭峰回忆，2005年秋，他们在魔山主峰顶采收了一部分野生红景天的种子和根茎，2006年3月，开展了穴盘育苗，6月移栽到康乐县八松乡新庄村，面积八十一平方米，经原地越冬后，2007年5月，野生红景天进入盛花期，7月底果实成熟，10月中旬收挖根茎，收获鲜药材司氏柳点八公斤。至此，野生狭叶红景天的驯化栽培实验获得初步成功。

义顺公司中药材基地既是义顺莲花山药业在中药材试验研究、示范带动、成药生产领域的尝试与探索，又是康乐县乃至甘肃省在中药材种苗选育、配方施肥、无公害用药、规范化操作等系列现代技术集成的中药材GAP规范化栽培展示田，对康乐县开辟出口创汇之路，提高中药材种植效益，增加农民收入起到带头作用。

2015年，甘肃莲花山土特产有限公司成立。至此，义顺人以农肥、醋及土特产的生产、研发、销售一条龙产业链条完全形成。陇宝药膳和陇宝牌盖碗茶成为莲花山土特产公司的主打产品。

在探索以中药材产业带富康乐父老乡亲的路上，义顺人依然在努力。而与义顺人多有交集的临夏州委原书记姜信治，尽管已经调离临夏，但他依然关注着莲花山药业，关注着义顺企业的发展，并心系临夏中药材产业的发展。姜信治曾公开赞扬义顺人，他说，康乐的"胭脂三川"山清水秀，人杰地灵，莲花山群峰秀立，药水峡碧岭清流，这里是义顺人的家乡，这里也是投资的热土！义顺人热爱故土、回报家乡的拳拳之心，令人起敬！

第五章 DIWUZHANG

上下求索 渠道王者
SHANGXIAQIUSUO QUDAOWANGZHE

民营企业给员工发汽车，尤其是酒水运营商，在全甘肃省乃至全国都是头一份，不能说是后无来者，但至少可以说是前无古人。

——五粮液股份公司五粮醇甘肃片区经理李寨龙

2007年至2012年的五年是义顺企业充实提高阶段。随着2008年金融危机爆发，这一年成为中国企业经营模式的一个重要分水岭。处于风雨飘摇的中国企业渐渐发现，在一级市场里持续战斗，不如把眼睛转向更下一级市场。于是，渠道下沉成为这一阶段大小企业都广为关注的话题，特别是县乡市场，被提及的频率也越来越高，名酒经销商们也纷纷将渠道开拓与建设作为经营重点，但是，真枪真刀的操作者为数并不多。"义顺"商号在这方面的布局，让其渠道下沉的案例成为全行业的经典之作。

　　这一阶段，义顺人购置办公楼迎来乔迁之喜，此后承接了万村千乡工程，并成为兰州四大院校的人才实训基地。最大的亮点恐怕就在于2010年开始评选"功勋员工"，并颁发汽车大奖……

　　2010年，兰州晚报记者、甘肃省著名青年作家赵武明曾撰写《酒道·商道·共赢之道》，探究义顺企业的成功之道。赵武明在作者手记中反复用到一个词：向上。向上是一种力量，也是一种精神！向上是一种拼搏，是一种激情，更是一种奋进的力量。向上的力量，是一种包容万象的能量。这种力量影响着一些人的生活，这种力量改变着一些行业的发展轨迹，这种力量也突破了部分白酒业的画地为牢和墨守成规，这种力量也将会督促着义顺人继续前行。义顺的力量就是继续向上！每一天，太阳都是新的，每一天，他们都在征途上。再出发！再出发！或许再过若干年，收获的又是另一种沉淀。毕竟，义顺走出了一条非同寻常的发展之路！

　　或许，向上，已经成为义顺人一种不懈的追求，更是一种常态，唯此，义顺企业才能被称为西北渠道的王者！

"义顺"出名

即使是真正的强者，在开始的时候，往往也不会有什么野心和超乎常人的抱负。然而，当他积极投身于时代的洪流，并不断被商业世界的风雨锤打得耳聪目明，内心的激情和燃烧的渴望就会推动他一次又一次地去奔波、呐喊、征服，让他一次又一次地亮出自己……

时间步入2007年，突然有一天，车来车往、人潮熙攘的兰州市西津西路主干道上，那座新屹立的过街天桥被冠名为"义顺桥"。小西湖，这个兰州最古老繁华的商圈，从此有数以万计的人流从"义顺桥"上经过。似乎暗含了一种隐喻，义顺人甘当那个送人过桥的摆渡者，成就他人，并最终证明自己存在的价值。是的，正是在这一年，义顺人通过拍卖获得了小西湖过街天桥十年的冠名权。这样的举动不光光是制造一种广告效应，似乎还暗含其他深意，义顺人不再甘于默默无闻，他通过这座桥向世人庄严宣告：十年，来自偏僻康乐的"山里人"在兰州稳稳地扎根了！十年磨一剑，义顺人不仅仅是历史的顺受者，他注定将要创造历史！

这是一个意味深长的举动，这更是一次扬眉吐气的实力展示。义顺人在兰州也出名了。与此同时，各种媒体也将聚焦的目光对准了义顺。2008年甘肃卫视《新财富》栏目专门报道了义顺公司，片名《三兄弟"傍大款"》极具轰动效应。

这部电视片中特别突出了一个关于"五粮液之旅"的经典片断：在五粮液酒厂，有一个地方名叫"酒圣山"，是五粮液酒厂专门用来接待国家领导人和贵宾的地方。但是在2006年和2007年连续两年，五粮液集团在"酒圣山日月宫"特别设宴接待了来自甘肃的参观团，这就是由义顺人组织的"五粮液之旅"重点经销商代表团。

张秉庆在接受采访时说，我相信是我们扎实的工作和比较显著的成绩，引起了五粮液酒厂领导的重视。时任五粮液股份有限公司甘肃宁夏区域部经理的陈勇刚接受采访时说，以这种规格来接待经销商团队，据我所知，在我曾经分管过的区域，还没有这个先例。

"酒圣山"宴会从此成为义顺人津津乐道的英雄宴，义顺人在成为五粮液酒厂座上宾的同时，也以自己不断增长的业绩渐渐向西北"渠道"王者的目标发起进攻。

危机面前

实力总是在不断地考验中锻造和递增。义顺人成功搭上了白酒产业黄金十年的顺风车，然而，顺风车也有颠簸的时候，机遇总是在波折中隐现。2008年经济危机来袭，再加上限制三公消费、禁酒令等一系列政策的出台，中国白酒行业迎来了历史上最严峻的考验。此时的义顺人做了些什么，他们如何避开种种暗礁？

危机面前，无人幸免，义顺人也遭到了很大的冲击，张秉庆形容那个时候"简直就像脑门突然挨了一闷棍，市场销售在一段时间内出现了断崖式下滑"。突如其来的经济危机首先让消费者的心理受到严重冲击，人们纷纷捂紧了自己的钱包。在高端消费和团购方面，大气候的突然降温，也使很多单位客户变得异常谨慎起来。此时义顺公司的大本营金港糖酒市场里，最能反映大气候下人们的观望态度。市场里面，很多经营门店连续几天剃光头，特别是经营品种单一、网络渠道较少、资金实力较弱的一些经营户就更加困难重重。而作为地县经销商，进货时也变得更为小心翼翼，次数少了，批量小了，有的甚至在一段时间内干脆不再来进货了……很多人叫苦连天，甚至出现关门大吉的情况。考验义顺人实力的时候来了。

个体总是受环境与背景的影响。这个紧急关头，国家出台了一系列拉动消费的政策，采取了一系列如增加四万亿投资资金的重大举措。事物总是处在不断变化中的，而义顺之所以在较短的时间内走出困境，原因是多方面的。有备方能无患，若不是有前期对市场的充分耕耘，怎能练就自己的金刚不坏之身？可以说，正是有前期对县乡渠道的一系列铺垫和深耕细作，此时的义顺人显示出强大的生命力和抗摔打能力。

2008年，张秉庆被《兰州日报》评选为年度市场风云人物，如下点评高度概括了义顺人成为"渠道"王者的缘由：

这位农家出生的子弟，早在20世纪80年代就得到了当时令许多人羡慕的国家干部头衔，可凭着创业实干的理念，他开始下海经商，筹建起了自己的义顺工贸有限责任公司。由于秉持"义内求财，一帆风顺"的理念，他的企业如日中天，成了甘肃乃至全国有名的酒品批发企业，取得了五粮液系列酒、剑南春系列酒、长城干红系列酒的甘肃省一级代理资格，经销的品种有五粮液、剑南春、长城干红葡萄酒等省内外名优酒品。在此基础上，在各名酒厂家的大力支持下，组建了"甘肃义顺名酒联销网"，成为兰州地区最具有实力的酒品经销企业。目前，该企业注册资金五百五十万元，固定资产八百多万元，年营业额近亿元，已成为集科研、生产、营销为一体，业务遍布大江南北的集团化企业。

义顺公司发展轨迹是很多经销商成长的一个缩影：从杂货店到名酒专卖，从县城到省城，从传统渠道到现代电子商务，在一路坎坷中立足酒水行业，在不断聚拢渠道资源的基础上坚持与各大名酒厂家合作，紧随市场和厂家的发展而快速成长，最终成为酒水行业高速发展时代的宠儿。

义顺的发展关键是持续聚焦酒水行业，聚焦商贸这份产业，并立足渠道资源把它不断做精、做专、做透，以不断强化自己在渠道上的掌控力来打造公司的核心竞争力。我们相信，经销商在未来的激烈竞争中，只有那些能掌控下游产业链，或者在下游产业链中某个环节建立核心竞争优势的经销商，才能获得生存和发展空间。

纵观此时的义顺公司，可以说，已经形成了六大优势：

一是掌控了渠道优势，早在经济危机到来前，义顺就已经有大大小小几千家地县经销商，市场不景气时，他们却一个个表现不凡。每当义顺引进新代理品项时，地县经销商很快会一呼百应。

最令义顺人引以为豪的是，多年的深耕细作，别人寻求地县经销商靠广告招商，义顺人却占据渠道优势，连招商广告都省了。非但如此，选择新的经销商时，他们不能说百里挑一，也算是优中挑优了。

二是从酒类商品而言，义顺人由过去的经营小酒厂、小品牌转向了经营国家名优酒为主，已成为五粮液系列酒、剑南春系列酒的甘肃省一级代理商，大量批发省内外名优酒。

高中低价位一应俱全的产品线令消费者的选择余地更大，也令义顺的抗风险能力更强。作为五粮液系列酒、剑南春系列酒的甘肃省一级代理商，他们代理经销的品种多达二十多种，白酒以普通五粮液、1618五粮液为主，附带经营一帆风顺五粮液、鹏程万里五粮液、一马当先五粮液、仰天长啸五粮液；以剑南春为主，附带经营典藏30年剑南春、15年剑南春、公斤装剑南春及金剑南、银剑南；红酒则包括了中粮集团烟台长城干红、莫高干红、国风干红系列酒等等。

三是网络优势。如果把义顺的"好品牌，我代理；买名酒，找义顺"广告词比作赢尽"口碑"和"播种"，而在各名酒厂家大力支持下，经甘肃省酒类商品管理局批准，由义顺人2004年4月发起创办的"甘肃义顺名酒联销网"则成为甘肃酒类经营企业网络联销的率先尝试者，而具有网上订购功能的"甘肃义顺名酒订购网"，自2007年6月开通后，会员已发展到了上千人。

网站积累了大量的客户资料，进入资料池的客户三天两头收到服务后台发来的各种短信。可以说，义顺人是甘肃省内最早科学规范管理客户档案的酒类经销商。为了全面打开"甘肃义顺名酒订购网"的销售局面，义顺人经常选准时机赠送新品牌，并策划一系列跟进服务。他们曾免费为五百名领袖消费者每位赠送两瓶五粮醇酒。五百个人就是五百个地方，三四台车，十几个人，半个月时间才完成此项任务。一千瓶新品五粮醇价值将近四万元,这种大手笔的付出带来的效果出奇的好。

四是终端优势,所谓得终端者得天下,此前义顺已经在各地建立义顺联销专柜了,义顺下设五粮液专卖店、剑南春专卖店、义乌商贸城日化经销部、商超工作部、酒店工作部、五个配送工作部、十个外销科以及三个批发部、四个义顺超市连锁店、中药材加工厂、洗涤化妆品加工厂、当归醋加工厂、壮根灵科研开发中心、莲花山中药材科研中心等部门。义顺旗下的四个名酒连锁店、两个专卖店、五个配送工作部和三个批发部几乎覆盖了兰州酒类市场,商超部与全市所有的大型超市建立了合作关系,酒店部与全市一百多家酒店密切往来。尤其值得一提的是,从2008年开始,义顺人着重加强连锁便利机构的建设,义顺酒庄、义顺超市,就是这一时间段的产物。

五是营销团队优势。义顺公司拥有一支精干的专业销售队伍,公司的销售管理和财务信息等早在1997年已进入电子计算机管理时代。经过十年的努力打拼,经营网络已覆盖全省各县,区域代理和网络布局周密而稳固。公司坚持"团结、勤奋、创新、提高"的企业精神,货真价实、诚信经营,赢得了经销商和广大消费者的肯定与好评,并形成在本区域内和同行业中的龙头企业规模。

十几个外销科分布在全省各地区,分片分区,这些销售干将们一年四季大部分时间都在地县市场奔波,为地县各区域二级经销商和重点零售终端和团购大客户服务。除此以外,义顺人在外省区也专人负责业务,营销领域拓展到了宁夏、内蒙古、青海和西藏。

很明显,2000年前后至2012年这一时间段内,义顺公司的营销架构有非常明显的国企特色,外销一科、外销二科,这些设置与当年的省市糖酒公司等国企如出一辙。如果将时间之轴拉到2012年以后,义顺营销架构开始全面革新,从模仿、跟跑,到并跑,甚至领跑,这似乎从另一个侧面显示出义顺人擅长自我革命,并不断创新超越的勇气和基因。

那些年，张秉华因为身体素质好，又擅长喝酒，长年累月奔波在地县市场。张月圆的印象里，大半年的时间都见不到父亲的影子。

六是销售渠道的短平快，奠定了义顺人面对危机时的从容不迫。当很多同行因为大气候的影响而停滞不前，向下送货或者铺货的速度明显变得迟钝时，义顺人觉得这正是自己进行市场渗透的大好良机。于是义顺的营销队伍趁机四面出击，指导帮助经销商，大规模向销售终端铺货，抢得了商机。张秉庆做了一个形象的比喻，销售渠道与自来水管道类似，只有疏通好各个小的出水龙头，总管道才会畅快地流过更多的水啊！

别人面对经济危机诚惶诚恐，义顺人却大胆地剑走偏锋，举起了渠道扩张的大旗。义顺的员工们至今记得那个时候张秉庆常说的一句话：没有疲软的市场，只有疲软的销售队伍。市场变了，你得跟着变，不然的话，你就得被市场无情地淘汰！

"团购"的概念早已宽泛多了，它除了过去的单位集团采购外，还包括婚宴用酒、丧宴用酒、会议用酒等等。为了拓展这一市场，义顺人特地组建了一个团购工作部专门负责这一块，由于注重了团购渠道的拓展和持续不断地大搞婚宴用酒促销活动，销售额同比增幅在百分之三十以上。"

商机总是在不经意间呈现在人们面前。梦里寻它千百度，蓦然回首却在灯火阑珊处。财富的拥有，不在于我们有没有伟大而迫切的梦，而在于我们有没有跨出第一步的勇气和决心。也许，机会的把握，也就在勇气和决心之间！诚如《兰州日报》的评述，义顺人在对市场的深耕细作中取得了西北渠道王者的桂冠。

乔迁之喜

越是在危机面前，越要提振信心。2008年12月30日，一个祥和喜庆的日子。在这个温暖的日子里，兰州义顺公司乔迁新址暨全省经销商答谢会隆重举行。从1988年"义顺"商号恢复经营到2008年刚好是二十年。所以，这次乔迁庆典也是对"义顺"商号恢复经营二十年大庆的一个献礼。

这既是一次实力的彰显，更像是一次誓师大会，向员工、向地县经销商、向社会各界发出了一个强烈的信号，义顺经受得住经济危机的考验，义顺人勇于战胜自我，义顺人一如既往，对市场、对未来充满信心。

当日的兰州小西湖东街258号，锣鼓喧天，礼炮声声，这必将是义顺人发展历史上又一个里程碑事件，他们在这一天乔迁新址，数百平方米的办公场所，宽敞明亮，布局合理。当日，甘肃省商务厅副厅长张立民专程赶来祝贺，省、市酒管局领导及全省酒界同仁悉数到场祝贺。

从义顺企业新的办公室走出去，南滨河路车来车往，黄河风情线一年四季风光不同，滚滚黄河东流去，西邻小西湖黄河大桥，东邻小西湖公园。坐落于如此美妙地段，羡煞了众多来客。这一次的乔迁盛典，规模宏大，嘉宾云集，也预示着义顺人在兰州的根据地将不断扩大。

张秉庆在庆典上这样说，二十年来，我们领过奖、出过名、吃过苦、流过汗、也洒过泪。几经坎坷，几多辉煌，我们两鬓早生白发，却仍痴心不改……他的发言被保存至今，透过这些激情飞扬的文字，义顺人的家国情怀，和与上下游合作伙伴及员工共同成长的经历——被记载下来：

即将过去的2008年，是极不平凡的一年：北京奥运、神七飞天让我们中国人扬眉吐气；年初的冰雪灾害、"5·12大地震"让我们刻骨铭心；名酒涨价、市场竞争加剧也是不争的事实；现在金融风暴正席卷全球，寒气逼人……

在这里，我要向大家报告一个好消息：我们2008年的营销工作，在大家的共同努力下，取得了喜人成绩。在刚刚结束的五粮液集团12·18全国经销商大会上，义顺公司再次被授予五粮液专卖店终端网络拓展奖、五粮液品牌优秀运营商和五粮醇品牌模范运营商三项大奖。

今天，我们怀着感恩的心，与支持义顺企业发展的各位领导、各位合作伙伴欢聚一堂，共同品尝这成功之喜悦。

为了感谢大家，我们根据一年来合作的情况综合评选，今天有二十五家1618五粮液联销商被授予"2008年度1618五粮液营销工作市场开拓奖"；有六家五粮醇经销商被授予"2008年度五粮醇营销工作模范奖"；有十五家五粮醇经销商被授予"2008年度五粮醇营销工作优秀奖"；有九家五粮醇经销商被授予"2008年度五粮醇营销工作市场开拓奖"；有五家金银剑南经销商被授予"2008年度金剑南银剑南营销工作市场开拓奖"；有五家长城干红经销商被授予"2008年度长城干红营销工作市场开拓奖"……

良好成绩的取得离不开优秀的员工，今天在这里有十位同志被授予"义顺公司2008年度模范员工"称号，有二十位员工被授予"义顺公司2008年度优秀员工"称号。这些同志是义顺企业核心竞争力的重要组成部分，是2008年义顺公司取得良好成绩的重要力量……

"渠道"王者的头衔因何而来？这份发言或许能给我们提供部分答案，那就是将胜利的果实与人分享，成就他人的同时成就自己。

2009年，义顺人在新购置的办公楼楼顶，树起了"义顺公司"的大广告牌，从此，"义顺公司"作为地标性建筑屹立于小西湖大桥东侧。

从初来兰州时不到七十平方米的出租房，到后来条件稍好一些，搬到小西湖东街254号三楼九十多平方米的楼房，再到后来搬到小西湖东街258号五楼一百多平方米的办公室，几度搬迁，那都是一步一个脚印，一步一上台阶，创造和奋斗出来的。

这里，留给来访者深刻印象的不只是办公室里催人奋进的励志语言，还有楼下那人声嘈杂鼎沸充满生活气息的菜市场。这似乎暗含着一种隐喻，"义顺"来源于民间，成长于民间，亦扎根于民间，"义顺"非常接地气。

情系"万村千乡"

2009年8月,商务部"万村千乡市场工程"项目由康乐县义顺农工商公司承办,完成首批七十家农家店改造任务,顺利通过甘肃省商务厅验收。

广袤的农村,一向被认为是中国经济的蓄水池、定海针,而"通过增加农民收入扩大消费,通过城镇化使中国经济找到新的长期增长点",被证明是中国"三农"问题的指向。

在康乐县,义顺人虽然不是商品流通业的创始者,但他们却将商品流通业做到了极致,因为他们创造的新模式成为康乐人居家过日子中必不可少的一部分。如果说,过去二十多年的攻城略地是靠义顺人自己单枪匹马地去拼去攻,那么,这一次却是有国家商务部和省、市、州三级商务主管厅局的鼎力支持。对于政府发出的送货下乡的动员令,与更多企业抢着做官样文章拿补贴不同,提前有布局的义顺敏感地意识到,这是一个绝佳的扩大市场机会。

送货下乡的关键是要把货物真正送到农村消费者手里,而在中国广大农村特别是西北地区,农村的网点渠道极为不畅。没有相应的渠道建设,送货下乡只能是一句口号。千乡万店展销柜计划,通过在各乡镇设立展销柜,既方便当地消费者的购买,也将企业的销售渠道真正下沉到乡级市场。早在两年前,发现县级市场商机的义顺就已经在筹建千县万店,借着政府送货下乡的东风,义顺开始在临近地市县建立千县万店展销柜,将名酒销售网络遍布甘肃各县各乡各店。

"万村千乡市场工程"是国家商务部在全国各县、乡镇及自然村,在原有生产、生活资料"夫妻"小店的基础上,以本地试点企业为龙头,通过新建和改造后建立"农家便利店""农家超市",按连锁经营的方式创建的新型农村商品流通网络。其核心是通过试点企业的统一采购、统一价格、统一配送,严把商品进货关、供货关，封闭运行，为农民营造一个"货真价实、安全方便"的农村市场，从而保障农民安全消费、放心消费，促进农村经济健康有序快速发展、社会和谐。

改革开放三十多年，康乐原有的国合商业大都萎缩衰落，但这里的私营商贸企业却如同雨后春笋，大大小小的商场商店多如牛毛。但是，在选定康乐县"万村千乡市场工程"试点企业时，省、市、县三级商务主管厅局却一眼相中了康乐县义顺农工商公司。

"做企业需要的是放眼全局的境界，你得明白眼下的努力对未来意味着什么。"在张秉庆的潜意识中，对社会的感恩和政治眼光，使他的经营决策总是站在"如何为康乐经济服务"的高度。他知道，只要为国家为当地政府排忧解难，企业肯定前程似锦。

在中国，做大了的企业都与生俱来地直接得益于政策环境：国家政策和地方政策。所以，如果一个企业经营者能长期对政策环境保持敏锐，那么事业就成功了一半。张秉庆就是这样的人。因而在他的眼里，筹建七十个"万村千乡"加盟店，对义顺来说，是一次千载难逢的发展良机，必须紧紧地抓在手里。

利他思想几乎从"义顺"商号诞生之日起便如影随形，如果说前三代人以搞活流通，方便乡亲购买生活物资为己任的思想还略显层次较低，那么，第四代，以张秉庆为首的传承人则更多了一份家国情怀。尤其是有着此前的从政经历，张秉庆对于政策的敏感性几乎与生俱来。对国家有利，对社会有利，对人们的日常生活有利，这是企业存在的理由。"佑，就是相助。老天相助的是能顺乎天时的人；众人所相助的，是能守诚信的人。守信而又顺乎天时，又能尊重贤才，定能天助"，利他、自助，最终才能得天助！

当年的8月，在义顺人丁维平的记忆中永生难忘，康乐县十五个乡镇的各个角落到处是义顺人的身影，他们每个人都是"工兵"，挨家挨户地对各类商业门店进行全面调研。

——他们先后多次召开会议，张秉柱带领相关人员专程到河西金昌、古浪、临洮、永靖等已实施"万村千乡"工程的兄弟县进行了现场观摩学习。

——他们组建队伍、筹措资金、配备车辆、精选商品，从人力、财力、物力上给项目工作的成功做了强有力的保障。

——他们通过县电视台、广播电台先后发布招募加盟店广告一百多次，通过公司手机短信平台发布招募加盟店广告三千多条，走访重点客户三百二十多家。

——他们对加盟店店内外装饰进行了"四统一"：统一门头、统一货架、统一铺设地板砖、统一店内粉刷颜色，让加盟店标志清楚、布局合理、格式新颖。

——他们在商品供应销售方面实现了"四统一"：统一配货品类、统一配货品种、统一价格体系和统一配货数量，让加盟店的老板不再为采购商品而四处奔波。

——他们建立并启动了回访、补货、退换货等为加盟店服务的常规程序，推出了"四定制度"：定回访送退货人员、定配送车辆、定回访送货时间、定回访送退货流程……

当感恩的农民明白义顺人的真诚不是表演时，他们便一个个勇敢地掏出了自己质朴的心。义顺的营销人员对此感慨连连："这就是义顺文化中'诚'字的体现，它是一种真正为民服务的'社会化大营销'。"这是做企业必须具备的素质，也是其长盛不衰的秘诀。

诚然，功夫不负有心人，经过三个多月的艰苦拼搏，七十家义顺"万村千乡"加盟店以优异的成绩如愿通过省、市、县三级商务主管厅局的验收。

曾经有人问一位登山家为什么要登山？登山家想了想回答：因为山在那里。如果问义顺为什么要扩张？义顺人会回答，因为市场在那里。扩张是每一个企业的本能，然而这扩张和登山一样，除了极个别的人可以轻易直达人生的顶峰外，绝大多数人只能凭借智慧和勤奋穿过荆棘丛生，然后将胸口紧贴岩石，一步一步艰难地向上攀登。唯一不同的是，当成千上万的平凡脚印从大地上渐渐消失之后，他们仍然以独特的方式在历史的长廊尽头熠熠生辉。

已经可以得出定论，对于经济还相对落后的康乐县而言，至少在流通业，真正能够呼风唤雨的市场影响力，不再来自老的国营商业企业，也不再来自供销合作社商业企业，而是来自接地气、善变通的义顺公司。

毋庸置疑，在康乐县，今天的义顺代表了现代零售业的最高峰，是零售商圈中最发达的一个主干。纵观零售业的历史，其实就是一个永不停止、强胜劣汰的战争，在销售终端，一个又一个的零售业公司不断演化，吞并着比它更小的对手，然后自己又在另一个更新锐、更凶猛的模式出现时被弱化并消失。

义顺人终于向广阔的最低端市场迈出了坚实的一步，但是，拓宽广阔的市场还有大量的事要做，必须从"万村千乡"加盟店向两头延伸——向前，是加盟店所需的六七千种商品的采购、配送的现代化经营管理；向后，是加盟店的品牌营销的市场化操作。最关键的是大规模、现代化的市场营运，这是最难逾越的关口。

但这一切，在义顺人面前，算得上难关吗？一向紧跟市场节奏的他们此时又盘算起了一篇大文章：筹资建设仓储展销中心和康乐县"万村千乡市场工程"物流配送中心。

"现代商业连锁的竞争，最核心的就是供应链。而这个供应链如果不进行改造升级，使之拥有先进的物流配送中心，'万村千乡市场工程'就会是无源之水，很可能形成领了钱就散伙，国家的投入将付之东流。"身处浪潮中心，张秉庆生出如此担忧。在张秉庆的眼里，建设与之配套的物流配送中心系统是急迫的，因为只有如此，才能以中心为龙头，集县城生产、生活资料商品为一体，在仓储区将验货、运输、装卸、分拣、配送和信息处理集中再分拣，统一配送至"农家店"。这样既能减少人力、物力和财力，也能减轻政府职能部门的管理压力，更能把住商品进货关口，从源头上减少食品安全不稳定因素的发生。

张秉庆的担忧不无道理，当时，康乐的商贸流通业以前所未有的速度向前发展，规模不断壮大、设施不断完善，功能不断提高，但出现的问题层出不

147

穷。为此当义顺人筹建康乐县"万村千乡市场工程"物流配送中心，再次大举重返故乡，并投入巨资建设故乡时，故乡对他们一路绿灯，一路顺畅！在此次"万村千乡市场工程"中，义顺人获国家支持资金一百五十万元，但是一个加盟店从装修设计到货架门头等统一，预算一万五，实际运作时达到了一万八，义顺人并未从中获利多少。这件事情更长远的意义在于，义顺人参与了家乡建设，参与了国家宏观政策的执行，同时也历练了自己的营销队伍，并且使西北名酒销售"渠道"王者的称号实至名归。

无孔不入的节会营销

几乎是与承建"万村千乡市场工程"同时，义顺人的表现愈来愈展现出他独特的一面。在所有被同行嗤之以鼻的节会、展销会上，总能看到义顺人的身影，不但热衷，而且事实上收获颇丰。这似乎与他与生俱来的个性相符。2009年第10期《酒情》杂志上，一篇名为《华夏名优小吃节——义顺又风光了一大把》的报道虽已时过境迁，但却能让人们看到此时义顺人无孔不入，善于捕捉商机的一面。

如何面对中国老百姓眼下最崇拜、最乐于前往的各种节会，兰州商界的表现却是不尽相同：有人对这"乱哄哄"的展销会不屑一顾，有人早已厌倦了这种"一窝蜂"似的展销会，有人甚至认为这是"劳民伤财"之举。而积极响应者，有的是为了借此机会"捞钞票"，有的是为了借此机会"做概念"，有的是为了借此机会"做产品"。

当然，还有另类者，他们之所以挤进这种节会，其真正目的是为了"做市场"。于是，"借题发挥""借风使船""借鸡生蛋""借梯上楼"等之类的招数便层出不穷。10月16日，借乘着在西关什字隆重开幕的兰州第二届"华夏名优小吃节"，兰州义顺公司就风风光光地耍了一大把。

你瞧，这一百多个展销台下的广告牌，让义顺公司全部"包圆"了。

你瞧，这主席台两边最显赫的两个展销厅，也被义顺公司"包圆"了。

你再瞧，这花花绿绿的广告牌上，除了宣传义顺公司代理的、经销的大大小小几十种酒类商品，还有他们自己生产的当归系列化妆品、当归醋、农资产品、药业产品等也一股脑儿亮相。

义顺的掌舵人张秉庆悄悄告诉记者，在这个节会开幕前的一天，该会的组织者找到他说，节会报名参展的商家很多，展销柜台也是供不应求，但"包圆"会场广告牌位的却没有。一听这话，他立马驱车前往考察并当场拍板由义顺"包圆"整个会场的广告牌位，回到公司便领着员工和广告公司的人连夜赶制出了一百多个广告牌。

张秉庆乐滋滋地对记者说，不知道别人怎么看待如此这般的展销会，但他却认为，在繁华闹市的商业街上举办这种"政府搭台，企业唱戏"的展销会，正是义顺宣传产品，做大市场的难得契机。

他还披露了自己心中的一个"小九九"：这个一年一度的名优小吃节会，每天光顾的人们多得无法统计，虽说只有短短九天时间，但这九天中少说也有百八十万的人次前去光顾，而"包圆"整个会场的广告牌位只需花费万把元……所以这是一次挺合算的广告宣传活动。

不崇拜利润的商人不是好商人，只懂得崇拜利润的商人也不是好商人。在市场、前途、利润和社会责任感之间，具有大智慧的商人总能从容不迫地兼顾和游刃有余地经营。

在热闹非凡的小吃节上，张秉庆恐怕是最忙碌的一个老板。他一会儿站在展销柜前和员工们一起吆喝，一会儿陪着厂家代表四处考察，一会儿又对组委会的人员窃窃私语，那股身先士卒的劲头着实让义顺参展员工感动。

"好酒也得勤吆喝。"五粮液、剑南春的片区代表闻讯赶到小吃节会，看着义顺人的如此举动，深有感触地对记者说，难怪这几年来义顺的销售额像滚雪球一样越滚越大，原来他们平时的付出总要比别人多得多。

挤进如此红火的节会需要一种胆识，而借此平台演好一出戏却要公司上下齐心协力，你瞧这二三十个义顺人，他们每天接待顾客成千上万，口干舌燥不说，一天忙上十几个小时，两条腿像灌了铅似的沉重，但看着一群一群的顾客前来打问义顺的商品，看着一大把一大把的钞票进账，又觉苦点累点也非常值得。

于是，记者不由得为义顺人的一举一动而感慨万分。

财富掌握现实，财富也操纵灵魂。财富是人类文明的道具，更是这个时代每个人心中的病。

它让人热血沸腾，又不得不处心积虑；它让人傲视天下，又不得不机关算尽；它关系着整个社会每时每刻的所作所为，也关系着每一个你我他心中的所思所想——

穷人想发家，富人想做大。前面有一个目标，总是没有达到；未来并不遥远，过程却漫长而复杂，快又快不得，慢又慢不了，可恨岁月催人老，万事成蹉跎。于是，奔波在聚财路上，没有一个人不曾梦想："能否找到超越众人的终南捷径？"

有大成就者最与众不同之处在于：在安逸舒适的生活中依然保持了变革的勇气，并于时代风向标开始转变的第一时间抓住机会脱颖而出。

可以说，华夏小吃节只是义顺人展会营销的一个缩影。在此前和此后，大大小小各种节会上，他们无孔不入，见缝插针，经济效益与社会效益取得了双丰收。

2009年12月，义顺企业被西北师范大学、甘肃农业大学、甘肃联合大学和商学院陇桥学院授予"人才实训基地"。此前，张秉庆已被评为康乐县"优秀劳务带头人"。一个与"人"有关的话题无论如何也绕不过去了。

纵观此阶段义顺公司的人才战略，可以说已经不再拘泥于康乐老家了，从地域而言，早已扩展到了兰州，从层次而言，2002年前后，义顺还侧重于到一些诸如兰州气象学校一类的中专学校去招聘，而在此之后，他们不但将招聘的触角延伸到各个大学中去，而且招聘的规模蔚为可观。

岁月的流逝可以让一个人的容颜苍老，却无法令他的思想褪色。经历了无数次风雨的洗礼，张秉庆坚持地固守着他的人际哲学：用人用所长，留人留其心。

"未来的竞争说到底是人才的竞争，我们有这个优势，有条件在任何情况下同任何对手同台竞争。"张秉庆的眉宇间，分明有一种云蒸霞蔚的豪气，那西北人特有的底气十足，常常令他瞬间成为全场的焦点。那么，义顺人是何以肩负起兰州四所大专院校"人才实训基地"重任的？

"你大学毕业别发愁，为什么不到义顺去卖酒？"

"你想勤工俭学别发愁，为什么不到义顺去卖酒？"

"你想假期找活干别发愁，为什么不到义顺去卖酒？"

"你再别为实习找不到单位而发愁，为什么不到义顺去卖酒？"

……

这种极具诱惑性的广告充斥在义顺企业校园招聘的各种海报上。

张秉庆身先士卒奔波在各大院校，他名为《创业密码》的演讲场场爆满，颇有一些开坛布道的意味。他向大学生介绍义顺深厚的历史文化，介绍义顺科、工、贸为一体的现状以及义顺的价值观和人才观。学子们被他的热情、睿智、风趣深深吸引。一场场的校园招聘搭起了义顺人与高等院校的桥梁。

"不拘一格降人才"，用在义顺人身上非常贴切。他们既为各种促销活动"招兵买马"，同时也为做强做大企业广纳各路人才。

每到一处，前来咨询报名的学子络绎不绝，原因首先在于义顺所提供的可选择岗位宽泛，其次还在于义顺的事业发展前景广阔诱人：

——你既可以竞选迎双节一系列品牌推广挑战赛，也可以直接竞选义顺公司二十多个工作岗位；

——你既可以把义顺公司当作自己勤工俭学的企业，也可以在假期与人结伙进行一系列的市场调研；

——你既可以把义顺公司当作自己实习锻炼的单位，也可以在还未找到理想中的工作岗位前，先在义顺公司找个活干；

——你既可以在兰州义顺的五粮液专卖店、剑南春专卖店和批发部、零售部经营网点站柜台，也可以去甘肃义顺莲花山药业公司施展才华；

——你既可以在省城兰州去搞一系列的经营工作，也可以去担当义顺撒在全省各县区市场的区域经理……

填表、海选、面试，培训，几番奔波之后，义顺企业的员工队伍在不断扩大。毋庸置疑，义顺联合各大高校建立培训基地的同时，择优安排应届毕业生实习、就业的举动，如同一石激起千层浪，在甘肃教育界产生了深远影响。那么，义顺人之所以这样做，其背后的真正动力是什么？可以肯定地说，铺路搭桥是为了做强做大。

小企业的发展是将钱往兜里揣，大企业的发展是将钱掏出去投资。小企业内敛，大企业开放。敢于突破产业局限的制约，是企业有否大境界的特征之一。此时的张秉庆也承认，产业突围战线拉长，事业却越发如履薄冰。一个辩证的说法是：当你晦暗，就有发光的希望！体制内的工作经历锻炼了张秉庆善于宏观叙事的能力。2009年底，义顺人确定了新的中期发展目标：在2008年的基础上经营规模四年翻一番，八年翻两番，十年内谋求公司股票上市。而第一个目标在2011年提前一年得到实现。这一年，义顺人通过不懈努力，全年销售额达到一亿八千万。

仿佛一夜之间，义顺掌门人张秉庆浮出水面"放眼世界"，不鸣则已，一鸣惊人。一切正如美国人巴特勒所说——这家企业已经做好了成为大企业的准备。的确，此时的义顺已经不是几年前兰州土门墩糖酒批发市场有块不足一百平方米的批发点的企业，他已经鸟枪换炮，华丽转身。而这一切，都离不开人。

义顺公司裂变式的发展是令人惊异的，他们已从过去单一经营酒类商品逐步发展成为集经营、生产、科研为一体的公司，且正面临一个新的发展历史阶段。然而，义顺的决策者也清醒地看到，凡是越有高回报的地方就越有高风险，这也是市场经济的铁律。当"游戏的链条"越拉越长，义顺人面临的挑战也就越来越大，问题更是越来越凸显。

"在一个现代化的企业集团里，既要有一手一脚带出来的子弟兵，也少不了外来军团的鼎力加盟。"义顺人深知这个道理，于是一方面大力从企业内部培养干部，另一方面积极寻找优秀的外来人才。在张秉庆的理念里，创业之初企业弱小，看上去"忠诚比什么都重要"，但随着企业日渐长大，义顺的用人原则坚定地变成：宁可小材大用，绝不大材小用。你有八分能力，给你十分舞台；你有十分本事，给你十二分的天地。在义顺，员工永远不愁没事做，永远不愁"英雄无用武之地"，他要做的只是如何提高自己的能力，因为说不准哪一天自己就已经是某个部门的负责人。

"只要经常和员工交心，让他们专心、用心，而且尽心，做到这一点，企业没有不发展的道理。"张秉庆在名为《创业密码》的报告中如此开诚布公地与莘莘学子交心，他同时坦诚，"我每天工作十几个小时，干企业干得舍生忘死。我常对人讲：企业做到今天，最大的烦恼就是人才。如果有人能替代我的角色，我会感到十分高兴。因为这样的话我可以由此在企业中明晰所有者和经营者两者之间的关系，确立真正的现代企业制度，而这，正是民营企业走出夹缝的必经之路"。

思考失败的最好时机，就是当你节节获胜的时候。义顺人正是在企业发展的高峰期感到了最大的危险，于是，不但一口气与四所院校建立了"实训基地"，为企业下一步的发展储备人才，而且还科学规范地培养人才。此阶段，义顺公司在员工队伍引进方面推广了高效成功人士五项管理：

——心态管理：积极的心态是成功、健康和快乐的保证。不是没有阳光，是因为你总低着头；不是没有绿洲，是因为你心中一片沙漠。相信自己、相信产品、相信客户。

——目标管理：目标就是你的目的和方向，也就是你的梦想，你的愿景。

目标就是构筑成功的基石。目标让我们产生信心、勇气和胆量。

——学习管理：学习是成功的捷径。学习是给自己补充能量。学习是生存和发展的必要手段。学习可促进人的成熟，提高人的文化修养，优化人的心理素质。只有不断地学习，才能适应社会的发展，才能生存下来。

——时间管理：时间是生命！时间是财富！时间是资源！时间是人生最大的资本！有效的时间管理，是一切工作管理的基础。

——执行力管理：坐而言不如起而行。只有行动才能成功。立即行动，让我们在行动中去纠正、去调整；在行动中去学习、去发现；在行动中去增添勇气、创造机遇、创造奇迹。

很多企业先赢后输，原因都是战略正确而战术失当。毛泽东说过："战略上要藐视敌人，战术上要重视敌人。"伟人之所以伟大，是因为他们重视细节。时代提供了大开发、大发展的机遇，义顺迎来了高速发展的时代。有为之奋斗的目标，有才略过人的掌舵人，有实践经验的团队，义顺人如鱼得水，遨游商海！

2010年7月，义顺企业被共青团兰州市委授予"青年就业创业实训基地"。人才战略的实施进一步得到相关部门的肯定。义顺商学院由此被赋予了更加丰富、正向和有意义的内容，义顺商学院的美誉可谓实至名归。

十大功勋员工荣获汽车大奖

2000年前后至2010年前后，被经济学人士归纳为是中国酒业发展的黄金十年。某种意义上说，这也是义顺企业发展的黄金十年，十年的发展，企业获得了巨大的收益。"企业发展了，员工也要发展，更要享受到企业发展带来的成果"。以张秉庆为首的义顺企业高管们没有一刻忘记过那些为企业鞠躬尽瘁、奋勇向前的功臣。感恩，是他们身上最令外界尊崇的亮点。

第五章 上下求索 渠道王者

2010年12月30日，义顺企业年会上，所有人都沉浸在即将跨入新年的喜悦中，更感受着庆功宴的惊喜。就是在这一届年会上，杜正林与韩斌被授"功勋员工"荣誉称号，而公司给他们的奖励令所有人都出乎意料，他们分别获得一辆中华轿车的奖励。

杜正林，现为义顺公司临洮分公司总经理，2001年加入义顺。杜正林是一名退伍军人，退伍之后曾在康乐烟草公司就职，一段时间后，他被张秉柱数顾茅庐"挖"走。

当年义顺企业给他的颁奖词中以"好党员杜正林"为题，如此称赞他：

他是一名共产党员，在工作中起到模范带头作用；他是一名退伍军人，时刻以执行命令为天职。

他擅长营销，真心相对，真诚付出；他高调做事、低调做人，与客户勤联系、常来往。不论酷暑严寒，勤勤恳恳、无怨无悔。

用他的话说："多做检讨，因为检讨才是成功之母，自己才能进步，才能发展。"

他诚实守信，答应客户的事情按时做到，货物运输在三天内保证送到，让更多的客户认可，多年来他把公司的发展当作一项事业，敬业养成了一种习惯。

2001年，从兰州湖滨市场经营部当助理开始，到后来去兰州配送中心搞营销工作，担任过五粮醇营销中心经理、酒店部经理、大客户部经理，后又调外销八科任科长，现任外销六科科长，他始终脚踏实地，一步一个脚印地走来。遇到困难，他从来不找借口，而是找方法。他销售业绩领先，在抓好主销品牌的同时，自产品销量直线上升。他以一颗感恩的心，对待本职工作。他当之无愧成为2010年度义顺企业功勋员工！

杜正林清楚地记得，在得知自己获"功勋员工"大奖的当天晚上，他心情激动，难以自抑，于是拨通了父母的电话。电话里，他哭了，"男儿有泪不轻弹"，他这一哭令父母亲异常着急，连声问他，是不是工作不顺利，遇到什么难心事了？当他道明原委，父母亲如释重负，安慰他说，这是好事呀，应该高兴！杜正林把没有牌照的轿车先期开回了康乐老家。两天后，恰遇天降大雪，那时兰州到康乐的高速公路尚未开通，通向杜正林家的二级公路尤其难走，但董事长张秉庆坚持要亲自把"功勋员工"的奖牌送到他家里。那一天，杜正林的家人、战友和村子里关系亲近的人家，大概五十多人共同见证了那一荣耀的时刻。有人开他的玩笑，"你在义顺送货，从骑两轮车到三轮车又到四轮车，法马（康乐话，厉害的意思）得很！"玩笑话里却蕴含着大量的事实，当年，他正是从骑自行车送货，后来又骑三轮车送货，一步一个脚印，追随义顺共同发展。杜正林因为表现优异，年年获奖，提前实现了有房有车的梦想。

韩斌，现为义顺陇东大区总监，2002年8月加盟义顺。在此之前，他曾在武山与人合伙办砖厂，也曾与韩国人合作收购蕨菜，均因年龄小、缺乏经验，收获无多。2002年，他在康乐贩卖药材，当地人告诉他康乐当地有一家企业做得非常不错，而且正在招聘，他慕名前往，这家企业就是义顺。韩斌在义顺创造了他销售生涯的种种巅峰纪录，他曾经在兰州西固市场连续八年销量第一。他有一句口头禅：销售没有技巧，一个"勤"字当头。但是他的身上，处处是销售的学问，他善于钻研，又极具主人翁精神，完全把企业当作了自己的家。公布功勋员工荣誉时，给他的颁奖词这样说道：

他是一名销售能手，他从2002年加盟义顺公司以来，一直在兰州配送中心工作，勤勤恳恳，任劳任怨，一干就是九个春秋冬夏。他先后担任过营业员、五粮液品牌营销中心经理、西固片区经理。他始终以最强的执行力，最快地将各项营销政策传达到位，铺货上量，力争第一。在多年来的账务方面，从未出现过丝毫差错。以其认真、严谨的工作态度赢得了公司上下的一致好评。

每当家人团圆的节假日，他都主动挑起值班的重任。他说，义顺公司就是我的家。诚信为本，客户第一。他始终铭记"虚心使人进步"。勤劳、敬业、感恩，为公司创造更多的财富，他的业绩始终领先。

尤其是2010年，在五粮液、剑南春专柜建设中，他以最快的速度，最多的数量，最优的质量受到了厂家和商家的高度赞扬。

他当之无愧成为2010年度义顺企业功勋员工！

从2010年设立"功勋员工"大奖开始，直到2013年共四个年头，义顺企业颁发了总共十辆轿车。杜志坚、刘旭、杨永乾、丁维平、刘先丽、赵亚军、段爱康、余文华，他们先后获此殊荣。

翻阅义顺"功勋员工"的履历，他们普遍文化程度不高，根正苗红，大多是"苦孩子"出身，但他们踏实肯干，吃苦耐劳，勤奋好学，善于钻研。他们还有一个不太被人注意到的共同点，他们中绝大部分都是共产党员，红色文化在义顺企业的根深蒂固由此可见一斑。义顺企业的发展史上，他们既是功臣，又是能臣。

杜志坚，现任义顺白银分公司总经理，当年，义顺企业在给他的功勋员工颁奖词中这样说道：

他，2000年成为义顺公司的一员，十多年来，曾先后在公司商超部、大客户部及外销科担任经理、科长、代总监、总监职务；

他，任劳任怨，不辞辛劳，不计得失，以实际行动诠释了"是金子到哪里都会发光"的哲理；

他，满腔热情地认真工作，诠释着"客户满意不算标准，客户惊喜和感动才是超值"的理念；

他，十多年追随义顺，忠诚无价这一真理在他身上得到了完美的体现；

他，是一名中国共产党党员；2011年的业绩蒸蒸日上，工资合计率先超过了十万元；

他，当之无愧成为2011年度义顺企业功勋员工。

刘旭，2003年8月加入义顺，在此之前，他师从温州人学习裁缝，并且自立门户开办了一家西装裁缝店。因为家境贫穷，他曾经一边开着裁缝店，一边应聘到康乐县烟草公司打工，后来烟草公司裁员，他被辞退，于是加盟义顺。刘旭现任义顺公司陇南大区经理。刘旭清楚地记得，当年他去地县跑销售，不少人暗地里嘲笑他们，骂义顺人是土包子。可是刘旭追随着"土包子"一路开疆拓土，成为甘肃酒类营销行业的龙头企业。刘旭，被誉为是一个惯于开疆拓土的人，当年天水市场由于销售没有起色连年更换经理，被内部人打趣为"天水费经理"（意思是经理更换频繁），而刘旭一去呆了六个年头。在他任期内，天水市场的销售全面复活。

刘旭获义顺企业2011年度功勋员工大奖时，给他的颁奖词这样称赞：

他，入职八年，不断进取，努力向前，勇于奋进，拒绝平庸；

他，善于"传帮带"，为公司培养了一个又一个优秀的后备军；

他，一直在用心做着一件又一件普通的事，而将一件又一件普通的事做好、做到位，足以让大家感受到他的不平凡；

他，从辉煌奔向一个又一个辉煌，为公司营销工作开疆拓土，化腐朽为神奇，创造了一个又一个营销奇迹；

他，率领着一支多为新手的营销团队，但正是这样一支团队却创造出了外销科最好的业绩，有什么样的将军就有什么样的军队，他就是这个团队的灵魂；

他，是一名中国共产党党员；2011年业绩全公司领先，工资合计率先超过十万元，成为公司最耀眼的明星；

他，当之无愧成为2011年度义顺企业功勋员工。

2012年度，是义顺企业更大力度和规模回报奖励企业员工的一年，这一年，义顺企业共评选出四位功勋员工，颁发了四辆比亚迪小轿车。

杨永乾，现任义顺企业高端品牌营销中心总经理，2003年1月加盟义顺，在此之前，他是一名出租车司机。2004年，他的大儿子因意外重伤住院五个多月，花费八万多元，公司多方募集资金尽全力助他渡过难关。杨永乾初入义顺时，应聘的是司机一职，三个月后，他主动申请去跑业务。他清楚地记得，当时司机的工资八百元，跑业务的销售人员工资达到两三千元，他想，作为一个男人，怎能贪图安逸，一定要拼搏一番才不枉在这世上走一遭。当年他曾给董事长张秉庆呈上了一张军令状，斩断了自己的后路，军令状的内容大意是"给我一个月时间，跑不出业绩，我自己走人"。这一跑，就是十多年，尤其是在陇东市场，杨永乾坚守了十年。一个月近九千箱货的铺货量，他就是这样一步一步做起来的。他目睹公司从当初的三十二人发展到今天的四百多人，也目睹三位老总劳心费力，早生华发。由于做销售，他觉得亏欠家人很多，回家经常像是转亲戚。弟弟在太原安家十多年，他甚至都未曾探望过一次。

杨永乾获义顺企业2012年度功勋员工大奖时，给他的颁奖词这样称赞：

他，2003年元月成为义顺公司的一员，至今已有整整十个春夏秋冬；

他，十年来，从送货司机干到业务助理，从业务助理干到外销科长，又从外销科长干到区域总监；

他，相信自己，边学边干，忠诚进取，成就了今天的辉煌；

他，多少次忍辱负重，多少次逆来顺受，从不放弃，一直坚持，一次又一次成功地化腐朽为神奇；

他，是一名中国共产党党员；

他，当之无愧成为2012年度义顺企业的功勋员工。

丁维平，现任义顺企业平凉分公司总经理，2001年9月加入义顺。他在2009年度获得公司奖励的一台48英寸海尔液晶电视，当时包括他在内的很多义顺企业员工都觉得这奖品很大很贵重.但万万没料到，有一天，他也会开上公司奖励的轿车。丁维平初入义顺时，曾经在一次公司大会上表达了一个极为现实的愿望，希望自己有房、有车、有老婆，当时董事长张秉庆对他说，这些愿望你很快都会实现。老婆当然是随缘的结果，而房子、车子，义顺企业必定要帮他实现梦想。现在的丁维平已经是两个孩子的父亲。

丁维平获义顺企业2012年度功勋员工大奖时，给他的颁奖词这样称赞：

他，2001年9月成为义顺公司的一员，年纪不算大，经历却不简单；

他在2009年，就是公司员工年度最高奖——杰出贡献奖的获得者；

他，忠诚、坚韧、勤奋，勇于挑战，决不服输。征战河西酒廊，从张掖到民勤、永昌，创造了一个又一个市场开发的奇迹，他一次又一次证明了小市场可以实现大目标；

有房有车曾是他的梦想，他的努力，让这个梦想更快、更早地得以实现；

他，是一名中国共产党党员；

他，当之无愧成为2012年度义顺企业的功勋员工。

刘先丽，现任义顺企业七里河安宁分公司总经理，1999年8月加入义顺。当年一纸下岗证，她从国企兰州轴承厂下岗，她迷茫、痛苦之后，自谋出路应聘到了义顺。初加入义顺时，她每天蹬着三轮车在湖滨市场和中部市场四处送货，但她从未觉得难为情，更未想到过退缩。她的坚持、坚守终于获得丰厚的回报。2013年12月31日，在得知自己获"功勋员工"大奖时，她喜极而泣。她无论如何也想不到，作为一个下岗工人，她也会有如此荣耀的一天。在义顺，她得到诸多殊荣，令许多有相同遭遇的工厂姐妹羡慕不已。

刘先丽获义顺企业2012年度功勋员工大奖时，给她的颁奖词这样说道：

她，1999年8月成为义顺公司的一员，是公司兰州配送中心资历最长的业务人员，在同一个区域，同一个岗位，一干就是十四年；

她，曾是一名国有大企业的优秀职工，她也成了十多年前国企改革阵痛的承受者。自从来到义顺公司，一切都从头开始；

她，善良、贤惠，在家中，是公认的贤妻良母；

她，忠诚、进取，在公司，是大家的"大姐大"；

她，总是那么阳光，面对困难，从不言败；

她，总是那么低调谦虚，"不是很好"是她标志性的口头禅；

她，是一名中国共产党党员；

她，当之无愧成为2012年度义顺企业功勋员工。

赵亚军，现任义顺企业临夏分公司总经理，他获得义顺企业2012年度功勋员工大奖时，给他的颁奖词这样称赞：

他，2004年11月成为义顺公司的一员。跑业务、做司机，样样精通。从送货司机干起，业务助理、外销科长、区域总监，一步一个深深的脚印；

他的主战场在回族聚集区和藏族聚集区。那里山高路远人烟少，地广人稀环境差。这需要更多的奔跑，更多的付出，做出好的业绩对他来说，更加的不容易,更加的难能可贵！

他，忠诚、阳光、勇敢。憨厚的脸上永远都有真诚的笑容。他，欢快优美的藏舞身姿更是迷倒一批又一批粉丝。

他，如饥似渴地学习，早出晚归地工作。用汗水与智慧，克服了重重困难。当归醋、化妆品在他的手中成了抢手货，五粮醇的销量更是节节攀高。他提前大幅度超额完成了全年工作任务，在市场搏击中创造了骄人业绩。

他，当之无愧成为2012年度义顺企业功勋员工。

段爱康，现任义顺公司陇西分公司总经理，2004年11月加入义顺。段爱康的经历与杜正林相似，部队退伍之后，他也曾就职于康乐县烟草公司，后因烟草公司裁员离职。他到义顺之后曾被安排到兰州推销义顺牌棒棒油。初入义顺，段爱康便目睹了公司上下对杨永乾儿子因伤住院施以援手。这件事情给他极大的震撼，他回忆当时自己的心理：如果以后我或者我的家人出了事情，公司一定不会袖手旁观。"苦孩子"出身，段爱康极度缺乏安全感，可以说，义顺让他感受到极大的安全感，就好像一个大家庭，一方有难，人人都会伸出援手。从那一刻起，他就下定决心，一定要在这里好好干。2013年年底，他被授予"功勋员工"荣誉，当他将比亚迪轿车开回康乐农村的老家时，整个村庄都沸腾了，人们纷纷跑来参观和祝贺，父母亲开心得嘴都合不拢，他也大有衣锦还乡的感觉。他坦言，这和其他的奖励给自己的感觉完全不同，那是公司对自己极大的激励和认可。

段爱康获得义顺企业2013年度功勋员工大奖时，给他的颁奖词这样称赞：

他，2004年成为义顺公司的一员，至今已有整整十个春夏秋冬；

他，曾经是一名军人；

他，从青藏高原的西宁、德令哈、格尔木，转战大漠苍凉、风吹石头跑的酒泉、嘉峪关、玉门和敦煌；

他的工作业绩风生水起，让敦煌的月牙泉都为之歌唱：西出阳关亲人多！

他让酒泉之都洋溢起五粮醇的醇香；

他让五粮醇在荒凉的戈壁滩中坚强地立住了脚、扎下了根，长成了大树，并已开花结果；

他，是一名中国共产党党员；

他，当之无愧成为2013年度义顺企业功勋员工。

余文华，是最早转战兰州的"义顺七君子"之一，现任义顺企业金港分公司总经理。他获得义顺企业2013年度功勋员工大奖时，给他的颁奖词这样称赞道：

他，1997年2月成为义顺大家庭的一员，那年他才十九岁；

他，从湖滨市场经营部经理转战土门墩市场；2003年挺进金港糖酒市场直到今天；

他，是义顺企业做部门经理时间最长的员工；

他，是经商守铺子的天才；

他，是公司最放心的职业经理人；

他，勤劳朴实，踏实肯干；

他的客户服务工作，热情周到，人人夸奖；

他，是一名中国共产党党员；

他，当之无愧成为2013年度义顺企业功勋员工。

每个人的成长背后都充满了酸甜苦辣的故事。十大功勋员工中的绝大多数常年奔波在销售一线，他们的付出和努力被义顺企业的领导人铭记在心，2012年义顺企业年会上的这部情景剧就浓缩了太多太多的故事：

人物：业务员、母亲

道具：座机电话

配乐：白发亲娘

业务员：（唱道）你入学的新书包有人为你缝……今天是我妈七十大寿，昨天电话里说好回家给她老人家过个生日呢，看看，这是我特意给她买的护膝。妈妈的老寒腿是旧疾了，都是当年为了供我们兄妹俩上学整日下地干活落下的病根，据说这是骆驼皮的，特别暖和。戴上这，希望她老人家今年冬天不那么受罪。

丁零零……（电话铃声起）

业务员：恒通公司王总啊，哦，你们那的春节促销活动非常火爆，哈哈哈，那好啊！什么，需要支援？你那里的人手有限，顶不住了？我？我今天……（面露为难状，很快调整）哦，有空有空，我这就搭最早的一趟班车，今天中午一定赶到！

业务员：（电话接通）妈啊！

母亲：儿啊！你回来了吗？妈妈正在准备饭呢，有你最爱吃的臊子面，咱们家后院种的新洋芋丰收了，妈妈给你做了搅团，还有还有……（被打断）

业务员：妈……

母亲：你妹妹昨天打电话说学校临时有事，她们班干部春节前要去慰问孤寡老人，不能回来了，我说没有关系，你忙你的，你哥今天一准回来，他小半年没回家了，一直说自己在当地的工作刚刚展开，考察市场，拜访客户，忙！这次终于抽出时间回一趟家，呵呵（会心地笑出了声）……

业务员：妈，我可能……嗯、嗯（吞吞吐吐），这次您的生日又回不来了……

母亲：啊！儿子，出什么事情了，你好着呢吧？（焦急）

业务员：妈，您别急，是这样的，我们的酒卖得特别好，忙不过来，我得去市场帮一把……（母亲失望的表情，电话那头发呆）妈，您别这样，要不，我再想想办法，我一忙完立马回来……

母亲：儿啊！妈妈知道了，你为了工作，你好好地忙，义顺是你的事业，没有大家，哪有我们的小家，妈知道每次过年前你们最忙了，你要照顾好自己，别累着！妈不过生日了，妈等你回家过年！

(音乐起)

旁白：母亲，多么温馨的字眼，在你我眼里是那么熟悉，那么亲切。正是因为千千万万个这样的母亲，成就了我们义顺大家庭共同的事业。为圆在外游子们的赤子之心，同时向广大父母表示感谢，义顺公司特别奖励员工带父母观光旅游。

风雨同行二十春秋，携手共铸百年义顺，在纪念义顺公司成立二十周年联欢会上，特意为老员工家长颁奖，与会的家长代表深情地说道："没有义顺公司，就没有我孩子的今天，也就没有我站在台上的这一时刻！"

李寨龙，五粮液股份公司五粮醇甘肃片区经理。将时间的镜头快进到2017年7月16日，义顺企业在临洮平长人家召开年中大会。这一天，义顺企业旗下所有门店歇业，数辆大巴车载着兰州市区员工前往临洮。李寨龙乘坐六号大巴车，自大巴车发动的那一刻起，车上欢声笑语不断，一场小型联欢会启幕。李寨龙被车上的义顺员工起哄表演节目，他讲了一个真实的故事：有一次他打车到兰州小西湖义顺公司去，担心出租车司机不明白具体位置，便详细描述义顺公司周边的标志性建筑。没想到，出租车司机打断他的话，说道：我知道义顺公司，他们给员工发汽车！那语气充满了赞赏，给李寨龙留下了极其深刻的印象。李寨龙以此故事现身说法，激励车上的员工，在义顺公司干下去，有前途！在一次公开场合中，李寨龙说，民营企业给员工发汽车，尤其是酒水运营商，在全甘肃省乃至全国都是头一份，不能说是后无来者，但至少可以说是前无古人！

第六章
DILIUZHANG

调整升级 酒界"航母"
TIAOZHENGSHENGJI JIUJIEHANGMU

以义顺成为茅台经销商为标志，义顺这艘甘肃酒界航母初具雏形，义顺人正搭乘这艘航母，向着梦想，驶向全国、全世界！灯塔在远处闪闪发光，梦想的实现指日可待。

——甘肃省酒类商品管理局局长陈浦

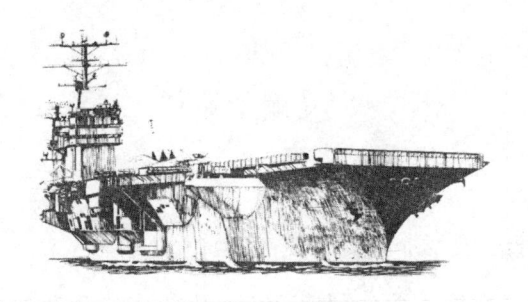

2012年，甘肃省酒类商品管理局局长陈浦第一次到义顺调研，在系统了解义顺企业的发展历程之后，他郑重提出，义顺企业应该向打造甘肃酒界航母的方向努力。

2014年11月25日，义顺企业四店同开，四店分别是国酒茅台专卖店、五粮液旗舰店、剑南春专卖店和"义顺老张的店"便利连锁西站店，一时间引爆业界眼球。

陈浦在盛大的庆典上发表讲话，说道："以义顺成为茅台经销商为标志，义顺这艘甘肃酒界航母初具雏形，义顺人正搭乘这艘航母，向着梦想，驶向全国、全世界！灯塔在远处闪闪发光，梦想的实现指日可待！"

诚如陈浦所言，义顺企业的发展也是伴随中国改革开放、中国民营经济的发展壮大一路走过来的。而因为有打造酒界航母的梦想，义顺一路向甘肃龙头企业、现代化企业发展。伴随着中国梦的崛起，义顺梦也被不断提起。

发展是解决一切问题的总钥匙。然而，正如陈浦所说，义顺企业的发展充满艰辛曲折和各种不易。打造甘肃酒界航母的这几年间，他们又经历了什么呢？

张秉庆亦认为，2012年名酒经营进入寒冬，是比较费劲的五年，也是调整升级的五年。很多时候，一家企业的气质和风格往往取决于这家企业掌门人的性格。那么，张秉庆为义顺注入了什么？

学霸出身，使他对学习保持着一种天生的热爱。勇于担当，让他展现出大家长的作风，诸多媒体人在与他交往后，给他打上了一个标签：超级现实的理想主义者。理想主义者讲情怀，现实又要求言"利"。他有强烈的领导欲，还有一统江湖的征服欲，因而注定，他将要把义顺企业带入一个又一个发展的快车道。

"义顺加油!"

2012年6月4日,义顺企业以"风雨同行二十春秋,携手共铸百年义顺"为主题,纪念康乐义顺农工商公司成立二十周年庆典活动在甘南冶力关隆重举行。当天的晚会上,高潮迭起,当庆生的蛋糕上燃起蜡烛,义顺三兄弟在舞台上热泪盈眶,他们紧紧拥抱,久久拉着彼此的手,那一刻,他们百感交集,那一夜,他们醉酒狂欢,全场雷鸣般的掌声便是最好的礼乐!

刘先丽、符生莲、文丽芬、薛若娟,这些一路追随义顺而来的巾帼英雄,她们清楚地记得,那晚,她们同样流下热泪,为了那二十年的艰辛努力,为了那辉煌的相聚,以她们为代表的义顺企业老员工,最懂得三位老总那深情地拥抱意味着什么。也是在这场晚会上,张世旺带领二十几个义顺员工表演了《团队士气》。时任义顺企业市场部经理的张世旺是这个节目的创意人。据说是临时集结了一些演员,用了不到一周的时间排练出来的一个节目。张世旺双手高举一面红色旗帜,旗帜象征着销售目标,他的身后二十多人趴在地上,每个人手搭着前面伙伴的脚,艰难地匍匐爬行,伴随着"义顺加油"的声音不断响起,全体人员终于站立并且旋风般集结在高擎旗帜的张世旺的周围,这个举动寓意着他们最终取得了胜利。

这个经典的画面此后出现在义顺企业的各种宣传媒介中,"义顺加油"的话语让义顺人的心连得更紧了!庆典之后,《甘肃日报》以《风雨同行二十春秋,携手共铸百年义顺》为题报道此次活动时这样表述:2012年的庆典活动,既是义顺康乐公司成立二十周年大型纪念活动,也是一次感恩义顺大家庭、凝聚义顺大团队、承前启后、继往开来的动员活动。我们相信,在今后的岁月里,义顺人必将铭记历史,永怀感恩,创造更加辉煌的明天!

仿佛是一种巧合,2012年也是中国白酒行业由盛极而渐衰的分水岭,以名酒经销为主业的义顺人不得不承受销量下滑的阵痛。此时,"义顺加油!"不仅仅是一句自我鼓励的话,更成为一种自我挑战、自我奋进的企业常态。

如何在逆境中奋进,成为义顺人面临的又一个挑战。

学习,学习,还是学习

2012年,不但对于义顺人来说是一个坎儿,对于张秉庆个人来说更是一个坎儿。纪念康乐义顺农工商公司成立二十周年庆典结束之后半个月,6月29日,"义顺"商号第三代传承人之一,义顺企业原财务总监,张秉庆的第一位妻子景晓宏不幸病逝。张秉庆一度处在事业和人生的双重低谷中。

仿佛是命运的眷顾,也就是在这一年,张秉庆先后接触到华商书院和美国BSE企业家商学院。这一年,他第一次聆听了华商书院齐善鸿教授关于《道德经与人生智慧》的讲座,对于自己的人生和企业的走向有了新的思考。10月,他又赴吉隆坡参加美国BSE企业家商学院的学习。吉隆坡游学之旅实际上对于张秉庆有着很强的疗伤意义,那个时间段,张秉庆各方面的状态都可以说是非常低落。爱人逝世,身体积劳成疾,企业经营面临困境,他无心处理正常事务,身体糟糕到要靠戴护腰带才能直起身来。他在这次境外学习中第一次接触到《生命的列车》视频,他从失去亲人的痛苦中有所解脱。在此之后,每遇有身边的人遭遇亲人逝世的痛苦,张秉庆都会分享《生命的列车》,他对《生命的列车》部分语句耳熟能详:

人生一世就好比是一次搭车旅行

要经历无数次上车、下车,时常有事故发生

有时是意外惊喜

有时却是刻骨铭心的悲伤……

降生人世我们就坐上了生命的列车

我们以为

我们最先见到的那两个人——我们的父母

会在人生旅途中一直陪伴着我们

很遗憾事实并非如此

他们会在某个车站下车

留下我们孤独无助

……

生命之谜就是：我们在什么地方下车？

坐在身旁的伴侣在什么地方下车？

我们的朋友在什么地方下车？

我们无从知晓……

张秉庆本来是抱着散心的目的赴吉隆坡的，但是当他参加了BSE学院组织的游泳、跑步、扮超人、吹气球、唱歌等各种形式新颖的活动后，他对吉隆坡的这次学习有了新的认识。在此之后，他将自己在BSE接受到的理念及行为模式在义顺企业倡导并普及开来。于是，义顺企业当年年底召开的一次联谊会上，员工们唱歌跳舞、斗志昂扬，企业焕发了新的活力，连地县经销商都受到感染，不但积极参与，而且还自发拿着道具站到桌子上表演节目。

张秉庆在后来BSE企业家商学院的一次纪念活动中作了《难忘吉隆坡，感恩BSE》的演讲，提到这次游学经历对自己颠覆性的影响："BSE让我有机会结识到成百上千的海内外的成功企业家朋友，让我遇到了可以真诚交流的挚友，让我发现了值得学习赶超的榜样，让我空前拓宽了视野，让我明白了自身的不足和优势，让我找到了自己努力的方向和方法！"

BSE倡导的理念中包含四句话：不必害怕有我在！不必担心让我来！爱与支持说出来！和谐包容让它去！就是这简简单单的四句话，张秉庆认为蕴含着无限哲理。

张秉庆后来一再对人讲，自己参加过许多培训，接触过许多讲座，但他最为推崇的课程就是BSE美国企业家商学院和华商书院的课程。尤其是华商书院，张秉庆称自己进入华商书院是一生中最重要的选择，"因为，当我遭受重大打击，处在人生最迷茫、最低落的时刻，是华商书院的学习帮我重新明确了人生的真正意义，认识了财富的本来面目，也对自己的使命和价值的认识有了一个全新的，可以说是革命性的提升。"

这个时间点上，张秉柱也处在人生的十字路口，他走过了知天命之年，突然想退休了，也许是感到自然规律的不可违，看透了生老病死的无情，他的事业心不那么强烈了。张秉庆察觉到大哥的思想动向，对他说，"有一个赢在前沿《总裁班》的课很有意思，我们一起去听听"。张秉柱于是和张秉庆、张秉华一起去听课。一到课堂，他就傻眼了，他见到了有共和国四大演讲家之称的彭清一老师，当时彭清一已经八十岁高龄，张秉柱形容他当时见到的彭清一：眼睛有病，戴着眼镜，颈椎做过手术，不能弯曲，腿瘸，拄着拐杖，可是一上台，他手舞足蹈，活力四射，用他的激情演讲征服了每一个人。正好印证了一句广告语：八十岁的人有着一颗三十岁的心脏。彭清一甚至称七十岁的人为年轻人。两个小时的激情演讲把张秉柱给激活了。听完这堂课，张秉柱的思想彻底转变了，他为自己"年纪轻轻"便萌生退意羞愧不已，从此，他彻底打消了退休的念头，不但打消了退休的念头，他还迸发出新的活力，以五十多岁为界，开始了自己的人生第二春。

张秉柱的人生第二春因学习而不断丰富多彩，如果说，他的前半生因为不断与命运抗争而得以摆脱农民身份，并且财富在握，那么，他在后来的岁月中则可以说是在不断突破与挑战自我中得以升华。因为学习，张秉柱由封闭而开放，由狭隘而豁达，由幕后而台前。赢在前沿《总裁班》课程有一个环节是竞选班长，张秉柱硬着头皮报了名。竞选班长要求回答三个问题：一是你为什么要竞选班长？二是你竞选班长的目的是什么？三是如果竞选成功，你会怎么做？当着全班九十八人的面，张秉柱一一阐述自己的观点，不仅引来全班哄堂大笑和雷鸣般的掌声，而且最后高票当选。他说，我竞选班长是因为我没有当过班长，我的孙女现在小学一年级都当了班长了，我也想过把当班长的瘾。我当班长的目的是为大家做好服务，如果我竞选成功了，我给全班每位同学送一箱"陇宝醋"。其实，"陇宝醋"早已经给每位同学送过了，只是，此时，同学们才把他对号入座。至此，他竞选班长另外的用意不言自明，他要顺带推销自家的醋，还要让同学们知道"买名酒，找义顺"。

这次竞选成功给了张秉柱极大的信心，在此之后，他一度被同学们戏谑为"班长专业户"，他参加各类学习，一路所向披靡，竞选成功各类班长，不但获得知识层面的提升，并由此而积累了广泛的人脉。在各种学习场合中，他发现，自己是年龄最大的，初时他感到难为情，在一群年轻人中他显得很另类，到后来，他深为自己感到自豪。毛主席说过，活到老，学到老。学习，是最需要毅力和恒心的，不断学习的人，也是最能塑造自己人生舞台绚丽底色的人。由于年龄大，他被冠以"老班长"的称谓，对于他而言，这已不是一种身份，而是一种荣誉。

2013年，张秉柱从中国人民大学MBA总裁研修班毕业，此后他亦报读华商书院，并赴新加坡、俄罗斯、日本、澳大利亚等国和台湾地区考察学习。年少时因"文化大革命"，他无缘大学，而此刻，只要他愿意，他可以在知识的海洋里任意畅游。

张秉华也频频参加各种学习，很多人认为他是一个实干家，不善言谈，其实不然，张秉华一上台同样口若悬河，滔滔不绝。但是他自己也承认，公司转战兰州的最初那几年，每逢开大会讲话，他就感到紧张，一看到台下人多，便忘词，即便拿着稿子念，腿肚子还是忍不住抽筋。为了克服这种种难堪，他也在背后下过巨大的功夫。他在参加赢在前沿《总裁班》的培训时，随时要准备好被老师点名上台演讲，正是在那次高强度的锻炼之后，他慢慢有了谈笑风生时的坦然自若。张秉华亦报读兰州大学在职高级工商管理硕士（EMBA）研究生班,并于2014年毕业。

人人都说义顺是一个学习型企业，这是一个不争的事实。张秉庆有一条经典语录,你们只看到我们在学习,不停地学习,不是我们天生爱学习,是我们不得不学习。他做了一个形象的类比——从前与党失散的人们苦苦寻觅,找到党,就找到了希望,而我们只有学习,才能找到方向!

是的,方向很重要。可以毫不夸张地讲,十年磨一剑,义顺人用了两年的时间在兰州站稳了脚跟,用十年的时间锻造了自己甘肃酒界龙头企业的地位。然而,企业如逆水行舟,不进则退,2012年,中国白酒行业进入深度调整期,下一步,义顺该如何发展?唯有学习,企业才能前进!也就是在这一年,义顺三兄弟频频参加各种学习,不但自己学,而且还组织企业员工学,不但去外面取经,而且还组建了义顺商学院在线学习,在企业内部,建立起了系统的阅览室、书报栏。

张月圆的感受是,从这一年开始,整个家族成员,包括企业员工,上课是排着队的,董事长上完,爸爸伯伯上,爸爸伯伯上完,哥哥们上,哥哥们上完,轮到张月圆自己上。企业一部分员工会被安排到各地参加各种培训,上完课的高管们回来之后马上变身培训师,将所学的理念灌输给全体员工。直至后来,张世重读完BSE美国企业家商学院的课程后又读人大的EMBA,张月圆本人上兰大的EMBA,张世旺则又步张世重的后尘读BSE……

正所谓上行才会下效,义顺企业内部也形成了非常浓厚的学习风气。早在2010年,义顺图书资料室建立,订阅和购置了大量的报纸杂志、视频讲座和图书资料,藏书一度达到一千两百多本。2012年,《义顺网络商学院》正式开通,并开辟了网上义顺大讲堂,义顺企业员工的学习从此不再受到时空限制……正所谓"业精于勤,荒于嬉,行成于思,毁于随"。义顺人对于学习的执着与热爱,再次证明了古人的这一论断。义顺公司的发展史,实际上是一个不断学习,不断创新,不断追求进步的历史。

志不强者智不达!义顺人达成共识,只有不断学习,才能认识自己、认识社会、认识市场,才能在迷雾中找到前进的方向;只有学习,才能及时发现存在的问题,找到解决问题的方法;只有学习,才能看到自己与竞争对手的差距和优势，才能把握时代的脉搏，才能立于不败之地。传承更需要学习，在继承优良传统的同时，更要注重革新和创造，与时俱进，方能实现永续经营。

2012年春节放假的前一天，每一位业务人员除了拿到沉甸甸的奖金，还收到了一份堪称寒假作业的假期作业单——公司要求他们至少完成五个一：读一本书，观看一个学习视频资料，写一份市场调研报告，交一份新年度工作计划，做一份人生规划书。

这份长长的作业单令彼时的很多义顺人苦不堪言，原本轻松愉快的春节，得放弃多少吃喝玩乐的休闲时光才能完成这些作业啊？有如此情绪的员工远不止一人。人们私下抱怨，辛苦一年，也不能好好休息几天，还要花大把时间学习，公司这是让员工们跟着当"苦行僧"。话虽如此，他们还是愿意按照公司的要求去做。因为，现成的"苦行僧"就在那里摆着，那就是公司诸多高层，而他们的董事长张秉庆尤其是"苦行僧"里的佼佼者。

很多企业一旦过了初创期和成长期后，随着企业经营的平稳发展，企业的领导人此时也开始贪图安逸，不思进取。与此同时，社会世俗的眼光也会不断鼓励他们——你们也该享福了，喝喝茶、打打牌，足矣！醉生梦死之间，企业裹足不前。这是一个危险的苗头，就如同古代帝王，打下江山之后，渐生享乐之心，往往这个时候，江山易主的隐患也就开始滋生。

而义顺三兄弟，因为学习，他们能不断磨砺自己的心性，克服人性中懒惰、贪图安逸的一面，不但自身不断得到提升和跨越，也为企业创造了转机，率领企业迈向更高的层面。2012年的张秉庆，他在此阶段的学习历程之多、之广、之密集、之高强度，连他自己都招架不住了。长时间的静坐，使得他连腰都直不起来了，学习的背后必然是艰辛的付出。他活脱脱就是一个学习的"苦行僧"，尽管张秉庆本人也许并不认同这样的说法，因为热爱，他以苦作乐，乐在其中！

学习贯穿于义顺企业发展的每个阶段，学习的层次不断向上突破，从经商初期的学算账、学经营，上升到后来的学管理、学战略、学战术，再到后来学修身、修心；从开始的用到什么学什么，需要什么学什么，到后来的系统化、学历班学习；从向书本学，到请进来学，再到走出去；从实践中带着问题去学，到用学到的理论指导经营实践；从用中国的眼光看世界，到用世界的眼光看中国；从到北京上中央党校企业负责人研修班、总裁班、美国BSE企业家商学院等短训班，再到读省委党校党政管理大专班、经济管理高等教育自学考试大专班、兰州大学在职工商管理硕士研究生EMBA研修班，从国内学习到国外跨界考察游学……正是不断地学习，并将学到的知识运用在实践中，义顺人才能得以坦然面对酒业寒冬的挑战。

酒业寒冬　晋身茅台

2012年，按照业界普遍的说法，这一年，中国白酒黄金十年终结，白酒业的寒冬降临。从事物发展的一般规律来讲，有高潮必然有低点，从社会大环境而言，国家惩治贪腐之风，加大对三公消费的管控力度，加之塑化剂事件阴影与"八项规定"的内外"打压"下，白酒市场遭受了前所未有的冷遇。此外，酒驾入刑的举措在中国文明的进程中迈开了一大步，但对酒类市场也形成一定影响。高端酒品牌在此之后尤其成为重灾区。潮水退去，最能看清楚谁在裸泳。团购，这个昔日令无数酒类经销商引以为豪的名词此时成为一把双刃剑。那些针对公务消费建立起来的团购渠道瞬间坍塌，此时的义顺人开始偷着乐了。为何？因为他们的团购渠道很早就针对的是民间消费，正因为他们来自小县城，他们对产品的架构，对销售渠道的构建更健康，也更全面。一个不容置疑的事实是，当高端酒积压在各大运营商手中卖不出去时，义顺人却实现了良性循环。三公消费一限制，所有裸泳的人都浮出水面。义顺企业长期以来服务的是各大商会，全都是充满正能量的企业家。《糖烟酒周刊》西北记者站站长翟云峰当年就团购问题采访甘肃诸多酒类运营商时，感受到的是一种哀鸿遍野的惨淡，而唯独听到张秉庆无比自信而又自豪地说："义顺的名优酒有很大一部分是直接卖给企业家消费的，比起建立在公款消费基础上的单位团购，我的团购当然要好很多。"

对于酒业寒冬的说法，张秉庆有一个清醒的认识。他认为，品牌名酒在连续十多年持续快速发展的背景下，出现价格回归是必然的。"三公消费""限酒令"等政策的出台，尽管属偶然因素，但无疑在客观上加剧了品牌白酒价格回归的步伐。另外，最为重要的是，在品牌白酒价格持续走高，市场供不应求的前提下，经销商认为经销品牌白酒可获取更高利润，一旦在市场销量出现下滑的态势下，出现应变能力不足，感觉"很冷"就在所难免了。他打了一个比方，这就犹如富人家的孩子时常有棉衣穿，往往会出现抗严寒能力差一样。一旦让其经销中低价位的酒品时，就会感觉"很冷"。但这对于一些前期有准备，注重做长期市场的人来说，自然会对此有所准备。因为这样的经销商所秉持的就是一条：悉心培育客户，用心经营市场，让消费者放心消费。

很显然，张秉庆认为义顺企业是前期有准备，并且注重做长期市场，因而抗严寒能力较强的那一类企业。这一年，五粮液酒厂推出了两百元以下不同档次的五粮醇系列白酒，还适时推出了次高价位的"五粮特曲、五粮头曲"，以迎合市场需求。这一系列举动被媒体解读为是品牌白酒也开始尝试走"平民路线"，而义顺企业顺理成章成为这些产品在甘肃的平台运营商。

同2008年面临经济危机相似，市场的低迷令很多人失去了方向，精减人员，收缩战线，甚至关门停业，市场从来都只相信实力，不相信眼泪。而学习，让义顺人牢牢把握了方向，那就是顺势而为，乘势而上。

时间步入2014年，当许多人身处酒业寒冬噤若寒蝉时，义顺人却又一次勇立潮头。这年11月25日，义顺四店同开，四店分别是国酒茅台专卖店、五粮液旗舰店、剑南春专卖店和"义顺老张的店"便利连锁西站店，一时间引爆业界眼球。其中最引人注目的是国酒茅台专卖店的开业，这意味着义顺人正式晋升为茅台酒一级经销商。

至此，义顺企业跻身中国最知名白酒企业茅、五、剑经销商行列。早在2012年，时任甘肃省酒类管理局局长的陈浦在义顺企业调研时提出，要将义顺打造成甘肃酒类营销领域的航空母舰。所谓酒业航母，不单单要有体量上的规模，更要有团队优势，而晋身茅台酒一级经销商，更带来一种品类齐全的优势，就是从这个时候起，甘肃酒办航母完成了真正意义上的转身，"买名酒，找义顺"也被赋予了更丰富的内容。

几乎所有人都说，义顺，是卖低端酒起步的，这一点，甚至连义顺内部的众多老员工也并不避讳，尖庄、绵竹大曲、百年公主、孔明特曲、醉不倒……当初这些品牌哪一个不是几元几十元一瓶的酒？可就是这几元几十元一瓶的酒，他们一年卖出了上千万元的销售额。谁规定义顺只能卖低端酒不能卖高端酒，能把高端名优酒卖出去不算本事，要是能把中低端酒卖出去那才算本事呢！在这个圈子里，如果谁用一成不变的眼光看义顺，他会发现，义顺的变化令自己瞠目，每过几年义顺就会上一个台阶，不管人们如何对义顺说三道四，义顺早已不是他们脑海中的那个义顺，义顺已然脱胎换骨，不断地华丽转身。

那时那境，所有人都看不懂义顺人的做法，很多人发出疑问，茅台挣钱时你们不参与，茅台低谷时你们为何反而要参与进来？其时，高端酒遇冷，茅台也曾在寒冬中被视为烫手的山芋，很多经销商每每削减计划，想方设法推迟完成计划，而当时过境迁，茅台再一次率先迎来市场复苏时，那些昔日放手茅台的人悔不该当初，而义顺人的做法尤其令人佩服其战略眼光。

晋身茅台的背后，充满了种种曲折与悬念。张秉庆毫不讳言，从陈浦提出将义顺企业打造成甘肃"酒界航母"时起，义顺人就梦想成为茅台酒经销商。2013年之前，一方面茅台酒比较好卖，不轻易增加经销商；另一方面义顺企业当时是五粮液在甘肃的第一大户。而就是在这种背景下，张秉庆在一次出差途中首次来到茅台酒厂，受到茅台厂方人员的热情接待，并发出了邀请，希望义顺成为茅台酒经销商。顾及各方面的关系，张秉庆不但婉言回绝了茅台酒厂的邀请，甚至为了避嫌，只在茅台酒厂停留参观两个小时便连夜赶往遵义住宿。

在此后的2014年，茅台酒遇冷，而义顺企业与五粮液的合作也发生了一点变化，这便是1618五粮液甘肃经销权的易主。在一份呈送给五粮液集团领导的文件中，义顺人详述了1618五粮液在甘肃市场落地生根艰难成长的过程：

2007年5月，我们以甘肃省总经销的身份启动了全省1618五粮液市场的任务。几年来，义顺公司自己出资在甘肃日报上投放报眼广告，在兰州中心广场等地投放户外大牌广告，自己出资制作投放高档保温杯等促销品，自己请客做领袖消费者品鉴，在全省建立联销网络，自己出资组织客户去五粮液参观……仅市场投入的直接费用就超过了一千万元。功夫不负有心人，1618五粮液的甘肃市场从零开始，一年初见成效，三年大见成效，五年就变成了全国的标杆市场。2013年创造了年销五粮液超过一万箱的甘肃单户经销商的新纪录。

正当义顺人感到即将苦尽甜来，迎来丰收的时候，2014年4月却被告知1618五粮液的经销权被划归当年刚组建的一家公司所有。义顺人当然对此决定不满，几次据理力争却无济于事，而就在此当口，时任茅台甘肃片区经理杨秀权数次上门邀请，向义顺伸出橄榄枝。于是，义顺人不再犹豫，欣然响应，正式成为茅台一级经销商。

当1618五粮液经销权的纠葛被时间的浪潮冲刷得越来越远，义顺人内心的"怨"渐渐消失，取而代之的是一种非常平静的感恩情怀。义顺人感恩与五粮液二十年的合作，是五粮液让义顺人实现了从小到大快速发展的宏伟蓝图，张秉庆在多种公开场合如是说。他同时认为，从大势来看，这是必然结果，一家独大不是所有人都愿意接受的局面，没有享受到最终的成果，只能说是运气不好。

时至今日，义顺公司中等价位白酒板块中，仍然一如既往地以五粮醇、五粮特曲为当家主营品牌，与五粮液合作的信念从未动摇过。而在所有义顺公司业务大会上，五粮液集团之歌仍然是义顺人必唱的战歌。

"以晋身茅台为标志，义顺打造甘肃酒界航母初具雏形，义顺人正搭乘酒界航母的梦想，驶向全国、全世界！灯塔在远处闪闪发光，梦想的实现指日可待。"甘肃省酒管局局长陈浦在义顺企业四店同开的盛大庆典上如是说。

晋身茅台之后，义顺企业又相继介入茅台酒厂出品的王茅、龙凤呈祥、茅台迎宾酒的运营。这些中低价位的茅台系列子品牌与茅台酒一起，筑起了一道完整的酱香品牌白酒的"堤坝"。至此，酱酒系列白酒在甘肃市场翻开了新的发展篇章。

"这个'堤坝'的形成，无疑为义顺企业打造酒界航母的梦想注入了更丰富的内涵，也提供了更强大的助推动力！"茅台酱香酒公司甘肃省区经理宋涛如是说。

"酒界航母"初具雏形，"义顺梦"成为又一个名词，张秉庆新年祝福的话语在企业员工中成为金句：前方的路，会有层峦叠嶂，但更有我们的梦想，有了共同的梦想，我们将是一支不可战胜的力量！

"老张的店"便利连锁成功启动

2014年，与晋身茅台同样让业界看不懂的是，"老张的店"连锁便利机构项目的正式启动以及直营管理部的成立。"老张的店"连锁便利机构的启动从某种意义上来说，更像是一次内部项目的成功孵化。

不了解义顺历史的人大多会形成误解，以为"老张的店"是一个新生事物，事实上，"老张的店"的前身是早在2008年就已经布局的"义顺超市""义顺酒庄"等实体门店。某种程度上，甚至带有早期义顺综合商店的影子，可以说，"老张的店"是"义顺超市""义顺酒庄"等实体门店的升级换代产物。

2014年，伴随着电子商务蓬勃发展，人们的消费模式发生了巨大变化，实体店受到极大冲击，各大城市、各大商场都袭来一股实体店关门潮，就是在这样的背景下，"老张的店"逆势而上，或许，这正是义顺鲜明的个性所在。他们总是在别人失望、观望的时候，敏锐地发现商机，并迅速跟进。"老张的店"无疑是销售渠道的延伸,是一个产业链条最贴近消费者的部分。

外界普遍认为,"老张的店"是以张世旺为主的义顺商号第五代传承人推动下形成的产物,张世旺现全面负责"老张的店"。回顾"老张的店"创立前后经历的种种考验,张世旺认为"很扎心"。"老张的店"最初取名"老张和他的朋友们的店",立意是让更多合作伙伴和朋友们参与进来,规模上量,迅速占领市场,后来为便于传播,简化为"老张的店"。2014年"老张的店"筹备阶段,张世旺有大半年的时间奔波在国内便利连锁发达的大都市。他观摩学习和钻研各大便利连锁巨头们成熟的做法和经验,但是回到兰州以后,他突然感到,"这店没法开了!"遍布全城的"夫妻店"多达数万家,"夫妻店"规模小,运营成本低,人工工资甚至房租可以忽略不计,而"老张的店"便利连锁,首要面对的就是高额的房租和人员工资。他最初调研兰州便利连锁行业时,得出的结论是,兰州的便利连锁行业刚刚起步,空间很大,机会非常多。直到理想的火焰被现实的冰凉迎头一浇,他才发现,这只是一种美好的托词,国内大型便利连锁机构几乎都不入驻兰州,不入驻的原因是兰州人口基数小,消费能力有限,繁华街区很少。反观那些便利连锁行业发达的大都市,行业已经完成洗牌,"夫妻店"数量很少,消费模式非常成熟,晚上十二点还灯火通明,"老张的店"要做便利连锁就意味着要从头培育人们的消费习惯。

结合义顺企业多年来经营酒类版块的现状,张世旺为"老张的店"定位了新内容,这就是将便利连锁与酒类版块相结合,以便利连锁来为酒类版块"引流"。这个定位针对的现实是,单纯做酒类专卖店,不论是五粮液还是剑南春专卖店,抑或是"义顺酒庄",一年中大部分时间可用门可罗雀来形容进店顾客的稀少,店员无所事事。如果能通过香烟百货,将顾客成功引入,那么,势必带动酒类商品的销售。事实上,这是一个非常漫长而又痛苦的过程。"老张的店"开业之后相当一段时间,只卖香烟百货而酒类商品滞销的状况并未改变,如果某天某店销售出去一瓶酒,所有店长都会感到奇怪。这种与预期相差甚远的状况被彻底改变是近两年发生的,这其实也是消费习惯培育的结果,

"老张的店"会员渐渐习惯在需要喝酒时直接到店里买零瓶酒，而不是逢节日时囤几箱酒。烟酒百货与酒类商品互相引流，提高了自身造血功能。这种形式在当时非常超前。

事实已经证明，这种定位奠定了"老张的店"独门秘籍。时间往前推几年，兰州便利连锁店倒了一大批，更多地在生死线上徘徊，能活下来的大多有着自己的独特优势。有人评价，"老张的店"，单听店名，很土，但一旦身临其境，又觉得时尚洋气。"老张的店"在张世旺一众八零后的主导下，可以说将义顺超市、义顺酒庄的优良基因进行了最大幅度的改良。精致统一的整体装潢给人们留下良好印象，"品质""品味""品牌"成为"老张的店"的核心追求。

张世旺将"老张的店"主营业务概括为四大版块，一是名酒版块，二是品质性百货，三是增值服务，包括便民服务和会员福利，四是休闲食品。通过几年的实践，"老张的店"在增值服务版块增效显著。"老张的店"不但可以代缴水电气费、话费充值、代取车票、代取证件，还适应人们的日常需求代收快递，并且提供热饮等贴心服务。与此同时，2017年引进的"卡柏"干洗着重于为会员提供服务，"老张的店"会员干洗一件羽绒服仅需十九元钱，"老张的店"员工免费上门取送干洗衣物，仅此一点，就让"老张的店"会员生出几许优越感，并让其他干洗店望尘莫及。至于休闲食品，张世旺认为，这一版块在成人消费中的占比不可小视，基于此，"老张的店"也在精心打造"零食小站"项目。"零食小站"不但要引进各地新鲜食品，在后期还将打造自有产品，自有产品主要是简化一切中间环节，在厂家自采的基础上，打上"老张的店"或者是义顺LOGO。2018年伊始，张世旺"零食小站"构想在自有产品的发展上已经有所突破，他们与甘肃民勤"沙井驿"食品厂合作开发的休闲瓜子已经投放市场，并大受欢迎。

张世旺认为，在未来，无论是增值服务还是自有产品，"老张的店"可以嫁接的内容非常多。毫无疑问，"老张的店"是义顺公司探索直营零售的重要战略之一。其战略核心概括为经贸中心、多元发展。其线上商城实现了生产商、经销商、零售终端的三者并联,其线下连锁零售网点将成为电商营销最后一公里的末梢渠道,实现消费人群的有效覆盖。

张世旺将"老张的店"核心实力归为四点:

一是专业:义顺公司是国家级放心酒示范单位,每一瓶酒都经过了采购源头筛选,二次防伪辨识双重保护,让消费者喝上放心酒,为消费者提供最专业的用酒建议。

二是多元:世界各地畅销饮品齐聚"老张的店",五百余种酒品,让客户足不出户,体验世界风情。

三是方便:网上商城、APP、微信商城、呼叫中心、实体门店等多种消费渠道任意选择,让消费者二十分钟喝上放心酒。

四是实惠:合理的酒水价格,超值的会员福利,丰富的促销活动,真正做到让利消费者。

展望未来,义顺人规划在甘肃省内建设"老张的店"两百家,形成一张连锁直营的消费终端和零售网络。加上网上商城对生产商、经销商、零售终端的统合联动效应以及对周边资源的整合加强,最终将实现"一店一片"的战略布局。

八零后张世旺与祖父辈的观念、思维方式有很大不同。他的行事稳健、思维活跃与张秉庆相似,义顺内部有人称张世旺是张秉庆的亲传弟子。的确,张世旺自大学毕业后,就跟随张秉庆左右,在浓重的家族企业氛围中耳濡目染了许多经商攻略,但也正因为"亲传",他的执拗与张秉庆如出一辙。这种执拗如果放大在他身上,深刻的商业烙印上有其良好的一面,但是,在具体事务的贯彻执行过程中,与祖辈、父辈的冲突也就在所难免。同样出类拔萃,同样骄傲的两代人,冲突几乎不可避免,避免冲突的最佳解决方案就是放权。为此,当"老张的店"便利连锁成功落地之后,张秉庆将这一块业务完全划拨给了张世旺,等于是给了张世旺一个放开手脚施展才华的天地。

在张秉庆看来,"老张的店"运行几年来,承担并部分实现了六大功能:

一是自建终端，是集团业务向产业链下游的延伸；二是贴近市场，贴近消费者，将优势名优酒就近出售，提供给消费者适销对路商品的一种具体举措；三是收集市场信息与消费者信息的最有效途径；四是扩大就业，"老张的店"就业人数占全集团总人数一半以上，间接实现了解决社会就业压力的社会效应；五是培养业务后备人才的最有效实训基地；六是放手让家族下一代创业发展的一种尝试。

简言之，"得终端者得天下"，"老张的店"被冠以新零售头衔。张世旺认为，无论产业如何演化，都是往效率越来越高的方向演化。所谓的新零售，不过就是让更多的人，以更便宜的价格、更便捷的方式、更好的体验，买到更丰富的商品，这一点，不可逆。

"老张的店"自2014年4月兰州水电局家属院第一家门店开始，现在已经在兰州、康乐、临洮开设了四十多家分店。按照义顺人的规划，两年内在甘肃省内要设立两百家直营店，很多人质疑他们步子迈得太快，张秉庆告诉张世旺，必须要大干快上。就像飞机起飞前，在云层下面由于气流的原因，会出现颠簸，但是当冲破迷雾行驶到云层之上，气流稳定了，飞机反而行驶得平稳。做企业也是一样，当达到一定规模以后，体量上的剧增必然获得各种优势，最终赢得平稳发展。

在张世旺看来，"老张的店"发展并不像外界认为的那样迅速，因为受到诸多现实条件的限制，主要体现在铺面难寻，动辄三五十万元的转让费成为开店最烧钱的部分。要做直营，速度必然受到限制，而要加盟，又必然要加强对品牌的管理。

张世旺有一条经典语录，希望员工们每天上班像过年一样开心，而不是像上坟一样心情沉重。这几乎是一个时代的反应，与祖辈、父辈当年摆脱贫困、探寻致富之路这种早期的现实出发点不同，当摆脱了物质贫乏带来的束缚之后，八零后们更希望在一种相对轻松自由的状态下，实现人生的价值。

汪红红、李学峰、高彩娥均为"老张的店"直营部高管，如果稍加分析，便会发现，他们均为八零后生人，他们也都有在大型超市或者连锁便利机构供职的经历。"老张的店"引进高管的做法可以说是简单直接，就一个字——"挖"。同等条件比待遇，同等待遇比平台，同等平台比前景，为此，尽管他们加盟义顺之后甚至没有自己专门的办公场所，却依然愿意追随。

本土成长起来的汪红红现任"老张的店"营销总监，她既有连锁超市供职的经验，又熟悉甘肃本土风土人情，她梳理出不同门店不同的产品结构，从而精确设计每个店面的引流模式和赢利增长点。她最常挂在嘴边的词叫"复制"，一个店一个店地复制。按照汪红红的介绍，"老张的店"已经形成一套流水线般的生产模式，用一整套科学、系统的选址、定址、规划模式去谈判，然后复制，让一切简单化成为"老张的店"追求的目标。

"老张的店"也是义顺公司最早实行入股制度的部门。张世旺一直希望将"老张的店"做成"老张和他的朋友们的店"，为此，他设计了"5311"的入股制度。这种制度设计，可以吸引更多社会人士参与，分享资源。与此同时，"老张的店"员工收入无论在兰州还是康乐、临洮，都比当地水平高出一大截。

目前，"老张的店"布局最为密集的当属义顺公司的老根据地康乐县城，在一些新楼盘密集的区域，每六七百米可见一家"老张的店"。让镜头跨越到2017年7月29日，张秉庆华商书院三十九期的同学一行二十多人观光途经康乐县城，亲眼看见此景后，无不惊叹"老张的店"规模发展的现状。自2016年年底开始，"老张的店"几乎每个月都有新店开业，于是，不可思议的一幕出现了——新店开业，几乎没有义顺高层到场剪彩，连"老张的店"直属最高领导张世旺甚至也经常缺席。李学峰初遇这种情况还心有戚戚焉，很快便发现这已成为常态。这丝毫不代表高层们对此不重视，恰恰相反，他们因重视而完全放权给"老张的店"诸多中层管理干部和店长。

李学峰现任"老张的店"营销副总监，个性开朗幽默，他自言与汪红红一个唱白脸，一个唱红脸，混迹在一帮"难缠"的孩子们当中。在2016年度"老张的店"宣传片里，李学峰直言自己是"与一大群'九零后'斗智斗勇"。

九零后们一言不合就要拍桌子走人，但是内心也希望得到社会和他人的尊重与认可，一句鼓励的话可能就会感动九零后，但该翻脸时就翻脸，又会让九零后感到老大很重视自己。这就是李学峰天长日久与九零后"斗"出来的经验。

李学峰此前在一家知名的全国大型连锁超市任职采购经理多年，日复一日重复的工作令他感到毫无新意可言。突然有一天，"老张的店"给了他一个平台，让他可以完全按照自己的想法去做，令他倍觉有成就感。"老张的店"各种创新创意的活动层出不穷，啤酒节、电影节、约酒节以及供应商大会，不一而足，所有相关活动他都可以按照自己的想法去策划和主持，在这里，他感到人生舞台的无限宽广。

不止一人在结识张世旺之后，被这位少帅掌门人的务实和"不画饼、不来虚"的格局感召，并被他的领导魅力折服。汪红红曾与张世旺一同赴上海考察卡柏洗衣连锁，她发现，张世旺不摆谱，没架子，像普通人一样坐公交、搭地铁，朴素而又谦和。

再来看"老张的店"的店长，目前已经开设的店面中，几乎所有店长都成长于义顺企业内部。

张芳，"老张的店"小西湖店店长，初加盟义顺时，她是一名普通营业员，她的踏实、勤奋是她晋身店长行列的重要因素。她自言加入义顺是自己的福气，她从没有对义顺的大政方针有过一丝怀疑，公司让入股，她便入股，她相信公司不会亏待自己。"老张的店"的店长绝对不是一个职称那样简单，一年一千万的任务，除正常上班外，还要出外推销。张芳坦言，人下班了，但心没有下班。"老张的店"与美团合作，张芳说，即使回家做饭也要把手机放在厨房案板上，生怕漏过一单生意。随着宅男宅女的增多，每天几单，甚至十几单生意，虽然在团购网站上赢利不多，但是因为上知名网站是一个非常好的展示机会，所以她们一直在坚持。每晚十点钟，"老张的店"各店长开始在微信群里汇报工作，张芳会耐心浏览全部汇报，仔细分析其他店长汇报的问题和经验总结，通常十二点之后，她才会入睡。即便这样，她感到非常充实和开心。

由于地处义顺企业总部办公楼下，小西湖店还充当着培训基地的角色，不断有见习、实习的员工，这里也不断向各店输出店长、副店长及各种熟练工。

李婷，"老张的店"兰州天源街店店长。她初加盟义顺的岗位是内勤，后被调往团购部做业务，一路艰辛的成长，终于成为一名出色的店长。

2017年6月，"老张的店"招聘广告上打出了一个极具煽动力的口号——与其苦苦打工，不如来"老张的店"做股东。走访"老张的店"，新入职员工中，应届大学生比比皆是，或许，她们不仅仅应聘的是一份营业员的工作，她们更看好这个企业未来广阔的前景和个人发展空间。在"老张的店"，只要能力强，半年就可以升副店长、店长。正如"老张的店"商务厅店店长他梦所言，"老张的店"平台好，不差钱，不差门店，就差人。"老张的店"内员工晋升空间大，对人才的需求非常大，"老张的店"招聘员工，大学生比比皆是，最低也是高中学历，一人分担多项工作，店长既是业务员，又是收银、补货员，样样通吃。"老张的店"大多数门店人员超标，正是为了培养和储备干部，为"老张的店"扩张做前期准备。

只要有会议，便会有"老张的店"店长挨桌挨人送名片，各种招贴、条幅、展览，无孔不入，扎扎实实做市场。

"老张的店"2016年度的宣传片里，人们看到的是一个年轻有活力、朝气蓬勃的团队。可以说，"老张的店"创意无处不在，从某种程度上来讲，这个年轻的团队是对义顺大团队一个有益的补充。无论是从思维模式上还是创新意识上，都为近百年义顺商号注入了新鲜的血液。

"老张的店"宣传海报这样写道：亲，你能坐在这里真好。在老张的店，你可以：喝奶茶、买杂志、网络抢购、转账、复印、还信用卡、交话费、约会、订蛋糕、买彩票、游戏充值，甚至发呆……2017年，"老张的店"便利连锁品牌管理公司成立，张世旺提出"以人为本，回归零售本质；创新驱动，加快转型升级"的思路。张世旺在一次致辞中提到："过去一年，'老张的店'始终坚持，一手紧扣时代脉搏，展示创新与发展；一手牢抓企业文化，诠释传承与担当。创新品牌管理理念，贴心服务再升级，从传统超市到线上线下消费。看年度销售数据，已破千万大关，亿元不再是口号，已经在实践的路上。"

有媒体人观察到，虽然是家族企业，但没有人对张世旺指手画脚，张世旺于是也得以最大限度发挥自己的才华，全力引领"老张的店"迎来一轮又一轮的跨越式发展。

"老张的店"启动三年多，成长为义顺集团最为耀眼的新星。2017年7月16日，在义顺年中大会上，"老张的店"所有高管、中层店长及店员两百多号人身着白色T恤，印有"一起约酒吧"字样。义顺企业其他部门人员则身着紫色T恤，印有"喜迎义顺商号恢复经营30周年"字样，两大阵营既相对独立，又浑然一体。会上，有一段小插曲给参会嘉宾留下深刻印象，这便是第一代主持人与第二代主持人之间的一段插诨打科的逗趣话。以赵月玲、张世旺、张月圆为代表的第一代主持人自诩"老腊肉组合"，以李法旺、张世茂、李婷、杨滟芸为代表的第二代主持人被誉为"小鲜肉组合"。

穿白色T恤的张世旺声称自己的团队人多，马上遭到穿紫色T恤的赵月玲、张月圆等人的攻击，最后两大阵营从人数、才艺到职位轮番展示和比拼，虽是言语争斗意在逗乐观众，但是却让在场的人们充分感受到他们人多力量大的自豪感，更间接一窥义顺企业人才济济、卧虎藏龙的现状。

成立丹露电子商务平台

与"老张的店"便利连锁机构同步，义顺人做出的又一项大举措是成立丹露电子信息科技有限公司。也就在丹露电子成立前后，义顺企业分别与美团、三维商城合作，紧跟潮流，搭上了互联网+的顺风车。

丹露电子采取的是控股形式，张世旺兼任丹露电子总经理。丹露电子成立仪式上，张世旺以《联合，迎接酒类新常态》做了一次堪称精彩的演讲。他称，此举对甘肃酒类行业来说是一个非常重要的时刻，更是义顺公司产业发展的又一个里程碑，从此兰州义顺公司酒类营销板块又将进入一个新的发展阶段。正如张世旺在这个演讲中所说，这是最坏的时代，更是最好的时代！从2013年开始，中国酒类行业哀鸿遍野，进入深度调整期。同时，这个世界越来越平，在这个互联网时代，如果有谁希望通过信息的不对称性进行商业运营，终将是死路一条。这个时代的成功需要去变革，需要创造一番新格局，而产业结构升级将会带来更大的市场机遇。对义顺人来说，唯一不变的是改变，"经验"模式已经被市场逐步否定，酒类行业需要去全维度创新。

做点生意已经越来越难，必须来一场革命！

丹露电子商务平台正是通过大品牌来满足市场！通过从平台商到区域经销商到终端形成互利共赢一体化战略，搭建中国最专业的饮品类产业链整合平台。通过创新商业模式以及参与者编织起来的强大网络体系，形成从量变到质变的突破，来撬动资本市场。商品的价格差只是丹露电子商务平台生意的一部分，丹露的真正意义在于，要分享品牌和商业模式在资本市场的价值，让参与者逐渐成为拥有者，让大家从经销商转变为合伙人！

习近平主席曾在APEC会议上说过这样一段讲话"亚洲各国就像一盏盏明灯，只有串联并联起来，才能让亚洲的夜空灯火辉煌"，丹露电子倡议道，甘肃酒商也是一样，唯有一同联合起来，形成利益共同体，共建共赢，才能使大家共同的事业基业长青。在这个风起云涌的互联网时代，所有行业都在融通联合。展开的都是为每一个单独个体，提供个性化服务的革命！这场革命，不只是颠覆我们的生活和原有认知，而且将缔造一个全新的世界。联合！必将是酒类新常态。

现在回头去看，国内产业互联网思维已经初步形成，各B2C购物网站已经形成规模，产品极具信息化，渠道已无法垄断，对各行业传统经销商都带来极大的冲击，且这种冲击将是一种颠覆性的冲击。在此环境下，大多传统经销商及各酒类生产厂家在价格体系及销售渠道上都已经受到冲击，如何去顺应潮流，积极地参与互联网营销，进而涅槃重生，是各生产厂家及传统经销商都在寻找的方向。

丹露电子信息科技有限公司在传统酒类行业出现危机时，通过思索、思考、研究，寻找到了一个突破危机的机会，在三个月的时间内筹建，并通过多边、双边、单边的沟通达成共同意愿，形成一个新的商业平台，在新的平台上愿意共担共享；它拥有国内最先进的饮品行业产业互联网数据平台中心，系国内最大的O2O模式的互联网交易数据平台。丹露数据平台认识到一个庞大的传统行业巨大的市场，通过移动互联的新技术和创新的商业模式形成一个完整的生态链，将原有传统饮品销售模式，转化为互联网O2O模式进行操作，成为这个时代的新型行业，从而满足传统客户在线上销售的需求。通过数据的采集、共享，满足传统终端店的信息需求，提供金融服务，享受银行提供的便捷的金融授信贷款服务，加大终端店资金使用的效率。平台配送商均为厂家签约客户，实现产品的追溯，抵制假货、不支持低价倾销，起到维护市场产品正常价格的功能，进而打通B2C环节，满足整个饮品产业的线上、线下的生态销售、消费环节。丹露数据平台颠覆了传统行业成为一个新型的行业内创新的运作平台，是新兴行业的引领者。

丹露数据平台客户定位 (B2B2C模式)，全国省、地市、县级产品代理商为上游供货配送方第一个B端；全国零售客户 (如：烟酒店、餐饮店、便利店、商超客户) 为购买方第二个B端，消费者为C端。丹露数据平台是通过移动互联和固定互联的数据网络服务平台，服务于全国的经销商、终端店及消费者。整个平台担当起了价格平衡的生态化供应链条，来维护厂家的价格体系，通过调控商家和厂家的生态化关系，来帮助生产厂家获得更大的市场份额，进而获得对厂家拥有相应的议价能力，帮助传统经销商获得更好的操作环境，将传统经销商现有的渠道网络价值最大化。

目前，国内饮品类行业的互联网思维也已初步形成，数家酒类网站已经初具规模，饮品类产品也极具信息化，渠道基本无法垄断。酒类、茶叶食品等的网上销售，对各省、市饮品行业传统经销商都带来颠覆性的冲击。在此环境下，传统经销商唯有顺应潮流，抱团取暖，积极地参与互联网营销，方能得到发展。甘肃省丹露电子信息科技有限公司就是顺应此形势而成立。丹露电子运行两年多，形成了由义顺公司、上海丹露电子信息科技有限公司、各地市级股东级配送商及各地市级核心配送商（即各地强势产品的代理商）组成的主体构架。平台销售股东的产品为义顺公司、各地级配送商及各地强势产品的代理商各自代理的产品，并逐步吸引各区域具有特色的畅销饮品进入平台交易，同时，上海丹露将茶叶板块和全球畅销的红酒板块信息注入了甘肃省丹露，当年，全省义顺公司各区域核心合作伙伴免费入驻丹露数据平台，并零风险打通O2O网络销售平台。

诚如张秉庆所言，与时俱进是时代进步的要求，也是企业发展的必然要求。义顺企业致力于发展便利店形式的名酒零售连锁和包括网上商城、微信平台、电话营销、线上订购、线下配送等多形式的创新营销模式，开辟跨越时间、跨越空间的电子商务业态，丹露电子商务平台的组建和成功运行为义顺这艘甘肃酒界的航母插上了腾飞的翅膀。

"相约2018"期权股

每一年的年终大会，对于义顺员工来说，都充满了惊喜。各种奖金、奖励，层出不穷，不一而足，且与时俱进。高端大气上档次的笔记本电脑、智能手机，这都不算新奇了，新潮时尚的国内游、海外游扑面而来，刘先丽感到很幸福也很满足了。然而，她没想到，更让她意外的还在后面。

2015年7月，在纪念"义顺"商号建号九十周年的系列活动中，义顺企业为全体员工一次性派发了三百万元"相约2018"期权股。这是刘先丽第一次听到"期权股"这个陌生的词汇，公司里很多同事和她一样，初闻时一脸懵懂，但是不用费太大劲,大家就弄明白了,这"期权股"就是钱。刘先丽自1999年入职,到2015年正好十六年的工龄,按每年三千元计算,如果再加上每年高达一分的利息,2018年,如果行权,她将获得近五万元的真金白银。期权股人人有份,按工龄计算,刘先丽和两百多名同事一起,每人都与公司签订了一份股权确认书。

"那种感觉很突然,感觉像是天上掉馅饼,不敢相信,但是又实实在在地能感觉到它的存在。"刘先丽如此回忆自己签订股权确认书的情形。

"相约2018"的期权股确认书约定,该期权股三年即可行权,三年间,每年记年息百分之十。按照这样的内部政策,在义顺企业服务时间越久的员工,所获期权也越多,这意味着很多级别不高但在企业够久的员工所获得的收入会比某些级别高但服务时间不长的员工高。"相约2018"期权股,从某种意义上完全可以被解读为企业给员工吃的一颗"定心丸",是一种积极有效的留人手段,而从它的长远意义上来看,不仅增加了员工收入,更形成长效激励的作用。

从2010年开始,四年的时间,义顺企业共奖励十名功勋员工汽车大奖,在甘肃酒类行业截至今日尚属前无古人,而2015年派发期权股这种敢为天下先的胸襟和气魄,更是搅动一池春水,令甘肃省内诸多酒业同行心有戚戚焉。说实话,义顺不是一个讨同行喜欢的企业,他像一条鲶鱼,总是搅得行业内不安生。早在2007年,义顺企业已经为在职员工购买了社会保险,此后,凡入职一年的员工均可享受社会保险。可以说,在甘肃酒类营销行业,义顺企业是最早响应和规范员工社会保险政策的企业。再加上义顺企业对员工各种名目繁多的奖励以及高出行业标准的工资水平,义顺似乎颇有重建"行规"之举。

义顺兰州城西分公司副总经理黎永宽,2003年入职,十五年工龄获赠四万元的期权股。同处一个酒类营销圈,与同行的交流不可避免。不止一次他听到有圈内企业员工私下抱怨,比起你们公司动辄汽车大奖、数万元的提成奖励,还发期权股,我们年底领个小红包都不好意思跟人提。

"大小是个股东，那种感觉，不一样！觉得企业的发展与自己息息相关，干起活来，更有劲了！"黎永宽如此说道。

如果追究期权股的渊源，我们可以惊异地发现，这与中国最负盛名的晋商明清时期广泛推行的银股身股制度有相似之处。晋商将商号的股份分为银股和身股，银股是财东（相当于股东）投资商号的合约资本，对商号的盈亏负无限责任；身股，即晋商商号的掌柜或者学徒出师之后，相当于职业经理人，且达到一定年限者，按人头即人力而非资本，占一厘或几厘股份，可以按年度参与分红，但不对商号的亏赔负责。在利益分配上，身股与银股同权同利，都是在工资之外对利润的分红。银股可继承，可转让，身股没有继承权，也不能转让，若离号则自动取消。学界普遍认为，晋商中银股和身股的股权制度设计正是晋商得以繁荣延续数百年的重要因素。

蒙牛集团牛根生说，"财聚人散，财散人聚"，从古至今，历来如此！阿里巴巴董事局主席马云有一个形象的说法，"一个人捡了块大黄金，你把它藏在家里，所有人都惦记你那块黄金，这是不安全的。如果你把这个黄金打碎了送给大家，每个人有一块，你自己可以稍微留得大一点，你就没问题，大家都愿意来帮你。企业家就应该有这样的格局才能做大。"

正是考虑到期权股按年限不按贡献赠送的弊端，义顺企业还特别设计在今后给员工派发岗位股和职位股。而对于"相约2018"期权股，员工们可多种选择，可以行权提现，也可以转化成在公司的股份，每年获得相应的分红。

"我们在毫无感觉的情况下，突然被带上了资本运作的大船，并且享受到了资本市场的红利。"韩斌无限感慨地说道。

电视剧《乔家大院》里，当乔致庸给伙计顶身股的消息传到竞争对手达盛昌邱东家那里时，邱东家说，"这哪里是给他乔家复字号定的规矩，这分明是给山西商人定的行规"，虽有不情愿，这位老东家也安排掌柜私下给自己商号里的伙计顶身股。面对掌柜的疑虑，老东家说，"谁说伙计不能顶身股，他乔致庸做得对的，我们就学！"

这样的情形或许在近些年很难在甘肃酒类行业里上演，但是，强者愈强，强者通吃的时代越来越映现出不可扭转的局势，这个时候，谁不跟进，谁就将被淘汰。只能说，义顺企业甩出同业企业几条街，他们得花些时日来追赶。

"五粮醇"行销甘肃二十年的背后

新旧更替，江山易主，这是中国酒类市场的严酷写照。我们习惯了酒类市场充斥眼球的热闹与繁杂。然而，当我们冷静地到市场上认真地考察一番，就会发现，如今的酒类市场和广大的消费者越来越理性，广告狂轰滥炸和点子效应的时代已经过去，一个个新品牌接二连三推出，成为新的市场盟主，一个个老品牌在不断更新、不断修正中发展……

面对瞬息万变的市场，面对品牌漂移的消费者，今天的营销早已不再是轻车熟路的"定向打靶"，而是极富挑战的"运动博弈"。对于一个发展中的企业，拥有"锁定消费漂移、静战运动博弈"的智慧才是赢得竞争的根本！那么，走过几十年坎坷与辉煌，义顺人是怎样在风云变幻、腥风血雨的竞争中，稳握棋子，静对商战博弈呢？让我们以五粮醇行销甘肃二十个年头，去认识和思索辐射在义顺成功之路上的艰苦创新与智慧结晶。

要知道，在甘肃众多的白酒品牌市场大战中，五粮醇之所以一路绿灯，义顺人功不可没！1998年，五粮醇诞生的第三个年头，义顺人悄然成为五粮醇甘肃总经销。不论是从六棱盒的第一代五粮醇到后来四方盒的第二代五粮醇，还是到2004年全新包装的第三代五粮醇，不论是从最早单一的中低价位品种，还是发展到后来从中低价位到中高价位品项丰富的系列化产品，五粮醇在兰州的销量是逐年稳步上升的。尤其是2004年的3D五粮醇，以新颖的包装、优良的品质和性价比迅速走红，有效地解决了第二代五粮醇在发展过程中面临的困难和问题，并快速确定了五粮醇在当时中价位白酒中的全国畅销和领军地位。

2009年五粮醇淡雅系列上市，这是全国性名酒企业首次推出淡雅型产品。淡雅五粮醇系列产品的酒体和包装，都经历了数十次的反复雕琢，充分体现了五粮液公司追求极致的精神。2011年，五粮醇在甘南、定西、临夏、天水等地的近十个县级市场成为当地第一畅销品牌，而在甘肃全省，由于营销网络稳定，已成为甘肃市场比较畅销的品牌之一。那么，十几年来，是什么原因改变了甘肃人"一年喝倒几个牌子"的"惯例"？是什么让甘肃的消费者对五粮醇酒情有独钟？是什么让甘肃的五粮醇经销商二十年来一直保持良好的热情而乐此不疲？有人归纳出的原因可谓成堆成串：出身名门，品牌认知度很高；质量稳定，物有所值；包装新颖，美观大方；营销模式先进；有必要而且持续的市场投入……但是，一个再好的品牌，如果没有一个厂家和千百个地县经销商公认的"合作平台"，或者说是"桥头堡"和"窗口"，一切均为枉然。尽管被茅、五、剑的光环笼罩，五粮醇显得不是那么耀眼，然而在义顺企业发展的历史上，五粮醇却是一个明星产品。如果说运营茅、五、剑靠得更多是大树底下好乘凉的优势，成功比较容易，那么，运营五粮醇这样的品牌则对企业有了更多考验。可以说，五粮醇在甘肃行销多年，战略战术决定成败，而战略战术的根本在于人。

义顺人成功的营销案例如果细究起来可做一本白酒营销行业的教科书，而五粮醇行销多年而不倒的成功案例可以说是一个缩影。所有人都在说，五粮醇不是一般人能做成的，那得有资金的投入、人员的投入、团队的投入。义顺的团队拉出来，不要说甘肃省内哪一家运营商能超过，即便把甘肃省内茅、五、剑所有经销商的业务人员加起来，也没有义顺公司多。这是一个事实。

颇有意思的是，很多企业做市场营销只是轰轰烈烈，而义顺人在轰轰烈烈下面却有大量绣花一般的精工细活；很多企业经营管理平淡无奇，而义顺人却把它做得波澜壮阔。正如五粮液集团五粮醇品牌公司田常春所说，"当义顺人义无反顾地选择了五粮醇时，他们也将自己企业发展的命运与锐意进取的五粮醇紧紧地连在了一起"。

第六章 | 调整升级 酒界"航母"

众所周知，作为我国历史悠久、影响深远的中国名酒五粮液早已深入人心。那么，作为五粮液集团三大重点品牌之一的五粮醇又具有怎样的内涵呢？有人说，这一切，都源于五粮液集团深入细致的市场调研和对产品的战略布局。是的，这些睿智的决策告诉人们一个值得深思的话题：在中国众多的白酒消费模式中，真情是消费者最重要的心理需求，而将"真情"这一看似虚无的概念固化为可感觉、可分享的情感价值，才能真正让广大消费者自觉而主动地去接受、去消费。

在五粮醇的下游经销商中广泛流传着义顺公司推行的"三不政策"：第一不能"有心无力"，必须将必要的资金作为正常周转的保证，一般一个县区级市场的经销商用于五粮醇的专项资金不能少于二十万元；第二更不能"有力无心"，县区级经销商一定要将五粮醇作为自己的重点品牌来做；第三也不能当"孤家寡人"，联销商政策可使我们化敌为友，补充我们自身在资金、渠道、人脉方面的不足。

每个县区市场要确定三至五家适宜的客户作为重点合作对象联销商，通过签订三方联销合同，共同培育市场，共享胜利成果。否则就很有可能耽误市场发展最好时机，甚至会葬送了市场。在市场开发方面，义顺人将甘肃市场分为三种类型，每种类型各选择十个左右的县区作为重点市场分别采取不同的营销措施：第一类待开发市场的主要任务是：快速占领市场。通过招商寻找适宜的客户，使其成为当地区域代理商或联销商，制定好市场开发方案，派出精兵强将协助开展市场铺货和终端促销，投放必要的宣传广告，营造强势态势，快速扩大市场占有率，力争一举成功。第二类发展中市场的主要任务是：全力催熟市场。通过加强终端陈列、开展形式多样行之有效的促销活动和宣传引导工作，强力、反复吸引目标消费者对五粮醇品牌的关注，着力培育忠诚的消费群。第三类成熟市场的主要任务是：维护市场稳定发展。重点维护好价格体系、打击假冒产品、控制跨区域窜货，并着力开发启动乡镇市场，积极推广系列新品种。

为此，义顺人专门成立甘肃五粮醇营销中心，兰州市内设商场超市工作部、酒店工作部、市场配送中心和展销中心等分部门运作，市场配送中心以直销为主，其他县区市场依托强势经销商，通过签订供销合同，在甘肃营销中心的帮助指导下建立直销网络和联销渠道，分区域运作。

县市合同客户基本都是当地最强大、诚信度最好的营销企业，可以说五粮醇的营销网络在甘肃白酒界是最强大、品牌忠诚度最高，也是最稳定的。多年来，五粮醇不仅使甘肃省全体经销商得到较为丰厚的利润回报，也使各级经销商的经营理念和企业形象有了较大的提升，在市场上的竞争格局也随之发生了喜人的变化。

在市场支持方面，每一个品项、每一个区域只招一个代理商，公司有着严格的市场保护体系和措施，严格执行区域编码制度，公司负责全过程销售监督，终端监督和物流监督，可使每个经营者放心经营，以确保经销商的利益不受侵扰。

在培训支持方面，义顺定期对经销商及其员工进行系统的产品知识和市场营销培训工作，统一的市场行为和统一的市场规范是公司在大众中的形象，通过培训，使这种形象更加鲜明，更加牢固。

在终端促销支持方面，致力于特色化、人性化的促销推广。

在人员支持方面，每个区域公司派一名业务经理协助分销商进行五粮醇市场运作。

连续不断的一系列营销活动，使五粮醇的品牌效应在甘肃市场声威大震，业绩大幅度增长，酒业寒冬来临，还在泥泞中艰难迈步的不少业内同行，眼睁睁地看着义顺人快马轻车地杀出重围，远远地跑在了前面。2012年第1期《新食品》杂志刊登了记者邹周采写的《兰州义顺，名酒联销典范》，或许可以让我们从一个侧面了解义顺企业运作五粮醇的背景以及成功的内核：

在甘肃这样一个商业环境贫瘠、本土品牌长期热销的市场氛围中，兰州义顺不仅提前完成了五粮醇全年的销售任务，还让很多年销售额只有几十万的小

第六章 | 调整升级 酒界"航母"

客户做到了几百万。

如果要评价2011年全国市场上表现抢眼的品牌，五粮醇必然不能错过；如果要评价五粮醇的经销商，除了南方巨头安徽百川商贸，那么兰州义顺则是当之无愧的代表性企业。它完成了一个酒商最应该做到的事情，拥有一个强有力的、创新的并且适用的系统。即使地产酒再怎么强势，它都能为其代理品牌撕开一道缺口。

在业内，兰州义顺被称之为"沙漠之王"。之所以要在义顺这个"王"的前面冠以"沙漠"二字，原因有四：其一，甘肃的经济发展相比内陆特别是沿海经济发达地区而言，商业欠发达，并非商家的沃土；其二，因为甘肃特殊的地缘关系，本土白酒品牌世纪金徽长期热销并占据了非常大的市场份额，其他品牌很难开拓市场；其三，义顺的起势并不在兰州市，而是在更偏远的一个小县城康乐县，也就是说，义顺是从总体消费水平更低的农村市场做起的；其四，义顺组建的"义顺名酒联销网"，网罗的是一大批中小酒商，是大量的一线市场的小客户、小'沙粒'。就是在这样一处贫瘠的环境中，义顺逆势成长为一家名酒经销商。

2011年，义顺代理的五粮醇单品在销售上取得了长足发展，尤其是在实施了"全控价，精细化运作"营销策略之后，义顺布局多年的义顺名酒联销网发挥出了巨大功效。早在2011年10月18日，五粮醇该片区经理田中才就表示，已经提前完成了全年的销售任务。而五粮醇这一年之所以能在甘肃发展得又快又好，很大程度上源于义顺很好地利用了自有网络，并成功实施了"强势品牌强势运作"。对此，义顺董事长张秉庆说道："在我们的原有网络里，2011年大半年的精细化系统落地，效果是立竿见影的。销售额几十万的小客户做到了几百万，这种案例非常多。"正是通过这一套系统，让很多年销售额只有几十万的小客户都扩大了销售额，也让义顺从"头羊"变成了"雄狮"……

正是在这套精细化系统全面落地的背景下，2012年，五粮醇销量达到八千万元，这光鲜数字的背后是无数义顺人辛勤的努力。人们不喜欢干巴巴的数字，人们更喜欢生动的故事，就让我们来看看这光鲜数字背后的故事。这些故事里，五粮醇李寨龙是讲述者，也是参与者，是旁观者，也是亲历者。

2011年的4月到12月，这八个月，李寨龙认为是自己这一辈子都难以忘怀的岁月。五粮醇精细化系统说白了就是零距离开拓地县客户，维护终端客户，最直接的方式就是开品鉴会。时任五粮醇大区经理的田中才、李寨龙和另外一名经理，分别对接义顺企业销售人员，分三个小组，携包括音响、条幅、展板在内的三套设备，在甘肃省范围内分三个大区召开品鉴会。李寨龙小组成员包括张秉柱、刘旭和王国茂。李寨龙称张秉柱为自己的黄金搭档，当时张秉柱因病住院身体刚刚恢复，便来到漳县、岷县配合开展工作，李寨龙戏称是"四个男人一台戏"。四人分工明确，每到一地，确定好了酒店之后，刘旭、王国茂分头布置物料、KT板，李寨龙则与张秉柱挨个店请客户，很多客户并不买账，李寨龙便与张秉柱一次次地登门拜访。李寨龙总结说，成功请到客户的两大法宝一是真诚，二是用实实在在的利益构造打动客户。

一场品鉴会少则二三十人，多则七八十人，把客户请来只是第一步，关键还要让客户在品鉴会感受到亮点，不但让客户吃好、喝好，而且还要玩好。玩好的要诀就在于文艺元素的植入。李寨龙身兼主持人和演员多种角色，同时还要"传帮带"，培养新人担任主持人。张秉柱现编现唱的"花儿"《尕老汉》，李寨龙拿手的《新贵妃醉酒》，成为品鉴会的经典和压轴节目。"又要说，又要唱，还要喝，关键还要营造氛围！"李寨龙如是总结。

李寨龙自称是五粮液营销团队里最会唱歌的一个。他的这一特长在这样的场合被运用到了极致，很多当年参加品鉴会的客户想不起他的名字，但很久以后见到他会说，你就是唱《新贵妃醉酒》的那个"五粮醇"！

那年冬天，他们从宕昌到岷县，中间要翻越一座大山，正好天降大雪，李寨龙回忆说，差点当了"山大王"，是顶风冒雪、冒着生命危险在开拓市场。一场品鉴会结束，少则五六十箱，多则几百箱，五粮醇就这样开始动销起来。

田中才和张世旺则带领另一个年轻的团队赴河西开拓市场，召开品鉴会。

"放着激情的音乐，唱歌跳舞，并与客户互动，客户开心得不得了，常常玩到夜里十一二点还不忍散去。"张世旺回忆。这便是义顺人面临2012年酒业寒冬时，五粮醇创下八千万元销售额的点滴故事。

2015年11月15日，五粮醇品牌公司正式揭牌成立，受到行业内外高度瞩目的五粮醇进入了一个崭新的发展时代。这一年也是五粮醇甘肃市场面临严峻形势，销售极不乐观的一年。行业调整下市场竞争激烈、操作思路混乱，长期积累的市场问题堆积如山。为了重新激活甘肃市场，张秉庆与五粮醇品牌公司田中才、李寨龙，多次深入市场调研，奔波于甘肃各县、乡、镇之间，和一线销售人员谈心，和广大终端老板访谈，和分销商充分交流，全面了解五粮醇在甘肃市场的具体情况，反复就问题的症结推心置腹地交流，找到解决问题的路径和方法。这既是五粮醇二次创业的起点，几乎也可以说是五粮醇甘肃市场二次创业的起点。

2016年，五粮醇战略新品隆重上市，品牌升级全面展开，短短几个月，受到市场的热烈追捧。市场初步恢复信心后，义顺人借助新品上市的机会，针对战略新品创造性地研发了五粮醇独有的品鉴模式，期间组织了两百多场分销商品鉴会，充分让分销商认可五粮醇的产品；然后，组织了上千场终端品鉴会，核心终端和目标消费者快速了解到五粮醇新品，实现了高速铺货和推广，战略新品顺利在甘肃扎下了根。甘肃市场大获成功的战略新品品鉴会模式，甚至被五粮醇品牌公司下发其他兄弟市场开展学习。而这背后，同样有着义顺人太多不为人知的辛勤付出。李寨龙说，义顺人关于五粮醇的动人故事太多了，他曾经在五粮液湖北全国业务培训会上作为培训讲师之一，分享了一次自己与义顺人开拓市场过程中的亲身经历：

甘肃地处偏远、气候恶劣，常常给我们一些意想不到的考验。2016年4月16日，我与义顺企业五粮醇品牌总监韩斌前往天祝藏族自治县开展工作，出发时候下起了小雨，其实甘肃很多区域已经在下雪了。客车走到乌鞘岭时遇到了意外。乌鞘岭主峰海拔三千五百六十二米，有"盛夏飞雪，寒气砭骨"的说法。行至乌鞘岭，风卷飞雪，越下越大。突然，"砰"的一声，客车和前面左侧一辆拉钢筋的大货车迎头相撞。风雪像脱缰的野马拼命从挡风玻璃破碎处往里灌。两侧都是悬崖峭壁，危险异常，整车人都慌了。我把情况向义顺公司领导进行了简短的汇报，天祝县分销商想开越野车来营救我们，但是多次尝试都因为天气和堵车无法上山，就这样我们在风雪中一直等到凌晨四点，经销商才接到我们，到达天祝县城已然清晨6:30。

2016年6月，五粮醇品牌公司全面复制宜宾基地市场的成功模式，为了在第二梯队市场实现局部突破、谋求全面发展，五粮醇品牌公司发起了轰轰烈烈的首届五粮醇基地市场建设运动。甘肃市场此时已经开始全面恢复，发展势头十分值得期待。义顺人决定抓住这个机会，促进甘肃市场的更快发展。于是，义顺人申报了四个基地市场——临夏、嘉峪关、酒泉和临洮。获批之后，甘肃的基地市场建设也有声有色地展开了。继续发扬真抓实干的工作作风，义顺人奔走于几个基地市场之间，制定详细的执行规划，跟进每一个市场的进度，认真落实公司每一项政策。在义顺人的不懈坚持下，他们的拼搏得到了商家和市场的认可，他们的努力也得到了市场的回报，2016年甘肃基地市场成为学习样板，甘肃市场整体超额完成任务，实现了全面复苏。

义顺企业2016年度十件大事里面，仅关于五粮醇就占了三件：2016年4月5日，五粮醇战略新品上市签约仪式在兰州隆重召开，二代淡雅、臻选系列五粮醇战略新品精彩亮相。2016年9月7日，"强突破齐心协力铸重点、精耕细作筑未来"五粮醇全国首届基地建设正式启动，甘肃临夏、临洮、酒泉、嘉峪关等四个区域市场被确定为首批基地市场。2016年11月初，"风雨同行二十载畅享未来陇原行"甘肃五粮醇终端客户订货联谊会在全省范围内展开。本次会议历时一个半月，共计四十余场次。

2017年，五粮醇品牌公司提出了"保存量·扩增量"的基本思想，开展了一系列大型推广活动，给市场带来了新的动力，甘肃入选八大存量重点市场，义顺人也充满了干劲。在五粮液集团公司"对标先进、二次创业"的号召下，义顺人信心百倍！"二次创业、再铸辉煌，义顺加油！我们的五粮液大家庭，香醉人间五千年！"李寨龙曾经在一次品鉴会上献唱《一壶老酒》，并如此吐露自己的心声。李寨龙说，作为一名五粮醇酒的销售服务人员，坚韧不拔是基本的品质，坚持和勇敢必会赢得市场的丰厚回馈。窥一斑而见全豹，五粮醇的步步为营又何尝不是一场场攻城略地的战争呢？而每一场战争的背后，都充满了艰难险阻，正因为坚持，义顺人终于得到市场丰厚的回报。

当然，在所有这一切的背后，是义顺人二十余年来对企业团队不知疲倦的塑造，对企业核心竞争力的默默无闻的培育——而这，正是义顺人面对风险莫测的未来，真正的信心与起点所在。

企业家就是战略家，就是策划师，就是指挥官，战略战术是否正确，将决定着企业的生死存亡。正是基于坚韧不拔、锲而不舍的努力，义顺企业五粮液营销团队连续多年荣获"五粮液品牌模范运营商"称号，义顺企业五粮醇营销团队连续多年荣获"五粮醇模范品牌运营商"称号。

没有喧哗，没有浮躁，义顺人就这样一步一个脚印地做着自己的企业。他们知道，这种匍匐在大地上的姿势，就是自己生存和发展的方式。当义顺人不再甘于平淡时，所有的努力都似乎显出了动人的价值。多年的摸爬滚打，义顺团队终于转变成了一支纪律严明、令行禁止的快速反应部队。

"有了大目标，千斤重担也敢挑；没有大目标，一草压弯腰。"当我们看到义顺人多年来洒遍全省各地的脚印，听到他们宏伟的奋斗目标时，这句话就不再是一句简单的俗语，而是毋庸置疑的真理。春华秋实，每一分收获的背后都沉淀着执着的耕耘。正如2016年，以《智慧演绎精彩》为题的五粮醇甘肃市场营销工作纪实电视片中所说：

甘肃五粮醇营销大团队之所以不断取得成功，关键是他们十多年如一日，忠实全面地执行了五粮醇创新运作、封闭管理的理念：构建共建共赢为基础的营销大团队思想；市场分级、聚焦资源、前置式投入的市场开发理论；以市场价格体系为核心的营销过程管理理念；平台商模式下的渠道扁平化思想；终端定点管理的营销思想等独到的营销理念。

　　这些科学有效的五粮醇营销思想，不仅向世人展示了五粮液集团深度思考的魅力，更在实践中为经销商带来了丰厚的利润。五粮醇品牌在甘肃的快速发展，还得益于五粮醇甘肃平台运营商兰州义顺公司多年来能够与越来越多的五粮醇经销商并肩作战、共享成果。正如义顺人对大家的承诺：只要地县区域运营商认同五粮醇的营销理念，只要将五粮醇作为中价位白酒第一品牌来运营，只要在资金保障、团队建设、营销政策的执行等方面符合五粮醇品牌发展的基本要求，义顺公司就坚决保证本区域终端管理运营商的地位不受侵扰，让包括终端零售店在内的所有五粮醇经销商更多、更长久地赚钱，更放心、更有面子地赚钱。每一家经销商都需要精心培育，每一条销售渠道都需要悉心呵护，每一片销售市场都需要拓宽维护。为此，甘肃大团队经常组织各类会议、活动，通过走访市场，广泛交流，得到了更多经销商的认可和消费者的青睐。

　　义顺人在白酒市场持续低迷、缓慢复苏的环境下，逆势而上，用智慧和果敢诠释着创造营销奇迹的华美篇章。应该承认，义顺人为了追随五粮液不辞辛苦，为了事业不顾情面，为了机会"不择手段"。他们在追逐利润的后面，除了对美好生活的追求，更有对产业报国的精神追求。义顺人对五粮液、五粮醇的偏爱，潜藏着一种对国家昌盛的热望，这其实是一种更深更厚的大爱。大爱系于事业，个人的小爱同样系于义顺人倾力打造的企业。因为他们爱在始终如一的勤勉，爱在始终如一的严肃，爱在始终如一的奔波里！

　　正是这样持之以恒的追随与热爱，正是这样兢兢业业的耕耘与付出，五粮液以独有的方式回报了义顺人。2016年7月，义顺企业以定向增发的方式成为五粮液股份公司股东，当时认购价不到二十四元，而此后五粮液的股价翻番两倍多还不止。有机构预测，五粮液将会跻身百元股行列。

　　关于此次定向增发，2016年7月，有关媒体在结果公布之后如此报道：

　　去年10月的五粮液（000858.SZ）经销商持股说明会上，五粮液抛出经销商持股的重磅计划。据说当时有五十家经销商参与此会议，外界对最终哪些经销商能在五粮液此项定增行动中"胜出"翘首以盼。直到7月2日，五粮液一纸公告揭开了神秘面纱，包括朝批、怡亚通和银基在内的五大经销商都在认购名单中。据统计，五粮液本次非公开发行的认购对象包括自然人、国有资产管理机构、股份公司，涉及认购主体数量共计七十五名。厂商共一心，是各大酒企希望看到的，五粮液此次率先实现经销商利益捆绑模式，能否如愿地为行业发挥正面的示范效应？7月2日，五粮液股份公司发布公告，公布其非公开发行股票认购主体的相关情况。

众多知名大商也以个人身份出现在了五粮液此次非公开发行认购主体的名单中。除上述五家特定对象外，据了解，知名大商临沂鼎天名品商贸总经理张士将、湖北人人大经贸董事长宋宁、百川董事长贾光庆、兰州义顺工贸董事长张秉庆、泰山名饮总经理孟庆广等也出现在认购对象名单中。

这则报道俨然将张秉庆归入了"大商"行列，然而，张秉庆在多种场合放言，甘肃没有大商。"山外青山楼外楼"，正是开阔的视野让他能以世界的眼光看中国，冷静地、客观地、全面地分析和定位自己。《新食品》杂志记者张静早在2010年报道义顺时，就发出这样的感叹：如果不是在偏僻落后的甘肃，而是在其他经济相对发达的地区，按照张秉庆的经营理念，公司早已进入超商行列。或许，比获得可观收益本身而言，更重要的在于得到五粮液的认可以及投资本身的意义——义顺企业成为五粮液的股东，在资本市场有参与，能有所作为了。

第七章 DIQIZHANG

蜕变成长　共享幸福
TUIBIANCHENGZHANG　GONGXIANGXINGFU

「商者有其股」，让所有共同经营者，共享优质的社会资源，共享工作劳动的过程，共享企业发展的成果，让员工为自己干、为现在拼、为未来谋！

让大多数参与者都能感到满足和幸福的企业，才能叫『共享型幸福企业』！

——甘肃省酒类管理局局长陈洄

时间的步伐进入2017年，又是一个逢"7"的年头！义顺企业的历史上，"7"常常是具有里程碑意义的年份，2017年也不例外。

站在这个时间节点上，回顾义顺历史上经典的六个阶段，每个阶段都以五年为起至。第一个五年，1988年—1992年，恢复起步阶段；第二个五年，1992年—1997年，快速成长阶段；第三个五年，1997年—2002年，经营转型阶段；第四个五年，2002年—2007年，强行突破阶段；第五个五年，2007年—2012年，高速发展阶段；第六个五年，2012年—2017年，调整升级阶段。

在这样一个特殊的年份中，盘点"义顺"商号恢复经营近三十年以来大无畏豪迈前行的脚步，赫然发现，义顺人已经成功实现了自己的近期目标——成为甘肃酒类营销第一团队，以及中期目标——建成多元化企业集团。

豪情万丈，踌躇满志，义顺员工欢呼雀跃，用"信得过、靠得住、有奔头"组合的"九字决"为自己的企业点赞：义顺企业是一个有故事、有历史、有文化内涵的企业，三个字，叫"信得过"！义顺企业是一个有实力、有能力、有优质资源的企业，三个字，叫"靠得住"！义顺企业同时是一个有梦想、有目标、有远大抱负的企业，也是三个字，叫"有奔头"！

"蜕变成长，筑梦远航"，既是义顺企业2017年年中大会的主题，更像是一次誓师大会的集结号，伴随着这响彻天地的呐喊，义顺人厚积薄发，迎来了新的历史契机。

如何蜕变？如何远航？伴随着甘肃义顺供应链管理有限公司和甘肃义顺集团的注册成立，义顺人开始了新的征程。也是在这一年，义顺人提出打造"共享型幸福企业"，实现义顺商号永续经营的远期目标。这个目标亦可视为义顺企业未来之走向的明确界定。

"义顺"蜕变

鹰是世界上寿命最长的鸟类，它一生的年龄可达七十岁。要活那么长的寿命，它在四十岁时必须做出困难而重要的决定。这时，它的喙变得又长又弯，几乎碰到胸脯；它的爪子开始老化，无法有效地捕捉猎物；它的羽毛长得又浓又厚，翅膀变得十分沉重，使得飞翔十分吃力。此时的鹰只有两种选择：要么等死，要么经过十分痛苦的更新过程——一百五十天漫长的蜕变。它必须很努力地飞到山顶，在悬崖上筑巢，并停留在那里，不得飞翔。它要用它的喙击打岩石，直到其完全脱落，然后静静地等待新的喙长出来，然后用新长出的喙把爪子上老化的趾甲一根一根拔掉，鲜血一滴滴洒落。当新的趾甲长出来后，鹰便用新的趾甲把身上的羽毛一根一根拔掉。五个月后，新的羽毛长出来了，鹰重新开始飞翔，重新再度过三十年的岁月。何等的传奇，何等的坚韧和高贵！

鹰是如此，而一个人抑或是企业呢？只有经历蜕变，才能展现更优秀的自己，才能让企业焕发新的活力。如果将这个故事比照在义顺企业一次又一次自我革新上，很是贴切。正如义顺企业2017年年中大会上突出的主题——"蜕变成长，筑梦远航"，蜕变，是顺势而为，也是抢抓机遇！

2017年12月20日，"甘肃义顺供应链管理集团"牌照获工商局核准注册，义顺人的中期目标——建成多元化企业集团成为现实。围绕这一集团牌照，此前，义顺人已经申领了九个牌照。2017年，义顺人蜕变的征途上硕果累累。

此时，领跑行业的义顺人并没有放缓前进的速度，而是追求更快，试图超越自己。张秉庆的个人速度，此时已经进化为企业整体的高速运转。此刻的义顺人，仿佛每一个细胞都开始散发出速度的魅力。从2017年开始，公司业务已然形成五大版块：一是以茅台、五粮液、剑南春、国窖及威龙葡萄酒为代表的名优酒类品牌代理营销板块；二是以"义顺奇肥"为代表产品的科研板块；三是以"义顺老张的店"和"义顺酒便利"连锁便利机构为代表的直营零售板块；四是土特产深加工生产板块，包括陇宝醋、八宝茶、陇宝药膳的生产销售；五是投资理财板块，包括对五粮液、威龙股份的股票定向增发投资以及对聚成股份、上海实践家教育等集团项目的投资。

如果要编写2017年度义顺大事记，恐怕牵手威龙葡萄酒和经销辽宁营口"海晶鸟"海藻海盐必定位列其中。此外，"老张的店"引进卡柏连锁洗衣，也是一颗耀眼的新星。在义顺企业的商业版图上，不断有新的明星产品、明星业务加入。2017年3月，义顺企业成为威龙葡萄酒在甘青宁三省的平台运营商。公开资料显示，威龙成立于1982年，是中国大型葡萄酒生产企业之一，产销量利税、市场占有率等综合指标位居全国行业前三，有机葡萄酒市场占有率远超第二名，开启了中国葡萄酒有机时代。威龙葡萄酒已于2015年在A股上市。目前，威龙在中国酿酒葡萄的黄金种植带上，从东到西已经建成了三大葡萄基地，分别为山东龙湖威龙国际酒庄、威龙甘肃沙漠绿洲有机葡萄庄园、威龙新疆冰川雪山葡萄庄园（其中有机基地在甘肃）。同时，威龙还引进了世界先进的现代化生产设备，构筑起了覆盖广阔的营销网络，实现了种植、加工、销售纵向一体化的经营格局，先后获得了"中国葡萄酒A级产品""中国国际有机食品博览会金奖""首届中拉21国农业部长论坛国宴用酒""中国500强最具价值品牌"等荣誉称号。

威龙有机葡萄酒的所有葡萄原料均产自威龙甘肃沙漠绿洲有机葡萄庄园，该庄园地处腾格里沙漠边缘，干旱少雨，光照强，温差大，不但有利于葡萄糖分和风味物质的积累，提升葡萄品质，而且导致病虫害极难滋生，堪称有机葡萄生长的天堂。该庄园葡萄种植生产过程，严格执行国家有机标准：病虫害防治方面，坚持以预防为主，通过运用农业、生物、物理等防治措施，科学规范使用国家有机标准允许的植物保护产品，形成了一套有效的病虫害有机防治技术体系；施肥方面，庄园自建有机生态肥生产中心，根据葡萄生长规律，选取葡萄枝条、苜蓿、秸秆等天然原料，采用先进的有益微生物好氧控温发酵技术，制造有机生态肥，为葡萄提供科学的营养供给。

2017年3月30日，在由威龙葡萄酒股份有限公司和义顺公司联合主办的威龙甘青宁品牌运营中心成立暨威龙葡萄酒新品上市发布会上，威龙葡萄酒股份有限公司董事长王珍海表示，威龙在国内率先推出有机葡萄酒产品，开启了中国葡萄酒的有机时代，围绕有机葡萄酒主业，目前，威龙已成功建立起了完全自有的有机葡萄基地和营销渠道，实现了纵向一体化的经营格局。甘肃省酒类商品管理局局长、甘肃省葡萄酒产业协会副会长兼秘书长陈浦，称赞威龙公司与义顺公司的强强联合，这是甘肃葡萄酒产业发展史上具有里程碑式的大事件，开启了西北省区葡萄酒品牌营销的新篇章。

从2017年1月1日开始，根据国务院盐业体制改革方案，所有盐产品价格放开，取消食盐准运证，允许所有的食盐定点生产企业进入销售流通领域，食盐批发企业可以开展跨区域经营。在此政策公布之后不久，义顺人与辽宁营口海天盐业有限公司牵手，将"海鸟晶"海盐引入兰州。"百味盐为首"，盐自古以来就是关系国计民生的基础性商品和战略性资源。这一次，义顺人抢抓机遇，又一次为企业发展制造了新的盈利增长点，更为企业员工创造了更多的机会与平台。就在与营口盐业及威龙葡萄酒牵手的同时，义顺企业一口气新领了多个执照。第一个是专门经营海盐的营口海盐甘肃分公司，接下来依次是：重组直营连锁板块的甘肃义顺老张的店品牌管理有限公司；专门运营威龙葡萄酒的甘肃汇龙商务服务有限公司；甘肃义顺供应链管理股份有限公司；甘肃义顺创始人发展中心——"义顺"商号第四代传承人张秉柱、张秉庆、张秉华兄弟三人的创始人身份及股份的工商注册登记；甘肃义顺商务服务中心——义顺家族股份的管理平台；甘肃义顺助学公益基金会，一个专门针对公益助学的基金会。

至此，义顺企业成功蜕变为义顺集团！

不断地有人问，为什么别人减员关门，义顺人却所向披靡，攻城略地，在蜕变中不断成长？也许，撇开一切文化不谈，仅仅看看这些镜头就可以找到答案。

2017年9月至10月1日国庆节前夕，义顺企业与五粮液集团五粮醇、五粮特头曲品牌，茅台集团王茅、迎宾酱酒品牌，剑南春集团珍藏级剑南春品牌，威龙葡萄酒品牌联合主办，由义顺各地分公司协办，召开了三十多场"庆国庆，迎中秋"厂商联谊会。张秉华带领会务组奔赴全省各地，加油助威。地点不同，会议的模式却非常相同，围绕的主题是"强化服务，创新发展"和"乘风破浪，再创辉煌"。会议的最大亮点是现场为荣获2017年度威龙、茅台迎宾、五粮特头曲、五粮醇特约经销处获奖代表授牌。会上，由各厂方代表现身说法，现场进行促销政策发布，联谊会其实也是订货会。张秉华称，这是针对终端市场活动力度最大、品项最全、覆盖面最广的一次会议，而活动也确实得到了现场终端客户的高度认可，订货量不断被刷新。同时通过文艺演出、现场互动等环节，引得高潮迭起，参会人员满载而归。

张秉华在致辞中称，义顺人要用实际行动践行"为客户创造价值"的承诺，同时也非常自豪，在行业连续调整的大环境下，义顺企业的销售业绩却逆势上扬，连年提升。张秉华认为，如此大规模厂商联谊会的召开，将进一步强化营销网络建设，同时为市场终端工作开展奠定坚实的基础。

2017年春节前夕，义顺企业以"新时代、新要求、新机遇、新作为"为主题的"迎新春"五粮醇厂商联谊会分别在甘肃省内三十多个区域县市召开，《义顺商情网》公众号的相关报道中称，这是一场"新老客户齐聚一堂，共商大计，共襄盛举，一起传承酒类文化，一起开创财富未来"的盛会。

共享型幸福企业

早在两千年前后，义顺人将自己努力的方向确立为成为行业领军企业，铸就百年义顺品牌。当百年义顺只有咫尺之遥时，他们又适时提出义顺要成为"共享型幸福企业"，实现"义顺"商号永续经营的目标。这是一个多变而开放的时代，工匠精神呼唤的聚焦思维方兴未艾，共享经济带来的融合趋势如日方升。聚焦与融合，不但是一个选择，也是一个命题。聚焦所代表的专注、优势、价值，与融合所代表的开放、连通、创新互为表里。聚焦一定有它优势的开拓，融合一定有它核心的坚持。聚焦而不自闭，融合而不失根基，也许才是现代商业的发展逻辑。无聚焦则混沌无序，无融合则发展单一。

如何聚焦？如何融合？如何因势利导聚融结合？时代即临，大幕开启。在义顺集团2017年年中大会上，义顺人提出：义顺人下一个目标是紧跟全面建成小康社会的时代步伐，在完成企业股权改制基础上，打造"共享型幸福企业"，实现"义顺"商号永续经营。何为"共享型幸福企业"？义顺人的理解是："商者有其股"，让所有共同经营者，共享优质的社会资源，共享工作劳动的过程，共享企业发展的成果，让员工为自己干、为现在拼、为未来谋！让大多数参与者都能感到满足和幸福的企业，才能叫"共享型幸福企业"。张秉庆如此解释。

"共享型幸福企业"，体现出两个关键词，一个是共享，一个是幸福。共享，即共享企业平台，共享社会资源，共享发展成果。而幸福的概念无疑因感性而复杂得多。关于幸福，每个人都有不同的理解。对"幸福"一词的定义，《现代汉语词典》中的解释是：使人心情舒畅的境遇和生活。就是说，幸福不是某种外在的标签或物质所达到的状态，而是一个人内心世界的一种认知和满足，是人生有意义和快乐的心灵感受。义顺人认为，"共享型幸福企业"主要表现在，企业发展前景更加喜人，核心竞争力更加突出，持续盈利能力更加强劲，品牌价值更加卓越，制度设计更加合理，员工职业空间更加广阔，薪酬福利待遇进一步提高，企业信心指数和员工幸福指数进一步提升。义顺人打造"共享型幸福企业"，就是在坚持创造经济效益和社会效益的基础上，不仅要为客户提供安全、舒适、便捷的服务，而且要为员工谋幸福，让员工生活得放心、工作得舒心、对企业有信心，关注并满足员工的幸福感。其实，幸福作为一种感受，从来不是一个可以用单一维度来衡量的指标，它随着时间和现实生活的变化而变化。美国思想家爱默生曾经说过:"对于不同的头脑,同一个世界可以是地狱,也可以是天堂。"可以说,幸福并不完全取决于我们得到了什么或身处何种境地,而是取决于我们选择用什么样的视角去看待生活和工作。

义顺人认为,打造"共享型幸福企业",首先要求员工们树立正确的幸福观。正确的幸福观是由多方面内容构成的,它要求人们把追求优裕的物质生活和高尚的精神生活统一起来,把追求个人幸福和集体幸福统一起来,把享受幸福和创造幸福统一起来。想要打造"共享型幸福企业",先得了解员工的需求和期望,激发每一位员工为建设"共享型幸福企业"积累正能量。在此基础上,认真研究并建立"共享型幸福企业"模型,把"共享型幸福企业"的长期目标阶段化、抽象目标具体化、概念目标清晰化。之后,遵循系统性、典型性、综合性的原则,制定出科学的、规范的、完整的"共享型幸福企业"评价指标体系。指标体系不仅要涵盖薪酬收入、教育培训、医疗健康、文化娱乐、权益保护等客观指标,而且要量化企业形象、制度公平、民主权利、工作环境、职业发展等主观指标。

党的十八大报告指出,只要我们胸怀理想、坚定信念,不动摇、不懈怠、不折腾,顽强奋斗、艰苦奋斗、不懈奋斗,就一定能在中国共产党成立一百年时全面建成小康社会,就一定能在新中国成立一百年时建成富强、民主、文明、和谐的社会主义现代化国家。

习近平总书记在2018新年致辞中有一金句广为流传:幸福都是奋斗出来的!这是给每一位社会成员的明确信号:幸福,并不意味着任何期望都可能得到满足;但这意味着,保持明确的发展方向、依循正确的发展道路、坚持不懈的奋斗精神,每个人的期望都有实现的可能。

张秉庆认为,建设"共享型幸福企业",有赖于明晰的企业战略,有赖于健全的管理制度,有赖于和谐的企业文化,更有赖于义顺人的共同努力,需要义顺人树立劳动创造幸福、改善生活的理念,视做优、做强、做大义顺为共同目标,在奋斗中共同发展,在发展中共享成果。只有每位义顺人都在企业发展的道路上找到属于自己的位置和机会，幸福的底座才能被不断抬高，每一个人的未来才能比过去更幸福。

义顺人认为，打造"共享型幸福企业"，既是个人发展的需要，也是企业发展的需要，更是社会发展的需要。从个人发展的需要而言，以前很多区域经理的愿望是有房、有车、有老婆，而这一愿意实现之后，则要让他们有钱、有股、有位子。未来，打造"共享型幸福企业"则要使员工们与企业共同成长并感觉幸福快乐，同时尽己所能在社会中帮助更多人。从企业发展的需要而言，一是要让员工快乐成长，二是要让家人幸福安康，三是让更多的人实现自己的梦想，同时要承担社会责任，让"义顺"商号永续发展。关于永续发展，同时也是指企业可持续发展能力，是指企业在追求长久生存与永续发展的过程中，既能实现经营目标、确保市场地位，又能使企业在已经领先的竞争领域和未来的扩展经营环境中保持优势、持续盈利，并在相当长的时间内稳健成长的能力。从社会发展的需要而言，则要让自己成为社会不可缺少的一部分，不自生而长生，因"利他""为他"，而实现自己的"长生"。

那么，如何打造"共享型幸福企业"？对于这一点，义顺人认为这有一个从局部到整体，从实现小康到实现幸福，以及从先富到后富的一个过程。但是前提一定是吸引更多的人才加入义顺，和企业共成长、共发展，一起打造"共享型幸福企业"。在"共享型幸福企业"里，每个人劳有所获，老有所养，有尊严，有地位，有追求，无后顾之忧，员工的幸福指数远超一般企业，义顺人打造"共享型幸福企业"，可以说是在探索一条企业王国的再造之路。这是一项纷繁复杂、摧古拉朽、声势浩大的工程，必将伴随着自我批判和自我否定，充满各种艰难曲折。

然而，箭已在弦上，以义顺人多年做事的稳健风格，如果不是胸有成竹，他们不会轻易张口。义顺人以"为员工搭建平台，为客户创造价值，富强我的祖国，为世界和谐发展而努力奋斗"为自己的使命。打造"共享型幸福企业"的决心与这一崇高使命的信念如出一辙，充满了负责任、肯担当的精神。早在

2015年，张秉庆提出，义顺新的十年（2016年—2025年）发展目标是在一年内实现营销架构的再建，三年内完成企业股份制改造，五年内确保销售规模翻一番，十年建成多元化的跨国集团。就在提出这一目标的同时，义顺企业内部开始再建营销组织架构，先后成立了兰州市场五粮醇品牌事务部、外阜市场五粮醇品牌事务部、高端品牌事务部三个品牌部，组建了酱酒分公司，自产品分公司，并且将兰州市场按区域划分为西区分公司、中区分公司、城东区分公司、城西区分公司、城中区分公司，按渠道划分为酒店分公司、商超分公司。外埠市场按区域划分为陇中大区、陇东大区、陇西大区、陇南大区、河西大区。

外销科的时代过去了，这种条块结合的市场管理模式很快显示出新的生命力，然而，这种模式还将进一步完善。义顺的历史上不缺"匠心"。一切谋定而后动。如果细究张秉庆的表述，"共享型幸福企业"是在完成股权改制基础上进行的，那么，我们会发现，这步棋其实早在派发"相约2018期权股"的时候，就已经开始布局了。三年的时间已经过去大半，围绕股权改制进行的一系列活动，正是打造"共享型幸福企业"的目标推进过程。

商者有其股

企业成立之初，没有现成的经验可供借鉴，只能在摸索中前进，"摸着石头过河"是很形象的比喻。而今天，义顺的发展已经完成了初创阶段的迷茫，企业发展步入快车道和深水区，不能再穿新鞋走老路，而需要视野开阔的顶层设计和统筹安排。而顶层设计需要战略家的眼光，如果没有战略家的眼光，顶层设计的改革方案选择不当，对企业造成的损失，肯定会比"摸着石头过河"的做法大得多。用科学的规划和战略头脑规避弯路的代价，成为义顺人最经典的提法。

义顺人非常推崇中国哲学里的太极思维，这个世界不是非黑即白，而是兼容黑白，调和阴阳。如果细究"阴阳太极图"，一个大圆圈里，中间黑白两条"太极鱼"，而黑鱼的眼睛是白色的，白鱼的眼睛是黑色的，两条鱼你抱着我的头，我抱着你的尾，做旋转状。这其实就体现了我们中国人的哲学思维："整体和谐，阴阳互摄；阴中有阳，阳中有阴；运动变化，生生不息；共生共存，天地人和。"在企业经营中，资方与劳方，企业与客户，都存在着矛盾的关系。按照黑白对立的思维，矛盾双方的利益是不可调和的，而按照阴阳太极的思维，矛盾双方你中有我、我中有你，你的利益连着我的利益，我的利益也连着你的利益。

义顺人共享资源，股权改制的做法，就是兼容与调和各方利益而选择的一种途径，简而言之，就是"商者有其股"，在合法、合理、公平的分配机制之上，让所有者共同经营。股权改制的第一步是从代理制走向共享制。共享制最突出的作用是变劳资对抗为劳资一家，从"要我干"化为"我要干"，全面再造管理。

2015年，义顺人在兰州设立了五个合资分公司试点，2016年3月14日，义顺企业第一家合资公司于临洮成立，这标志着义顺企业进入股权合作新阶段。当年在全省设立合资分公司二十八家，2017年达到了三十九家。

话语权、顶层设计、架构等紧跟潮流趋势的词汇不断从张秉庆的口中蹦出。他对各分公司总经理说，思路决定出路，心态决定状态，胸怀决定境界，观念决定方向。并且强调，我们要的是境界，靠的是实力，走的是差异！

那么，分公司设立的背后是什么？张秉华自己也承认，义顺企业恢复经营近三十年，发展到一定程度，有些事情令他们感到力不从心，在这个节骨眼上，推进股份制改革已经是大势所趋。简而言之，"我们必须要让员工用老板的心态来做事。""打个比方，我如果盯三个人我能盯得住，可是你让我去盯三十个人我就盯不住了，让我去盯三百个人那更不可能了。那么，如果让一百个人去盯三百个人，那是很容易的，责任权利都划清楚。这个划清楚，光靠绩效考核是不行的。"

张秉华认为，分公司是典型的点式管理，是看得见的管理与看不见的管理之间的PK，实际上也是一种分级管理。军队管理是最高效的管理，采取的方法就是分级管理。实际上，股改，就是由被动转为主动。

如果撇开一切光鲜的说辞与理论，事实上，义顺分公司模式也是对新时期劳资关系的一种创新与升级，是对已出漏洞的自我修复，也是一种风险控制范畴内的风险分散。《国富论》说，制度远比人靠得住。最成功的管理是没有管理，管理最高效的制度是自己管理自己的制度。好的制度可以把笨人变聪明，把懒人变勤奋。

山雨欲来风满楼。众多中小企业要么在激烈的竞争中拔得头筹取得细分行业的寡头地位，要么在硝烟弥漫的竞争中慢慢消亡。这将成为一种必然趋势。家大业大之后，规范成为一个极其迫切的问题。分公司划小了核算单元，又注入了股权激励的因素，风险共担，利益共享，既符合人性中功利现实的状态，又贴近员工的实际欲望。

从经典商学的角度看，企业做不大，就是做到一定程度后，总是会有一部分人分出去，造成资源利用低效，重复竞争。"当员工的发展遇到天花板的时候，他们往往会选择自己去创业，我们开设分公司，实际上就是提供了一个让'能人'自己来当老板，来创业的平台。"张秉华如是说。

还有一个背景是，一部分地县经销商成长壮大之后，他们开始直接与厂家打交道，就顾不上重点推广通过义顺代理的品项了。这种状况使得义顺人不得不另想办法。张秉华坦言，给地县经销商的利润和费用完全可以支持分公司的运作。分公司启动很成功，存活下去没有任何问题，差别就在于经营状况的好坏。一个简单的对比是，经销商一年才能有两三百万元的销售额，而分公司一个季度就能卖出经销商一年的数额。义顺组建分公司时，具体的操作模式极其细化。按照符生莲的描述，一个分公司基本的配置是三至五个人，即总经理一人，副总经理一人，业务员两到三人，每个人都要身兼数职，既是司机又是送货员还兼出纳和业务员，这种情况非常普遍，分公司可以说人尽其才，物尽其用，实现了高效科学的运转。

关于人员配置，义顺企业充分授权给分公司总经理，人员可以从社会上招聘，也可以从公司现有的人员中自由组合。这一政策在具体实施时出现了有趣一幕，不干事的、混日子的人谁都不愿意组合进自己的团队，最后有一部分人就被迫淘汰了。实际上分公司的组建像一块试金石，试出了诸多现实问题。人浮于事、机构臃肿的问题在这里被杜绝，员工的积极性被极大调动了。

组建分公司，物色合适的总经理人选之后，还要扶上马，再送一程。为此，义顺总公司针对所有分公司总经理展开了"保姆"式培训。由此形成义顺"一景"，公司的全部分公司就像是环绕在行星周围的诸多卫星，而那个行星，就是义顺集团总部。义顺就像经营根据地一样，不停地把分公司的成功做法复制到其他地方。

在各种公开场合，义顺公司打造"共享型幸福企业模式"的宣讲成为舆论的聚集点。具体而言，在公司品牌运营上，组建由企业、员工和地县经销商共同持股的区域营销分公司。共同持股的模式，不仅拉近员工、地县经销商与企业的距离，更重要的是激发了员工与经销商的工作动力，提升了工作效率。体现在自建终端方面，则是开设遍布兰州、康乐、临洮员工持股经营的"老张的店"便利连锁店。截至目前，义顺企业集团各分公司及"老张的店"便利连锁店持股员工已经达到一百人以上。所谓"得终端者得天下"，对终端消费者把控的重要性在如今酒业环境下日趋重要。服务终端消费者，提供增值服务尤其重要，而"老张的店"便利连锁店便是义顺企业在终端上卓有成效的一役。

组建分公司之后，2016年度义顺企业销售总额增长了百分之七十，2017年又同比增长百分之二十。杜正林成为第一个分公司总经理。紧随其后，十大功勋员工几乎都被委以重任，出任省内各分公司总经理。当下是一个创业的时代，更是一个合伙人的时代。如果想走得快，那就一个人走，如果想走得远，就得一群人走，现在已经不是一个单打独斗的时代，现在是一个资源共享，优势互补的时代，更多的是需要各自贡献自己的资源。在未来，或许不再会有大公司概念的存在，存在的只有大平台和合伙人的自由链接。对于义顺遍布全省的多名分公司总经理而言，这样的模式更像是一种合伙人模式，志同道合、强强联手，更占尽大树底下好乘凉的种种便利。

勇于担责、积极进取的员工是企业最大的财富，为员工营造良好的工作和生活环境，让员工发挥所长，使员工在经济上有安全感、事业上有成就感、心灵上有归属感是企业责任的根本。对外，义顺与上下游客户是合作共赢关系，在同一条产业链上，携手创造价值，共享事业成果；对内，企业的成果由所有员工共同创造，共同分享。

不是每个人的一生中，都有机会站在历史的转折点上，只有被历史选中的人，才能将这把开启下一段历史的钥匙握在手中。相信的力量是巨大的，因为相信，才有一百多位员工率先持股，成为义顺合伙人走到了一起，这是心与心的交换，也是每位参与者在义顺平台上又一次事业与事业的交融和腾飞。

薛若娟，现任义顺企业商超分公司总经理。她自2008年入职，从一个懵懂的小姑娘，成为两个孩子的母亲，在义顺，她也从一个普通业务员成长为独当一面的负责人。她清楚地记得，2016年4月，督查部总监张月圆动员她入股，她心里一开始有抵触情绪。分公司的费用与收益要和总公司对半承担，当着张月圆的面，她说，费用那么大，年底还能分到什么红？但是，因为"相信的力量"，她很快筹资办妥了各项手续。令她意外的是，2016年度的分红方案出来之后，她的分红达到十多万。她看着张月圆就躲，对自己当初的无礼和短视感到非常惭愧。其实，薛若娟只是一个个例，2016年率先入股的员工中，分红收益普遍大幅度高出之前的工资。

知识经济时代，对人才的要求显然发生了翻天覆地的变化。纵观此时义顺分公司，除去初期的老员工，大学生非常普遍，不仅如此，还可以发现，相当一部分分公司总经理就来自同行业内。威武分公司总经理刘一材、酒泉分公司总经理安玉倩便是非常突出的例子。刘一材来自牛栏山酒业，安玉倩来自雪花啤酒。他们带着丰富的行业积淀加盟义顺，可以说是轻车熟路。

张秉庆曾无限感慨地说，武威市场地方大酒厂非常强势，多年来屡攻不破，市场销售欠佳，一度被列入放弃名单，但是当组建了以刘一材为总经理的分公司后，奇迹发生了，威武市场居然在多次销售考核中名列前茅，这可能也间接验证了张秉华所持的理念，他一直信奉，市场要踏踏实实去做，再坏的市场，只要下够了工夫，就一定会做好。而刘一材也确实"功夫了得"。刘一材曾经是新疆一家大型企业的技术标兵，他将自己对技术的钻研劲儿，运用到了酒类市场的销售开发上。据他本人在义顺公司经验交流会上所讲，一家酒店客户，他前后拜访了九次，才初步说服客户试销两箱酒。酒店的经营时间与一般企业不同，一般人的休息时间恰好就是酒店最忙碌的时间，为此，刘一材专挑酒店下班时间守株待兔。前几次的拜访根本没有涉及实际问题，销售，实际上是人际关系的公关。几次之后他终于混了个脸熟，一次次锲而不舍的努力最终打动了酒店老板。武威分公司成为义顺分公司组建中的模范，八零后刘一材也成为销售明星。他的勤奋踏实，肯吃苦巧钻研，奠定了他的业绩基础。毫无疑问，新人的加入给庞大的义顺企业注入了新鲜的血液。连张秉庆也承认，老员工们长期缺乏危机感，满足于现状，只有引进优秀新人，才能搅动一池春水，让整个企业内部保持一种活力。目前看来，他做到了。

而对新人们来说，背靠大树，的确得天独厚。安玉倩认为，总公司相当于提供了一个保护伞，保护伞下创业具有非常大的优越性。相对来说，个人创业太难了，就像一艘小船，随便一点风吹浪打都把你吹得摇摇晃晃，东倒西歪，但如果是一艘航空母舰，每个人做好自己分内的事就可以，不用去管风浪的事情，自然有人来操心。那么，创业成功的概率就大大增加了。

自从搭乘上这艘航母，安玉倩感到，自己被一股强大的力量所牵引，不由自主奋发向前。各种密集的培训，既针对实际问题讲解实战经验，又围绕修身传授各种国学智慧。除过实地培训外，各种视频会议、电话会议轮番上场，给予她强大的精神力量和实战技巧。安玉倩一方面为自己搭乘上了义顺企业这艘航母而感到庆幸，另一方面也深刻地感到，作为分公司总经理，必须跟上义顺的步伐，否则，就会被淘汰。

"义顺"商号第五代传承人中的张世乐、张世茂亦在这次分公司组建中被委以重任。张世乐任义顺企业青海分公司总经理。青海地方酒类品牌非常强势，张世乐在开发新市场的过程中遇到特别多的困难，但是经过半年的坚持，销售基本稳定，在市场上也有了一定认可度。张世乐坦言，因为有"义顺"这棵大树的蒙阴，自己的创业才能高起点，但是"我们应该更加努力，不是踩在祖父辈们打下的基础上守业，而是应该在这个平台上展现自己的能力，奋发创业，使义顺企业更加繁荣昌盛。"张世乐甚至给自己设下一个宏伟目标，让青海义顺成为下一个兰州义顺！

张世茂担任了义顺企业庆阳分公司总经理。庆阳市场是公认的基础薄弱市场，然而，张世茂来到这块"传说中最难啃的硬骨头市场"后，短短不到一年的时间，将庆阳分公司做成了金牌市场，业绩排名在几十家分公司榜首。张世茂非常谦虚，他说："在职场上，我还是个新人，要学习的地方还太多太多。我始终觉得，无论各行各业，无关年龄大小，你想做好，想做强，没有捷径，只有你自己的勤奋和努力！你把诚信留给客户，客户自然会回馈给你一个微笑！"

"长江后浪推前浪"，前有先辈的沉淀和熏陶，后有自觉的努力和良性的发掘，商业基因在他们身上如与生俱来的烙印，迸发、蔓延、扩大。这些"义顺"商号第五代传人和其他分公司总经理一起，就如何做好分公司总经理，接受总公司密集培训。分公司总经理必须具备的三大能力、完成的三大任务、遵守的三大纪律，是他们接受的基础培训。"争雄夺霸如反掌！"，是这些分公司总经理们经过"保姆式"培训之后，逐渐认同并践行的业务开拓路线。以组建区域分公司和品牌运营中心为代表的营销架构再建工程已基本成形，颠覆性的再建形成了义顺企业目前颇有大公司架构的矩阵管理模式。

按照王延斌的介绍，义顺企业针对名酒经营设立了酱香品牌部、五粮液头特曲高端品牌部、五粮醇品牌部及威龙葡萄酒品牌部四个品牌事务部，这是一种营销架构的创新，是由粗放向精细化发展的一种模式。张秉庆有一条名言，企业搞慈善，捐款捐物是低级慈善，企业最大的慈善就是把企业经营好，把员工的收入提高，为社会创造效益。

正是基于如此的理念，一方面，他捐款捐物的举动从未止步，另一方面，他为了把企业经营好，提高员工的收入，呕心沥血，不断为企业带来新的发展动力之源。

对于提高员工收入，他从不吝啬。义顺企业在人才薪酬设计上有一个统一的标准，将此标准运用到部分偏远县市时，明显比当地行业水平偏高一大截。义顺企业景泰分公司总经理刘九江印象特别深刻的是，当有人就此提出疑问，并建议这个工资水平适当调低时，张秉庆非常坚定地说，我们的原则是就高不就低，不要怕给员工工资发高了，高工资带来的也一定是高效益！

所谓实践出真知，实践是检验真理的唯一标准。2015年派发的"相约2018期权股"，2016年至2017年成立的合资分公司，实际上都是义顺股权改制先期铺设的棋子，更是为打造"共享型幸福企业"而开发的试验田。随着"相约2018期权股"的即将到期，股权改制将全面拉开大幕。

2017年元宵节过后两个多月的时间里，张秉庆先后赴上海、北京、西安等地与国内多家著名的企业家探讨和学习股权改制方案，并且在北京钓鱼台国宾馆参加了共享制企业股权激励方案班。就是在这次活动中，他与慧聪网董事局主席郭凡生把酒论英雄，取得多方共鸣。郭凡生是改革开放最早研究晋商的人。对于晋商的伟大成就，许多人并不陌生。晋商是生产流通领域的成功者，开创了近代金融业——钱庄，使商业交易的成本大大降低，变得更为方便和安全。发轫于贫瘠黄土高原的晋商却集中了中国50%以上的金融资产，富胜江浙。那么，晋商的核心竞争力是什么？郭凡生认为，多数人把晋商核心竞争力归纳为诚信，这是只观其表，未知其本。浙商、苏商、徽商一样具备诚信的特质。晋商的核心竞争力是身股与银股结合、身股为大（一般占分红的百分之六十）的制度，这种制度留住了人才，加强了企业核心竞争力，保证了家族企业的有效传承。

郭凡生不但总结提炼了晋商成功的根本,而且将这项研究成功运用到了自己的企业当中。他创办的慧聪国际上市之后,一夜之间造就了一百二十六个百万富翁。他同时还成功运用股权激励制度完成了自己家族企业的传承,接班人创造的业绩有目共睹,这使他更加相信他所尊崇的理论具有普世意义。

活生生的成功案例显然要比单纯学院派的说教更有说服力,郭凡生被张秉庆奉为股权改制的教父,他不但接受了郭凡生大量的理论成果,并且按照郭凡生的股权激励方案班所设计的方案进行了改制规划。

股权激励是什么?股权激励不是分老板的股份,也不是分老板兜里的钱,而是通过一种制度,激励员工创造更多的利润,让员工干企业的活像干自己的活一样努力。这首先是一种共识。1979年,陕西凤阳县小岗村十八户农民,血誓盟志,冒着生命危险,包产到户,开创了中国历史上耕者有其田的壮举。打破大锅饭之后,当年便解决了温饱问题。这一开天辟地之举证明,唯有符合人性的科学劳动制度才是最有效的制度。从耕者有其田,到商者有其股,实际上都是激励制度的改革。张秉庆认为,股权激励的目的是要打造一个利益共同体、事业共同体、命运共同体,股权激励是一种短中长期结合的激励机制,是利益相关者一体化发展的激励机制,更是点爆企业走向细分行业寡头地位的战略选择。股权必须在规范的公司治理结构下,方能使得"合伙经营"立于不败之地。

作为一个企业家,对内考虑的是如何通过股权激励打造奋斗型员工,建立员工为自己干的激励机制,并考虑怎么与利益相关者进行股权合资合作,进行战略绑定,以股权为纽带实现行业整合,发展成为细分行业的寡头,获取超额垄断利润。

义顺企业目前设计的股权方案里,执行团队,也就是干活的人能拿到总收益的百分之六十七,其他出资人包括义顺总部拿百分之三十三。"这是一个三分之一和三分之二的关系。"很多企业不能做大做强,并不是缺少资源,而是不能留住人才。而留住真正人才只有一条路可走：让他们的能力变成股权，然后让股权变成钱。让尽量多的人成为股东。通过股份制，企业和个人都实现了利益最大化。

在多种场合，张秉柱公开表态："我们要舍得让员工拿，鼓励让员工拿，支持、想方设法让他们拿到。不光有这个机制，做老板的还要有这个胸怀和境界。看似出资方拿少了，但是，员工得到收益以后，他会翻倍地甚至十倍地创造出更多的效益。"

张秉庆认为，要在顶层设计的角度下定这个决心，并且要说服家族成员共同来做这个事情。

正像张秉华所说，"通过上华商，最大的好处就是我们三兄弟接受了共同的理念，在具体实施中更容易取得共鸣、达成一致。"张秉庆同样感到庆幸，"我们的好处是我很容易地就把这个事情做成了，一是用比较短的时间让高层学习我在课堂上学习到的信息，包括视频。二是拿出方案。"

问题来了，如果赔钱了，该怎么办呢？"第一年，我们对员工有保底承诺，总经理年薪六万元，副总经理年薪四万八，普通员工四万二。我们要保证员工最基本的收益。"张秉庆如此解释。

家族企业发展到一定程度，赚钱已经不是目的，而是背负太多的责任，必须要向前走，不进亦是退。正如张秉庆所言，义顺企业发展到今天，已经有四百多个员工。四百多个员工背后就是四百多个家庭，企业的荣辱直接涉及四百多个家庭的衣食住行。在这种情况下，怎能小富即安，止步不前呢？

张秉庆有一段精彩的表述，打土豪分田地，是从下往上改，所以是革命，承包到户，是从上往下改，所以叫改革。要么改革继续向前发展，要么停滞，坐等灭亡。自留地和生产队的地哪个会种得更好呢？国有企业和家族企业哪个更有竞争力呢？回答一定是统一的：为自己干更有竞争力！股改就是让员工把生产队的地当自己家的地种，把公司的活当自己家的活干，怎么会没有效果呢？

股改的成效是显而易见的。杜正林成为分公司总经理后深有感悟，劳动分红前自己只是管理者，典型打工的，劳动分红后自己成了经营者，从人员招聘到车辆维修再到办公材料，一盒订书针都得自己操心，必须学会控制成本费用，这就是老板心态。

张秉华欣喜地看到，劳动分红前两权分离，老板与员工利益对抗，分心分家；劳动分红后三权互利，老板员工利益共享，亲如一家。义顺企业武山分公司总经理蒐伟，毕业于甘肃陇桥学院。2015年6月27日，他早上领完毕业证，下午就来到义顺公司正式上班了。之所以做出这样的决定只是因为张秉庆曾经在陇桥学院做过名家讲堂的演讲，他深为义顺公司的理念和文化所吸引。正像义顺大家长们所期望的那样，在义顺企业给他提供的平台上班，蒐伟倍加珍惜。他坦言，"入股之后，就当作自己的事业来干了。"

2017年义顺企业年中大会上，陈浦，这位甘肃酒类商品管理局局长，以极其宏亮的语气肯定，"义顺企业推行的'商者有其股'，一定将会为甘肃民营经济的发展带个好头！"

义顺家族的三次股改

多数民营企业总长不大，都跟组织没有变化有关，所以义顺人更为关注组织变更和制度环境的变化，以及在不同政策环境下调整自己的企业发展的路径。是为方法论。截至2018年2月底，义顺企业的家族历史上共发生了三次股改。每一次股改都经过了缜密的设计，并提供了其后企业高速发展、平稳过渡的制度保障。

义顺企业的第一次家族股改发生在1992年10月，也就是"义顺"商号恢复经营的第五个年头。当时，张秉庆下海，康乐县义顺农工商公司成立，这一次改革主要是股权由合伙制改为股份合作制。当时的现状是，随着公司经营不断壮大，家族成员已经满足不了经营需要，并且已开始招聘家族外的人来公司帮忙。当年进行的改革，得益于张秉庆从政经历中汲取到的营养。1990年，张秉庆以康乐县农业局秘书的身份被派往河北参加国务院三西地区乡镇干部培训班。当时参加这个培训的多是乡镇长或者乡镇党委书记，张秉庆被选派参加这样的培训，上级领导的用意是很明显的，等于是在培养储备干部，他的从政生涯中的下一步很可能是成为副乡长或者党委书记。张秉庆学得很认真，这是他第一次听到有关农村经济发展方面的理论。张秉庆在这里第一次接触到了股份合作制的概念，它的核心就是出资和出力对半分享收益。比方说年终收益十万元，按出资的多少，先分掉五万，再按出力多少，来分剩下的五万元。1992年成立公司时，张秉庆成功引进这个制度，在家族内部率先进行了实践。出资很容易确定，出力其实主要是按出勤的多少，当时张守正给所有人记录出勤，按小时计算。出勤的界定非常明确，必须是采购、商店里面经营或者说是跟车出去推销，在家里吃饭或者说是思考问题打个电话那是不算数的。张守正的做法非常公允，也很公平，在家族内部没有一人产生异议。

1992年前后，当时机关干部的工资才一百来块钱，而以张秉庆为例，他如果去采购，四天的时间，有效考勤是六十个小时，一个小时两块钱，收入就在一百元以上了。整个家族包括公司招聘人员，都笼罩在多劳多得的氛围中，主动延长工作时间，加班加点也无怨无悔，每个人都干得很卖力、很认真，公司的业务随之蒸蒸日上，这可以说是义顺家族第一次尝到科学规范的制度带来的甜头。

义顺企业的第二次家族股改发生于1998年7月，兰州义顺工贸有限公司成立刚好一年。此次改革，股权由股份合作制公司法改为有限责任制。当时，义顺企业的管理层基本都是张氏家人，家族企业痕迹明显。在公司创立初期、规模小的时候，这种体制有利于大家同心协力开展工作，但随着业务范围扩大、公司实力壮大，家族企业的弊端显现出来了，责任不明确，权力范围模糊，个人行为、能力对公司的制约、影响力过大。

第七章 蜕变成长 共享幸福

为了改变家族企业的管理模式，张秉庆将有限责任的理念引入了义顺的管理层，董事会在制定一系列制度的同时，各董事间也达成协议，在义顺公司的发展、分红、解散、清算等情况出现后，董事会成员的责、权、利要有明确的限定和保证；而对董事个人股份的继承、赠送、出让等问题也做出了明确的规定。从1988年开设义顺综合商店算起，当时恰逢"义顺"商号恢复经营十周年，张守正主持大局，论功行赏，一次性解决了历史遗留问题。在这次改制中，张守正退居二线，不再太多过问具体事务。所谓论功行赏，就是按贡献大小一次性分配之前的经营成果，然后重新由张秉柱、张秉庆、张秉华出资组成新的股份，责权利的划分非常清晰。"改成有限责任公司后，就不能因为个人行为而影响公司的整体利益。打个比方，你要向我借钱，一两千我还可以做主，再多就要董事会通过了。虽然是我自己的钱，但如果我使用不当，会牵一发而动全身。对公司不利的事，我们每个董事都要三思而后行"。2008年，《糖烟酒周刊》记者黄佑成撰写了《兰州义顺的十年蜕变》。文中，张秉庆如此解释此次股改的变化。

1998年制度设计上没有安排张守正和妻子余娥继续持股，但享受一定比例的分红权。他们虽然退居幕后，但他们有完全的财务自由。孙女张田园是家族里第一个出国留学的人，为此，他慷慨解囊，奖励一百万元，这样的举动绝非一般老人可以做到。

好的制度能让坏人变成好人，懒人变成勤快人，或许，也正是有历史上这两次大的制度改革，并且从中获益，义顺人才不遗余力地推行全新的家族股改，只不过，这一次的改革超越了旧的思维框架，更契合知识经济共享共荣的要求。

2018年2月16日，农历大年初一，义顺家族全体成员聚集一堂，进行了第三次家族股改。这次改制的重点是解决"家族成员持股"和"骨干员工持股"问题。同时，企业治理由"有限责任"向"股份有限""有限责任""合伙持股平台"互补并重过渡。按照义顺人的解释，这次股改的意义主要有三个方面：一是将家族成员凝聚在一起，继承和发扬"义顺"商号的优良传统，努力实现企业的稳定健康快速发展，努力实现义顺商号的永续经营；二是确保利益相关方责权利分明，内部账务公开透明，防止相互间出现误会、猜疑、摩擦、冲突，确保家族成员团结一心，长期和睦相处；三是确保大家有秩分享经营成果，为家族成员造福，为企业员工造福，为社会和谐发展出力。

此次义顺家族股改，具体的做法是依托"甘肃义顺商务服务中心（有限合伙）"，系义顺家族成员持股平台，所有股东必须是"义顺"商号第三代传承人张守正、余娥夫妇的直系子孙及其合法配偶。包括张守正、余娥在内的"义顺"商号第三代传承人和第四代、第五代传承人及家族成员一起，认认真真用了将近两个小时的时间在几十份协议书上签了字。鲜为人知的是，围绕企业股权设计和家族股改，张秉庆先后接受和学习了中国国内前五家最知名权威的股权培训机构的课程，仅此一项的投入在上百万元。

大舍大得，小舍小得，只有舍得投入，企业才会不断汲取营养，赢得更好的收益。这是"义顺"商号几代传承人的共识。而面对此次家族股改的成功落地，张秉庆无限感慨地说，"这是一系列颠覆性的动作，是现实让我们不得不深刻反省，从新出发！"

股改背后的家族传承

早在几年前，张秉庆就开始关注和思考家族企业传承的问题了。他前后不下几十次向知名的专家、学者和媒体人虚心求教，期望能搜集到一些国内家族企业传承成功的案例。期间遇到一位大学教授很热心地对他说，我可以给你提供一百个家族企业传承失败的案例，失败是成功之母，你可以借鉴他们走过的弯路，并规避其中的风险。张秉庆致谢过后，内心无比惆怅，如何打破富不过三代的魔咒？如何让家族企业顺利传承？这是一个现实而又无比棘手的问题。

张秉庆认为自己是幸运的，因为他遇到了郭凡生，更因为他参加了郭凡生的股权改制方案班。如果做好企业股权改制，那么，家族传承的问题也会迎刃而解。"股权改制的背后是交班问题，怎么交？交什么？必须给出答案！"张秉庆如是说。

无论人生的舞台多么辉煌，人生的角色多么丰盈，企业家的光环之下，他们的本位和普通人并无区别，他们亦是为人父母，为人子女。家族传承和企业传承是他们最为关心和最为重要的课题。

家族企业要传承，年富力强时没问题，但是干到六十五岁时你还怎么干？中国家族企业的平均寿命只有三年。义顺从恢复经营算起，已有三十年，下一个三十年怎么走？张秉庆认为，企业长盛不衰，最重要的是制度保障、稳定经营和有效传承。

关于企业交接班的问题，张秉庆认为，企业家在没有做好相关股权、制度机构、管理方式的安排下放手，就相当于自杀，最后就找不到家了。卓越的企业家是创造制度、完善制度的人，而这种制度的创造和完善的最终标准是，当他离开企业以后，企业可以顺利地发展下去，不但可以延伸一代，而且可以延伸两代、三代、四代，以至实现永续经营。

家族企业的领袖们辛苦一辈子，最后想的就是如何交班。大量的家族企业最普遍的做法是将企业交给孩子，然而，这不一定是唯一的做法，也不一定是最好的做法，更不一定是经实践检验最经得起时间考验的正确做法。郭凡生告诉张秉庆，无数案例表明，企业家把心爱的企业交给心爱的孩子，结果是心爱的孩子断送了心爱的企业，心爱的企业断送了心爱的孩子的前程，最后结果是"双输"。郭凡生认为，企业家是天造英才，是在特定环境下产生出来的杰出人物，企业家是不可复制的，企业家能力是天生的，后天极难培养。

据此论点，现在企业传承普遍是血脉传承，也就是传给子女，但子女若不拥有企业家才能，则传承必败。血脉传承传内不传外，选人范围较小，成功概率就会极低，按一般规律来讲，富不过三代，就是因为三代以后，企业家子女中拥有企业家素质的人必然变得非常稀少,将企业交给没有企业家才能的子女,那么,富不过三代是必然结果。

按照共享制理论,家族传承优先的路径应该是制度传承。制度传承可在全社会选人,成功率大增。家族企业传承与家族利益传承不可分,是当前最大的问题。共享制把家族企业传承和家族利益传承合理区分,使制度传承和老商号永续经营成为可能。制度传承,简言之,与其传财产,不如传企业,让制度去传承企业,而不是让继承人去传承企业。家族企业的后代们,做不了总经理和董事长,可以做大股东。制度传承的根本在于收益权、所有权和经营权的分离。实际上,纵观微软、沃尔玛和丰田等国外家族企业,所有权在家族手里,但是收益权和管理权已经完全社会化了,他们的后代亦是只享受企业收益,而不参与具体经营。

按照张月圆的表述,在目前家族的企业运行中,祖父辈们已经明确提出,"义顺"商号第五代传人不一定要直接参与到公司经营中来,如果参与经营,则参与的方式,可以按照每个人不同的意愿和长处选择。昔日遇山开路,逢水架桥,而今则是早早地就规避掉很多的问题。正是基于此,以张世重、张世旺为代表的"义顺"商号第五代传人有一个共识,他们庆幸并感恩于自己是站在父辈的肩膀上。

尽管还处于传承问题的探索阶段,但有一点是肯定的,义顺家族极其重视子女的教育和培养。纵观义顺家族第五代传人,他们几乎都在学生时代就涉足过家族企业的事务,包括做"义顺奇肥"的助销员,在各种展会推销"陇宝醋",又或者是在下属门店实习。家族长辈不会因为他们特殊的身份而对他们娇纵,反而会格外严厉地要求他们。

张苗园还记得,她大学毕业还未正式工作就在"义顺"旗下的门店实习,妈妈景晓宏因为生病每年冬天去三亚疗养,但总是不忘对自己各种教导。印象最深刻的是2010年的冬天,有天早上接到妈妈的电话,啰里啰唆地叮嘱自己上班应该注意什么,要比别人多一点付出,多一点耐心……永远不够的叮嘱,生怕自己因为是在家族企业而过于安逸，她想让孩子们都很优秀。

张志圆高中毕业时参与了兰洽会"陇宝牌"当归醋的促销活动。她从那时便明白，如果想要别人关注到你或者你的产品，必须要主动出击，不能被动等待。如果觉得不好意思，甚至害羞，那么无论产品或者个人都不会被别人认识和了解。

除过意识层面的不娇惯、不纵容，义顺家族的长辈们还千方百计地设计家族后代的成长之路，他们深明一个道理：放手才能让他们获得成长，磨难才是他们终身的财富，温室里的花经不起风吹雨打。

张志圆至今还收藏着父亲张秉庆写给自己的信。这封信写于2012年11月8日，是张秉庆游学美国返回国内的飞机上写的。当时张志圆尚是一名高中生，张秉庆在信中这样说道：

前几天，收到你的班主任邓老师短信提议，由家长给他的学生写一封信。今天在飞机上将有十三个小时的时间，我准备只干一件大事，就是给你写这封信。

这是爸爸第一次给你写信。千言万语，却一时不知从何说起……

还是从爸爸这次去美国参访游学说起吧。

爸爸10月21日从兰州飞到深圳，与中山大学《美国·创新领导力之旅》参访团其他成员一起开始了为期十八天的商务考察活动。我们从香港机场起飞，飞越太平洋，从美国西海岸的旧金山到东海岸大西洋沿岸的波士顿、纽约、费城、华盛顿，再到西海岸的洛杉矶，最后游览了位于太平洋腹地的度假胜地夏威夷。其间因特大飓风"桑迪"袭击美国，我们在华盛顿滞留了三天，这会儿爸爸正坐在从美国夏威夷飞往香港回国的途中。

我们参访了哈佛大学、麻省理工学院、瑞德大学、斯坦福大学、西点军校等著名大学和美国硅谷、英特尔公司、安捷伦公司、好莱坞环球影城制片厂、联邦快递公司等知名高校和企业；游览了白宫、国会、华尔街、纽约证券交易所、联合国大厦、帝国大厦、时代广场、独立钟、珍珠港、星光大道等景点。

这次去美国的目的之一，就是为你后面的出国求学做前期考察探路。寻找适宜的留学方案，为你的人生规划搜集资料，做一些必要的功课。通过本次参访，我进一步认识了关于美国是"全球商业引擎、全球创新引擎、全球商业领袖摇篮、全球商业规则主导者、人类精英荟萃之地"之说更深层的含义，更坚定了送你去美国读大学的决心。咱们去世界超级大国上学的目的，不只是为了光宗耀祖，更不是为了做面子好看的绣花枕头……

正如你已经知道的，我们中国虽然已创造了有目共睹的巨大成就，国际地位也有了很大提升，但有太多的经济社会发展指标排名落后。在国内，我们甘肃省已成为全国最贫穷的省份，咱们老家临夏州康乐县更一直是全国最穷最落后的扶贫攻坚重点区域。落后就要挨打，我们的出路只有一个，那就是知耻而后勇，立志为改变自身命运、改变家乡面貌、促进祖国富强而努力奋斗。爸爸希望你能认清使命，早日确立人生目标，发奋学习，掌握知识，早日成才，回报家乡，报效祖国。

出国留学实际上是一种跨界学习。走出国门，从用中国的眼光看世界，到用世界的眼光看世界，胸怀天下，放眼全球。跨越国家界限，跨越民族界限，跨越文化界限，跨越文明界限，跨越历史界限，跨越宗教界限，跨越行业界限。跨界学习是企业突破发展瓶颈的不二法门，跨界学习更是个人国际化发展的必由之路。所以，送你出国学习，老爸一不为名，二不为利，三不为谋求简单回报。我的目的就是要让你成为一个有国际视野、有全球观念、有先进理念、有实操能力的国家栋梁之材。

当然，实现这些需要时间，需要一个过程，需要你自己有坚定的信念，需要付出超过常人的汗水甚至泪水。爸爸相信你已经准备好了……

不用说，老爸也将是你最坚定的支持者。作为你的父亲，我希望你的人生是辉煌、灿烂、成功、完美的，更希望你的成长之路是平安顺畅的，你的生活是幸福快乐的。我们没必要过于苛求自己，俗话说："谋事在人，成事在天。"只要自己全力以赴奋斗争取过，不论结果如何，我们的人生都将是充实的、有意义的，是一个成功无悔的人生。你的名字"志圆"，取"志向远大""梦想之源""志向圆满实现"之意。相信你一定感受到了爸爸妈妈对你的祝愿与期待……

信的末尾，张秉庆以歌曲《在路上》与女儿共勉。

信虽不是很长，文辞也不华丽，但寄托了一个父亲的殷切期望，更饱含一个企业家对家国命运的热切情感，用意可谓深远！至今读来，张志圆还不禁心潮澎湃，热泪盈眶。

张志圆后来顺利升入美国加州大学，成为一名品学兼优的留学生，她的志向是有机会到世界各国工作和学习，并最终回到国内，用自己的所学报效国家。

对于在国内完成学业的后代，义顺家族形成一条规矩：所有愿意效劳家族企业的孩子们，必须先到发达城市世界五百强企业锻炼不少于两年。张世乐、张世茂无不是在广州、上海、北京等地经过一番历练之后才回到家族企业。他们的人生由此而多了一份阅历，面对家族事务时，显示出相对成熟和善于思考的特点。张世茂就曾经坦言，"当我和我的团队自己放手去做庆阳市场的时候，我才真正理解体会到了当时在广州、北京的那两年，提前步入社会，让我遇见了各种人，经历了各种事；年轻人的桀骜不驯、眼高手低、好高骛远，早就在那两年的磨炼中磨平了棱角，所以，哪怕之后遇见再难缠的客户，说再难听的话，甚至是把你往门外推的客户，第二天我还是能微笑着进到他店里"。

张世茂在这样的经历中很早便感悟到这样的道理：当你放下面子赚钱的时候，说明你已经懂事了，当你用钱赚回面子的时候，说明你已经成功了，当你用面子可以赚钱的时候，说明你已经是个人物了。

与张世茂有相似经历的张世乐这样记录他独自经受考验的心路里程：大学毕业后在长辈的鼓励下买了去往上海的火车票，记得那时背着一个双肩包，手里拉着一个行李箱，经过两天一夜后到了上海站。下午五点的上海完全不像西北，天色已经暗了下来，出站后坐着地铁来到了上海的经济中心陆家嘴，出了地铁站走上了环形天桥，天已黑，看着周围的摩天大楼，脚下川流不息的车辆，周围匆匆行走的路人，我迷失了方向……

张世乐在上海工作一年之后，又来到了北京。他在北京报名应聘德邦物流时，第一次面试经过四轮后在第五轮被淘汰了，他没有放弃，调整状态之后继续报名参加面试，最终获得通过。挫折与失败，最能让一个人成熟，这便是张世乐两年在大型企业工作的感悟。与此同时，义顺企业内部实际上已经形成一种默契，不论是否家族成员，是否才能出众，只要触犯规矩，义顺企业的领导人绝不会姑息。

这种处心积虑的家族教导无疑是非常成功的，张秉庆就曾说道，非常欣慰于第五代传人都有担当意识，没有富家子弟那种躺在父辈身上坐享其成的陋习，他们的开拓精神、吃苦精神很出众，他们身上同时也有父辈勤奋努力的影子。

如果抛开改革开放以前，张庭鉴、张好顺两代人的创业史，张守正其实是带领三个儿子打天下的第一代，张世重、张世旺、张月圆、张世乐、张世茂等，这些目前已经活跃在义顺商业舞台的第五代传承人实际上可以在某种意义上称为二代。跟这些二代接触一圈，大多数人会发现，他们绝无一般人想象中富二代的不可一世，目中无人。相反，他们个个都谦逊，比他们的祖辈、父辈表现得更低调，更务实，也较一般家庭出身的孩子更能吃苦。在企业内部，他们表现得比普通人更谨慎，严谨的家风家训在他们这一代身上一脉相承。

在很多人的眼里，商人家庭重利轻传统，如果从义顺家族勤思好学、注重传承的角度来看，他们恰恰是传统文化最好的践行者。义顺家族第五代传人几乎都是在"吃亏是福"传家祖训的熏陶下长大的。

张秉庆的女儿张田园甚至认为，"吃亏是福"深刻影响了自己成长过程中的价值观。她的印象中，从小就听爷爷、父亲和伯伯讲家族中关于吃亏是福的故事。"很多人不要说是吃亏，稍微受点委屈都不行。而这对于我来说，就不是问题。"这种对家族后代潜移默化、言传身教的影响无疑是巨大的。他们普遍都有非常强的感恩意识，觉得长辈们打下今天这样的江山不容易。

金钱没有生命力，真正长盛不衰的，是宝贵的精神财富，每一代人都有责任传承文化的DNA，历史的经验教训雄辩证明：家教严，家风良者驰，家风恶者败。

乔氏家训倡导"我不识何等为君子，但看每事肯吃亏的便是，我不识何等为小人，但看每事好便宜的便是。"这与义顺家族的祖训"吃亏是福"大有相通之处。

继承不如传承，继承财产不如传承家风，已经成为义顺家族的共识。张守正在2018年春节总结了义顺家族"四多四不"的家训——多学习、多思考、多创新、多奉献；不吸毒、不参赌、不娶小、不浪费。他不辞辛苦，花了两天时间完成了二十多幅题有此家训的书法作品，给家族成员每人一幅。

张苗园从爷爷奶奶的身上观察到他们身上最为突出的两大特质——"善"与"俭"。她专门整理了几个小故事：

我还上学时同宿舍有一个姑娘家境贫困。冬天时，爷爷从市场买棉马甲，给我一件，给那姑娘也买了一件，还经常让我带钱，各种事很细微也很周全。

爷爷奶奶住在小西湖时，有一天奶奶下楼，看到楼下早市有一个残疾人没有腿，一只胳膊也没有，不穿上衣在地上"匍匐前进"地要钱。她看着很可怜，于是专门回家取钱，并迅速地把一件旧衣服的一只袖子裁剪掉，年近八十岁的奶奶不辞辛苦，还担心那人走掉，迅速拿着衣服和钱就下楼了。可怜奶奶一片好心，那残疾人只收钱不要衣服。可是奶奶一点也不介意，她回家又告诉了爷爷，结果爷爷又跑下去行善。爷爷腿疼走不快，找了一圈没找到人，后来等他走到立交桥下面时，看到那残疾人正好从地上爬起来把包打开，衣服一穿，走了，爷爷这才意识到是骗子。

可是即便如此，他们从来不改行善的信念。奶奶什么都舍不得，报纸、饮料瓶子，所有能换到钱的都要攒起来，勤俭持家真的不是随便的一个词。可是遇到有困难的人，奶奶一点也不吝啬。

张月圆感慨,"爷爷奶奶还有父辈的做事做人真的对我们印象很深,至少三观很正,心特善良"。

忠厚传家久,诗书继世长。好的家风,会让一个家庭兴旺。一家仁,一国兴仁;一家让,一国兴让。家风好,则族风好、民风好、国风好。

家训是家庭的核心价值观,家规是家庭的"基本法",家风是家族子孙代代恪守家训、家规而长期形成的具有鲜明家族特征的家庭文化,是一个家族最宝贵的财产,是每个家族成员自豪感的源泉,是每个家庭成员"三观"的基石。家风是融化在每个人血液中的气质,是沉淀在每个人骨髓里的品格,是每个人立世做人的风范,是每个人工作生活的格调,毫无疑问,家风是民风社风的根基,是社会和谐的基础。

张秉庆的大儿子张世阳目前还是一名在校大学生,但是,对于父亲的人生,对于家族的命运,他已经有了自己独立的思考。在一次非正式访谈中,他说,有知名人士把人的一生分为五个阶段,儿童时期听话,少年时自律,中年时正义,老年时智慧,死亡时是安逸,目前父亲走过的道路完全符合这个规律。"我想表达的核心意思是,父亲的人生是我向往的。父亲走的是一条正确的道路,也是我想走的路。我不会在乎钱财,但我更会在乎荣誉、成就!"这个十九岁的少年提到,他曾经在高考结束的三个月内,把自己的体重从两百一十斤减掉了五十斤。"这是一个成功的案例",显然,这个成功案例令他引以为豪。张世阳甚至曾认真研究曾国藩家族,他说,曾国藩死后,他的家族繁荣了七代,培养出两百九十七位对国家举足轻重的人物,他希望自己的家族也能朝着这个方向发展。

这个少年的见识与成长背后依然离不开父亲的谆谆教导,他尚是一名初中生时,张秉庆便指导他看《MONEY YOU》一书,帮助他对金钱有客观和正确的认识。

张秉庆说,父辈的脊梁就是儿女起飞的跑道。这是他当年送女儿张志圆出国留学时,目送女儿的身影消失在登机口,内心五味杂陈,在候机楼里坐了很长时间以后写下的一段话，那是一种非常复杂的情感。

可以肯定，由于祖辈、父辈的前瞻眼光与顶层设计，义顺家族后代的人生必将与众不同。义顺家族枝繁叶茂，人才辈出，对于家族后代的发展，义顺家族其实也已达成共识，这就是尽可能尊重第五代传人的个人兴趣和爱好，无论他们自己创业还是为家族企业效劳，只要条件具备，家族都尽可能提供帮助。

张田园、张志圆都是学化工专业的，张田园曾经在英国伦敦帝国理工大学读研究生，现在世界五百强陶氏化工任职，张志圆目前仍在美国加州大学留学。基于这样的现实，张秉庆有一个设想，她们熟悉国外的风土人情，如果说义顺企业在当地设立一个子公司应该是有条件的，另外，如果说义顺企业向新能源、新化工方面发展的话，她们无疑是合适的人选。

永续经营的唯一理由就是别人需要你。只有不断创造被别人需要，有利用的价值，企业才会永远存在下去。从这个意义上讲，家族传承与企业传承是契合的。"义顺"商号有望以股改为契机，让这个家族制企业迈向现代化，实现社会化，挺进国际化。这样的论调实际上也暗含着让"义顺"商号在有效传承中实现永续经营远期目标的潜台词。

第八章

DIBAZHANG

发展之道 与时俱进

FAZHANZHIDAO YUSHIJUJIN

> 兄弟同心,其利断金,义顺这个家族企业,从兄弟三人搏击商海,发展到目前四百多人的企业集团,团结凝聚力量,团结是义顺兴盛的根本。
>
> ——张秉柱

家族企业，多少年来，是粗放、落后的代名词。慧聪董事局主席郭凡生做过一个形象的比喻，家族企业，就像是旧社会大户人家的私生子，处处受人欺负。而另一方面，很多家族企业的领袖甚至不愿意承认自己是家族企业，好像一跟家族企业挂钩，就身价倍跌。

　　与很多人对自己家族企业的身份欲盖欲遮的暧昧态度不同，张秉庆承认，义顺就是一个地地道道的家族企业，他并不因此而感到难为情，恰恰相反，他以此为荣。是啊，他有足够的理由感到骄傲自豪，今日义顺已经不是那个偏安一隅，受人宰割的小公司，它赫然屹立于甘肃酒界，至少在目前，是一座不易被人超越的丰碑。

　　回首近现代家族企业发展历程，多少家族企业在喧嚣的岁月年轮中归于沉寂，而"义顺"商号在穷乡僻壤的康乐山村扎根，并在陇原开花结果，枝繁叶茂，其成功的内核究竟是什么？

　　2017年8月18日，中国糖酒茶领袖经销商高峰论坛大会上，张秉庆发表了"创新与坚守并重，远见与实干共舞"的演讲，在这场演讲中，他宣称，"义顺"商号新时期坚守的是"仁中取利，义内求财"的义顺人传家祖训，是"仁义、团结、创新"的三大法宝，是"仁义礼智信、廉耻勤勇严"的义顺商道，并且认为，这是义顺企业生存和发展的根本保证！此番演讲，亦可视为"义顺"商号繁衍近百年而不衰的内核。

三大法宝

早在2009年,张秉庆在兰州各大高校巡回演讲,就被莘莘学子追问,什么是义顺企业的成功之道?张秉庆回答,义顺企业的成功之道是仁义之道,是团结之道,是创新之道。在此之后,他在"创业密码"的演讲中,将仁义、团结和创新归结为义顺企业成功的三大法宝。

一、仁义

在一般的企业里,企业价值观似乎是可有可无、夸夸其谈的虚应故事,而在义顺,以"仁义"为首的价值观,却是实实在在的行为规范。仁义是发展的根本与基石,是包容汇通、跨越腾飞的一面旗帜。"义顺"商号第二代传承人张好顺十五岁走街串乡,货郎箱上"大丈夫仁中取利,真君子义内求财"的对联,可以说是义顺企业"仁义"理念的发轫,此后,"仁中取利,义内求财"成为义顺人的传家祖训代代相传。"义顺"商号第三代传承人张守正夫妇则将"诚信待人,吃亏是福"的仁义表现反复倡导和实践,最终形成一种正能量十足的家风传承了下来。"仁义为本"的经商理念在"义顺"商号第四代、第五代传承人中进一步发扬光大。

义顺人对仁义的理解是,宽厚正直,通情达理。他们认为,穷寇莫追是仁;有理让三分,凡事留一线,共和、共赢,一样是仁。人敬还情,礼敬还礼,扶弱祛恶是义,己所不欲勿施于人,有所为有所不为,也是义。仁义的一般表现为有爱心、负责任、能担当。

2013年,张秉庆参加了一场由甘肃民营企业家联合会主办的企业财富论坛。论坛上有几位嘉宾包括高校教授演讲时,都提到了一个观点,企业家应"由富而贵"。张秉庆被安排在第五位登台演讲,他演讲的题目是《中国梦的义顺篇章》。他一上台,便说了一句,对不住各位了,我的演讲与各位之前的观点有些差异，我更赞同孔子所说"不义，而富且贵，于我如浮云"！并以此展开自己的论述。在论坛之后的宴会上，几位教授轮流与张秉庆举杯交流，并真诚地说，你的观点更值得我们学习，我们要向新时代的义顺精神致敬。

何谓义？古字義，离不开我，用我身上的王去辨别是非，在人家需要时，及时出手，帮人家一两下，即为義。张秉庆认为，仁义是义顺人成功的第一法宝。义顺人不仅将"仁义"二字时常挂在嘴上，更付诸日常行动。

甘南临潭卓尼，这是一个汉藏交汇的地方。2017年7月21日，张秉柱为服务华商书院学兄造访甘南美景，特意打前站去考察美仁草原。路过临潭时，他顺路拜访了藏族合作伙伴金万隆。这是一位与义顺企业合作有近二十年历史的少数民族老板。藏族同胞豪爽、仗义，与他们做生意，一旦赢得信任，他们会掏心挖肺地拿出自己的真诚。金万隆当年与义顺企业有过几次愉快的合作之后，被义顺人的义气感动，以后再来进货时就认准了张秉柱，经常是拿出单子，说"你看着给我配货吧。"越是这样无条件的信任，张秉柱越是不敢怠慢，总是想方设法要把货物配得合理。张秉柱以自己的诚实守信、宽容和善颠覆着人们对于"无商不奸"的陈旧观念。千百年来，人们将无良工商业者称为"奸商"，大部分正派商人也被连累，被认为是无商不奸。张秉柱后来在华商书院听到一位教授讲，其实奸商的起源并非是害人的"奸"，而是诚信做人的"尖"。古代粮店用斗盘粮食，装满抹平之后要再搭上些，让斗看起来尖一些，实际上是一种大方的额外赠送行为，是为"尖商"，只不过千百年来重农抑商的传统和部分工商业者的不文明行为自毁长城，逐渐演变成了人人痛恨的"奸商"。

与藏族同胞的合作中，义顺企业历史上还有一个经典故事。1999年12月，甘南州卓尼县康多乡一位藏族客户在向义顺公司采购货物时，多付了三千元现金，而他自己一直没有发现。一个多月后，这位客户第二次来义顺公司采购时，收到义顺公司退还的多付货款后，觉得非常意外，经相关人员解释后，他又感动又高兴，直说"义顺公司，有情有义，够朋友！够朋友！"在义顺人看来，三千元钱事小，义顺的信誉事大，图眼前之利，贪眼前之功，受到的荣誉损失是花多少钱也买不来的！

2017年9月22日，张秉庆在微信朋友圈里发表了一张与张掖融华商贸公司总经理王岩刚欢聚畅饮的照片，并说"感谢友好合作整整二十年的伙伴王岩刚好兄弟"。二十年的不离不弃实属不易，二十年中，义顺发展成为甘肃酒界航母，融华商贸公司也从一个名不见经传的小公司发展成为张掖市赫赫有名的酒类龙头企业，2010年前后，王岩刚也开设了五粮液、剑南春专卖店。

对于义顺的"仁义"之道，王岩刚恐怕是最具说服力的合作者，同时也是最具说服力的见证者。王岩刚说，"我和义顺合作二十年，特别是2000年以来，我们之间的合作越来越紧密，做出了大家公认的好成绩。"2009年，不但王岩刚终生难忘，许多义顺的下游经销商也会永远记得。这一年，融华商贸创下五粮醇销售甘肃省第一的好成绩，义顺奖励给王岩刚"杰出运营商"的特殊荣誉，并且奖给他四十三万元的市场扶持资金。四十三万元，不是一个小数目，这活生生的案例便是义顺践行仁义之道，与合作伙伴共同进步共同发展最好的说明。

在与义顺企业合作的过程中，有一件事情令王岩刚永生难忘，这便是义顺与白银叶青生弟兄三人的故事。叶青生是义顺在白银市场的一家经销商，2007年，叶青生突发疾病，急需抢救，费用很高。得知此事后，义顺人毫不迟疑带头捐款五万元。叶青生终因医治无效去世，在此之后，义顺人又无微不至地扶持他的兄弟走上了正常经营之路。

对下游合作伙伴如此，对上游厂家亦是仁义至上。对此，王岩刚如数家珍。2010年春节前，五粮液酒较大幅度地涨价，义顺人接到厂家通知后，仍然将自己仓库储存的一千多件货源按原价向几百家下游经销商每家供应两箱。王岩刚感慨万端地说："这种对一些人认为是坐享其成的'发财机遇'，义顺人并非是视而不见，而是与合作伙伴共建共赢的承诺促使着他们不能那样做。"

"商人求利天经地义，但一定要让和你一起奋斗的人都能有一份合理的回报，不能把所有的好处自己一个人全占了。"张秉庆说。在他看来，风雨同舟、利润共享不仅是一种理想的人生境界，更是一种现实的处世方式。正因为如此，他才能够一次又一次地带领他的义顺团队和合作伙伴在市场上披荆斩棘、无往不胜。

2009年对于王岩刚来说，真可谓是好运连连，至高的荣誉、巨额的奖金，外加义顺公司奖励的五粮醇专用配送车。与王岩刚的张掖融华公司同时获赠五粮醇专用配送车的还有庆阳云峰商贸公司、白银三阳商贸公司、景泰盛世大象酒业营销中心等十六家五粮醇县级经销商。这样大手笔的回报，不仅对县级经销商形成一种有效激励，而且也营造了浓重的共同致富氛围。

企业竞争，实际上就是时空的竞争。从1925年创号，到2018年迎来恢复经营三十周年，义顺人走过了九十三年的风风雨雨。艰难困苦，玉汝于成，有仁义就有时空，行仁义便得大成。仁义不仅贯穿在义顺近百年的商道上，更内化、体现于每一名义顺人的思想与行动中。"己欲立而立人，己欲达而达人"，这是仁义的重要原则，帮助别人就是帮助自己，成就别人就是成就自己。

"如果客户口袋里有五块钱，你心里只琢磨怎样把这五块钱抢到你手里，你的做法不但短视，而且困难重重。最好的做法是，帮助客户将这五块钱变成五十块钱，那么，你拿走五块钱就相对容易，并且也乐于被客户接受。这就是我们倡导的以'利他主义'为基础，独具义顺特色的经营哲学。"张秉庆如此阐述"义以生利"较高境界。

事实上，这种"利他主义"，从历史渊源上看，与儒家倡导的义利观如出一辙。长期以来，人们认为儒家只讲"义"而不讲"利"，其实这是一种误解。儒家的义利观有一个发展变化的过程，实际上体现的是义利合一观，体现在管理活动中，就是"义以生利"，是精神价值创造物质价值，精神价值制约物质价值的过程。这一过程包括价值认识上的"见利思义"，行为准则上的"取之有义"，实际效果上的"先义后利"，以及价值评判上的"义利合一"等各个环节。

孔子的孙子孔伋在阐述仁义与利益的关系时认为，仁义原本就是利益！而

《易经》中说：利，就是义的完美体现。用利益安顿人心，以弘扬道德，只有仁义的人才知道仁义是最大的利，而不仁义的人是不知道的！

二、团结

经典抗战名歌《团结就是力量》里唱道：团结就是力量，这力量是铁，这力量是钢，这力量，比铁还硬比钢还强……这绝非虚妄之词，团结，在义顺企业发展的历史上同样具有基石作用。其中，家风家教是一个重要因素。可以说从张好顺开始，到张守正夫妇，他们几代人的言传身教营造的良好家风、家教奠定了义顺三兄弟的团结基础。2017年义顺企业年中大会上，甘肃酒类商品管理局局长陈浦谦卑地三鞠躬，首先是向义顺企业的员工们鞠躬，感谢他们为甘肃经济的繁荣做出贡献，感谢企业领头羊和决策层、领导班子为员工带对了道，走好了路。其次是向张守正鞠躬，称他是"成功的和优秀的父亲"，最后向余娥鞠躬，称她是"更加成功和优秀的母亲"。陈浦认为，正是良好的家教家风奠定了义顺家族的文化基因，才能使义顺三兄弟齐心协力，其利断金！

张好顺在康乐民间有"尕佛爷"美誉。张秉柱打从记事起，爷爷就是一副热心肠，是村子里人人信服的"总提"（注：农村红白喜事总负责的人，类似于总执事）的形象，庄子上家家户户的红白喜事都由他操办。令人信服的背后，就是他平易近人，善于团结群众的个人魅力。生产队时候，人们吃不饱穿不暖，经常有村民到家里来反映困难，喊一声"张主任"，爷爷隔着门窗就忙不迭地热情相迎，"快来快来"地招呼来人，让来的人心里暖烘烘的。来访的人大多都是哭穷要口粮的，爷爷好言相劝，张秉柱感觉啥问题也没解决，但是来的人总是千恩万谢高高兴兴地走了。张好顺在基层极高的威望就来自于他敞开心胸接纳包容各种个性的村民，爷爷的善于团结给张秉柱留下深刻印象。

张守正承袭了这种良好的做法。无论是在乡镇基层担任干部，还是后来在康乐县广播局任局长、在康乐县水利局任副局长，他都一心为公，善于团结他人，群众基础非常好。最难能可贵的是，康乐回汉杂居，张守正善于处理少数民族关系，在回族同胞中享有很高声望。张守正时常对几个儿子们说，要争着吃亏、抢着吃亏，只有这样，你们才能不计个人得失，紧密团结。

张秉柱当年上中学时每天中午不回家，在学校就着凉开水啃两个白面馒头就算是午饭了，这对他已经是极大的"优待"了，两个弟弟因为中午饭可以在家吃，一年到头吃不了几次白面馒头。张秉柱说成年以后，他很多事情都让着弟弟们，他自嘲，"因为比他们多吃了几年的白面馒头"。

张秉柱在爷爷和父亲的教导下，将吃亏是福牢记心间，并且将之作为处理兄弟关系的利器屡试不爽。凡是享福的事情，他都持一种态度：让！比如各种旅游的机会，比如各种考察的机会。他对两个兄弟说，你们先去，我后面再去。他对吃亏是福做了进一步延伸，"吃亏就是占便宜。要善于吃亏，勇于吃亏"！

当年义顺公司代理大森干红，批发价一瓶十二元，后期处理时一瓶六元钱，账目清楚地显示，临潭一位终端经销商不但批发过十二元一瓶的货，也曾经在处理价六元时进过货，但最终这位经销商却要求以十二元的价格退货。张秉柱反复沟通之后，此人依然坚持要退。张秉柱最后大笔一挥，退！等于是以十二元的价格回购了对方一百多箱的货。很多知情人为他鸣不平，张秉柱说，吃亏是福，就算明摆着是亏，也要吃。他同时也自我安慰，我回购了对方一百多箱的货，我还是我，你虽然多得了一些利益，可是，你的良心一定会受到谴责。"人善人欺天不欺，人恶人怕天不怕"，张秉柱坚信，头顶三尺有神明，做人要厚道。

张秉柱后来进入华商书院学习，他惊异地发现，这些老人们的言传身教与国学中倡导的许多理念相同。"我们一直就是这么做的，只是不知道这样总结提炼。"其实，也正如华商书院黎红雷教授在博鳌儒商论坛2016年年会上的主旨报告中所说，中国的民营企业家，起码接受过三个人的教导：一个是老人言，就是家风家教；一个是圣人言，就是国学经典；再一个是前人言，就是传统商道。流传了几千年的文化传统就是以儒家思想为代表的中国传统文化，很不幸，一百多年来的文化断层将这些大传统打倒了。但是，小传统还在。小传统就是我们的父辈、祖辈从小教我们怎么做人，怎么做事。这些"老人言"就是我们的小传统，是我们与生俱来的文化基因。

作为与义顺企业交往多年，相互熟悉而又信任的合作伙伴，李寨龙极为认同"吃亏是福"这句老人言。2017年7月16日义顺企业年中大会上，李寨龙倡导义顺企业的员工们要在家庭关系和职场关系中善于吃亏，乐于吃亏，并且对这句话进行了延伸——吃亏是福，胜亏是祸！

可以说，这既是处理兄弟关系的法宝，也是处理家庭关系的法宝，更是员工们在企业中处理相互关系的法宝。团结，亦被明确写进了义顺员工守则中。曾经有记者向张秉柱提问，"你们兄弟三人拧在一起做生意，闹过别扭吗？"

"大的别扭从没闹过。如果碰上大事而意见不一致，我们宁肯把它搁放一边待以后再议都成，但从不因此而闹矛盾。为啥哩？现实生活中这方面的教训太多了，你看看有多少兄弟一起做生意能长久做下去？那么，做不下去了咋办？只有分家、分财产，最后分道扬镳。其结果是人力分散，资金分散，人心分散。所以说，如果我们兄弟三个之间不团结，那么我们义顺的生意肯定做不到今天这么大。"张秉柱如此回答。

"我们不但生意上团结，而且念书念到了一起，最后成了华商书院的同学。"张秉柱非常自豪于这样的兄弟同学关系。张秉柱也在各种场合输出这样的观点：团结不是表面化的一团和气，团结是一种才能，团结是一种心态，团结更是一种精神境界，团结关系着企业的生死存亡。每一个义顺人要正确对待自己，正确对待同事，正确对待得失。要诚实，要正派，要宽容，少一些私心，多一些奉献。

"康乐弟兄几人做生意，一旦做大，就开始闹分家。分家之后企业失去竞争力，要么倒闭，要么只能勉强维持现状，这样的事例比比皆是，对于我们也是前车之鉴。我们没有分，而且永远也不分，我们要永续发展。"张秉柱如是说。

"从小家到大家，让人在一起，钱在一起，心在一起，战略联动，互利共赢，面向未来，共同发展。"这是张秉庆在各种场合反复倡导的信念。正是从这样的信念出发，义顺企业做到了用团结感召人才、凝聚人才、聚合人力，让更多的人团结在义顺的大旗之下共谋发展，使义顺企业从家族小商店做大成为一个国内业界知名的企业。

张秉庆甚至说过这样的话，如果说我的哥哥或者弟弟不干了，那我也就不干了，我连自己的哥哥和弟弟都不能团结，我又能去团结谁呢？张秉庆坦承，"义顺企业的发展历程中，我们兄弟三人的团结很重要，可以说是为了共同的奋斗目标，我们兄弟三人都是各显其能、优势互补。我的大哥做事精明细致，我的弟弟为人豪爽讲义气，他们二人的最大优点是执行力比较强。团结不是只挂在嘴上的口号，也要有约束，就是人们常讲的亲兄弟明算账。有些观念要纠正，不能用兄弟情谊来维系共同利益，而是要用共同利益来维系兄弟情谊！"

张秉华认为，一个人的努力，是加法效应，一个团队的努力，是乘法效应。兄弟三人能拧成一股绳，父亲是个重要角色，"我们的父亲很有远见，在前期就把未来的很多事情都安排好了"。

如何将团结从精神层面内化到行为层面呢？这就需要制度来保障。兄弟三人的制度保障主要体现在制定章程规矩、签订协议、明确权责。企业内部的团结则主要体现在通过制度规范员工行为，通过利益机制保障员工发展，与经销商、供应商以及战略协作伙伴开启战略联动，互利互赢的新征途。其实也就是形成了一套文化保障，树立远大目标，助人自助。能吃亏、会吃亏、勇于吃亏，相互成就，帮助别人实现梦想，顺便实现自己的梦想！这几乎可以解读为义顺给自己新时期的定位：成为一个摆渡者，自渡，亦渡人！

张秉庆的儿子张世阳亦曾提到团结在家族壮大中的作用，按照他的观察，家族成员有时也会有摩擦，但是大家不会斤斤计较，很快就会弥合。俗话说，家和万事兴。对于张秉柱、张秉庆、张秉华三兄弟来说，这个家，不仅是老张家这个小家，更是"义顺"集团这个大家，以及上游供货厂家和下游经销商在内的营销大团队。

那么，如何在企业大家庭内营造"团结"的氛围呢？张秉庆有一句名言，带团队不是请客吃饭，嘻嘻哈哈、舒服安逸不会有执行力；温良恭俭、皆大欢喜不会有战斗力。不要放纵纪律，不要对制度宽容，这是对员工的不负责；要帮助员工成长，提升收入，获得更体面的生活，这是对员工最大的负责。正因如此，义顺企业将诚信、敬业、胜任、感恩作为员工守则写入了公司章程中。

诚信：诚实守信是对企业人品德层面最基本的要求。诚信不仅是一种高尚的道德规范，更是企业伦理的核心。诚信是企业的立足之本，以诚信为本的道就是商道。诚信付诸行动，就是财富。

敬业：敬业是一种习惯，是一种人生态度，更是一种高尚品德。我们要将义顺公司的发展当作自己的一项事业，我们渴望成功，我们有着强烈的使命感，我们以办好义顺公司为天职。

胜任：就是努力为企业创造良好效益，就是积极成为领导的左膀右臂，就是从来不找借口而是找方法，就是不折不扣地执行并完成上级交付的任务，就是对企业怀有一丝不苟的责任心和忠诚！

感恩：感恩，是一种文化素养，是一种处世哲学，是生活中的大智慧。感激伤害你的人，因为他磨炼了你的心志；感激欺骗你的人，因为他增进了你的见识；感激绊倒你的人，因为他强化了你的能力；感激斥责你的人，因为他助长了你的智慧！

大批元老之所以愿意追随义顺，不光光是因为相比同行更高的薪资，更是因为他们认同义顺企业的价值观和使命感。对企业来说，无论是在创业期间，还是在向成熟发展的过程中，都少不了一个团结一致的队伍。而一支有凝聚力的团队则需要一个能够身体力行、对员工如同对待家人一样有远见的领导者。张秉庆就是这样一个具有极强号召力的领导。他如此的人格魅力也是自身素养的体现。

团结的过程中，领导是一个率领者，而不是劳模。领导不一定要冲锋陷阵在最前面，但一定要保证冲锋的士兵不但完成任务，还能毫发无损地回来。这对一个人的领导力有着很高的要求。而所谓领导力就是在其管辖的范围之内，充分利用人力和客观条件用最小的成本因人而异所需要办的事。

想要做一个有着很强领导力的领导，就不能闭门造车，只顾埋首做自己的工作，而是要放眼整个企业环境。商场如战场，想把企业做大，势必会与不同的竞争者竞争，竞争者层出不穷，这并不是一件坏事，反而是一件好事。然而，企业最大的对手是自己。竞争的乐趣就在于痛苦之后，会迎来一个升华过后的自己。俗话说，同行是冤家，当一个企业是一个强大的竞争对手时，相信大多数的管理者都会绞尽脑汁地想去战胜它，根本不可能把它当作学习的榜样，然而张秉庆却是一个例外。"竞争最大的价值不是战败对手而是发展自己。人无远虑，必有近忧，内心的危机感能够鞭策我们不断上进，当我们失去危机感，就会失去对事业和生活的追求，不思进取。"张秉庆如是说。

雷锋有一句名言说得好，"一滴水只有放进大海里才不会干涸，一个人只有当他把自己和集体事业融合在一起的时候才能最有力量"。一个人如果离开了团队，即使他能力再高，发挥出的作用也是很有限的。但一个团队，即使都是平凡的人，聚合在一起也能够散发出无限的能量。一个好的企业家，就是要让羊群散发同狮群的战斗力，让力量最大化。毛泽东说，力戒骄傲，这对领导者是一个原则问题，也是保持团结的重要条件。

张秉庆致力要做的就是让团队成员在义顺工作不会感到委屈和无助。他希望自己的团队能够没有后顾之忧地在义顺快乐工作。提升团队成员的归属感，跟他们一起分享义顺取得的一个又一个成功。把钱投在员工身上，让这部分财富实现"增值"，这不是一个空洞的口号。义顺每年将大量的财力、物力投放在提升员工素质上。包括出国旅游、培训等。因为义顺人知道，在知识经济时代，学习是最好的投资，培训是最大的福利。开阔视野，提升能力。新人入职要进行培训，要帮助新人迅速了解义顺的历史、现状、价值观。在这方面，张秉庆俨然扮演起了一个人生导师的角色，他能快速给在场的人"洗脑"，让他们热血沸腾，激情迸发，斗志昂扬。

员工是企业的财富，有共同价值观和企业文化的员工是最大的财富。义顺人深知员工能力的提升对企业发展的重要性和对团队稳定的重要性，所以他们才甘愿在这方面花大力气。能力和责任是不一样的，你愿意为多少人承担责任，能承担起多少人的责任，这不是你的能力，而是你的责任。千军易得，一将难求。中国有五千年文化，我们一直以人为本，如果把人抛弃了，那等于是自掘坟墓。不想当将军的士兵不是好士兵，但是做不好士兵的人永远当不了将军。

三、创新

张秉庆曾经分析，创新是发展的动力之源，为此，他自撰座右铭："创新求发展。"也正是有了这个座右铭，张秉庆创新的动力从此便一发不可收拾。纵观义顺发展历史，创新贯穿于其整个经营过程中。张秉华有一条经典语录，"勇于探索，善于创新是我们能持续稳定快速发展的强大动力。创新包括思路创新、服务创新、技术创新和制度创新。"

先说制度创新。早在1992年，张秉庆"下海"担任康乐县义顺农工商公司总经理后，第一个"大动作"就是用引进的"股份合作制"代替了原来的家庭成员的"合伙制"，让资本和人力同时参与分红。

1998年，按照《公司法》相关要求改组成为"有限责任公司制"。公司实行股份制改造，两权相对分离，此后很多部门引进职业经理人。直到2017年，股权改制，提出打造"共享型幸福企业"的理念。围绕这一理念，营销架构的重建、分公司的设立均是一种创新之举。

早期经营过程中，张秉庆发现，创新里面也有制度设计问题，比如过去的国营糖酒企业，往往一两个人常年跑销售，但到了年底，却有上百个人等着拿奖金。跑推销的积极性必然受挫，因为"忙的忙死了，闲的闲死了，稍有风吹草动，闲的把忙的整死了"。于是，他在公司设立了这样一条规矩：谁的销售任务完成得好就奖励谁，谁的业绩好谁就获重奖。从那以后，公司的上上下下，一个比一个干得欢。

再说思路创新。1997年，当义顺还未挺进省城兰州前，张秉庆就看到，不管义顺名号有多响亮，但仅仅局限在一个县城里，地域的局限必将使企业发展受到极大的限制。1995年前后,他对家族所经营的产品进行聚焦,后来,他更觉得未来的竞争将越来越细分,只有在专业性上做得更好,才能获得更大的发展。于是,他毅然将白酒代理作为义顺将来发展的重点。

在经营结构上,改过去经营杂货为主为到专业卖名酒,从过去只代理为主改为科研、生产、营销一条龙配套。思路决定了出路,战略决定了高度。在张秉庆的眼里,在中国经济已经呈现出越来越好的势头下,国家级名酒将会受到越来越多消费者的青睐。因此,义顺既然选择了卖酒之路,就要卖好酒,就要卖名牌酒,就要卖国家级名酒。

义顺人的技术创新早在1988年开店之初已经体现。从第一部电话,到第一辆送货车,义顺人的创新无处不在。义顺人至今像保管文物一般收藏着当年使用的那部手摇磁石电话机,当年他们是康乐县第一个拥有电话的个体私营企业。这个"顺风耳"使义顺人体会到了"运筹帷幄之中,决胜于千里之外"的意义。关于车辆的不断投资升级,张秉华曾经在一次员工大会上做过详细的梳理:

1987年,拥有一辆自行车作为代步工具已实属不易;1987年下半年,购买摩托车一辆;1988年,购进第一辆四轮拖拉机;下半年,新添华山牌送货车一辆;1990年元月,我与董事长专程奔赴南京购买一辆二点五吨双排座跃进牌柴油车,康乐到南京全程两千多公里,我们居然一开就是两天两夜,一口气从南京开回家乡;1994年,我和董事长再次怀揣十五万元专程赶赴湖北,购进加长东风牌大货车一辆,由于当时还没有一百元人民币,最大面额就是十元,可想而知,那是何等壮观的一沓纸币;1997年元月,购进河北保定田野牌皮卡轿车,由此开启了义顺轿车史新纪元;2000年元月,二十五万元购进当时风靡一时的红旗牌轿车;2005年,再添别克君威轿车一辆;2010年,为了纪念义顺商号建号八十五周年,新购置宝马轿车一辆……

用过多少车,跑过天南地北多少路程,不必计算,只是前前后后经我手开报废的车辆就有二十余辆。截至目前,义顺公司各种车辆超过六十辆……

可以说，"车"的变迁史就是"义顺"商号恢复经营三十年的变迁史！敢于尝试新的营销方式也在义顺人身上显现出与众不同的特点。1997年，成立义顺商情网，并全面实现会计电算化。2004年4月，义顺发起并启动了"甘肃义顺名酒联销网"，这是一个以名酒经营为纽带的商家联销网。名酒联销网在经营模式上带有明显的现代连锁经营痕迹，对各个加盟店实行统一标识、统一采购、统一配货、统一宣传的"五统一"管理机制。同时，义顺公司还设立了"甘肃义顺名酒联销网展销中心"和"甘肃义顺名酒联销网物流中心"。在整个联销网络体系的建设中，强调的是对现有的渠道资源进行高效整合。2007年，"甘肃义顺名酒订购网"建成运营。而直到两年以后，行业人士才开始将目光逐渐聚焦到电子商务上。可以说，创新令义顺人领先了不止一步。2015年，义顺与上海丹露电子信息科技有限公司联手打造甘肃丹露电子信息科技有限公司，当年，义顺公司各区域核心合作伙伴全面免费入驻丹露平台，共享数据资源，零风险打通了O2O、B2B2C网络销售平台。

以理念创新为导航，以强大的技术创新为载体，今天，以名酒代理、西北特色产品生产销售和线上线下结合的便利连锁零售经营为主的义顺战略新格局已经形成。制度设计的创新，对于义顺人来说也是一个重要的命题。企业内部需要制度设计，企业外部更需要制度设计。正如王岩刚所说，义顺做酒，将独特的营销方式发挥得淋漓尽致，他们想得比别人多，做得比别人早，有一套新颖的经营模式，将全省数百家经销商联合到一起，团结起来共同去做市场，就没有不取胜的道理。因为有了好的品牌，有了好的领头人，有了好的更精细化的管理，还有了统筹全局高瞻远瞩的发展眼光，那便是地县经销商的福分。

按照王岩刚的观察，下游经销商大多是本分老实的生意人，容易沟通，对他既有情又有利，一定会令其感动的，更有信心做生意。王岩刚说得没错，世界上没有一成不变的优势，也没有永远先进的制度。企业如果不能随着市场环境的变化和时代条件的发展而做出相应调整，就不可能始终保持活力，始终走在别人的前面。

创新，是企业保持活力的不二法宝。创新就意味着突破、飞跃和前进。无论是新员工培训课，还是日常销售管理培训，创新的理念已被深深植入每个人的头脑中。义顺企业总部办公室里关于"创新"的各种经典词语，总是给人留下深刻的印象。"不创新，必灭亡！""因循守旧，后患无穷"这样的理念已经深入义顺人心中。

义顺人的创新体现在方方面面，贯穿在很多细节上面，就比如说，他们的总结年会从原来的12月底改到每年3月底召开，恰好避开了春节旺销时节，立意是"让淡季辛勤做市场的人在旺季有更多收获。"他们的思维从不拘泥于既定的行规，墨守成规对他们来说是可耻的，也是深恶痛绝的。

张秉华经常教导企业员工，要有强烈参与竞争的意识，勇于探索，不断创新是我们的团队能持续稳定快速发展的强大动力。因为站在巨人的肩膀上，张秉庆时常会得到巨人们各种提点。几年前，五粮液集团总经理王国春说了一句"谁把五粮液的无形资产应用得好，谁就会挖到金子"，张秉庆说，他时常将这句话反反复复地咀嚼，他发现每次咀嚼后总有不少的收获。

因为创新，在营销方式的开展上，义顺也从没有固定框框的束缚。在五粮醇近二十年的推广上，义顺从不拘泥于简单的产品铺市、陈列等，而是举办诸如大学生品牌推广挑战赛、"雏鹰挑战大赛"等。这些活动不但在当时促进了销售，而且从长远来看，培养了新型的大学生消费群体，令五粮醇的知名度、美誉度同步提升。

创新者无敌，早在2004年，义顺人在短短两个月时间里组建成功六十家义顺名酒专柜——这个在全国千百个五粮液经销商中的首创之举，正是市场调查中的一种灵感突现。原茅台酒厂甘肃片区经理胡秋翌曾无限感慨地说，"作为名酒厂家人员，我们会在私下做一个很客观的评价，义顺三兄弟真的了不得，甘肃酒业航母轮廓清晰，却发轫于一个偏僻小县城。反观业内很多酒类企业，相当一部分人原来就是从事酒类经营的，体制溯源可发现，他们就来自原来的国有省市糖酒公司，或者供销二级站，可以说先天就承接了体制内充足的营养，具备诸多优势，做大做强很自然，但是义顺从个体户起步是很难的，是在围追堵截中杀出了一条血路"。

这段述评无疑可引发人们更多的思考，或许，正因为义顺没有国有省市糖酒公司的血脉，他们没有汲取到体制内丰富的营养，但他们也没有承袭糖酒经销体制陈旧的运作思维和模式，也就没有条条框框的诸多限制，更没有可直接沿袭的运作手法，所以，他们就只能摸爬滚打，自己探索总结和创造自己的发展之道，天高任鸟飞，海阔凭鱼跃。

张秉庆有一个经典论述，投资的力度等于创新的速度。拿破仑为什么打胜仗？是因为他的军队行军速度是一分钟一百三十步，其他欧洲军队是一分钟七十步。义顺人是想干一番事业的，否则，他们不可能有这么大的胆识和气魄，去拼搏，去竞争。而正是想干一番事业，才使义顺有一种逆流而上、锐意进取、追求真理的精神。因为，"要干就要干好，要干就要当第一"，这是义顺人一贯的风格。

新技术革命使中国进入世界经济一体化的快车，社会环境愈来愈呈现出一种离散状态。这就需要企业家进行新聚合，企业家的创新思维正在改变着我们的生活。义顺企业的发展史就是一部超越史，超越来自创新。创新是一个企业可持续发展的原动力，企业文化是企业可持续发展的基因载体，决定着企业的生命力。义顺企业文化特色可解读为，一是以中国传统文化为企业文化内涵的内治之道；二是以现代企业制度为管理供给制的外用之术。"内修中国传统文化精粹，外融西方先进科学技术"。在传承中创新，在创新中传承。

义顺商道

何谓商道？商道是文明工商业者遵从的大道。受中国传统文化影响，中国古老的商道精神至今在家族企业中发挥重要作用，义顺商道以儒家的五常仁、义、礼、智、信为基础，以廉、耻、勤、勇、严为规范。

义顺企业总部的办公室墙上，对"仁、义、礼、智、信，廉、耻、勤、勇、严"的义顺商道做了细致的解释。孔子最早提出"仁、义、礼"，孟子延伸为"仁、义、礼、智"，董仲舒扩充为"仁、义、礼、智、信"，后称"五常"。这"五常"贯穿于中华伦理的发展中，成为中国价值体系中的最核心因素。仁：仁者爱人。对待他人要宽容、理解、关爱、友善。仁者无忧、仁者无敌，要敬畏天、敬畏地、敬畏市场，"仁"是义顺商道的内核。义：公平正义。处事公平合理、维护正义、见义勇为，担道义责任做应该做的事。义者受人尊敬，义是准则，是义顺商道的特征。礼：尚礼守法。提倡尊重他人、言行文明、谦逊礼让、遵纪守法。礼者方能立身，礼是规范，是义顺商道的基础。智：崇智尚学。崇尚智慧，不为学习。辨是非、明善恶，知己识人。智者不惑，智者受人钦佩。智是策略，是义顺商道的策略。信：诚实守信。人无信则不立，信者始为人。信是原则，是义顺商道的核心。

"仁义礼智信"是中华传统美德的重要价值理念和基本精神，是人们遵循的最重要的五种社会道德观念，是中华传统美德的高度概括，在中华传统美德中居于核心地位。而廉、耻、勤、勇、严，无疑是对传统美德的重要补充。

廉：廉洁奉公，节俭清廉，工作尽职，不以权谋私。耻：羞耻心、知耻心。以荣辱观、是非观、善恶观为基础，是人之为人的底线。孟子曰："人不可以无耻。"勤：勤奋努力。辛勤工作，努力奋斗。天道酬勤，勤者天助。勇：勤奋刚强。努力拼搏，自强不息，有志向，敢于挑战权威，勇者不惧。严：严于律己。率先垂范，以身作则，要求严格，赏罚严明，严者人敬，严者有力。

有人认为，义顺商道实际上体现出一种菩萨心肠与金刚手腕相结合的态势，只有仁义礼智信，仅仅限于一种道德层面的要求，而廉耻勤勇严，则制定了相应的制度规范。两者的结合，显示出义顺商道的自我革新和与时俱进。

遵从商道的终极目标是取得"赢"。2017年12月28日，张秉庆参加国酒茅台2017年度经销商联谊会，对茅台集团董事长袁仁国讲话中关于"赢"字的新解记忆非常深刻。"赢"字由亡、口、月、贝、凡五个汉字组成，可理解为蕴含着五种意识和素质能力。"亡"，即危机意识、忧患意识。"口"表明要勤于沟通交流，言之要有信，言之要有理，言之要有用。"月"是时间单位，一年仅有十二个月，说明要有时间观念、工作效率观念。"贝"是指钱财，警示人们要见利思义，不可见利忘义。"凡"意指平凡，要保有平常心态，做到平凡而不平庸。

"赢"不易，但有了义顺商道的保驾护航，在走向"多赢""共赢"的道路上，义顺人便多了少走弯路的"定海神针"。

实干与远见

2017年8月18日，在中国糖酒茶领袖经销商高峰论坛大会上，义顺企业被评为"2016—2017年度中国糖酒茶领袖经销商高峰论坛（西北）转型创新百强经销商"。

在这次大会上，张秉庆做了"创新与坚守并重，远见与实干共舞"的演讲。在这场演讲中，他输出了诸多原创思想，最新颖的便是：没有创新的坚守是死守，没有坚守的创新是改行。并且认为作为百年老店，义顺企业并没有故步自封，而是紧跟时代步伐，始终没有停止创新的脚步。他同时提出，没有实干的远见是空想，没有远见的实干是蛮干。

这是一位有思想力的企业家，他在繁复的企业管理之余，总是有热情对经济、对历史、对管理进行一轮又一轮的深度思考，而他的思考往往引来诸多同行的侧目。此后，兰州各大媒体及《大酒商》等公众号分别进行了追踪报道。一时间，他的语录风行兰州酒圈子，引起诸多同行的反思。

坚守与创新，实干与远见，某种程度上，可视为义顺商道的与时俱进，自我升华。义顺人认为，实干就是勇敢、勤劳、目标导向、过程管理、严格要求。远见就是顺应时代发展潮流、遵守自然规律和经济发展规律，认清事物的本质和真相，不盲动、不盲从。

翻阅义顺企业大事记，一条科学规范的前瞻性规划跃然眼前。可以说，这家企业迈出的每一步都经过了科学的论证，拍脑门定决策的事情在这里极其少见。1992年，康乐县义顺农工商公司成立之后，张秉庆活学活用自修企业管理专业知识，运用统计学原理，制作了一个模型，精确地预算出五年之后，公司要走出康乐，到兰州去发展。尽管其后诸多梳理总结义顺发展史的公开资料中，大多将义顺走出康乐的原因归结于康乐"人治"大于"法治"，经商环境落后等因素，但是从张秉庆的模型理论中，到兰州发展是必然，在康乐遭受到的一系列刁难打压，只不过促使他们下定决心迈出了走向兰州的步伐。

2008年，义顺人制定了企业发展的中期目标，即在2008年的基础上，销售规模四年翻一番，八年翻两番。这一目标在2016年得到全面实现。包括要谋求在十年内走向资本市场，要打造甘肃酒业第一营销团队，凡此种种，都清晰地表明，他们富有前瞻性，富于科学的规划。而这一切的背后，均源于张秉庆体制内的诸多经历。当年在康乐县农业局任秘书时，他最擅长的便是做规划，定目标，恐怕连他自己也没想到，在当时他感到这类工作百无聊赖，而日后，这样的经历放到企业经营中来，却是大有裨益。

在公开场合，张秉庆毫不掩饰心中的自豪，他说，在兰州酒圈子里，我是唯一一家从小县城打上来的企业。一个"打"字，做动词，可理解为打拼，做名词，可理解为拼搏。而这拼搏的背后一以贯之的是"既要低头拉车，更要抬头看路"。那么，义顺人多年来坚守了什么？放弃了什么？毫无疑问，除过传家祖训、三大法宝和义顺商道之外，在经营层面坚守的是"专一"，放弃的是前进道路上"猴子搬苞谷"式的诱惑。

李晓，中国政法大学商学院教授，华商书院特聘教授，曾于央视《百家讲坛》主讲《商贾传奇》，后在此基础上出版著作《商贾智慧》一书。2017年7月，李晓教授亲笔签名将自己的著作赠与张秉庆，扉页题字"富无经业，贵在

259

诚壹"。李晓在华商书院开设《货殖列传》课程,这是《史记》中专为工商业者所做的传记,通篇围绕一个主旨,《货殖列传》里的工商业者之所以获得成功,盖因坚守"诚壹"二字。司马迁在《史记·货殖列传》里说:"富无经业,则货无常主,能者辐辏,不肖者瓦解。"意思是,能够发家致富的,不是只有一二种门路,三百六十行,行行出富豪;财富,也没有永远固定不变的主人。善于经营的"能者",即使白手起家,也能够积累万贯家财;不善于经营者,即使坐拥一座金山,也可能顷刻之间土崩瓦解。

司马迁列举了一些例子,来说明"富无经业"的道理。他说:"田农,掘业,而秦扬以盖一州。贩脂,辱处也,而雍伯千金。卖浆,小业也,而张氏千万。洒削,薄技也,而郅氏鼎食。胃脯,简微也,浊氏连骑。马医,浅方,张里击钟。此皆诚一之所致。"这些人能够成功,靠的是什么呢?司马迁说,靠的就是"诚壹"。所谓的"诚",就是精诚,全神贯注,全力以赴;所谓的"壹",就是专注,专心致志,坚持不懈。因为"精诚",全神贯注,才能留意到别人留意不到的细节,发现别人往往忽略的关键;因为"专注",坚持不懈,才能竭尽全力,做到极致,熟能生巧,巧而出奇,达到一般人难以企及的技术高度和经营规模。正如李晓所说,这个世界上,没有不赚钱的行业,只有不成功的企业。任何事情,只要做精了,找准门道,就可能取得大成绩。即使有些产品受到生命周期的限制,失去了市场,有眼光与恒心的人也能瞄准它的更新换代产品,未雨绸缪,再占先机。

什么是"能者"?真正的"能者",正是在别人司空见惯、漫不经心的小地方,找到大机会、做出大文章的。而这些能者之所以能够成功,靠的不就是"诚壹"吗?

李晓教授的题字满含商业智慧,其背后深刻的注解在某种程度上,既是对义顺人多年来已经取得成就的一种简单概括,也是对义顺未来发展保持正确方向的一种期许。纵观义顺企业的发展历程,他们的多元化与专一并不矛盾和冲突。涉农,与张秉庆学农,从政经历中服务农业相关;做酒,聚焦名酒战略,有取有舍。而在聚焦名酒的战略上，义顺人坚守了一条底线，这便是不卖假酒，同时坚守了一个信念，那便是坚定不移地追随中国白酒巨人，茅台，五粮液，剑南春，无不如此。因为追随巨人，义顺人得到了财富的积累，更收获了市场营销的历练。坚守，但又不死守，涉农与做酒过程中产供销链条的延伸扩展与完善便充分论证了义顺人既未改行，也未死守，而是在创新中坚守。

　　精准的方向感无疑是企业家才能的必要条件。远见不是天生的，这与个人的知识结构有关，与品格、志向有关，与分析判断能力有关。张秉庆关于实干与远见的论述中实际上一是涉及领导力的问题，二是涉及社会发展的背景问题。卓越的领导力认为，强劲的对手是进步的助推剂。模仿是为了超越，是为了站在别人的肩膀上创新。有竞争就会有输赢，企业在发展过程中不可能是一帆风顺的，总会遇到坎坷，这些坎坷、失败未必就是糟糕的，从另一个角度，失败也是一件好事情，它可以帮助企业找到不足，促进企业成长。

　　卓越的领导力同时深刻认识到，企业品牌不是靠广告砸出来的，而是靠用户的口碑相传的。消费者的眼睛是雪亮的，想要赢得消费者认可，就一定要踏踏实实地做好自己的产品。只有产品与品牌的名声相辅相成时，只有提高了产品的质量和可信度时，品牌才真正能在市场中树立起来，并随之带动企业的影响力不断扩大。

　　出于一种远见，义顺也不断强强联合。结盟是商业竞争中常用的手法，当一家之力无法与其对手抗衡时，选择一个强大的盟友是个降低风险又能提高自己的不错选择。义顺企业历史上，与茅、五、剑三大名酒的合作及与莫高、威龙的结盟无不是强强联合的选择。2012年，义顺企业创造性地提出打造甘肃酒业第一营销团队的中期目标。而这个第一营销团队不光是数量上的庞大，更是质量上的万里挑一，独树一帜。曾经有义顺企业营销人员对剑南春兰州办事处城市经理宋亚轩说，在我所管辖的这一区域，我能做到想卖什么就可以把什么卖出去。这位员工进一步解释，我去见客户，我的客户会对我说，你去我的仓库看看，缺什么货你给我补上，补这些货需要多少钱，钱你拿走。义顺企业营销人员的"牛",由此可见一斑。宋亚轩由此称赞义顺人的营销工作具备"稳、准、狠"三大特征。实际上,在义顺,这是一种大面积的现象。义顺营销人员能够取得客户完全信任,由推销商品转而成为推销信用,这无疑是营销的最高境界。

伴随着义顺打造"共享型幸福企业"的构想越来越清晰,义顺产业链、供应链的上下端均被打通。义顺是有缺陷的,但正因为它带着与生俱来的缺陷义无反顾地参与了市场竞争,才使它的成功弥足珍贵,在当代社会的创业人群中,具备了重要的标本意义——因此,义顺是值得尊敬的。同时,义顺曾经在举步维艰之时,用一种超乎寻常的行为方式,使人们对它产生了越来越坚定的信任感,从而在越来越惨烈的市场竞争中,实现了一种人格的净化和感召——因此,义顺是值得信赖的。义顺还是这样一个企业,它不遗余力地向着"百年义顺"和"永续经营"的最高目标前进,毫不动摇地将企业的每一个细胞紧紧贴近市场最低端,让每一个人愿意循着它的风格在市场上竭尽全力——因此,义顺是值得仰视的。

"在我们今天这个时代,无论你是否喜欢,变化都是一个关键词,新技术的革命是不以人的意志为转移的!"

当互联网革命铺天盖地改变人类的思维模式、生活方式时,义顺企业也适时地调整改变着自己。"这个世界唯一不变的就是变,市场万变,你应该变到它的前面去。"义顺企业善于利用一切新技术为己所用。这一点,仅从他们对外宣传的媒介便可窥一斑而见全豹。甘肃义顺名酒订购网与丹露电子平台不但承担着网上交易的功能,而且也是义顺企业对外宣传的平台。除此之外,义顺企业目前仅微信公众号就多达六个,义顺商情网、义顺集团、老张的店,不一而足,既紧跟潮流,又立足现实。宣传方式的不拘一格,体现出义顺人广告思维的接地气和丰富的想象力。

在义顺企业对自媒体的成功运用方面,"刷票事件"彰显了义顺商情网公众号的巨大威力,同时,也表现出义顺人勇于洗刷不平冤屈的底气和智慧。

2017年6月24日，义顺企业永靖分公司、安定分公司参加某评选活动投票失败，活动方称这些公司涉及刷票行为，禁止投票三天。张秉庆知道之后马上通过义顺商情网公众号炮制了一篇颇有讨檄味道、题为"让你三天又何妨"的文章，展示义顺企业历史底蕴的同时历数了近些年来的创新之举，其中几十家分公司成为渲染的重点。《义顺商情网》公众号在推送这篇檄文的时候以极高的姿态称："让你三天又何妨——这不仅是一种宽容，不仅是一种姿态，不仅是一种能力，不仅是一种智慧，还是一种自信，还是一种实力，更是一种境界，更是一种状态。会当凌绝顶，一览众山小。有能耐大家都限三天结束，有效期内一个人只限投一票，只有这样，才能真实体现出你的影响力。"

"我们的粉丝，数以万计，如果再加上各相关合作单位，一次简单的传播，随便就能得到数万人的关注。有如此丰富的资源，我们需要去刷票吗？"张秉庆慷慨陈词道。

在自媒体时代，义顺人不但占领了宣传领域的制高点，也显示出他们强大的"坚守与创新并重，实干与远见共舞"的能力。

第九章

DIJIUZHANG

团队建设　本立道生

TUANDUIJIANSHE　BENLIDAOSHENG

义顺团队建设的模式是以构建"共享型幸福企业"为目标，以感恩文化为基础，以打造学习型企业为手段，大力推行"家文化"为核心，辅以"红色文化"为特色，糅合"吃亏文化"和慈善文化，创新发展而来的一整套运行模式。

——张秉华

有人说，义顺是一个学习型的企业，有人说，义顺是一个创新型的企业，也有人说，义顺是一个文化型的企业，当抛开一切表象探究它的本质时，我们会发现，这一切是因，也是果，是片面，也是综合。不止一个人问张秉庆，义顺企业的核心竞争力是什么？张秉庆回答，不是渠道，也不是技术，而是文化。义顺企业经过多年的总结提炼，已经形成了一套特有的文化体系，其中，就包含了感恩文化、吃亏文化、家文化、勤学文化、红色文化和慈善文化。

在多种场合，张秉庆阐释自己的宏伟构想时，总不忘带上一句"我有我的团队！"话语间难掩自豪与自信。

"义顺"商号恢复经营三十年间，从最初以家族成员为主的不到十人，到今日涵盖多种行业的四百多人；从2000年左右以招聘康乐本土员工为主，发展到今天早已超越了地域局限的"不拘一格降人才"，义顺团队的发展壮大亦是义顺企业王国初具雏形的过程。义顺企业高管认为，团队是企业最宝贵的财富，要敞开胸怀，聚天下英才而用之，加快建设人才强企。

不积跬步，无以至千里；不积小流，无以成江海。团队的建设亦是如此。纵观"义顺"商号恢复经营三十年间，每一次的新生与跨越都和团队的成长紧密相关。团队建设，本立而道生，本是初心，是信念，也是一种模式；道是升华，是终极目标。张秉华认为，义顺团队建设的模式是以构建"共享型幸福企业"为目标，以感恩文化为基础，以打造学习型企业为手段，大力推行"家文化"为核心，辅以"红色文化"为特色，糅合"吃亏文化"和慈善文化，创新发展而来的一整套运行模式。

感恩，义顺企业文化之本

纵观人类历史发展，会发现我们正生活在人类文明的一个交汇点上，科技日新月异，文化精彩纷呈，原始生物时代与技术时代交汇于此。在这里，人类文明的发展由技术发展和善恶因素决定，而善恶则决定于人类所信奉的哲学与宗教。假如善的力量减弱，人类文明将走向没落，反之，人类文明将进入一个前所未有的辉煌时期。

因此，每个人都应该选择正确的方向，每个群体都应该汇集有限的力量做更有益的事情，这样社会就会积善向上。整个社会由无数群体组成，包括各种组织机构，企业在其中占据较大比例，而构成企业的是众多独立的个体。那么，在个人、企业与社会之间，必然需要形成一种平衡，以达到三者的和谐统一，实际上就是个人、企业与社会的互惠和谐共赢之道。

文化将在其中发挥巨大的作用，而人与人之间的固有关系即是构筑社会文化的基础。企业文化是一个企业的生命线，标志着这个企业的特色，也代表着企业形象。以中国优秀传统文化中蕴含的智慧作为企业经营及企业文化建设的指导思想与行为原则是企业建立良好的秩序与关系的必要条件。

在企业的不断发展中，企业文化是需要逐渐完善的。义顺人一直以来都很重视企业文化建设，在他们看来，一家企业赚再多的钱，没有一种积极向上的企业文化，终究是不行的。

如果解构义顺团队建设的模式，它更像是一种企业文化的糅合混杂，而如果追根溯源，义顺团队建设的模式里，一切渊源皆在于感恩。所以说，感恩，是义顺企业文化之本。感恩，被明确写进了义顺企业的员工守则里，而义顺企业本身便是感恩文化最杰出的实践者。因为感恩员工，义顺企业大力推行家文化，将员工看作自己的兄弟姐妹，将员工父母视为自己的父母。因为感恩体制的惠及，义顺企业在内部推行红色文化，因为感恩社会，义顺企业持续不断大手笔地回报社会，参与慈善公益事业。感恩文化，足以在义顺历史中独成一册。

国酒茅台甘肃联谊会首任会长魏兴琦对义顺企业倡导的感恩文化有过一次切身体验。2013年他应邀参加义顺企业经销商联谊会，会议由王培主持。会议开场时，她首先请全体人员起立，紧接着，她请全体人员互相拥抱，当时在场的大多是四五十岁的酒企业老总，人们在惊讶中互相拥抱，心里充满疑惑。拥抱之后，王培解释说，因为有彼此的信任和合作，我们各方才能发展，这个拥抱，是感恩的拥抱。这一场景后来成为诸多酒业同行教育引导自己企业员工的一个经典故事。

从文化基因来讲，儒家倡导的感恩文化表现在"忠孝节义"，忠为报君恩，孝为报亲恩，节为报夫恩，义为报友恩。而佛家"普度众生"是因对佛爱的博大感恩而施爱于大众。道家的"清心寡欲"是对天地之爱的透悟平和而感恩于万物。

2017年5月23日，张秉庆在自己的微信朋友圈里发表了与他的老师李志忠的合影照片，配发文字：今天有幸拜望恩师李志忠先生。他是临夏州农业权威专家，半个世纪来一直是大家公认的身残志坚、自强不息的楷模；他的科研成就丰硕，是共和国农业战线的大功臣。现已八十二岁的他，仍以年轻人自居，耳聪目明，天天在电脑上用一只手打字，著书立说……他是一位受人尊敬的老者，他是一位创造了不少神奇的智者，他自然更是我永远致敬学习的榜样！

这篇图文赢得点赞无数，或许从这段描述中，人们不光看到的是一对相敬如宾的师生，更感动的是那份长达三十多年的师生情谊，还有从此透出的能将这样的情谊不畏时光珍藏如初的感恩情怀。

2017年6月26日，农历六月初三，这是2017年回族人民开斋节的第三天，也是最后一天。开斋节，是回族人民一年中最盛大的节日，其欢庆程度和汉族人民过年相似。张秉庆特意赶在这一天，驱车两个多小时到康乐看望他昔日的老领导，原康乐县农业局局长马仲德（马仲德属回族）。

这一天对于张秉庆而言，是忙碌而充实的一天。就在前一日，张秉庆刚刚在上海参加完实践家一带一路峰会，马上搭乘最早的航班返回兰州。飞机晚点，准确地说，26日凌晨四点他才落地兰州。之所以如此紧张地安排行程，就是为了赶在开斋节期间给老领导开斋。当天，在康乐县郊一处僻静的院落，马仲德全家以回民开斋节的最高礼遇接待了张秉庆，两人相谈甚欢。马仲德津津乐道于新上任美国总统特朗普接见阿里巴巴董事局主席马云的新闻，并称中国需要马云这样的人，国家才会强大。可以说，马仲德对企业家有一种发自内心的钦佩，而对张秉庆，他昔日下属成长为一名优秀的企业家，他更赞赏有加。

张秉庆称老领导马仲德局长为自己生命中的贵人。一贵在知遇之恩，二贵在扶持之恩。饮水思源，每年的开斋节，不论多忙，张秉庆都会抽空看望马仲德。他在感恩马仲德的同时，又何尝不是感恩当年机关单位对自己的培养呢？九年的机关单位生涯开阔了他的眼界，熏陶了他的三观，培养出他正直、向上的价值观。可以说，义顺企业的大家长们就是感恩文化的身体力行者。张秉柱亦是公认的知恩图报之人。当年他学厨师、木匠和车床技术的时候，教过他的师傅，现在均已是七八十岁的老人，张秉柱每年都会抽空去探望和陪伴他们，他时常挂在嘴边的一句话是"一日为师，终身为父"。老派观念与新式作风结合，令他身上透露出一种浓郁的江湖味道，这"味道"涵盖"滴水之恩，涌泉相报""投之以桃，报之以李"的深层气质。这样一个成功人物到访，也常常让他当年的师傅们深以为豪。

感恩理念的导入令义顺企业呈现出一种别样的精神面貌。由于感恩，合作伙伴之间多了宽容，少了斤斤计较；由于感恩，劳资双方更能换位思考，考虑对方的立场，而不是着眼于自己的一亩三分地；由于感恩，很多人改变了只知索取不懂付出的陋习；由于感恩，人们相处少了很多无谓的成本。

赵月玲受义顺企业多年感恩文化的熏陶，2010年生下儿子后，给他取名"常恩嘉"，寓意常怀感恩之心，才能得到别人的嘉奖。2012年，为纪念康乐义顺农工商公司成立二十周年，义顺企业曾编撰《跨越20年》一书，书中收录了多名员工的纪念文章，这些纪念文章无疑为我们打开了义顺感恩文化的一扇窗户。

义顺企业网络部主任刘皓以《心怀感恩，贵在践行》为题阐述了自己对"感恩"的理解：

在我看来，一名员工之所以会自发努力工作，其原因不外乎有三种：使命感、成就感和感恩的力量。其中，感恩是最重要的驱动力。我们从工作中所获得的一切，所享受到的一切，都不是理所应当的，而是很多人共同创造、奉献给我们的。在工作这个发展平台上，我们得到了公司的赏识、同事的配合、朋友的鼓励和家人的支持，因此，无论我们取得多大的成就，身处什么样的地位，都应该对工作心怀感激，因为我们有着深厚的感恩文化传统，从"滴水之恩，涌泉相报"，到"衔坊结草，以谢恩泽"，感恩文化滋养着一代又一代华夏儿女。

企业是我们幸福生存的家园，我们每个人在为企业奉献着青春和智慧的同时，企业也在为我们提供自我发展的空间和实现自我价值的平台。在这个平台上，我们在增长着阅历，丰富着自我，实现着人生的价值；在这个平台上，我们用激情点燃着理想，用薪酬支配着生活。因此，我们应该感谢企业培养我们，感谢企业让我们成长，感谢企业给予我们一片展示自我的天地。用感恩之情转化为忠诚企业的具体行动，用守候家园的心态去守候我们赖以生存的企业。英国作家萨克雷说过，生活是一面镜子，你笑它也笑，你哭它也哭。何不让我们播种感动收获希望呢？一个懂得感恩的人，才能成就他生命和事业的高度。不要只认为员工的感恩对企业来说非常重要，其实，员工对企业的忠诚受益并不仅仅是企业，最大的受益者就是员工自己。因为，一种职业的责任感和对事业的忠诚一旦养成，就会让你成为一个值得别人信赖的人，可以被委以重任的人。员工靠企业生存，企业靠员工发展，少了任何一方，都只是泡沫。企业的强大离不开员工对企业的关心、热爱和奉献；同样，如果我们失去了企业，那也就失去了生存的依靠。企业就像舞台，我们就是舞台上的演员，如果没有舞台，我们也只是空蹦跳而已。只有这个舞台越来越大，越来越好，我们才能有更大的生存空间。只有发展，我们的利益才能得到保障。

对于我们来说，感恩首先意味着与公司同舟共济。如果企业是一条船，那么我们一双手就是一只桨，只有我们共同伸出双手，让成百上千支桨一起使劲，我们的航船才能劈波斩浪，勇往直前！

"老张的店"天源步行街店长李婷以《感恩，我的家》为题记录了自己的心路历程：

我想我们每一个人都想要实现心中的梦想，面对那些阻挡着我们的困难，之前只有我们自己去解决。而幸运的是，某一天我们来到这里，发现我们大家庭的家长，一直在默默地帮我们实现它。努力让我们成长，教会我们做人、做事的道理。

而我，也是幸运的义顺大家庭一员。记得某一天，董事长安排我着手网络营销，维护阿里巴巴网站、开始制作淘宝网店。对于一个刚入门的新人来说，老总的支持和信任出乎我的意料，我非常感动，也很开心。很努力地去完成这份光荣的使命。我荣幸可以在急速发展的未来网络营销建筑里，为义顺大家庭添砖加瓦，做出贡献。

这一切的动力都来源于大家庭对我的信任和支持。后来，董事长又给了我去上海学习网络营销的机会。此行彻底打破了我之前狭隘、封闭的思想，提升了自己，拓展了眼光。我知道思想的改变，这才是最重要的。也许，这样的学习对别人并没有颠覆性的影响，而对于我却是非常重要。它带给我的改变非常多，包括张总强大的学习力让我们很震撼，以及课堂中各位老总高管对待学习的态度，待人处事的方式和影响等等。

毫不夸张地说，这是我人生中很重要的一个转折点，因为，它在将我朝我的梦想不断推进。我决心，一定要报恩！

在多年的择人、用人实践中，义顺三兄弟也达成一个共识：懂得感恩的人，为人处世一定不会太差。不懂感恩的人，即便在技术、能力方面非常优秀，但也一定难堪大用。因为，对个体来说，"小胜靠智，大胜靠德"这个结论同样适用。人格方面有缺陷的人一定不会在人生的舞台上笑到最后，取得最后的胜利。

义顺企业安保部主任张志龙，2000年3月加盟义顺，是有十八年工龄的老员工。他挂在嘴边的一句话是"人要有良心"，其实也是对义顺感恩文化的另一种表达。张志龙的经历非常有典型意义，他从配货、送货工作做起，后来跑业务，成长为一名优秀的销售人员。他也曾创下销售生涯的巅峰，2005年，他在五粮醇甘南合作市场的销售业绩被义顺高层称赞为"放了一颗卫星"。2008年，他因醉酒发生车祸，摔断了锁骨。在家休息了一年之后，义顺企业的领导邀他重回公司，他从销售一线转做安保工作，直到今日还在坚守岗位。张志龙说，当年跟随义顺打天下的那拨人，公司领导都做了妥善安置，包括自己，义顺企业没有因为自己身体有病弃之不顾。张志龙曾经无限感慨地说自己有人生三大幸，一幸有一个好爱人，二幸有一双好儿女，三幸选择了一家好企业！"人要有良心！"正是因为感恩于义顺企业对自己的照顾，张志龙干一行爱一行，即便做门卫工作也兢兢业业，年年获得公司表彰奖励。张志龙的微信名叫"担当"，他解释："人要有责任心，我家中有四个老人，两个大学生，我得担当起家庭的责任，这是小担当。义顺现在有四百多号员工，背后就是四百多个家庭，四百多个家庭都要靠义顺来生存和发展，那是大担当！"

诚如张志龙所说，感恩的人也是有担当、有责任心的人。感恩是相互的，企业对员工感恩，则心系员工甚至员工家庭，努力为员工创造好的平台和待遇，员工对企业感恩，则对企业的发展铭记在心，以"士为知己者死"的心态来为企业工作和付出，最终形成一种良性循环，双方都从中受益。

满怀一颗感恩的心而无怨无悔、加班加点努力工作的还有义顺企业华润万家超市海鸿店的导购达文香。达文香现年五十二岁，2011年12月加盟义顺企业。2017年元旦，达文香不幸出了车祸，左腿粉碎性骨折。达文香住院的当天，张秉庆和赵月玲第一时间赶到医院去看望她。达文香清楚地记得，董事长张秉庆对她的主治医生说，一定要好好治她的病，千万别留下后遗症，她家里负担很重！达文香的丈夫因脑梗偏瘫丧失劳动能力，常年在家，家庭的经济来源全靠她一个人。达文香在家休息了三个月，过年时，张月圆代表公司给她送去了奖金及各种福利和年货，并额外送给她一笔可观的慰问金。她残疾的丈夫每年也获得义顺公司奖励的一千元奖金。正是感恩于公司对自己的真诚关怀，达文香病还未全好就重返工作岗位。在同事们的眼里，工作之外的事情好像对她来说都不重要，再苦再累，她都能扛。商超的工作时间实行"两班倒"，达文香经常是早来迟走，每逢周末有时甚至全天都在上班。达文香说，自己干得多拿得也多，她连续多年商超销量第一的成绩就是这样"拼"出来的。达文香年年被评为和谐家庭和先进员工奖，先后多次荣获旅游奖励，华东五省、首都北京、海南等地，她一一走遍。但是在达文香看来，待遇和荣誉并不是自己拼命的主要原因，她说，只有努力工作，才觉得对得起公司领导对自己的关心和帮助。

人一旦懂得感恩，便会迸发出无穷无尽的力量。这比任何能力、经验和技巧都要重要。时光渐远，义顺兄弟也对感恩有了新的认识。张秉柱说，如果不是当初我们在康乐被人欺负得待不下去，我们不会离开康乐，在康乐，就算我们做到县城第一，其实也没有多大，走出康乐，来到兰州，我们的天地无疑更大了。如果不是1618五粮液的经销权易主，我们可能也不会进入茅台，晋身茅台使我们实现了打造甘肃"酒界航母"的梦想。我们要真诚地感谢我们的竞争对手，甚至是敌人，正是各种阻碍促成了我们的成长和壮大。

无独有偶，张秉庆作为经销商代表每次参加年度茅台酒经销商联谊大会时，以袁仁国为首的茅台领导班子都会早早站在大门口迎接参会经销商，那种谦和、尊重与感恩的细致入微的做法让每一个参会经销商感动。感恩文化亦是茅台九大文化中的重要一项。

家文化

墨子说"义者利也",每个人在宗法血缘的纽带上,在家与国同构的网络中,都有一个特定的位置,这个特定位置,是个人存在的根据。个体与社会的一体化结构需要整个系统团结协作,内部完全配合,外部整合为一体。义顺企业之所以能建立起市场竞争的实力,形成独特优势,除了能够把握住市场机会,能够以很好的竞争条件和资源,以及有一支优秀的队伍去克敌制胜,更重要的是,他们建立了一套良好的内部秩序、规则以及优越的机制,其核心就是如何对待公司和员工的关系问题。

由于有"兰州四大院校人才实训基地"的荣誉,再加上学界诸多知名人士的力挺,义顺企业在多家高校声誉卓著,甚至于不断有高校教授指导自己的学生将义顺企业作为研究对象。兰州大学新闻传播学院硕士刘佳旎便是将义顺企业作为自己毕业论文的研究对象。刘佳旎运用非参与性观察法和深度访谈法,阐释在经济欠发达地区,家族企业文化的形成、传承模式、与时俱进的传播路径以及产生的传播效果。她认为,义顺家族企业文化的形成经历了张氏家族时期,家族企业时期,义顺张家人时期和目前的义顺家人时期。从称谓上的变化,可以观察到义顺家族企业文化的整合过程。传播媒介的更新迭代,也在不断改变义顺企业文化的传播方式,借助老物件、影像、网站、移动客户端平台等,在日常化、工作化、仪式化和社会化场景中,传播企业文化。最终完成家族企业文化传承、营造和谐经商环境及促进员工建设和谐家庭的传播效果。

刘佳旎的研究结论无疑为我们解析义顺企业"家文化"提供了另一个视角。翻阅《义顺商情网》公众号,"义顺家人"是一个被频繁提及的词汇。这个提法的背后,便是义顺企业一直以来推行的家文化。可以肯定地说,这是义顺三兄弟在华商书院高密度多频次接触到儒家学说之后,成功引用和复制到义顺企业当中来的。家庭是社会的细胞，也是最小的社会单位。中华民族是世界上最重视家庭的族群，儒家学派是世界上最重视家庭的思想学派。在儒家看来，家庭组织是所有社会组织的基础，家庭关系是所有社会关系的前提，家庭制度是所有文明制度的起点。

正是承续传统的家文化，义顺企业领导人把公司当作"家"，把员工当作"家人"，自己则当一名尽职尽责的"大家长"。在这样的互动参与过程中，员工逐渐养成了主人翁精神，对企业产生了依恋和热爱，使劳资关系更为和谐，企业氛围更为融洽。这样的"拟家庭化组织"，既维护了组织的秩序，又满足了员工的情感需求，具有强大的生命力。在这样的企业里，老板不是像有的企业家那样，把女人当男人用，把男人当机器用，把机器往死里用，而员工们也不会把老板仅仅当成提款机。按照马斯洛需求层次学说，吃饭、穿衣是一个人基本的需求，也是最低层次的需求。安全、爱和归属感，尊重和自我实现是人的高级心理需要，只有当人从低层次的生理需要的控制下解放出来时，才可能出现更高级的、社会化程度更高的需要。心理学研究表明，每个人都害怕孤独和寂寞，希望自己归属于某一个或多个群体，这样可以从中得到温暖，获得帮助和爱，从而消除或减少孤独和寂寞感，获得安全感。企业仅仅支付劳动报酬的雇佣关系远远不能维系劳资之间的合作关系。前几年引起社会广泛关注的知名企业员工跳楼事件，就跟劳动报酬无关，而是员工没有获得尊严、信任和情感的关怀。

让员工有尊严，给予员工家庭般的温暖，正是义顺企业大力推行家文化孜孜追求的目标。很多企业不愿聘用家族成员，家族成员往往盘根错节，被视为是阻碍企业发展的障碍。然而在义顺企业，领导者似乎并不介意这种情况。事物都有两面性，利弊之间可以相互转换，"君子和而不同，海纳百川，有容乃大。"张秉庆用另一种思路反问，一个企业能容得下外来人员，为什么反而容不下家族成员？家族成员如果运用得当，一样可以为企业发展带来贡献，他进一步阐述，家族成员更值得信任，他更崇尚用亲情的催化剂融合现代企业制度建设，最后建设高效组织。处理家族企业复杂人际关系的要诀就在于让家族企业的人际关系简单化，企业就是大家庭，企业领导人就是家长，家长要对企业员工一视同仁，不因关系亲疏而区别对待。在义顺，他们的家族成员不仅各处其位，各负其责，而且还能与大量家族外来员工紧密团结和谐共处。可以说，义顺企业的家族成员并未以家族成员自居，他们亦是将自己视为企业的一份子，由此，他们才能以从容平和的心态与其他人员相处。事实上，"家文化"以家为纽带，所呈现出的人本思想以及自我约束力，不同于法律的强制性，是中国家族企业发展重要的软实力。

在团队成员的心目中，企业家不仅仅是领导，更是一个大家长。家长要善于运用团队的力量，要善于管理团队，带动团队的积极能动性。企业家管理企业，其实就是管理人，以人为中心的管理，才是完善的管理，以德服人的企业家最能收服人心。企业家懂得给予、懂得分享，让员工在企业工作时，能够时时刻刻感受到自己是被尊重、被需要的，这样员工就能和企业同心同德，共同发展。对于外来员工而言，适应家族企业的特殊文化也是一项必修课。很多人不愿意到家族企业工作，觉得家族企业人际关系复杂，最突出的问题是婆婆太多，政出多门，导致外来人员无所适从，被排斥和孤立的感觉很不舒服。

义顺企划部经理他玉珍早在2010年供职于一家广告公司时就与义顺企业结缘，后因照顾家庭离职，此间受到义顺人力资源部部长王培的多次邀请。他玉珍坦言，当时顾虑重重，担心在家族企业里不好与人相处，可是当她真正进入义顺，所有的顾虑都被打消了，"这个家族企业里的人都非常好，也非常好相处"。与他玉珍有相同感受的还有义顺企业会计王玮。王玮是一名国企买断工龄的职工，她说，来到义顺，明显感觉到一种非常宽松融洽的氛围，企业领导常常会站在员工的角度替对方着想，用心地扶持和帮助员工，甚至为员工工作中遇到的问题出谋划策，而同事之间也有一种亲如兄弟姐妹的感觉。

当员工对企业产生了"家"的情感之后，他必然对企业产生极大的忠诚度。根据义顺企业的相关统计，2014年以前，十年以上工龄的员工占到企业总人数的百分之六十以上，2014年以后，由于"老张的店"扩张而不断引进新型人才，老员工占比才略有下降。即便如此，在义顺，入职五年的员工都谦逊地自称自己是新人。

正是出于对员工像家庭成员般的关怀，义顺企业有两大不可思议的现象：1997年，义顺企业转战兰州，人人都是搬运工和装卸工，连张秉柱和两个弟弟也不例外，赵月玲却因身体瘦弱多病，从未搬过箱子；2012年，义顺企业高速发展，为适应经营需要引进家族外高管，王延斌出任公司负责营销的副总经理，但因酒精过敏，王延斌从不喝酒。不喝酒的酒类营销副总经理，成为兰州酒圈子一件稀罕事。

"我每天都在思考，当有一天我的员工干不动了，我们怎样来妥当地安置他们？"张秉庆曾开诚布公地向媒体人透露他的内心想法。这句话不仅感动了媒体人，也感动了义顺企业众多员工。这体现出一种企业大家长对员工负责到底的态度。义顺企业的大家长不光是这样说的，更是这样做的。2016年8月18日，义顺企业司机王海平驾驶送货车从兰州出发前往渭源送货，途径青兰高速公路时，与一辆陕西牌照的重型半挂牵引货车发生追尾碰撞事故，王海平当场死亡，车辆报废。面对这样一起重大道路交通事故，义顺企业的大家长处理得细致而又周全，令知悉此事的所有人折服。

事故发生后，义顺企业上上下下高度重视，相关工作及时有序展开。事发当日接到高速交警告知消息后，张秉柱、张世旺和义顺企业榆中分公司、兰州分公司、康乐分公司、临洮分公司、直营分公司二十余人分头第一时间赶到了事发现场和榆中县医院及高速交警队。张世重第一时间联系安排王海平的亲属前往事发地处理后事。正在国外出差的张秉庆第一时间打来电话向亲属表示慰问，并指示全力做好丧葬和善后工作。义顺企业随即成立了由张秉柱任组长的事故处理小组，积极处理善后事宜。义顺人不但积极配合王海平事故的各项调查工作，而且专门为王海平举办追悼会，让他在生命的终点有尊严地告别人世。王海平的追悼会于8月21日在康乐县莲麓镇举行，义顺企业六十八名员工代表参加了悼念活动。张秉柱的悼词让在场所有人潸然泪下：

  我的老同事、我的老战友，在义顺公司一干就是整整十二年的老司机，我的好兄弟王海平同志，不幸倒在了又一次为客户送货的路上，永远地离开了你的战友和同事，永远地离开了你的亲人和所有的义顺家人，也永远地离开了我……一天一夜过去了，这个扼腕痛惜的残酷现实仍无法让人接受。你是那么的踏实认真，你是那么的吃苦耐劳，你是那么的随和友善。你当之无愧多次被评选为公司的优秀员工。你的突然离去，让你的孩子失去了一位好父亲，让你的妻子失去了一个好丈夫，让你的父母亲失去了一个好儿子，也让你的同事们失去了一位好战友。我们为你这样突然地离去而震惊！为失去你这样的好战友而悲痛！为你的家庭失去这样好的亲人而惋惜！你是一位值得我们永远追思和怀念的好同志……

  张秉庆回国之后又与张秉柱、张秉华专程看望王海平的亲属。事故发生后的2016年10月14日，甘肃省公安厅交通警察总队高速第一支队柳沟河大队做出道路交通事故认定书，认定王海平承担此次事故的主要责任，对方当事人承担此次事故次要责任。按照一般人的理解，王海平在事故中负主要责任，企业甚至可以指责他安全意识淡薄，给企业造成车辆报废的重大损失，但是，义顺企业的大家长没有这样想，更没有这样做，"他付出了生命的代价，他的身后有家庭，还有未成年的孩子，我们不能坐视不管……"前前后后身先士卒料理此事，并且担任这起事故处理小组总指挥的张秉柱如此说道。

  对王海平家属提出的赔偿八十万元的要求，义顺公司没有打折扣，非但如此，在最终与王海平家属签订《赔偿协议》时，义顺企业还对王海平三个女儿的利益进行了妥善安排，从赔偿金中分别为王海平的女儿在甘肃银行办理定期存款，约定在本人年满十八周岁后，由子女本人自愿支配该项存款。这样细致周到的做法令王海平的家属心服口服。

  这是一个极端的案例，但是通过这个案例，义顺企业大家长视员工为自己的兄弟姐妹，设身处地为员工着想的做法有目共睹。正如优秀的家长总是将子女的成长放在首位，优秀的企业大家长也必须意识到，企业不仅仅只是提供给员工一个工作岗位和所得工资，最重要的是要给员工营造一个学习成长的环境。而作为员工来讲，也不能一味沉浸于追求利益，停留在每天获得一点工资上，最重要的是要成长，成长才是大利。而从企业的角度来说，能为社会培养一批又一批承担民族复兴重任的栋梁之材，则是光荣的使命和最高的追求。

义顺企业兰州大区经理李法旺无疑是获得"成长大利"的一个典型例子。出生于1990年的李法旺于2012年12月加盟义顺做销售。在长达一年的时间里，他每月的工资只有一千四百元左右，身边几个同事因为忍受不了这样的待遇相继离职，而他，克服重重困难一直在坚持。他分析自己当时的心态，如果因为一时的销售局面打不开就放弃，那么又怎能得到这个打开过程的锻炼呢？他一直坚信，与看得见的短期利益相比，成长才是最重要的。入职半年后，有一天晚上，他收到张月圆的短信：明天有一个联谊会的主持工作，你行不行？李法旺坦言此前自己从来没有做过主持工作，但是他不断想起自己参加培训时，副总王延斌说过的一句话：抓住机会就要上！于是他硬着头皮回复张月圆：没问题！李法旺清楚地记得，第二天是一个两百多人的联谊会，他到了现场才开始对台词，就这样有了第一次主持经历。他至今还能回想起来，站在台上的那一刻，他有多紧张，他自己都能感觉到后背的汗一直往下流，握着话筒的手在抖。正像公司领导教导他说：没有做不到的，都是逼出来的，你不逼自己一把都不知道自己有多优秀！李法旺就这样把自己逼上了"优秀"的道路，他是目前义顺企业最年轻的大区经理，也是义顺第二代主持人中的"小鲜肉"。回首在义顺大家庭打拼过的岁月，李法旺说，五年的锤炼，连自己都能明显感觉到自己的成长，破而后立，才能成长！

经历过才能成长，成长了才会提高，提高了，又何愁不能拥有财富？义顺企业兰州结算中心主任瓦应霞亦是一个突出的例子。瓦应霞高中落榜之后来到义顺，刚刚上班一个月，她居然又意外地收到一份大学录取通知书。她左右为难，董事长张秉庆得知后，对她说，你去上大学深造，我们支持你，你继续在这里上班，我们也欢迎。她最终选择留下来。她在门店实习一年后被调入财务部门，迄今已是有十年工龄的老员工。她坦言，自己没有上过正经的大学，但是在义顺这所企业大学里，她学到了很多，能力比学历更重要，是义顺大家庭的平台和鼓励造就了自己今日的成长。

义顺企业财务人员张爱萍、杨露露、刘莉莉，她们有共同的经历，都是从普通内勤或者营业员成长为财务人员。张爱萍和杨露露加盟义顺前曾供职于全国五百强企业。张爱萍在加盟义顺半年时获得"新人奖"，这鼓励令她激动不已，立志要在新单位好好工作。杨露露在被选拔为财务人员后，屡屡受到义顺企业各部门领导的指导，培养出她作为财务人员的责任心和担当意识，这无不是成长的"大利"。刘莉莉大学毕业应聘到义顺康乐公司，后被调往兰州。她现在还能想起，她到兰州报到的当天，把行李放到宿舍之后，赵月玲便带着她挨个进办公室，把她介绍给公司领导和同事，那种亲切和被接纳的感觉令她至今感动。

五粮液西北大区经理田中才认为，义顺在他接触过的企业中，有极其鲜明的个性，这就是极强的创新能力。企业有钱了，首先想到的是员工，甚至是员工家属，这是一种人文关怀的创新，也是"家文化"的创新。他同时非常肯定地说，即便是资产几十亿的大企业，也未必有义顺做得好。企业能站在员工的角度理解员工，员工们便朝气蓬勃，充满活力，并且能开心、努力地工作，并且会把所有的精力放在为企业创造效益上。员工的忠诚很重要，一个人能力不在于大小，忠诚是第一，智慧是第二。这样的企业才会产生极强的生命力和凝聚力。

这番话无疑是对义顺企业一个非常中肯的评价。在义顺企业举办的2017年度旅游摄影和征文大赛中，义顺企划部经理他玉珍的作品《心不能宅，路在远方，岁月不可辜负》获得一等奖。据说，这篇文章让张秉柱泪流满面，并于深夜两点钟转发到义顺企业员工群里推荐阅读。她在文中写道：

小的时候老是想，等咱有钱了，就带着父母去周游世界，尝尝美食看看美景，那是多么温馨的旅行时光。等到终于长大后，才发现这个目标太宏伟了，疲于奔波在家庭与工作中，总是一拖再拖。2017年有幸被公司评选为优秀员工，奖励山东看海游，终于有了点机会为父母做点事。于是毫不犹豫地动员父母前往。

文中还有一段这样的场景，无论是她本人还是义顺企业应该都是最感到欣慰的：

妈妈是个不善言辞的人，但从旅途中拍的照片可以看到脸上流露出的由衷的快乐和满足，让我开心不已。晚上和妈妈聊天，她说这是活了大半辈子最愉快的旅行，要感谢公司的领导给了这么一趟贴心的旅行机会，以及同事们周到的照顾和热情款待。她叮嘱我一定要珍惜眼前，更加努力工作，同时也说了一句话，让我这个做女儿的羞愧了好久好久，"活了大半辈子享受上女儿的福了"……恍然醒悟，有这样两个人，我们的世界因他们而变大，他们的世界却因我们而变小。

义顺高端品牌总监杨永乾的作品《我的父亲》获得三等奖。杨永乾是把自己赴澳大利亚、新西兰旅游的机会让给了自己的父亲。他在文中写道：

我的父亲，和广大中国农民一样，勤劳、朴实、善良。我的老父亲是一个地地道道的农民，他除了种了一辈子的田，一辈子几乎没怎么出过远门，一生没有离开过自己的土地。这次我有幸成为义顺企业2017年优秀员工，被表彰奖励到澳大利亚、新西兰旅游。借此好机会，我动员老父亲参加，刚开始在做思想工作时，父亲有些犹豫，一听说要坐十三个多小时的飞机，并且怕饮食不习惯，年龄大了在路上拖累大家，不愿意去。最后通过家人们的极力劝说，他才勉强同意此次旅程……

杨永乾在文末这样写道：

感谢公司提供的这次国外之旅，让我很兴奋也能够给父亲提供这样一个机会，虽然平时工作太忙没能常回家看看他，但作为农民的儿子能够给父亲提供这样一个机会，让他在父老乡亲面前扬眉吐气了一把。当乡亲们投来羡慕的目光,父亲洋溢出笑容时,我作为儿子所表达对父亲的孝心得到了满足!

把自己旅游的机会让给父母,他玉珍和杨永乾并不是个例,义顺企业西固分公司总经理沈成福是陪着妈妈一起去旅行,他的作品《带着妈妈去旅行》获得征文大赛三等奖。

2014年加盟义顺的张虹是义顺直营公司财务人员,对于"家文化",她有别样的感受。她在2017年被评为优秀员工,并奖励她一家三口去了山东旅游。她说"平时比较忙碌,出去旅游八天,我们一家三口朝夕相处还是第一次,这样的机会对我来说非常珍贵,感谢公司领导顾'大家'的同时还能照顾到我们的'小家'!"

有着二十三年工龄的老员工王孝德,是义顺企业康乐酒庄的负责人。王孝德的父亲王兆祥,今年八十四岁高龄,他作为员工家属见证并参与了义顺企业近年来为员工及员工家属提供的各种福利活动。他跟随义顺团队游遍了海南、青海、山东、台湾等省份,远一些的如韩国,他也都去过了,他自称"我光是飞机就坐过六七次,亲戚朋友都非常羡慕"。从他的谈吐中,不仅可以感受到他以儿子孝顺为荣,更可以感受到他以儿子在义顺企业工作为荣。

有人评价,义顺企业的员工是争先恐后地在孝敬自己的父母,义顺企业的领导者是鼓励员工并且提供机会让员工孝敬父母的。这无疑是义顺企业浓厚的"家文化"的一个缩影。"老吾老以及人之老",中华民族最为称道的孝道文化延续和体现在了义顺公司的企业文化上。从2012年开始,义顺公司老员工优待奖励办法中特别设立了感恩老员工父母奖。以员工任职三年、五年、八年到十年共四个级别,除为员工个人颁发荣誉证书及奖品外,还分别为其父母颁发奖金从五百元、一千元、一千五百元及两千元不等。

在员工的小家庭里,"家有一老,如有一宝",在义顺企业,员工的父母被誉为"义顺一宝"。2012年6月,在纪念义顺公司成立二十周年庆典晚会现场,义顺公司特别邀请到二十余位义顺老员工及其家长现场颁奖。与会的老员工家长代表深情地说:"没有义顺公司,就没有我们孩子的今天,也就没有我能站在这个台上的这一时刻！"

2017年7月16日，在义顺企业年中大会上，义顺企业为七十六个家庭颁发了"和谐家庭奖"。这个奖项自2012年开始已经持续五年。在这次年中大会上，义顺企业还首次增设了"黄金老人奖"，即为员工父母亲年龄在八十岁以上者设专门奖励，公司每月支付两百元。王孝德的父亲成为首批获"黄金老人"大奖的一位，提到义顺企业对他的关照，老人开心地嘴都合不拢。

"幼吾幼以及人之幼"，义顺企业自2014年还专门设立义顺子女成才奖专项奖励基金。员工子女考上大学者，每人每年奖励三千元，共计一万两千元。刘先丽、杨改平，成为这一奖励的第一批获奖者，他们的孩子分别考上天津商业大学、江西南工大学。张志龙的一双儿女也曾享受过义顺子女成才奖，他说："我们的子女能被称为'义顺子女'，那我们有什么理由不把义顺当作我们的家呢？"

2017年2月10日，一个三个月大的婴孩牵动着义顺人的心。义顺企业酒嘉分公司经理张鹏的孩子感染肺炎，由于康乐县医院医疗条件的限制，急需从兰州购买药品。此时，张鹏在工作岗位上心急如焚。张秉庆得知此事后，立刻联系医院购买药品，并且安排企业员工以最快的速度送达医院。孩子得到及时的救治，人们悬着的心也落了下来。知悉此事的义顺员工为他们的大家长竖起了大拇指。这只是义顺企业"家文化"中，关怀员工像关心兄弟姐妹一样诸多事例中的一个。

常进芳，现任义顺企业集团核算会计，她也曾受到义顺大家庭的特别关爱。至今只要一提起此事，常进芳还热泪盈眶。常进芳回忆，2014年7月13日，是她一生中最难以忘怀的日子，她的小女儿在这一天降生了，但因为七个月便早产，一出生就在新生儿重症监护室救治，每天在医院的治疗费高达一千三百元。常进芳的家庭本就不富裕，她的公公患有淋巴癌，每周要进行化疗，小女儿的早产更让全家人的处境雪上加霜。一度，婆家人甚至有过放弃救治早产儿的念头。高额的治疗费不但花光了家中全部积蓄，并且负债累累。就在一家人心急如焚、一筹莫展的时候，公司领导派人送来了五万四千九百元现金。事后，常进芳才知道，这是公司领导倡议全体兄弟姐妹给自己的爱心捐款。

《义顺商情网》至今还可以查阅到当年捐助活动的相关报道：

8月26日上午，由义顺公司党支部、工会向全体员工发出倡议，为困难员工常进芳捐款仪式在兰州办公室举行。义顺企业董事长张秉庆，副董事长张秉柱、张秉华，市场总监张世旺及在兰全体义顺家人纷纷慷慨解囊，积极踊跃捐款，现场在《爱的奉献》歌声环绕下，气氛异常感人。当日筹得善款四万余元。

常进芳2010年加入义顺公司，现任财务部会计，平时在工作中兢兢业业，一丝不苟，对工作热情，待人诚恳。今年7月中旬，常进芳女儿因七个月早产，至今仍在医院重症监护室中进行救治，这让本就不富裕的家庭陷入困境。公司领导得知此事后，立即决定拿出一万元救助金，并发出倡议，希望全体员工伸出援助之手，为正处在水生火热之中的家人撑起一片蓝天。

大象无形，大爱无声。倡议一经发出，广大员工积极响应，踊跃捐助，一时间，兰州、康乐两地，各个生产、销售部门形成了一片"爱的海洋"，以实际行动表达了对遭遇不幸同事的关怀与帮助，再次彰显了义顺人"大爱无疆，真情永在"的善举。在短短的两天时间里，共有一百八十三位家人，募得善款五万四千九百元。

常进芳的小女儿现已三岁多，身体非常结实，看不到一丝早产儿的羸弱。常进芳为她取名"小石头"，寓意像石头一样坚强，不惧困境，经受住一切风吹雨打。提及往事，常进芳几度哽咽，反复说道"对企业大家长和兄弟姐妹的关爱无以为报，唯有努力工作……"

孟子有言，"君之视臣如手足，则臣视君如腹心，君之视臣如土芥，则臣视君如寇仇"。义顺"家文化"的核心就是以礼相待，尊重员工，把员工的事当成企业自己的事。张秉庆经常对员工说的一句口头禅便是"你的事，就是我的事"。只有这样，员工才不会把自己当外人，投桃报李，努力做事。

义顺企业兰州城关东区总经理刘明宝对于"你的事，就是我的事"有着最为深切的感受。刘明宝2009年入职，曾经在义顺自产品销售方面屡创佳绩。当年推销"陇宝醋"时，刘明宝有一个经典创举，就是以小品形式演绎了"陇宝醋""超于太太口服液，胜于十全大补丸"的功效，并且使"吃醋的感觉真好"的幽默广告语广为流传。刘明宝因此而被誉为"陇宝牌"当归醋的形象代言人。2013年7月，刘明宝的父亲去世，在此前后，公司领导和同事的关怀像雪花一样连绵不断。刘明宝至今记忆犹新，为了方便他照顾生病住院的父亲，公司领导建议他调换岗位，并且轮番亲自到医院来看望父亲。父亲走后，张秉庆董事长派出公司四辆车，张世旺带队，率领几十人赴他的老家治丧。董事长甚至说过这样一句话，"今天，所有人可以放下手头的工作，到刘明宝家里去帮忙。"正是由于感受到企业大家长对自己的"敬"和"把员工的事当成企业的事"的真诚，刘明宝投桃报李，无条件服从公司安排，来到兰州城关东区市场后，把一个年销售不足三百万元的小市场深耕细作，一路小跑，年年都有大进步。2018年春节前夕，城关东区分公司的销售已超过一千万元，"我们有望再造一个金牌市场！"他非常自信地说。

符生莲，十五年工龄，她从促销员做起，成长为义顺企业城关西区分公司总经理，她是2016年度义顺企业分公司销售冠军。2月21日，是符生莲的生日。她说她给女儿和丈夫举办过生日，但从来没有给自己举办过生日，她生命中的第一次生日是义顺企业给她举办的，回忆起当时的场景，她难以自抑，流下感动的眼泪。就是公司一点一滴像家一样对她的关心爱护让她一步步成长，培养出她强烈的竞争意识，教导她先苦后甜，取得了今天的地位和成就。早在2012年，她被授予"和谐之家"奖，她的丈夫被邀请到现场参加授奖，感到非常惊讶，对她说："你们公司居然给我发了奖金。"那一刻，她为自己是义顺大家庭的一员而骄傲自豪。

文丽芬，十二年的工龄，原本医学院毕业的她，却因机缘巧合，在义顺公司剑南春专卖店做了六年的营业员，期间升任店长，2015年成为义顺城中分公司总经理。文丽芬给人感觉腼腆,她自己也承认怕跟人打交道。可是,就是这样的个性,却进入了做酒这个竞争非常激烈的行业。2017年5月,她获得赴澳大利亚、新西兰旅游的奖励,她许多有公职的同学羡慕她在一个私企却能有这样好的待遇。文丽芬回忆起陇宝醋初上市时,自己在菜市场摆摊推销,天黑了还舍不得撤摊,真的是把企业当家一样,把企业的事当成家里的事在做,她同样感慨,是义顺大家庭造就了自己,也成就了自己。

韩斌,祖籍天水武山,家人迁居新疆后,他只身一人在兰州打拼。当年他结婚时,张秉柱以娘家人的身份前去娶亲,董事长张秉庆与张秉华则在酒店忙前忙后扮演着"执客"的角色(注:执客是西北红白喜事中专门招待应酬宾客的人)。"我的婚礼是公司给我操办的。"韩斌的儿子都已经十三岁了,提起这段往事,他的眼角有些湿润,他和家人至今还住在义顺企业提供给他的住房里。

"拟家庭化组织"在义顺绝非虚妄之词,而是切切实实的做法。在义顺这样的情景并不乏见,有员工会在周末带着孩子来上班,也有员工会将放学的孩子接到办公室写作业,某些集体活动员工会携孩子同往,他们坦然大方,没有遮掩。义顺企业多位领导对员工子女极为熟稔。他们并不介意员工的孩子出现在办公室,就如同自己家族的孩子时常出入办公室那般自然。做企业做大不如做强,做强不如做久,做久就要创造价值,创造价值的第一因素是人。商道就是人道,作为企业先取其义,后取其利,成为一个令人尊重和向往的企业家庭,这是义顺企业领导人对自己的终极要求。

2017年7月15日,《义顺商情》公众号发布了一条消息:

7月14日傍晚,一场倾盆大雨给燥热多日的金城兰州来了个降温。大家正在为这场及时雨感到庆幸时,公司新搬迁的库房却遭受了水灾,库房告急,时间紧迫!微信群里一句简单的号召,义顺企业品牌部总监,各分公司总经理、业务员,甘肃义顺"老张的店"等四十多名义顺人,在最短的时间内从公司、门店迅速赶到现场,到达的家人没有多余的话语,撸起袖子就是搬货,一趟趟地往返,雨后闷热的空气,使有些人体力不支。这时,有人提议用"传帮带"

的方式，这样不仅可以节省人力来回跑，而且也节省时间，四千件货只用了短短两个小时便转移到了安全的地方，将公司损失降到了最低！

"众寡同力，则战可以必胜，而守可以必固。"这就是义顺人，这就是义顺精神，你们辛苦了！

是什么让义顺企业员工如此甘于奉献？是什么让他们不计得失，招之即来、来之即战、战之能胜？这恐怕就是对企业大家庭的忠诚与热爱最直观的反映。每一个成功的企业，就是一座商学院。身处其中的人或许难以感觉到它的可贵，而旁观者往往可以感知到更多。

在义顺浓厚"家文化"的氛围中，近些年来义顺出现一些独特现象：一是离职员工重返现象普遍。跟国内很多企业离职员工永不录用的做法完全不同，义顺大家庭对于曾经的离职员工依然保持一种欢迎的态度，赵志军甚至受到邀请，二进义顺担任分公司总经理。五十多岁的赵志军已经是做爷爷的人了，在被邀请重返义顺担任分公司总经理后的一次大会上，他当众落泪，泣不成声，直言万万没想到，自己这么大把年龄还能得到公司领导的重用，很意外，且异常感动。正如义顺企业兰州客服中心部长王艳所说，义顺企业的大家长有宽广的胸怀，能包容员工身上的缺点。犯错不可怕，可怕的是不改正，只要改正了，家长就一直在给员工向好的方向发展的机会。二是双职工现象日益增多。像外企不允许同单位员工谈恋爱的现象在义顺企业绝对不会发生。相反，义顺企业对在义顺大家庭里找到另一半，甚至结为夫妻的员工会给予由衷的祝福。在义顺企业大家庭里相识、相爱最后组建家庭的例子非常多，体现出一种以人为本的关爱与宽容。"老张的店"经理助理丁兴文与义顺集团报道组组长刘子玉便是一对新婚"义顺夫妻"。他们的婚礼上，张秉庆受邀作为嘉宾发表了热情洋溢的祝贺词。三是以家庭为单位在义顺工作的员工很多。义顺临洮分公司副总经理开建红就是夫妻二人同在义顺工作，她的丈夫赵国胜任莲花山药业生产车间主任。而车间工人姜海玉一家，甚至一家四口人同在义顺工作。四是与离职员工保持着密切和友好的关系。剑南春孟健注意到，义顺离职员工王小花，离职前任义顺酒店部经理，离职后自己创办了公司，义顺曾经专门为她举办欢送会，并授予王小花"终身荣誉员工"，孟健认为，义顺企业"不吝啬，人文关怀方面做得好。"与王小花一样获得"终身荣誉员工"荣誉的还有原义顺企业财务部会计赵明、原义顺企业区域经理蒙玉胜。"事实上，义顺企业对工龄达到十年后选择离开的员工都会召开欢送会，并授予'终身荣誉员工'称号"。义顺企业人力资源部部长王培如是说。而每逢义顺企业举行重大活动，这些名誉员工都会被邀请参加。

离职员工与原老板的关系，这是一个敏感话题，亦是一种很微妙的关系。翻阅《追梦》一书，里面赫然陈列了三个义顺离职员工的照片，并对他们的现状做了报道。单说这一举动本身，就足够让人感到惊讶，这样的做法显然是一般人不能容忍的，而义顺企业的高层领导就具备了这样的胸怀。

创业并不都是成功的，这些离职创业的员工有些遇到瓶颈，不能施展拳脚，个别人几乎要回归到老农民的状态。正如张秉庆所言，"一个人的成功，除了自己的努力以外，还需要机会，时机成熟，还要胆量。看到他们，仿佛看到二十年前的自己，也是如拼命三郎一般，只是，时过境迁，他们不会再有自己当初的机遇"。他甚至还会指导这些离职员工要做团队，靠单打独斗是不行的。

《追梦》一书记载，义顺离职员工赵黎宁，2001年7月18日应聘进入义顺公司，担任过壮根灵宣传队队员、外销二科科长助理、兰州配送中心片区经理，外销八科科长，2006年11月离职创业。2006年12月自己投资在康乐、临洮县城开办浩浩经营部和三和园经销部，凭借在义顺公司多年的学习市场营销经验，在康乐代理了雪花啤酒、滨河粮液、莫高干红等名优品牌。赵黎宁在接受媒体人王恒真采访时说："义顺的宝贵经验我们都在运用，包括怎么做人，怎么做市场，每个细微处，大的环节，小的环节，我都受益匪浅。"

恍然间，这些离职员工仿佛义顺大家庭里离家出走的孩子，只不过，有的人成功了，有的人失败了，有的人重返义顺，有的人做出了其他选择……离职员工称义顺企业为义顺商学院，张秉柱被称为义顺商学院校长，他甚至每年都会与离职员工聚会一次，常年与离职员工保持着密切而又友好的关系。2018年的腊八节，离职员工石维忠给他发了一份微信祝福，信中说道：您是我人生路上遇到过的最好的良师。在义顺公司的时候，什么心里话我都跟您讲。我说我跟不上别人了，一切都迟了。您说不迟，只要努力，什么都会有的，莫愁。我努力了，这些年确实也吃了苦，但也有了一定的回报。在我心里，我一直以您为榜样，继续在努力奋斗！今天是腊八节，我特意说说我的心里话，不是奉承，也不是巴结，我是真正从您的身上吸收到了很多做人的道理，比如谦虚、宽厚、善良等等。比如有人给我找事，我却一笑而过，跟前人以为我懦弱，其实是心境不同。我以前性格很莽的。生活锻炼了我，我愿继续以您为明灯，努力向前，积极向上。当然，您的成就我达不到，做大生意与小生意那是天壤之别，但我照样会努力，争取过得好一点。

张秉柱说，我更希望他们好，他们中有做得好的，也有做不下去的。我们互相有竞争，但是也有合作。总体而言，能做成功、做好的少，因为时代不同了，一个人创业所要求的要素更多了。从这个意义上讲，我们打造的"共享型幸福企业"给员工提供的内部创业平台更有成功的把握。企业在创业期需要资本和机遇，成长期则需要规范管理和市场，进入平稳期，则要注重企业文化的建设和统筹管理。当企业规模发生变化，由小型成长为中型，有的甚至成长为大型企业，企业所面临的市场环境也发生了变化，由不太规范变得较为规范。而家族企业具有强烈的竞争意识、市场意识、创新意识、效率意识以及人才意识，市场竞争的巨大压力使得他们不断进取、不断追求。

义顺企业善于在实践过程中不断总结、不断提升、与时俱进，重视通过企业文化建设来强化公司的管理，用中华优秀传统文化的精髓来滋养企业家精神，指导企业经营及企业文化建设。没有文化就没有灵魂，只有文化才可以传承，文化从何处来？唯有学习！

学习型企业

义顺企业六大文化中,"勤学文化"的具体表现便是打造学习型企业。不熟悉义顺企业的人来到义顺总部办公室,常常会被眼前的场景震惊,一屋子的人手舞足蹈,唱歌跳舞,喊口号,背诵《大觉经》《弟子规》《羊皮卷》,震惊之余大都会发出疑问,怎么感觉这像是闹着玩?

事实上,这样的场景每天都在义顺企业上演,这是义顺企业独创的晨会制度。义顺企业的晨会制度由三大块组成,早上七点四十五分召开管理层会议,主要参会人员为中高层管理人员;八点钟,召开全员晨会;八点十五分,召开部门会议。这三场会议安排紧凑高效,作为一项制度自2012年开始实行,一直坚持到今天,被义顺企业员工打趣为风雨无阻三大会。

"三大会"中最有特色的无疑是全员晨会,每天的全员晨会轮番安排各部门员工主持,主持人首先带领全体员工三鞠躬,高声诵读感谢词:感谢父母养育之恩,感谢企业为我搭建平台,感谢客户为我实现梦想。接下来全体成员集体背诵《大觉经》,最后一项是由快乐宝贝上台领舞,全体成员集体表演励志歌舞。《中国好声音》《五粮液之歌》通常是他们的备选曲目。这些歌曲旋律优美而又振奋人心,对打造团队的凝聚力,提拔士气有非常积极的作用。

很多人在了解到义顺的晨会制度后,发出由衷的感叹,"义顺的团队确实是打造出来的!光是那一年四季风雨无阻早于任何单位召开的晨会恐怕就没有几人能做得到"!不要说有局外人质疑,其实义顺新人们一开始也会对此有所抵触。王延斌就非常诚实地说,自己四十岁以前没有跳过舞,没有在舞台上唱过歌,当他初来义顺时,这样的晨会制度让他心里非常抵触,但当适应一段时间后,终于对这样的安排有所体悟。"外在的形式坚持的时间长了,就会内化出神似的东西,逐渐让员工们形成了敬畏心!"

这种敬畏心来自于不断地强化，来自于对"善"的弘扬与追求。王延斌和义顺企业所有员工一起，对《大觉经》倒背如流：

大道泛兮，主宰万物。万物起兮，皆有缘往。
天命为性，率性为道。善恶为种，自收自长。
上世之因，今世之果。今世作因，后世果尝。
诸恶莫作，众善奉行。守正善法，道义自彰。
执持仁恕，鬼神不伤。不慕名贵，暗学忠良。
小恶考心，鬼魅师长。遇人有难，我义命帮。
惠人不念，心魂不茫。受恩永报，天恩浩荡。
务本去功，灾难炼场。舍利去名，道生德养。
自省无惧，夜黑不遑。罪己回头，自救神谅。
生不由己，死速自伤。求乐招苦，祸在福妄。
名利烟云，人惑鬼唱。去燥守静，智慧天降。
万镜观我，自察心亮。万般为我，感恩天苍。
莲花坐心，桃花面祥。心慈口善，圣花满堂。
百年一瞬，人生过场。物为心奴，自性空芳。
万法归道，心斋至上。诸法无我，道法无量。
神不救恶，至善神想。勿再外求，命由心酿。

无论是中国的佛教、道教，还是西方的基督教圣经，抑或是伊斯兰教的古兰经，都有一个共同点，就是劝人向善，宣扬一种利他思想，倡导人们做好事，积德行善。有一种说法，为什么芸芸众生，有些人获得了财富，有些人却一文不名？这些获得了财富的人其实是上天派来的使者，是要帮助那些需要帮助的人。

与晨会制度一脉相承的是，"开心工作，快乐营销"主题活动。这项主题活动旨在丰富员工文娱生活，打造一个快乐健康的工作氛围。这项活动每个月开展一次，所有在这个时间过生日的义顺人都会被邀请参加，不论职务高低和岗位区别，大家享受同等待遇，"寿星"们会在这个主题活动中领到生日礼物，一起唱生日歌，品尝生日蛋糕，吃大餐，看演出，每个人都会留下记忆中难忘的一次生日聚会。

积分制管理是义顺企业打造学习型企业的制度保障。按照王培的阐述，全员积分制管理始于2014年，目的是进一步提升员工工作积极性。积分制管理综合每个人的工作年限、职务高低、业绩大小，还有学历、职称、技术专长、个人特长、劳动纪律、出勤天数、加班小时、工作态度、个人表现、思想道德等等因素，全面地用积分来实行量化统计。统计之后，再把积分的结果与工资、奖金、晋升、外出进修学习、旅游、春节发放物资等各项福利待遇挂钩，累加计算。通过积分奖罚制度规范员工日常行为，激励员工遵守公司制度，提高员工的主观能动性，调动员工的积极性，增加员工工作执行力，丰富员工的精神追求。"积分制管理量化考核非常细致，比如员工给自己的父母过生日买礼物也将会得到相应的积分，前提是员工本人主动申报。"王延斌一开始对这种做法非常不理解，"员工给自己的父母送礼物那不是天经地义吗？"后来他慢慢领悟到，这其实是企业引导和鼓励员工持续向善的一个过程。种下善因，必得善果，种下恶因，必得恶果。

张秉庆有一句顺口溜在义顺企业内部广为流传：只要思想不滑坡，方法总比困难多！读书，一直是义顺企业打造学习型组织的重要方式。义顺图书室陈列的图书，既有知名企业经验借鉴方面的书籍，也有催人奋进的励志书籍；既有修身养性提高素养的国学宗教书籍，也有兼具指导意义的商业实战技巧书籍。义顺企业领导人打造学习型组织可谓用心良苦。

励志的语言被证明对激发员工士气具有强大的催化作用。在义顺公司的会议室，各种各样的训导之言总是最先映入人们的眼帘：

——积极的心态是成功、健康和快乐的保证。不是没有阳光，是因为你总低着头；不是没有绿洲，是因为你心中一片沙漠。相信自己、相信产品、相信客户。

——目标就是你的目的和方向，也就你的梦想，你的愿景。目标就是构筑成功的基石。目标让我们产生信心、勇气和胆量。

——学习是成功的捷径。学习是给自己补充能量。学习是生存和发展的必要手段。学习可促进人的成熟，提高人的文化修养，优化人的心理素质。只有不断地学习，才能适应社会的发展，才能生存下来。

——时间是生命！时间是财富！时间是资源！时间是人生最大的资本！有效的时间管理，是一切工作管理的基础。

——坐而言不如起而行！只有行动才能成功！立即行动，让我们在行动中去纠正、去调整；在行动中去学习、去发现；在行动中去增添勇气、创造机遇、创造奇迹。

学习，是义顺企业保持创新活力的源泉。读书之外，培训是义顺企业打造学习型企业的又一重要手段。2016年，张秉庆在一场名为《让我们从优秀走向卓越》的讲话中提出：学习是走向成功的捷径，善于学习是从优秀走向卓越的必由之路，培训会就是一把增长知识才干和提高思想素质的钥匙。他要求企业员工积极参加培训学习，紧跟时代脉搏，戒骄戒躁，以"空杯"的心态系统学习相关知识和技能，做一个学习环境下的新型学生。《义顺商情网》公众号曾专门刊登了一部分义顺企业学习明星的语录，彰显出培训学习的力量：

白银分公司总经理杜志坚：对待任何事物都要全身心投入，用百分之百的精力做好每一件事、做好自己，只有这样，我们得到的结果自然而然，也很理想。学会发现别人的优点，学会包容别人的缺点，并提升自己的素养。

康乐分公司总经理周贵军：做一个有用的人，主动做事就是幸福的，被动做事就是负担，突破自己，要有担当，做任何事要严格要求自己，高标准，做到最好，好处的背后就是痛苦，使你痛苦者必使你强大。有立场，遇到困难自己面对，不找借口，要有担当，问题是我成长的通道。

天水分公司总经理张瑞花：要有团队精神，首先要做到团结，对上服从，对下服务。按本色做人，按角色做事。我感恩父母给我生命，感恩公司给我平台。没有做不成的事，只有不想去做事的人。

临洮分公司总经理杜正林：对待工作要用高标准、严要求来约束自己，要有团队精神，一个伟大的团队，就要把不同性格的人合作在一起，才能把事业不断地向前推进。做一个有心人，干工作，我们要有责任心，并且要不断地学习，让自己充实。

红古分公司总经理陈金莲：要有执行力，在最短时间内把领导安排的事变成结果；要有敬业精神，每天都高标准要求自己，慢慢养成高标准的习惯。事情发生了，焦点要放在解决上，而非情绪上，时时刻刻要有危机感，不管生活还是工作都要有一颗感恩的心。

靖远分公司总经理张兆鹏：没有人能成就你，只有你做的事才能成就你自己；做什么事都超越公司领导的期望，做好之后不骄不躁；用老板的心态做事，要有敬业精神，要有团队精神。

义顺企业打造学习型企业最具成果的恐怕是独具义顺特色的文艺宣传。2017年9月举行的三十多场"迎中秋庆国庆"厂商联谊会中，义顺企业可谓是以最高规格、最大热情地关怀终端经销商，除了真金白银的礼品外，义顺企业文艺部还为到场嘉宾奉上了文化大餐。《飞天舞》《三句半》均是义顺文艺部自编自演的节目。

2016年9月，义顺企业文艺部正式组建，成员全部来自企业内部，平时坚守各自的工作岗位，业余排练节目，逢义顺重大活动，她们便登台献艺。随着义顺企业频繁的商业会议，以及跟华商有关的各类活动，文艺部的演出任务变得非常之多。在某些时候，文艺部甚至承接部分企业之外的商演。而这，正是借助于义顺企业的平台支持。义顺文艺部不但服务于本企业，还服务到了越来越多的跨界企业。事实上，早在义顺文艺部成立之前，义顺企业的文艺宣传工作已经自成体系且独具特色，每一个加盟义顺的员工，都被提供了舞台，只要你有才艺，都可以在这里尽情展示。

观看义顺企业历年来的年会及重大活动视频，人们会惊讶地发现，不论普通员工还是中层干部，抑或企业高管，他们都会出现在舞台上，变身演员。一台完整的晚会，从主持人到音响师、灯光师，再到演员，他们几乎不需要请任何一个外援就可以全部自己搞定，文艺宣传成为义顺企业对外宣传的一张名片。这张名片上，义顺家族成员形成了一道独特而又靓丽的风景线，应该说，这个家族有天生的文艺细胞。王香莲善舞，张世旺、张月圆、张世茂善歌，一大家子都是文艺积极分子。其中，张秉柱的自我突破为义顺企业的文艺之路做出了极大贡献，张秉柱的文艺之路几乎又是一部自强不息的奋斗史。这里面还有一段渊源值得大书特书：

2002年夏天的莲花山"花儿"大会上，张秉柱率领六辆车三十六个人展开了八天七夜关于义顺企业产品的宣传。在此之前，张秉柱非常反感"花儿"，他狭隘地认为"花儿"是谈情说爱的产物，这与他的传统观念不符。可是经过此次身临其境的体验，他发现，"花儿"不但歌词优美，朗朗上口，而且唱"花儿"的人思维非常敏捷，能在几秒之间接上对方的唱词，信口开唱，形式自由奔放，词曲内容宽泛，既有歌颂爱情的，也有表现亲情、友情的，总体而言可以即兴发挥，随意抒发情感。张秉柱深受感染，从此喜好上了"花儿"。张秉柱不但自己编，而且自己唱，一个天性羞怯的人经过不懈努力和自我突破后，成为一名"花儿"高手，这恐怕也是张秉柱一生中最意想不到的收获。张秉柱的《尕老汉令》在各种场合亦成为一个明星节目。他不但在义顺企业的各种大会上唱，还唱到了台湾，唱出了国门，他的《尕老汉令》甚至能将兰州城市要素全部囊括，给人留下深刻印象。他最经典的《尕老汉令》如下：

一、黄河

黄河之水嘛呦呦，

从天降来嘛呦呦，

穿城而过者叶子青呀，

母亲河来嘛呦呦！

二、兰州水车
兰州水车嘛呦呦，
流水欢歌嘛呦呦，
农耕文化者叶子青呀，
水车之都嘛呦呦！

三、黄河铁桥
天下黄河嘛呦呦，
第一桥来嘛呦呦，
光绪建成者叶子青呀，
黄河铁桥嘛呦呦！

四、黄河母亲
黄河母亲嘛呦呦，
象征黄河嘛呦呦，
神态慈祥者叶子青呀，
爱护人民嘛呦呦！

五、兰州牛肉面
一清二白嘛呦呦，
三红四绿嘛呦呦，
五黄标准者叶子青呀，
中华第一面嘛呦呦！

形式新颖，表演投入，引发华商书院学兄的热情和互动。多年积累沉淀下来的舞台经验令张秉柱具有了驾驭现场氛围的能力，他不但自己唱，而且主动请嘉宾们为他和词"呦呦……",一时间,令他有种明星风范。张秉柱自己亦深刻认识到,表演"花儿"已经不是个人爱好,更有企业需要,"几首'花儿'表演下来,在场的人们或许记不住里面的歌词,但是却记住了唱'花儿'的那个人代表的就是义顺企业。"他非常诚恳地说道。

义顺企业的文艺特色亦给外界留下深刻的印象。

"只要是义顺开会,一场会议,从头至尾,舞台上没有空闲的时间。"

"义顺企业藏龙卧虎,人才济济,舞台便是义顺员工成长和接受考验的空间。"

"义顺的会从出发的大巴车上开始,只要有义顺员工在的地方,麦克风就会一路忙个不停,欢歌笑语一刻不停。"

……

诸如此类的评述出自与义顺企业多有交集的茅台、五粮液、剑南春酒厂驻甘肃工作人员之口。

学习型企业具有不可估量的活力和创新力,文艺是义顺企业最具文化特色的宣传之路。

红色文化

很多人初次接触义顺,难免会生出疑问,这家企业给人的感觉太复杂了,它既有浓重的家文化氛围,又力主打造学习型组织;它既崇尚国学精髓,又处处是红色文化的痕迹。事实上,这也正是义顺企业团队建设的模式独具的特色。

义顺企业对红色文化的推崇,其最深的渊源,或许就来自于张守正、张秉庆父子的从政经历。张守正十八岁入党,最后从康乐县水利局副局长的位置退休;张秉庆1990年6月加入中国共产党。尽管后来下海,但在机关单位九年的工作经历，在他的人生履历中留下了不可忽视的烙痕。

尽管离开体制，但是谁也不可否认，体制内的经历以及红色文化的熏陶已经将他塑造成了一位根正苗红、标准的共产党员，这样的体制经历也一定会影响到他对企业的管理。除张守正、张秉庆，余娥也是一位党龄相当长的共产党员，年已八十岁的她自十八岁入党，迄今已有六十二年的党龄。义顺企业党建活动图片展中有一个经典画面，2010年7月，张守正、余娥身着蓝色西装、白色衬衫，手拿纸笔，非常认真地在学习非公经济党建指导小组的文件。他们满头白发，满面沧桑，目光却专注而深情，对于自己党员的身份，他们有发自内心的珍重。

"义顺"商号第五代传承人中也多有共产党员。三代共产党员，通过对中国近代史和党史的学习，深知近百年中华民族所遭受的欺凌和苦难，也就更明白没有共产党就没有新中国的道理，从灾难沉重的中国到建设富强美好的中国，共产党是引路人。2006年，张秉庆在兰州市做大做强非公经济促进社会和谐发展主题报告会上，以《快速发展的八条经验》为题做了演讲。演讲中，将社会的安定和政策的正确导向是企业生存发展的先决条件列为第一条经验。是的，谁也不可否认，安定和顺的环境为义顺快速发展提供了土壤，这一点，有义顺商号创始人张庭鉴身家毁于民国战乱的先例，所以说，张秉庆比起一般人有更深的感触。正如他自己所说，时代造就了义顺，如若不然，不管是自己，还是大哥张秉柱，或者是弟弟张秉华，都无法将义顺企业带领到目前的发展阶段。张秉庆尽管选择了"下海"，但他与体制的交集从未割裂过。二十多年来，他连续担任康乐县政协委员、临夏州政协委员以及兰州市七里河区政协委员。时至今日，他依然是甘肃省工商联执委和副主席、兰州市工商联常委及七里河区政协委员。他时常受邀去参加政协组织的社会视察和调研活动，他坦言，由于这样的身份，他可以多元地去触及一些常人不易了解的社会问题，并且能以这些身份积极参政议政，发挥更大作用。

2010年4月13日，他被评选为临夏州"首届道德模范"模范人物；2011年1

月9日，甘肃省委省政府授予他"甘肃省第二届道德模范"称号。这样的褒奖，令他无比自豪。2010年4月29日，义顺公司被康乐县委县政府授予"民族团结进步示范企业"荣誉称号，又从另一个方面肯定了义顺企业的"红色基因"。

很多专家学者在总结梳理义顺的经营之道时，往往侧重于从它的历史和核心价值观探究它的成功之道。事实上，如果从张守正、张秉庆父子的从政经历中还原历史链条的话，也许就不难理解他们某些方面的高明之处。比如，他们惯于宏观叙事，比如，他们极强的政治敏感度，再比如，他们富于前瞻性的战略思维。从一定程度解读，或许，体制内养成的思考习惯也深刻影响了他们在企业经营当中的思维方式。可以说，很多时候，他们是以一个党员的思维在思考企业的发展。红色文化的渊源正是来源于此。义顺企业人力资源部部长王培清楚地记得，2010年6月29日，中共兰州义顺公司党支部正式成立，当时正式党员只有十五名。截至2017年，义顺企业四百多人的队伍中，共有党员四十二名，张秉庆为义顺党支部书记。党员，在义顺是一个特别的群体。某些时候，既是一种身份，又像是一份荣誉，被每一个党员重视和珍藏。有一个细节不容忽视，义顺企业每年评选出来的优秀员工，凡是共产党员的都要用小党旗标明身份。

义顺企业红色文化的内容很丰富，但集中体现在两方面，一是爱国主义情怀，二是艰苦奋斗精神。2017年7月1日建党节，义顺公司兰州区域的党员们为庆祝党的生日举办了一系列活动。当天早上八点，他们在总部会议室进行"重温入党誓词，缅怀革命先烈"的活动。整场活动庄严肃穆，党员们仿佛接受了一次心灵的洗礼。当日下午，义顺企业党支部还精心策划了参观甘肃省博物馆和八路军办事处的活动，旨在回顾历史，感受先烈们不屈的情怀。这些党员们每到一处，总会引来游人侧目。他们统一的着装，高昂的精神面貌，常常被误认为是政府行政部门的工作人员。"热烈庆祝中国共产党建党96周年"的红色条幅显示出他们对此次活动的重视。党员们发扬艰苦奋斗精神，坚持低碳出行，全程乘坐公交车。张秉庆也全程参加了此次活动。正是炎炎夏日，烈日下的奔波难免让人烦躁，"一想到董事长和我们一样，就觉得多走几步路也没关系"，义顺企业网络部杨丽如是说。"这是一次别开生面，又非常有意义的党支部活动"，义顺集团宣传报道组组长刘子玉次日在《义顺商情》公众号报道此次党员活动时如此总结。

艰苦奋斗精神在中国革命历史上表现得十分突出。面对装备精良的敌人，面对缺吃少衣的条件，共产党员没有畏惧，没有屈服，而是以艰苦奋斗的精神克服了重重困难，战而胜之。正是这种精神的力量，使共产党用小米加步枪的模式战胜了国民党装备精良的部队，使革命队伍从小到大、由弱变强，不仅荡涤了旧社会的污泥浊水，还创建了一个充满无限光明的新中国。

新入职员工常常会发出疑问，这种精神好是好，可在今天新形势下它的作用究竟能有多大？这些"过去的东西"似乎有"已经过时"之嫌。张秉庆并不否认，随着市场经济的发展，出现了不同的利益诉求，在精神方面也出现了异彩纷呈的局面。但作为一名共产党员，无疑要有爱国主义的精神信仰，这是克敌制胜的法宝，也是战胜困难的强大力量。张秉庆认为，红色文化是在中国地面上生长出来的，深深植根于广大人民群众的心中，具有强大的生命力。尽管与过去相比，所处的环境有异、条件不同，但其精神、原则和内容，在任何情况下都适用。结合义顺目前的发展形势来看，尤有弘扬之必要，因为它对于克服困难、继续前进具有巨大的积极意义。

早在2010年12月28日，义顺公司党支部被授予"党建工作示范点"称号，党支部书记张秉庆被评为"优秀党员带头人"，次年又被中共甘肃省非公企业党委授予"先进基层党组织"。2016年，义顺企业财务总监，同时也是党支部副书记的赵月玲当选中国共产党兰州市七里河区第十一次代表大会代表，并被聘任为七里河区委、区政府巡察工作组巡察员。

伴随着义顺企业在党建组织工作方面的突出表现，义顺企业党支部不断受到有关政府部门的重视。2017年4月24日，在甘肃省非公党建组织座谈会上，张秉庆向甘肃省委书记林铎做了题为《抓好党建工作，建设共享型幸福企业》

的汇报，介绍了义顺企业党建工作的经验：

林书记：

我是兰州义顺工贸公司党支部书记、董事长张秉庆，是"义顺"商号第四代传人。"义顺"商号始建于1925年，已有九十二年的历史。1988年恢复经营以来已发展成为集"科研、生产、营销"为一体的集团化企业。现在是茅台、五粮液、剑南春等中国名优酒的经销商。公司党支部成立于2010年6月，现有党员四十二名。

党支部成立以来，在区委组织部和七里河区非公党工委的悉心指导帮助下，我们坚持靠党建推动企业创新发展，把发挥党支部战斗堡垒作用和党员先锋模范作用作为企业做大做强的重要抓手，有力地促进了企业持续健康快速发展。被七里河区工商、税务、银行评定为A类企业。2010年，公司党支部被命名为全省非公企业党建示范企业，并先后被省市表彰为"建设小康先锋号""先进基层党组织"。

几年来，我们在企业党建工作中注重抓了以下几个方面：

一是"双向进入、交叉任职"，从领导体制上保证党组织发挥作用。我们借鉴国有企业党建工作有效做法，在公司治理结构上，实行党组织与企业经营管理层"双向进入、交叉任职"。公司九名高层管理人员中七名是党员，四十三个部门负责人中二十九名是党员，从而确保了党组织在企业经营管理中有地位、有作用、有号召力。在工作机制上，做到"三分三合"，即工作上分、思想上合，任务上分、目标上合，制度上分、力量上合。近五年来，公司百分之九十以上的重大决策、重点工作均有党支部参与，成功实现了党组织与经营部门有机衔接、同频共振。

二是"三亮"活动，为党组织和党员发挥作用搭建平台。我认为企业党组织能发挥多大作用、能否持久发挥作用，很重要一条是党组织能否找到并实施行之有效的活动载体。近年来，党支部结合"两学一做"学习教育，在全体党员中组织开展了"三亮"主题活动。即：亮身份，就是要求全体党员上岗工作时必须佩戴党徽，亮明党员身份；亮职责，就是要求全体党员结合自己的工作岗位通过公开栏、设置党员示范岗、先锋岗标识牌等形式，亮出工作职责，增强责任意识，促使党员当好服务发展的带头人、服务顾客的贴心人，让客户和消费者感受到党员的诚实和信誉，为企业发展注入新的生机与活力；亮承诺，就是要求党员对照自己的岗位职责，对照党员的标准，做出庄严承诺，接受群众监督，让广大职工群众看得见、有触动、受鼓舞。通过开展这一主题活动，进一步激发了广大党员履职尽责、敢于担当、积极作为的热情。目前，党员已成为推动公司稳定、快速发展的核心骨干力量。特别在近年来经济下行压力加大的形势下，周围很多同行业绩下滑、裁减员工，甚至有的已关门停业，但义顺公司核心团队稳定，工作效率大幅提升，销售规模翻了两番。

三是履行社会责任，为构建和谐社会贡献力量。我们始终致力于服务员工凝聚人心，回馈社会增进和谐。近年来，在党组织的领导下，党员带头投身到创建"共享型幸福企业"活动中，2015年公司发放了三百万元"相约2018"老员工期权股，并组建了由骨干员工参股的销售分公司三十八个。在吸纳就业方面，与2009年相比，安排就业人数由原来的不到两百人增加到现在的四百多人，其中安排高校毕业生就业六十七人，员工工资与七年前相比增长了二点三倍。公司还筹资一千多万元设立了义顺助学公益基金，每年为优秀大学生颁发金榜题名奖三十名、义顺助学金一百名、义顺奖学金一百名、义顺子女成才奖若干名。七年来，为助学、救灾、精准扶贫及其他公益事业累计捐款捐物超过一千万元，为和谐社会建设做出了贡献。

报告的最后，张秉庆向林铎汇报了义顺企业党支部未来发展的方向：

我们将按照这次座谈会议要求，进一步加强党组织建设和党员队伍建设，继续深入开展好"两学一做"学习教育，努力将企业党建工作与企业经营相融合，让每一位党员做到在政治上求红，技术上求精，工作上求进，贡献上求多，将义顺公司打造成"文化型、创新型、责任型、共享型"的幸福企业。

在此之后，义顺企业迎来了一轮又一轮褒奖和来自各部门的考察调研：

2017年6月8日，甘肃省委政研室党建处处长李致明带队对兰州义顺公司党支部党建工作示范点进行了考核检查验收；6月28日，中共兰州市委组织部决定对近年来涌现出的先进非公经济党组织和社会组织党组织进行评选表彰，共授予兰州义顺公司等八十六家基层党组织"非公党建工作示范点"称号；8月7日上午，中国社会科学院国情调研项目组莅临兰州义顺公司进行调研指导工作；10月31日，七里河区委组织部部长杨曾涛、七里河区工商局局长、非公党组书记胡云、民政部门党组织书记、非公有制经济组织、社会团体党组织书记代表共五十余人前来兰州义顺公司进行调研。

就是在这一轮又一轮的调研考察中，一个新鲜的词汇不断从调研者口中吐出，这就是"义顺模式"。模式必然是有可借鉴、可复制，并可进行推广的特点，"义顺模式"即是在充分发挥党员的先锋模范作用和党组织的战斗堡垒作用基础上创造的"现代企业制度+党建+社会责任"的形式。

党员的先锋模范作用被屡屡提起。义顺企业九名高层管理人员中七名是党员，四十三个部门负责人中二十九名是党员，义顺党支部要求党员带动每个员工"我岗位我负责，我客户我服务"，促使公司每位员工信守"诚信经营，顾客至上"的服务理念，并层层签订目标责任书，立下"军令状"。公司设立荣誉墙，设立员工光荣榜，通过评先选优，弘扬"比学习，比作风，比业绩"的良好作风，营造企业内部人人争先创优的良好氛围，使党员的先锋模范作用看得见，摸得着，跟得着，学得到。

特殊党费也作为一个新鲜事物存在于义顺企业。无论是抗震救灾还是爱心捐助，特殊党费常常让党员们无所怨言。可以说，红色文化既可以解读为是对中国共产党的致敬，同时，红色文化又为义顺培养了一大批优秀的标杆员工。

2017年10月9日，兰州冬天的第一场雪来得比往年早了近一个月，并造成了部分路段临时堵塞等交通状况，但是，纵使风雪也难以阻挡义顺人前行的脚步。这一天，是义顺集团赴四大名酒厂参观学习正式启程的日子。自2005年开始，义顺人每年都会组织一次类似的活动。这次参观学习由张秉庆亲自带队，并特别邀请到兰州市酒类商品管理局局长曹继勇，兰州市酒业同类协会秘书长兼《酒情》杂志主编王瑞卿一同前往，义顺公司部分重点客户、营销骨干五十一人参加。

七天的深度调研学习中，行程横跨甘肃、四川、贵州三省，一行人参观考察了剑南春、五粮液、泸州老窖、茅台四大名酒厂，除学习名优酒鉴别知识和企业文化外，还参观了四渡赤水纪念塔、遵义会址、娄山关等红军长征纪念地。

"我们实际上参与了一趟重走长征路的红色之旅，旨在学习红军艰苦奋斗的长征精神，普及红色文化，培养和提高共产党员的荣誉感和责任感。"兰州市酒类商品管理局局长曹继勇如是说。

兰州市酒业同类协会秘书长及《酒情》杂志主编王瑞卿亦认为，此次红色之旅带给自己一种全新的体验，他敏锐察觉，义顺企业的"红色文化"在兰州诸多民营企业中独树一帜，不但渊源深厚，而且特色鲜明。可以说，在义顺，以敬为核心的"家文化"和以共产党员为主体的"红色文化"形成了一种非常和谐共生的局面。党纲的要求，要发挥共产党员先进性，在义顺，共产党员亦是先锋模范的排头兵，而义顺企业亦着力营造着这样的氛围：让优秀的人走上重要岗位，成为共产党员，同时也回报优秀的共产党员，让他们付出得多，也得到得多。张世旺、张月圆、张世乐、张世茂，这些活跃在义顺商业舞台的义顺家族第五代，均是共产党员，或许，他们的父辈亦是有意要用"红色文化"来熏陶和滋养他们的后代。

毫无疑问，这种正能量十足的"红色文化"，在与"家文化"的和谐共生中，令义顺企业受益匪浅！

第十章

DISHIZHANG

回哺社会 热心公益

HUIBUSHEHUI REXINGONGYI

或许，我只是你生命中的过客，被你关注的千万人中很普通的一员，我无法永远停留在你的记忆中，但你却是我生命中的长春树，被永远地定格在我的记忆里。

——一位受助学生写给张秉庆的信

慈善，几乎是每一个成功企业都乐此不疲的课题。几千年前的孟子就说：穷则独善其身，达则兼济天下。这个兼济便是回馈社会，回哺大众。慈善怎么做，慈善做什么，才能符合社会文明进步的需求？这是一个命题。

慈善文化亦是义顺企业文化的重要组成部分。张秉庆不止一次表达自己的观点，企业慈善不应该只是简单的捐款捐物，那只是企业慈善的一种初级形态，企业真正的慈善是把企业做好，让员工过上好日子。按此表述，打造"共享型幸福企业"的构想和布局便是义顺企业慈善的高级形态。但这并不意味着义顺就不会走捐款捐物这个普通意义上的慈善之路，相反，义顺企业的历史上，捐款捐物的慈善之举数不胜数，繁若星辰。

如果梳理义顺企业的慈善之路，以义顺家族为单位，可以定义为扶弱济贫、积德行善之举，以义顺企业为单位，则可以说是展现出捐资助学、公益社会、反哺家乡的济世情怀。如果以时间划分，2000年前后还处于随机无序的捐资助学行为，而在2012年左右，则以甘肃省光彩基金会为依托，捐资助学的行为逐渐规范。2018年，义顺公益基金会成立，义顺企业的公益行为更加频繁和有章可循。如果以人物代际划分，对内的慈善针对员工甚至员工父母，此节已在家文化一节里叙述；对外，则主要以资助贫困学生、奖励优秀学生为主。以张月圆为代表的义顺家族第五代传承人则热心于组建慈善小团体，以公益的心态、商业的手法做慈善。

义顺家族的慈善——积德行善，造福乡里

在有记录可查的义顺慈善事例中，最感人的当属《张氏家谱》所记载的"义顺"商号第二代传承人张好顺赡养老黄爷一事。可惜的是，受家谱高度凝练的特性，只有寥寥数语的简单描述。2017年的春节，张秉庆在景泰走访亲戚时，有机会看到当地刘氏家族的家谱。这部家谱收录了自明清以来刘氏家族的历史，时间跨度之长，收编人数之众，资料归集之全，令张秉庆感到无比震撼。他生出一种强烈的紧迫感，趁双亲在世，应该梳理和总结珍贵的家族文化，为后代留下借鉴。为此，在父亲张守正八十岁诞辰时，张秉庆弟兄三人策划编写了《守正之路》画册。对于《张氏家谱》所记载的张好顺赡养老黄爷一事，张守正做了比较全面的还原，《守正之路》一书中有详细记载：

1945年，张守正还不过是七岁的孩子，他清楚地记得，家中因贫穷，宅院大门只是用木条和柳条编织之后圈起来的一道简易门，类似于现在的篱笆，庄子上的人们管这种门叫"刺刺门"。有一天，父亲张好顺在闲置的房子里新盘了炕，又里里外外打扫了一遍，说是要住人。结果村子里的老黄爷住进了这里。老黄爷当时年纪很大，村子里的人说他是鳏夫。从那天开始，张守正看到父亲、母亲和奶奶日日伺候老黄爷。老黄爷在这里住了很久，一日三餐都由母亲和奶奶做好了送去。后来就见奶奶和母亲经常洗毡片，满院子都挂着大大小小的毡片。张守正后来才知道，老黄爷瘫痪在床，生活不能自理，大小便失禁，毡片是给他接屎尿的。

张守正经常听到老黄爷对父亲说："你把我伺候得好，我死了以后，我那五垧水地留给你。"可是他又听到父亲对奶奶和母亲说："我不要他的水地，我若要了他的地，人家还以为我是图他的财产才伺候他。"

老黄爷在张守正家住了有两年的时间。有一天晚上，老黄爷吃完一小碗浆

水面片，对张守正说："等我好些了，我就给你们拾粪填炕。"第二天早上起床，奶奶却告诉张守正，老黄爷过世了。

办完老黄爷的后事，父亲张好顺终究没有接受老黄爷那五垧水地，只留下了老黄爷生前所用的一支青铜水烟瓶作为纪念。这支青铜水烟瓶后来在张好顺去世前送给了张守正，可惜因保管不善不慎遗失，在张守正的心里留下终身的遗憾。

张守正"官场失意转战商场"，在康乐，他是众所周知的成功人士，也处处传颂着他的美名。在他的老家康乐县康丰乡崖张家，有一座"八丹口桥"，这座横跨苏集河上的桥落成于1999年，张秉柱用诗意的语言称之为是"一座通往家乡的桥"。建这座桥时，张守正带头捐款三千元。张秉柱回忆说："当时我是非常想不通的，三千元钱不是一个小数目，但我父亲说捐就捐了。"

"为什么我的眼里常含泪水，因为我对这片土地爱得深沉"，诗人艾青的这句诗适用于一切饱含乡愁、心系故乡的人。

都说仁者近山，智者近水，崖张家有山有水，山，仁厚，水，柔弱，但以柔克刚，方为制胜之上策。也许，正是这崖张家的山山水水，造就了义顺人坚毅、仁厚、"善法"及柔中带刚的性格特质。这特质，令他们走出了崖张家，走出了康乐，走出了兰州，走出了大西北，甚而走向全中国，走向全世界。但，无论走到哪里，崖张家，是他们的根。魂牵梦萦的，是崖张家地头的那一抔黄土，村口那一条小河。

崖张家作为康乐县一个极其普通的小村庄，在行政区域地图上，甚至没有它的标识。然而，由于义顺企业的崛起，它也受到外界越来越多的瞩目。崖张家青年张一，2005年不慎坠入山崖，导致颈椎受损，急需手术，家徒四壁的他们收到了义顺企业捐助的五万元人民币，才得以完成手术。这种出于乡邻感情而实施的救助行为，在义顺家族数不胜数。1994年，张守正捐了两根大梁、三根檩子及门窗材料，对崖张家旧财神庙翻修。二十年后的2014年，由他的儿子张秉柱提出倡议并出面协调、主持，在原址上进行扩建，于2014年落成了现在气派非凡的财神庙。财神庙门前刻在石碑上的财神庙志显示，财神庙是崖张家村民自筹款项、自出人力而建，功德记一栏里，张守正以捐款十九万两千三百元高居榜首。除此之外，作为财神庙筹建委员会重要成员，张秉柱默默承担了许多与财神庙筹建相关的工作。

当年张秉柱遭到大舅耻笑，便立志要改变自己的命运，也要改变家乡贫困落后的面貌。为此，他做木匠时便号召全庄子人做木匠，告诉庄里人，做木匠比种地挣钱。他经商，便号召全庄子人也来经商，告诉庄里人，经商更赚钱。张秉柱是20世纪80年代非常典型的乡村致富能手，难能可贵的是，他不但自己致富，还勇于带头，致力于让整个村庄脱贫。这种勇于担当的精神背后，其实均是对家乡无比的热爱与眷恋。走访偏僻落后的康乐全境，崖张家村显然比一般农村要先进和时尚一些。村里的路面全部由水泥筑成，这条路完工于2013年，总长一点零七公里，原计划路宽三米，后来在张秉柱的建议下，改为路宽四米，这样的话，刚好两辆小轿车可以相向而行，避免了让路的麻烦。修路增加的费用全部由义顺公司捐助，共计五万元。

崖张家最引人瞩目的农家大院，以及与农家大院一墙之隔的财神庙，两项工程均与义顺企业渊源颇深。崖张家财神庙落成后，成立了村民自治委员会，张秉柱担任顾问，他的儿子张世重作为委员之一开始担负更多的工作。从财神庙扩建地皮的落实，到大殿的设计、施工、布置以及财神庙的碑文起草和落成，张秉柱自称"把做生意的功夫全使上了，价位最低，东西最好"。铺设地面的大理石、四周的青石栏杆由张秉柱从酒泉和天水购进；财神庙的关公铸像，纯青铜制作，威严肃穆，高一米六七，重六百斤。关公手捧春秋，专注阅读，仿佛在召唤崖张家的人们要虚心向学。这是张秉柱多次联系关公的故乡山西运城，历时一年，几番商谈，在2015年中秋节让这尊关公铸像登上了武圣宝殿。

崖张家村民自治委员会，致力于将自己的家乡打造为美丽乡村，依托距离康乐县城较近的优势，发展旅游业、观光农业及农家乐等。由于义顺人的参与，这个宁静的小村庄常常多了一些繁华。2016年才落成的农家大院崭新气派，古色古香中又透出浓浓的现代气息。农家大院两层小楼设计，一楼是杨家台村史馆和农家书屋，二楼是五谷杂粮陈列馆。二楼最显著位置张贴了以"崖张家"命名的公共WIFI，密码只是几个简单的阿拉伯数字。广场上处处可见庄子上的人们拿着手机上网，互加微信。不禁让人感叹，一方面网络时代，网络无孔不入；另一方面，崖张家的人们是如此的善于接受新事物，现代文明与农耕文化如此结合，必是如虎添翼！这里保存了很多年代久远的物件，比如耕地时使用的铁锹、犁耙，还有早些时候农村时兴的十二寸黑白电视、"二八"自行车、老式暖壶等，收集展示了农村常见粮食作物的种子、植物标本，成为很多年轻父母带领孩子寻访农村久远历史的场所。春节时，这里会召开猜灯谜文体联谊会；中秋时，这里会召开中秋联谊会，令这个宁静的村庄显示出别样的活力。

张秉柱曾作《崖张家感怀》一诗，咏叹家乡翻天覆地的变化：

当年窑洞土房寒，衣敝粮缺度日难。

土地承包铺富路，工商开放绽新颜。

而今家家轿车跑，洋房楼宇美景添。

庄院笑声传喜气，广场舞动满山川。

可以说，一个家族的改变在某种程度上促进了一个村庄的改变，不光光是物质层面上的富裕，还包括思维方式、精神面貌的改变与进步。这个村庄现在已成了远近闻名的美丽乡村，康乐县重点项目观摩第一站就是崖张家村。

义顺企业的慈善之路——捐资助学，公益社会

两千五百年前，一位圣哲降生于东方，用一部《论语》，唤醒古老沉睡的中华。于是在中华文明的旗帜上，写上了"仁义礼智信"五个不朽的大字。我

们的至圣先师——孔子，以其深邃的思想、高远的价值取向贯注到中华民族的文化生命中，融入炎黄子孙的血液中，沉淀在中华儿女的生命里，成为中华民族文化宝库中最珍贵的瑰宝。

2017年7月29日，义顺企业为康乐县虎关中学捐赠了一尊孔子像，孔子像底座镌刻的大字显示，此尊孔子像由中华孔子学会、华商书院西北校友会、兰州义顺工贸有限公司联合捐赠。张秉庆华商书院三十九期的部分同学见证了此次善举，并纷纷为义顺人的大爱点赞。这尊大理石雕孔子像来自孔子的故乡山东曲阜，意在鼓励孩子们学习和传播国学。这是义顺企业自2016年开始捐出的第六尊孔子像，此前，他们为康乐一中、西北师大附中、平凉九中、临洮中学等学校捐赠了孔子像。截至2018年初，他们已经累计为二十三所中小学捐赠孔子像。按照义顺企业的规划，他们将用三年的时间花一百万元，在甘肃省境内捐赠三十尊孔子像。

原甘肃省工商联巡视员张勇应邀出席了虎关中学孔子像捐赠仪式，并高度赞扬义顺企业多年来捐资助学的善举。张秉庆称正是张勇引领义顺企业走上了捐资助学义利兼顾的道路。张勇回忆自己是在2000年甘肃统战部举行的一次活动中与张秉庆认识的。十多年来，他见证了义顺企业在捐资助学方面的各种作为：2002年9月，义顺公司为资助康乐县两百零四名学生完成小学学业捐款二十万元；2003年9月，为康乐新治街小学添置新的桌椅，花费两万多元，还为杨台小学捐赠桌椅十几套；2005年，为北京来康乐支教的十名大学生捐赠路费两千多元；2007年9月，为康乐县捐资助教三万元……

如果说这些举动还带有一些随意性的话，那么，2012年9月，经义顺董事会批准，义顺公司及相关爱心人士首批募集专项基金一千零四十二万元，通过甘肃省光彩会设立"甘肃省光彩会义顺助学公益项目办公室"，则为义顺公益助学事业开启了历史发展的新纪元。该公益助学项目设立了"义顺金榜题名奖""义顺助学金""义顺奖学金""义顺子女成才奖"，后又增设"义顺黄金老人奖"等专门项目。也就是从2012年9月开始，义顺公司每年为康乐一中捐助二十万元，其中十万元用于奖励优秀生，十万元用于资助贫困生。近几年由于学生家境普遍好转，经现任校长徐正军建议，二十万元均改为奖学金，其中十万元是金榜题名奖，分别为高考前三十名学生奖励联想笔记本电脑一台，累计六年已经发放了一百八十台电脑。除此之外，还每年为康乐中学捐助五万元，用于奖励优秀生。

回溯历史，张好顺，这位"义顺"商号第二代传承人，亦是热心公益、兴办教育的先锋。《张氏家谱》记载，早在1949年前，他领头修建康乐县徐家滩初小教室一栋，后来的1955年，他又积极创办杨台小学。晚年的张好顺曾被聘为这两所学校的课外辅导员，义务教学，在康乐留下一段佳话。

2012年9月6日，康乐县委、县政府授予义顺公司"捐资助学、造福桑梓"荣誉奖牌。也是在这一年，张秉庆收到一位康乐籍受助学生的来信，读这封信的时候，他忍不住眼角湿润。这封信更加坚定了义顺人捐资助学的信念，他知道，他们的举动是有意义的。在这封信里，一个小女孩表达了她对义顺企业的无限感恩：

张总：我只是芸芸众生中平凡的一个，被你关注的千千万万人中的一个，或许我对于你来说，和那千千万万的人没什么差别，然而你对于我来说，却是一片晴朗的天，一片带来希望的云。你忽如一只水鸟，掠过我的生活，羽翼扇起一片动荡，给阳光和月光及目光，一片片破碎了的梦屑，拼出一个尘封的梦。

现在，我终于可以借助你的力量来满足我的需求，尽管你给予我的资助对你而言微不足道，但对于我却是一个可遇而不可求的机遇。如今，我有能力去买我喜欢的书，而无须增加父亲的负担，尽管我现在拥有的书犹如大海里的一滴水般，少之又少，但我向梦想踏出了一步。梦想，因为你，也已变得更近了。我相信，终有一天，梦想会成为现实。

或许，我只是你生命中的过客，被你关注的千万人中很普通的一员，我无法永远地停留在你的记忆中，但你却是我生命中的长春树，被永远地定格在我的记忆里。那片偶尔投影在我波心的云，那片给予我梦想之路的云，永远地定格在我的天空里。简陋的文笔却怎么也表达不尽我的感激,有太多太多的谢意,有太多太多的感恩,但笔触难尽……

如果从时间节点分析,2012年是义顺企业公益行为集中规范的一年。这是源于义顺人密集接收包括华商书院的国学知识之后,下定决心认真对待的结果。回忆当时的心路历程,张秉柱坦承,当时把自己兜里的钱掏出来,去做捐资助学的事情,确实心疼。父亲张守正当时对他说了一句话:明弃的会暗来。很快这句话得以应验,2012年公司各项业务齐头并进,销售额较2008年翻了一番。张秉柱相信,这是好人有好报,老天照顾厚道人的回应。

予人玫瑰,手有余香,反哺意识已经代代传承。张秉庆说:"一个企业家,必须对社会有责任心。"义利兼顾成为一代代义顺传承人的共识。张月圆在大学期间就热心公益,她和同伴经常到兰州市八里窑儿童福利院做义工,孤儿、特殊儿童从此进入了她的视野。八里窑儿童福利院改成老年福利院之后,她们又开始关注老人。出生商业世家,张月圆并未沾染娇生惯养之气,她坦承,"参与到这个圈子以后,你就会看到平常看不到的一些社会状况,会引发你很多思考"。她曾多次组织义卖用来资助一些慈善项目。尽管她的公益组织在兰州公益圈里小有名气,但很多人只知道她的网名叫"小巫",小巫见大巫,有一种秉持到骨子的低调谦和。只有关系好的一些朋友才知道她姓张。受到她帮助的孩子叫她小巫姐姐,她与这些由于种种原因而成为孤儿的孩子常年保持着联系,并尽己所能帮助着他们。

张世旺也积极投身公益。近年来,他以义顺"老张的店"负责人的身份频频出面,在儿童节、重阳节等节庆日,去福利院和敬老院献爱心。他关注的弱势人群是两个极端,老人和儿童。2017年5月27日,张世旺专程前往康乐县综合儿童福利院,向八十名福利院儿童带去端午节的问候和六一儿童节的礼物!他此行代表的是国酒茅台和义顺企业。

可以肯定,义顺家族年轻一代的慈善之举背后是他们祖辈、父辈的鼓励与支持。"每想及此,就觉得这个家族大有希望。"与义顺企业常年保持亲密联系的聚成股份甘肃分公司总经理权德祖如是说。

2008年汶川地震后，义顺企业累计向灾区捐款十二万元，其中向剑南春酒厂重建捐助五万元，缴纳特殊党费一万元，而且还向受灾最严重的文县一千户药农捐赠了价值三万六千元、可供一千亩党参叶面喷施的"义顺牌党参奇肥"两千瓶，《甘肃日报》《甘肃农民报》均在头版予以报道。

玉树地震、舟曲泥石流，每一次灾难面前，都有义顺人伸出援手，奉献爱心的影子。2015年，义顺公司向漳县马泉乡六十家困难户捐赠了价值一万五千元的"义顺牌党参奇肥"。"授人以鱼，不如授人以渔"，张勇出席了捐赠仪式，并由衷地发出如此感叹。

二十多年来，义顺为抗洪救灾、抗震救灾、修桥铺路、捐资助学等社会公益事业捐款捐物超过一千万元。2018年元月，甘肃省民政厅批准义顺集团设立"甘肃义顺公益基金会"，由张秉柱出任理事长，这标志着助学公益事业作为义顺集团的重要组成部分又翻开了新的一页。有一种说法，一个人的身上是带有磁场的，他是什么人，他的身边便会感召什么样的人。热心公益的义顺人，他们感召的同样是心怀仁爱之人。

高玮，厦门既济公司董事长，华商书院学员，2012年5月，在一次聊天中，张秉庆告诉她，康乐还有许多因无钱交学费而辍学的学生，高玮当即决定出资四十万元资助二十名贫困大学生。筛选这二十名大学生的重任就此委托给了张秉庆。高玮告诉张秉庆，她不需要受助者将来回报自己，但她一定要资助有福、有爱、有善之人。高玮如此慷慨，以至于2015年，当她来到甘肃康乐看望受资助的学生时，感恩的康乐县政府特别授予了她"康乐县荣誉市民"称号。

刘恒军，张秉庆华商书院三十九期的同学，江西恒信集团董事长，他对商人和企业家的区别有一个经典的论述，他认为，商人只会赚钱，企业家则懂得承担社会责任，并回馈社会。刘恒军在江西自己的家乡捐建了四所希望小学。

兰州红印象影视传媒总经理朱旭，2007年由于为义顺企业拍摄年会而与张秉庆结缘，此后常年为义顺企业提供影视制作服务。朱旭其人，仗义疏财，极具担当精神。2012年，他的个人收入十八万元，他将十万元捐赠出去，用于资助贫困学生。时至今日，他依然坚持不懈地资助着数名山区贫困学生。朱旭曾不无感慨地对自己的同行说，十几年来，自己接触过的大大小小的企业太多了，但是像义顺企业这样热心公益，并肯于为员工付出的企业并不多见。

义顺企划部经理他玉珍和"老张的店"兰州天源步行街店长李婷，均是虔诚的佛教徒，她们的善行体现在生活的方方面面，小到照顾流浪狗，大到加入义工组织扶危济困。他玉珍曾将自己获得的奖励兑换成现金直接捐赠给了孤儿院。李婷为一个素不相识的患病婴儿四处奔走筹措医疗费用。她们只是义顺企业无数有爱心的员工中最突出的几个代表。

可以说，一种十足正能量，积德行善、回报他人的风气已经在义顺企业形成气候。

第十一章 DISHIYIZHANG

渡人渡己 自觉觉他
DURENDUJI ZIJUEJUETA

即便百年传承，枝茂叶繁，张家一族，仍有多人进入华商书院，以万分的文化自觉，手捧经典，心向圣贤。此等成就境界，犹觉可敬可叹！

——华商书院院长陈永亮

国学是什么？企业家为什么要学国学？企业家精神是什么？企业家如何做到"兼济天下"？不断地有政府发文，要用"中华民族优秀传统滋养企业家精神"，并且强调要激发和保护企业家精神，国学传统与企业家精神成为社会热点。诚如华商书院诸多教授所言，企业家最重要的角色应该是企业的精神领袖，他不仅要让企业创造的财富推动社会经济的发展，还要具备把自己的思想传达给整个企业的影响力，以自己的价值观去影响企业，影响社会的进步。

义顺三兄弟选择了华商书院，于是，某种程度上，他们也成为国学的传播者和华商书院的代言人。

华商书院，一个绕不过去的话题

　　义顺人与华商书院的渊源最早起源于张秉庆。2012年5月，他应邀参加了华商书院第三十四期开学及《道德经与人生智慧》的学习。2012年12月，他应邀参加了华商书院上海三千人年度论坛会。2013年3月，张秉庆成为华商书院三十九期正式学员。张秉庆坦言，自己参加过很多培训，听过很多课程，但他感悟最深、受益最多，也最为推崇的便是华商书院的课程。他甚至将2012年之后义顺企业一次又一次的调整升级、华丽转身归结为受华商书院学习的影响。

　　2013年在一次华商书院学兄的分享会上，张秉庆归纳，自己来到华商以后收获的最主要成果就是企业文化得到了进一步传承、提升、固化和传播！主要是总结提炼了企业核心价值观、企业精神、企业使命、企业愿景等企业文化，制订并开始实施企业老员工优待办法。相继刊印了《追梦》《跨越》两本书，并出版了多期《义顺报》，《义顺商情》门户网站成功改版，义顺商学院项目成功启动，企业学习费用年度支出首次超过八十万元。同时，连续多年在康乐县举办"义顺杯"书法大赛。

　　2017年4月，张秉庆在华商书院又一次开班典礼上做了《我爱华商书院》的分享。对华商书院带给自己和企业的影响再一次做了梳理。其中讲到，2012年5月12日他第一次接触《道德经》，听完了课，16号回家，18号就做了一个决定：成立甘肃光彩会义顺助学公益基金，出资一千万，全部由企业董事出资。他认为，"当时成立这个助学基金，是我做过的最英明、最正确的决定。这是我第一次听《道德经》之后所做的改变。"这次典礼，他还特意带了女儿张田园学习《道德经》，当时张田园刚从英国帝国理工大学毕业回国，张秉庆认为，她学到了世界上顶级的自然科学，但是她还缺一门课，必须补，那就是我们的国学文化。

张秉庆在这次庆典上分享了自己对于"善"的理解：凭什么是你做老板，凭什么让我们这些老板赚到这么多钱，为什么你赚那么多，别人赚不了？《水浒传》里多次讲到一句话，叫作替天行道。我认为这个太江湖，应该说，替天行善！善良的善，慈善的善！我们华商书院这么多的老板们赚了那么多的钱，其实是老天爷他想办一些事情，他想救苦救难，他自己无形无状干不了，所以让我们这些所谓的老板，去实现老天爷的愿望。所以让你挣这么多钱，这些钱不是给你的，是给社会的，是让你来帮助需要帮助的人的！

坐在台下的张田园和在场的人们对他的见解给予了热烈的掌声，张田园后来对张秉庆说，爸爸，我要为您点赞！

曾经有康乐县的知名书法家准备写一幅"以诚为本"的书法作品送给张秉庆，并认为可以此作为义顺人的企业精神，张秉庆听到后，说，不如提炼为"以善为本"来得更贴切一些。由于上华商，由于学国学，他的思想、境界有时候令一些文化界人士也自叹不如。

在公开资料中，华商书院被称为是只为董事长、总经理开放的书院，以游学的形式，"于历史钩沉中触摸文化，在风物览赏间养怡身心"。如果纵观2012年以后义顺企业的发展，以及张秉庆个人后来的经历，华商书院已经像根一样扎在了这里。以至于在张秉庆之后，2014年张秉柱成为华商书院五十五期学员，2017年张秉华成为华商书院六十六期学员。

2015年，为纪念"义顺"商号创号九十周年，义顺企业刊印了《义顺商道九十年》画册。华商书院院长陈永亮欣然为此书作序，序中称赞"即便百年传承，枝茂叶繁，张家一族，仍有多人进入华商书院，以万分的文化自觉，手捧经典，心向圣贤。此等成就境界，犹觉可敬可叹"！

近几年来，"华商书院"成为张秉庆及义顺企业员工口中最高频次的词汇。华商书院仅从外在的"形"而言，就极具个性。同学见面，会互相拥抱，可以说是引进了西方礼节，同学相称，省去姓，以学兄称呼，比如张秉庆，他的同学会称呼他为"秉庆兄"，堪称是中国古代文人称呼的沿用。书院老师授课时，向学员问好，学员们会右手握拳，振臂一挥，铿锵有力地回答"祖国好！好！"，课堂上，师生之间行孔子礼，庄重而极具仪式感。课堂及会场内专做服务的客服及会务人员被称呼为"小天使"……凡此种种，成为华商书院的标签，广为人知。

张秉柱认为，与高校和民办教育机构相比，华商书院不是一般的"国学教育"，而是更加切合企业和企业家实际需求的"国学+管理教育"。这也是华商书院在众多国学教育中脱颖而出、独领风骚的根本原因。国学者，一国所固有之学术也。中国是一个历史悠久的国家，拥有丰富的传统学术资源。19世纪中叶以后，西方学术大规模涌入中国，人们为了与"西学"相区别，就将原有的中国传统学术称之为"国学"。宋代名相赵普说半部《论语》治天下，《论语与儒家智慧》自是华商书院七大国学宝典品读课程中的重要组成部分，七大国学经典还包括《道德经与人生智慧》《易经之周易智慧》《韩非子之法家智慧》《孙子兵法战略精要》《黄帝内经与身心健康》《禅宗智慧与心灵修炼》。此外，《曾国藩与中国式领导力》《毛泽东统帅之道》等亦是华商书院的明星课程。

可以想见，当义顺三兄弟在系统接受了上述国学知识后，他们的头脑经历了怎样的风暴，他们又将如何如获至宝，把这些国学经典活学活用到企业经营当中来。在多种场合，张秉庆说，肤浅的看法认为学国学是为了装门面，实际上，这是为了提升境界，增强定力，确实对我们企业发展有益。我们学国学不会学得太深，实际上也没有那个能力，其实只要掌握一些纲领性的、基本的理论，运用到我们的企业实践中，就已经很能产生良好的效果了。张秉庆最切身的感受是，由于他们兄弟三人的潜心向学，保证了他们在思想领域的高度统一，从而在企业经营过程中能步调一致。正是因为切身感受到上华商书院学习国学带给自己巨大而正向的能量，义顺三兄弟无形之中成了华商书院的代言人，他们在多种场合这样说道：我和我的华商学兄们都有一个愿望，就是把自己在华商的收获和成长经历与大家分享，让华商书院"尊德问学，修己安人"的院训和"育商海领袖，铸中华商魂"的宗旨被更多的企业家所了解、所认可。

义顺三兄弟列举了他们愿意推荐华商书院的三大理由：一是华商书院让企业家们学国学，用传统的经典理论和历代帝王治理国家的成败案例开启智慧，指导企业家们实践和实现修身养性、齐家治企之目的。二是建人脉，与全球五千多名华商学兄共同与圣贤经典为伴，让奋斗的人生不再孤独。其实我们当老板的都很可怜，我们都很孤独，你没有太多的心里话敢对你的家人和员工说，但是你可以给学兄们说，因为你遇到的问题可能是其他学兄几年前已经遇到过的，可以帮助你少走弯路。华商书院"胜则举杯相庆，败则拼死相救"的互助精神深得诸多知名企业推崇。三是上平台，让企业家们搭上幸福成功的列车。这是一个学习的平台、合作的平台、资源共享的平台、共赢人生的平台，更是一列幸福的列车！

张秉庆在《我与华商书院》纪录片中，如此深情表白："是华商书院让我的内心更加充实，更加快乐，是华商书院让九十多年老字号企业义顺公司走得更稳，发展得更快！"

儒商与企业家精神

也是在进入华商书院这个时间节点上，张秉庆渐渐被各种媒介甚至同行称呼为儒商。儒商的鼻祖子贡，是孔子三千弟子七十二贤人十大哲人中唯一一个经商的弟子。子贡，又称端木赐。孔子七十多个高徒中，端木赐最为富有。研究学者普遍认为，孔子得以名扬天下的原因，是由于有子贡在人前人后辅助他。子贡曾向孔子提出过一个非常知名的问题，即如何治理国家，孔子回答足兵、足食、足信。子贡问如果不得已而去之先去哪一个，孔子回答先去兵，再去食，最后留下民信，"民无信不立"！

与子贡同时代的还有另外一位著名的商人，这就是先从政后经商的陶朱公范蠡。范蠡不是孔门弟子，但其"富而好德"与孔子的"富而好礼"精神相通。后世经常将子贡（端木赐）与陶朱公相提并论，诸如"陶朱事业，端木生涯""经商不提陶朱义，货殖何妨子贡贤"等等。在这个意义上，子贡和陶朱公可以说是古代儒商的"双璧"。

张秉庆认为，儒商不是一种身份，而是一种行为；不是一种荣誉，而是一种责任；不是一种境界，而是一种承担。受儒家思想影响，义顺将"为员工搭建平台，为客户创造价值，富强我的祖国，为世界和谐发展而努力奋斗"作为企业使命，提出了将"企业发展成果首先惠及员工"的理念。怎么给员工更好的个人事业平台？企业只有处在一个良好的上升通道，事业前景不断发展，才能源源不断地创造出更多的事业平台，企业真正的慈善是把企业经营好。义顺分公司的组建，"老张的店"连锁便利机构的不断扩张便是义顺不断为员工搭建最好平台的举动。每一个平台的建立，便提供了更多的员工工作岗位、管理岗位。

"在义顺可以这么说，你只要努力工作，很快就有晋升机会。"义顺人清醒地认识到，随着品牌的建立，良好融资平台的建立，能制约义顺发展的关键就是人才了。"所以，我们千方百计地想怎样更好地吸引人才。要吸引人才，就要给员工事业空间，让他们不断有晋升的机会。"张秉柱如是说。

华商书院首席学术顾问，张秉庆的老师黎红雷在《儒家商道智慧》一书中认为，所谓"当代儒商"，就是践行儒家商道的当代企业家。其行为包括：尊敬儒家先师孔子、承担儒家历史使命、践行儒家管理理念、秉承儒家经营哲学、弘扬儒家伦理精神、履行儒家社会责任等。张秉庆无疑是儒商行为杰出的实践者。他坦言，通过在华商书院学习国学知识，并不断应用到企业文化建设和经营实践中，提高了全体员工的使命感、责任感，激发了员工的积极性、主动性和创造性，取得了良好的效果。而正因为取得了实际的效果，张秉庆致力于不断扩大华商书院在西北的影响力。

华商书院副总经理胡来福，祖籍湖北，常年在深圳，六十多岁的他云游世界各地。他时常身着时尚印花运动裤现身，显示出与他年龄大不相符的青春活力。更令人费解的是,华商书院众多学员亲切地称呼他为"胡爷爷",而他身上,确实显示出一种祖师爷的气质。胡来福为人严厉,治学严谨。他曾五次到访义顺企业,称张秉庆为自己最出色的学生。他评价张秉庆,对华商书院校友会的工作有着"赤诚于心、奉献于行的执着"。

由于进入华商书院,张秉庆的身份渐渐多了起来。2015年,他被推举为华商书院西北校友会会长;2017年,他被推选为华商书院校友总会常委;也是在2017年,他又以全票当选华商书院博学班三十九期班长。常委、会长、班长,各种光鲜的称谓呼啸而来,事实上,这样的称谓被赋予身份和荣誉的同时,也意味着更多的付出。华商书院校友会是专门为企业家学员毕业后,回归地方校友会,实现资源共享,平台联动,互助发展的互助平台。华商书院西北联盟校友会2013年7月8日正式挂牌成立。2015年7月换届,张秉庆当选会长。李婷婷作为华商书院西北校友会秘书,见证了张秉庆所做的一系列工作,"在他的任内,校友会的学兄人数从五十七位发展到了现在的一百四十位。"李婷婷如是说。"他特别有思想,特别勤奋,特别热心我们校友会的工作,同时他还特别有大爱。在回报社会、捐资助学方面做得非常好!"华商书院三十二期学员,华商书院西北联盟校友会常委宗华如是评价张秉庆。甘肃省工商联副主席、华商书院西北联盟校友会终身名誉会长李雄不但见证,而且参与了张秉庆诸多的创新作为,他认为,"西北地区相对来说是全国经济比较落后的地区,但是华商书院西北校友会在秉庆会长的带领下,各项工作在全国名列前茅"。

各种互访、论坛,张秉庆亲力亲为,以至于包括王培在内的很多义顺企业员工认为,张秉庆对华商书院工作的付出超过了对自己企业的付出。而张秉庆自己,俨然乐在其中。他似乎天生具有一种强烈的家国情怀,他如一个使者般四处奔走,希望将阳光洒落在每一个角落,他勇于担当,希冀将一切催人向上的力量传递给需要传递的地方。

2017年8月,在深圳召开的聚成股份十四周年庆典大会上,张秉庆被授予"第五届感动聚成十大人物"。聚成公众号以《修己爱人无私奉献》为题报道了张秉庆之所以荣获此次至高荣誉的幕后故事：

在张秉庆眼中，聚成、华商书院正是他实现志向的好地方，这里不仅是补充能量的好课堂，更是企业家交流、共同发展的好平台。

在很多人眼里，校友会会长是一个光鲜夺目的职位，而对张秉庆而言却是一份神圣的责任。为加强校友会学兄间的凝聚力，提高西北联盟校友会在全国的知名度，在他的组织下，校友会学兄组团参加了2015年7月12日举行的华商书院夏季论坛，这是他首次以会长的身份亮相华商书院大型活动。本想在这次论坛上全心服务学兄，意外却发生了，正当他在现场忙碌时，不慎受伤，右臂严重骨折。经过简单固定处理后被迅速送回兰州治疗，临走前，他还不忘叮嘱学兄们要在论坛上多学习、多交流，为西北联盟校友会的发展多积累先进经验。

回到兰州时，张会长骨折的右臂已经肿胀，疼痛异常难忍。医生特别叮嘱要积极配合治疗，按时休息，避免劳累。而当时离西北联盟校友会第二届第二次常委（扩大）会议不到一个星期的时间，在时间紧急、任务繁重、工作量大的情况下，为了更好地部署安排校友会第二届常委会的工作，不打点滴时他用左手记录对校友会构建的想法，在他打点滴治疗时则让妻子充当秘书，记录和整理由他口述会议需筹备事项。为了寻求适合西北联盟校友会发展的模式和方法，他就在休息时间打电话与上一届常委及华商书院领导、其他地方校友会会长进行反复地沟通交流，每次一打就是好几个小时。这样的工作状态经常持续到子夜一两点，直到常委会议召开前一天才结束……

朱旭也见证了张秉庆担任华商学院西北校友会会长的不易。"会长就意味着付出，意味着承受一切理解或不理解的目光！"朱旭如是说。

2017年7月29日，张秉庆华商三十九期的部分同学到访兰州，张秉庆与学兄们入住同一家酒店，彻夜商谈各种事宜。此后又兼导游，组织"行至高山巅，蓝天碧水现"的探访青藏高原活动。直到几天后，由胡来福公开赞扬，学兄们才知道，他的老岳父在此期间因车祸住院，他日夜连轴转地忙于组织班级扩大会议、接待学兄,甚至没有顾上多陪陪老人家。

进入华商,张秉庆的圈子更大了,义顺三兄弟几乎异口同声发出过这样的感叹,"到了华商才知道,山外有山,我们太渺小了,有些企业大得惊人!"张秉庆三十九期的同学中便不乏"大得惊人的企业"。但这些大企业的掌舵人对义顺家族深厚的历史文化也同样非常羡慕。他们的思潮基于各种立场,完全可以想见,对张秉庆形成了怎样的冲击。

李均,海南晶能量珠宝董事长,也是华商书院海南校友会会长。他给人留下深刻印象的不只是他的光鲜头衔,而是他爱玩、会玩、放得开的个性。李均如同一个大男孩,穿着新潮时尚,会在闲暇时随音乐节拍跳起街舞,常常令六零后、七零后学兄感叹"会享受生活"!

洪瑞昌,台湾人,现常住厦门。他在国内开设了三百多家"吸引"茶饮咖啡店。但他说,这对于他,只是便于他到各地去旅游。他有一句名言,人往往受环境的制约,看待事物有局限性,好比生活在金鱼缸里,要有勇气打破金鱼缸,去看外面的世界!

黄莉,海口朗斯卫浴总代理。她以修行国学为乐趣,并不断提升自我认知,她有一句名言也在学兄中广为流传:我不管别人怎么看我,哪怕别人说我是鬼,只要我知道我自己是人就好!

丁德东,河北石家庄人,白手起家做建筑材料,他热衷于研究道家养生文化,曾经将辟谷推荐给自己的学兄,他自己亦是辟谷的忠实体验者。据说,他每月要做一次长达七天的辟谷,即不食五谷杂粮,只进食少量水果和蜂蜜水、淡盐水。他特立独行的处事风格亦引发学兄们关注。

在这样的圈子里,张秉庆坦言,他的思想每天都会得到碰撞,他的眼界也不断开阔,他看待问题的方式也决然不同于一般人。曾经有人问他:"你总是在学习,通过学习,最终得到了什么?"张秉庆答:"什么都没有得到。"再问:"那您还学习做什么呢?"张秉庆微笑着说:"不过我可以告诉你我已丢弃的东西。我丢弃了愤怒、纠结、狭隘、挑剔、指责、悲观和沮丧;丢弃了肤浅、短视，丢弃了无知、干扰和障碍。"张秉庆认为，学习的真谛不是为了加法，而是减法，提升的目的不是为了得到，而是放下。"人生一堂课，从此不下课。活到老，学到老！"

正如张秉柱所说，华商书院已经不只是一所培训学校，更是一个"向上、向善、利他"的正能量组织。2017年7月19日，华商书院西北联盟校友会在兰州主办的博鳌儒商夏季论坛上，张秉庆发表演讲："我愿张开翅膀，秉承国学智慧，庆祝华商书院博鳌儒商论坛取得圆满成功！"他巧妙地拆解自己的名字做了自我介绍，给人们留下深刻印象。面对甘肃省工商联在联的数百家企业董事长或者总经理，张秉庆表达了自己的心声："我骄傲我是华商书院的学员，我自豪我是国学文化的传播者！"并由衷地期望"西北的优秀企业家关注华商书院、走进华商书院，与我们一起实现身心健康、企业稳步持续发展的梦想，成就自己更加精彩的人生！"他的演讲获得在场者热烈的掌声。张秉庆号召企业家们上华商的励志语言是：让我们的内心更加强大，让我们的企业走得更稳、发展得更快！并称"华商书院是梦想成为成功企业家的你，迟早要来的一个地方！迟来不如早来，早来不如现在就来！"

诚如华商书院教授们所倡导的，来华商书院的企业家，不仅仅是企业家，更是思想家、哲学家、教育家。如果所有合伙人都能拥有这样的大智慧，以国学的修为，提升心性，增加能量，时刻保持清醒的头脑，则必将运筹帷幄，决胜千里！最终自觉觉他，渡己，亦渡人！

2017年12月，在海南博鳌儒商论坛首届儒商榜发布典礼上，张秉庆荣获"儒商标杆人物"称号。在自觉觉他，渡己渡人的道路上，他再一次获得内心的圆满。

儒商精神与企业家精神在很多时候是交融互通的。1776年，美国独立前夜，一本不到二十页的小册子开始流传，小册子名为《常识》，作者托马斯·潘恩用朴素的语言激励人们反抗暴政。北美独立战争期间，《常识》一书的影响力仅次于《圣经》。1904年，《美国企业家杂志》选用《常识》中的一段话作为发刊词，此后百余年间，沧海桑田，物是人非，但杂志扉页上的这段话却从来没有改变，它被称为企业家誓言：

我是不会选择做一个普通人的，如果我能做到，我有权成为一位不寻常的人，我寻找机会，但我不寻求安稳，我不希望在国家的照顾下成为一名有保障的国民，那将被人瞧不起，而使我感到痛苦不堪。我要做有意义的冒险，我要梦想，我要创造，我要失败，我也要成功！我的天性是挺胸直立，骄傲而无所畏惧！我勇敢地面对这个世界，自豪地说，在上帝的帮助下，我已经做到了！

以上关于企业家精神的论述片断来自央视大型纪录片《公司的力量》，片中黑白色彩的镜头，慷慨激昂的陈词，配以各种历史实景剪辑镜头，给人留下无比震撼的印象。"企业家精神"的提出者是经济学家熊彼特，他对企业家的著名论断是："企业家是经济增长的国王"，"创新是生产要素的重新组合"。中国已经形成了浩浩荡荡的企业家队伍，这是我们国家经济强盛之所在，我们经济基础之所在。企业家强，经济就强；企业家强，国家才强。一个普遍共识是，企业家不是一般的财富拥有者，他应该是关心社会、给社会最大反馈的那些人。甘肃省工商联书记赵少智在2017年兰州召开的博鳌儒商夏季论坛上这样阐述自己的观点：

何谓企业家精神？企业家是有梦想的人，而且是通过自己艰苦努力把梦想变成现实的人，企业家绝非为了自己的油盐酱醋茶丰盛一点，为了自己的生活奢华一点而单纯赚钱的人。他是要把自己的企业甚至自己参与的产业做大做强的人，要为人民带来福祉。大千世界，芸芸众生，何人不做梦，梦有高下、优劣之分。企业家一定是具有社会责任担当的人。没有这一条，就不能称之为企业家。当企业走到一定规模，就不应该是仅仅为自己积累财富，而是要调动各种社会资源为社会创造财富的人。

企业家表象是赚钱，关键是创新，根本是担当。企业家一定是有创新精神的，不创新，毋宁死。创新，说来容易做为难。说到底，创新来源于知识，来源于智慧。智慧要向书本学习，更要向传统学习。诸子百家都有闪光的地方。

智慧才可以升华为创造力，善于研究、善于发现，善于升华的人，才善于发现商机。

关于企业家精神，众说纷纭，仁者见仁，智者见智，张秉庆在被有关人士问到此问题时，以福耀玻璃总裁曹德旺的观点做了回答："国家会因我而强大，社会会因我而富足，世界会因我而不同！"张秉庆亦认同，真正的企业家是一点一滴、无中生有地为社会创造价值，是创造性的，而不是通过各种巧取和豪夺的方式转移他人创造的价值。只有自己创造出来的有自己生命力的组织才是企业家的真正的财富。而后者不管挣多少钱，最后其实都是白搭，"钞票上面不会印你的名字！"

甘肃省酒类管理局局长陈浦曾真诚地称赞张秉庆，他认为，张秉庆身上具有国家层面企业家的优秀素质。陈浦同时赞扬"从甘肃酒界来说，我们为有义顺这样的企业，有这样的家庭而骄傲！"

张秉庆认为企业家精神应该表现为四个方面：热心公益，关爱员工，关注环保，紧跟时代；还应该表现为一种引领社会风尚，塑造"正能量"组织的行为和举动。纸醉金迷、醉生梦死、为富不仁，绝对不是一个真正的企业家所为。企业家精神和儒商精神在某种意义上是交互重叠的。富人和企业家有本质区别，企业家是有社会责任感的群体。

简言之，什么是企业家？张秉庆认为，就是办好企业为大家！为此，必须将承担社会责任努力实现四个统一：一是与企业和谐稳步发展的方向相统一；二是与企业文化建设相统一；三是与保障员工权益相统一；四是与公益活动具体项目相统一。

张秉庆认为，企业不应只培养心灵高尚的人，企业在社会发展中的定位是要把社会资源配置得更加合理高效，然后创造更多的财富推动社会前进，这是企业的基本职责。当你完成基本职责的同时，能不能成为最受尊重的人，这是很大的命题。企业一定要帮助他人，成就他人，造福社会，回馈社会。企业家要追求内心的富足，企业家的幸福就是内心的富贵。对此，他有一段经典论述:"你的朋友会对你有一个评价,这是一个极端,一端是贵人,那么另一端对应的就是贱人,你给予了,你就是贵人,如果你只知索取,那就变成了贱人。"

张秉庆常说的一句话是,再过五年,回过头来看,那将是什么感觉?他说,企业家的社会角色,首先就是要做好自己,只有做好自己才有资格参与到社会化这个过程中来,每个人管好自己的一亩三分地,这是最核心的,就像我们少抽一支烟能减少多少大气污染,但你少抽了,就毕竟少排放了一些污染物。做好你自己,很重要。但是你身处这个大环境,不能觉得自己做好了,就觉得别人也应该做得很好,这不现实。言语中,又透出一种强烈的无奈感。

2017年9月25日晚间,新华社报道称,《中共中央国务院关于营造企业家健康成长环境弘扬优秀企业家精神更好发挥企业家作用的意见》正式公布。随后的几天,中国知名企业家们争先恐后表态。

对于这份意见的出台,张秉庆也是欢欣鼓舞。他认为,这充分肯定了企业家在企业发展的主体作用,有什么样的企业家就有什么样的企业家精神,而以"工匠"精神、追求卓越、不断创新等为代表的优秀企业家精神对供给侧改革、激发市场活力具有十分重要的意义。这是从中央和国家层面展现了对企业家群体的亲切关怀和高度重视,也成为企业家创业、创新的重要精神动力。

企业家们相信,在中国的政治传统里,政治上的认可意味着企业更多的发展机遇和更好的发展环境。无论对个人或企业,将形成一笔珍贵的无形资产。习近平主席在十九大报告中亦提到企业家精神,强调要激发和保护企业家精神,鼓励更多社会主体投身创新创业,建设知识型、技能型、创新型劳动者大军,弘扬劳模精神和工匠精神,营造劳动光荣的社会风尚和精益求精的敬业风气。

美国之所以成为超级大国和经济首强,与其发达的"重商"文化也分不开。美国女作家安·兰德的作品《阿特拉斯耸耸肩》中,描绘了一个政府高举为社会谋利的道德大旗,对个体创造者进行各种限制和阻碍,使美国陷入空前危机，而那些创造财富的企业家，不仅被这种不公的制度敲诈、掠夺，更备受道德谴责，于是被迫出走，那个推动人类向前迈进的巨人阿特拉斯耸耸肩，愤然"罢工"。安·兰德的作品不断传播重商文化，她被誉为美国商业精神的守护神。

财经作家吴晓波在总结中国改革开放四十年来伟大成就的同时，特别对四类人一一致敬，企业家位列第二。吴晓波认为，企业家是处在社会鄙视链顶端的那一类人。换言之，企业家的社会地位始终处在一种不尴不尬的境地。而就这一年来中央释放出来的各种信号中，在政府、中央的各项"重商"举措下，企业的价值越来越被重视，企业家的地位越来越受尊重。

企业家是一个民族和国家强盛的筋骨。2017年，"企业家精神"写入政府工作报告，这意味着企业家群体得到了前所未有的重视与保护。

人们普遍认为，有大环境下"重商"文化的良好氛围，加上企业自身的不懈努力、与时俱进，未来30年，中国企业将迎来更好的时代！

第十二章 DISHIERZHANG

盛世义顺　高歌猛进
SHENGSHIYISHUN　GAOGEMENGJIN

披荆斩棘觅路径，峥嵘岁月记艰程。
风霜雨雪成壮夙，酸甜苦辣慰平生。
喜见家国去旧貌，乐闻山河唱新声。
一元复始春阳暖，继往开来看后人。

——张氏家谱

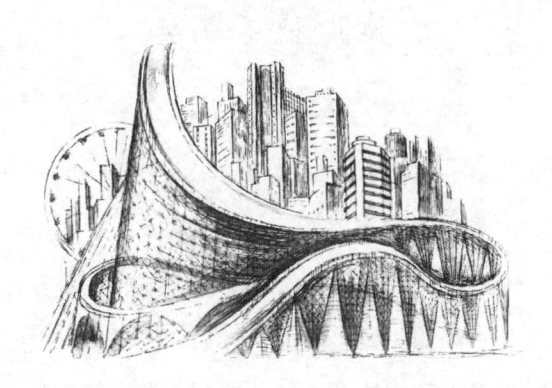

时间的步伐已经迈入2018年，如果说此前多年的变迁已经成为历史，那么，2018年，是义顺人的当下。历史，总是在一些特殊年份给人们以汲取智慧、继续前行的力量。2018年，是中国改革开放四十周年，也是"义顺"商号恢复经营三十周年。三十年，在历史的长河中不过弹指一挥间，而对于生命个体来说，三十年却几乎是一代人的时光，三十年，沐浴中国改革开放的春风，"义顺"商号焕发新生并且不断取得令人瞩目的成就。

一滴水可以反映出太阳的光辉，一个企业的成长也是国泰民安、盛世凯歌的缩影。

盛世·盛宴·盛典

又是一场欢歌笑语不断、荣誉与鲜花交织的盛典！义顺企业的历史上，各种联谊会、品鉴会、表彰会数不胜数，而2018年3月最后一天，以"奋进新时代·铸就新辉煌"为主题的年度颁奖盛典却极为特别。因为，这不是一场普通的年会，更不仅仅是一场颁奖盛典，大幕开启，"义顺"商号恢复经营三十周年系列纪念活动的序幕也正式拉开，与此同时，这也是义顺企业首次以"义顺集团"名称公开示外的盛会。

这一天，义顺企业甘肃省内重点经销商代表、省市区酒类商品管理局相关领导和行业内诸多人士及新闻媒体记者悉数到场，甘肃省酒类管理局局长陈浦因在国外考察未能到场，为此他特意从万里之外的美国发来一段祝贺视频。

这一天，义顺企业西北各地渠道分公司代表及各部门员工四百五十多人的庞大阵营成为会场的主力军，他们组织有序，士气高昂，令每一个到场嘉宾感受到义顺企业强大旺盛的生命力和青春活力。

这一天，甘肃义顺供应链管理集团股份有限公司正式揭牌，甘肃省工商联副主席、华商书院西北联盟校友会终身名誉会长李雄，甘肃省酒类商品管理局副局长沈明程共同揭牌。"义顺集团"的正式成立，标志着义顺企业架构再建工程已顺利完成。

这一天，甘肃义顺助学公益基金会举行隆重地揭牌仪式，原甘肃省工商联巡视员张勇和义顺集团终身名誉董事长张守正为基金会揭牌。与此同时，为纪念"义顺"商号恢复经营三十周年，义顺企业特别为新成立的甘肃义顺公益基金会捐款两百万元。

这一天，一如既往，整场盛会从主持人、音响师、灯光师到摄像师，还有演员，几乎全部来自义顺企业内部。李法旺、李婷、杨露露、刘汉武、边文玉,这些义顺企业第二代主持人中的"小鲜肉"显示出他们娴熟从容的驾驭能力。不断穿插和上演的文艺节目依然独具义顺特色,快板《我是义顺人》、诗朗诵《我自豪,我是义顺人》,表演形式多样,内容精彩纷呈,皆由义顺人自编自演。张秉柱又一次明星范十足地表演了他的《尕老汉令》,王香莲也登台献舞,五十多岁的她以曼妙舞姿赢得现场热烈掌声……

这一天,颁奖是主旋律。除文艺会演和嘉宾微信抽奖互动环节外,仅颁奖活动就持续了近两个小时,五粮醇、酱酒、威龙葡萄酒品牌的优秀经销商奖、渠道拓展奖,义顺企业的先进工作者、岗位精英奖、业务新秀奖、优秀员工奖、模范员工奖、杰出贡献奖,不一而足,以至在场的媒体记者纷纷开起了玩笑,义顺企业的颁奖盛典堪比一场马拉松……话虽如此,当各种终极大奖揭晓时,见惯了大场面的人们还是略显惊讶。

这一天,2015年6月启动、原本计划于2018年7月行权的"相约2018期权股"提前兑付。为此,庆典现场专门码了一座四百万元人民币的钞票墙,银行为此派了两名押运员现场保卫。如此高调的做法依然一如既往引发争议,这条甘肃酒圈子里的"鲶鱼",总是有一些五花八门的做法,他们从不附和大多数人的思维,他们敢于对各种行规提出质疑并破之而后快,不在乎别人怎么看……

这一天,张秉华在致辞中提到,义顺企业接下来将要针对骨干员工和普通员工推出豪车购置计划、环球旅行计划、员工创业激励计划,这三大计划的推出不同于义顺企业"相约2018期权股"的福利性质,对企业员工有除过工龄以外更高更全面的要求,但目的一样,是为了打造"共享型幸福企业"而制定的激励机制。

这一天,义顺企业历史上又一次诞生了"五大功勋员工",赵月玲、王延斌、韩斌、杨永乾、刘旭,本书在前面出现过的这些人物,命运再次发生些微变化,他们被授予义顺企业纪念"义顺"商号恢复经营三十周年"功勋员工",分别获奖价值二十万元的大众帕萨特轿车。当他们发表感言时,每个人都言辞诚恳,情深意切,令人落泪,以至于当天的主持人李婷、李法旺热泪盈眶,手持话筒，几度哽咽……

这一天，义顺企业历史上还有一项神秘大奖现场揭晓，张掖融华商贸公司董事长王岩刚获得"钢铁伙伴"荣誉大奖。这是一份无比温情的荣誉，义顺三兄弟同台与王岩刚热烈拥抱，张秉庆称赞"他是义顺人挺进省城兰州，1997年开始布局全省市场时最早的一批地县合作伙伴。二十多年来，从五粮醇、宾宴春、孔明特曲、剑中王、百年公主、绵竹大曲到68度五粮液、1618五粮液、珍藏级剑南春，再到五粮特曲，凡是义顺公司全省代理的品牌在张掖市场都交由他来代理运营。他的企业也由原来的一间杂货店发展成国家级放心酒示范店，是拥有五粮液专卖店和剑南春专卖店的名酒大商，并当选甘肃省五粮液经销商联谊会副会长。经历二十多年的风吹浪打，他与义顺人成为彼此成长道路上的同行者、见证者和坚定的支持者，这段亲如兄弟的合作关系，比铁还硬,比钢还强！"身披"钢铁伙伴"绶带的王岩刚正如张秉庆所称赞的，有着谦谦君子的儒雅，也有热情似火的奔放，像一杯陈酿甘洌的美酒，弥漫着老酒陈香醉人的芬芳。王岩刚即席发表了获奖感言，重申自己与义顺合作已经二十一年，义顺成长为甘肃"酒界航母"，而他率领下的张掖融华商贸也愿意成为追随义顺的"驱逐舰"！

这一天，义顺几十位员工集体合唱《我爱义顺》，曲调来源于知名歌曲《军民大合唱》，歌词则由张秉柱、张秉庆、张秉华三兄弟亲自创作：

我爱义顺？么嘀嗨，

百年老号么嘀嗨，

永续经营（者）西里里里嚓啦啦啦嗦罗罗罗嗨，

共享幸福么嘀嗨。

仁中取利么嘀嗨，

义内求财么嘀嗨，

团结创新（者）西里里里嚓啦啦啦嗦罗罗罗嗨，

义顺的法宝么嗬嗨。

好品牌呀么嗬嗨,
我代理呀么嗬嗨,
买名酒（者）西里里里嚓啦啦啦嗦罗罗罗嗨,
找义顺呀么嗬嗨。

诚信感恩么嗬嗨,
敬业胜任么嗬嗨,
人问我什么队伍一二三四,
义顺人呀么嗬嗨。

我爱义顺么嗬嗨,
百年老号么嗬嗨,
永续经营（者）西里里里嚓啦啦啦嗦罗罗罗嗨。
共享幸福么嗬嗨!

激奋昂扬的歌声引爆全场热烈的气氛,此曲目堪称当天义顺文艺会演中的"压轴大戏",据说也将被拍成MV,成为义顺企业战歌。

这一天,义顺三兄弟"亲亲的华商学兄"宗华倾情奉献了诗朗诵《你是人间四月天》,五粮液大团队里"最会唱歌的"李寨龙献唱《冬天里的一把火》,两种气质、两种风格,代表的是华商书院和名酒厂家两大阵营对义顺企业的欣赏与支持。

这一天,红印象传媒朱旭调来一部摇臂式摄像机全程录像,"巨无霸"拍摄效果令人联想到大牌导演拍电影的场景,有现场嘉宾赞叹,义顺人鸟枪换炮了。

这一天,长达五个小时的时间里,颁奖盛宴的舞台上上场人数超过百人,各种会议流程和工序多达三十多项，但是，每个步骤都是环环相扣，井然有序，有现场嘉宾由衷称赞，义顺人的办会能力"牛掰"！人们不知道的是，盛宴的幕后，有多少人在组织策划和指挥，张世旺、王培、王艳、他梦，他们的脚都站肿了，张世乐、李学峰、刘皓、他玉珍，他们一样在后台默默无闻忙碌工作着。

这一天，"老张的店便利连锁机构"公众号通过设置微信互动抽奖环节，短短几分钟，轻轻松松"吸粉"五百多人，再一次展现出"义顺"商号第五代传承人灵活多变的思维以及紧跟新技术发展潮流，在不动声色中"一切为我所用"的高明手段。

这一天，整场颁奖盛宴通过映客直播同步在微信朋友圈发布，"义顺集团的直播间"毫无悬念地充斥当天多位酒行业人士的朋友圈，与时俱进的宣传手法一以贯之这家企业永不停歇的创新精神。

这是一场盛世缩影，这是一场盛宴盛典，这亦是又一次扬眉吐气的自我展示，还添了一份大团圆的意味。

如果说，二十年前的1998年，有人说，义顺是卖低端酒起家的，话里还满含鄙夷与轻视，十年前的2008年，说此话时已经有些无奈。那么，面对今日义顺，恐怕即便最不喜欢他的竞争对手，无论内心是多么的不情愿，也不得不承认，义顺已经今非昔比，容不得自己小觑了。这无疑是另一种视角的义顺"进化论"。鲜为人知的是，在这场颁奖盛典进行之前长达一个星期的时间里，义顺集团各地、各部门的干将们都早已集结在兰州，参加各种内训和学习。张秉庆将这些不对外界开放的会议称之为"闭门会"。"闭门会"上持续的灌输和"洗脑"，再加上张秉庆在颁奖盛典上激情自信的宣言，所有人都斗志昂扬，并且从内心发出这样的呐喊：我们将继续秉持伟大的义顺梦，以坚如磐石的理想信念、百折不挠的精神气概，紧紧围绕集团战略，戮力同心，砥砺奋进，务实创新，携梦前行，努力开创新的辉煌，谱写更加壮丽的篇章！

盛宴之后，《中国食品招商网》《酒业频道》《西部商报网》等多家媒体均连篇累牍对义顺集团的开年盛举进行了报道，并赞誉这场颁奖盛典是"弘扬酒业正能量，传播行业好声音，树立酒业新形象，展示行业新风貌"。与此同时，《义顺商情》公众号也连续推送了多篇有关此次颁奖盛典的报道。而在这一系列报道中，荣获汽车大奖的五大功勋员工，连同他们灿烂的笑容成为这一系列报道中最博人眼球的风景。此时再来细看这"五大功勋员工"，韩斌、杨永乾、刘旭均是此前义顺"十大功勋员工"的获得者。如果与2010年先后出炉的义顺"十大功勋员工"相比，他们颇多共性，他们多是常年奔波奋战在销售一线的"封疆大吏"，他们普遍文化程度不高，只有王延斌具有本科学历，他们追随义顺的时间平均超过十年，其中赵月玲入职长达二十一年，还有一个特别亮点，他们都是共产党员。人到中年，岁月雕刻了他们的容颜，也同时让他们历练出一番独有的成熟大气与厚重气质，他们每个人的经历都足可书写一部励志传奇。这个时候，他们是义顺企业的荣耀与财富，而义顺企业亦是他们的荣耀，更堪称是他们的摆渡者。千年的文字会说话，义顺企业给"五大功勋员工"的颁奖词是那样凝练而又真诚，这些文字，连同它们主人公的形象，必将被永远铭记在义顺企业荣誉的殿堂里：

赵月玲 平淡的工作在她的担当下，变得丰富而生动；复杂烦琐的数据在她的梳理下，变得流畅与合规；她的手在叠叠票据间一页页翻过，枯燥，但充实是主题；她的心在各个数字里一天天计算，单调，但责任是重心。耕耘在票据间，勤勉于计算中，她与勤奋相随，与责任同行。正是她的严谨、认真、维护了公司和每位家人的利益，保障了各项业务顺利进行。她是中国共产党党员，她是义顺集团董事会董事、集团副总经理、财务总监。众望所归，赵月玲被授予义顺集团"义顺"商号恢复经营三十周年"功勋员工"荣誉称号。

王延斌 他创新思路，完善方案，企业营销管理工作重任在肩，成绩映衬着他为营销管理工作所付出的辛勤与努力；专注是他拒绝平庸的分水岭，细节是他彰显成功的大法宝。多少次在烈日下奔赴市场，多少次到半夜仍伏案策划，他始终无怨无悔；他是业务员眼中的"活地图"，兰州每个街头巷尾都留下了他的足迹，他是业务新人口中的"好师傅"，总是循循善诱地"传帮带"好每一位新人。他是义顺集团副总经理，营销管理处处长，他是中国共产党党员，众望所归，王延斌被授予义顺集团"义顺"商号恢复经营三十周年"功勋员工"荣誉称号。

韩斌 他一切为了市场，优异的业绩是他实力的证明。作为奋斗在市场一线的业务人员，想客户所想，急客户所急，为客户排忧解难，获得了客户的普遍认可，他自身的价值也在销售实践中得到淋漓尽致的体现。他是众多员工中的佼佼者，是企业发展壮大的主力军，他为企业所做出的贡献及其自身顽强、勤奋、百折不挠的拼搏精神，为行业同仁所津津乐道。他朴实却不普通，平凡却不平庸，他扎根一线，无怨无悔的奋斗，为自己的生命谱写华彩的乐章。他是义顺家人中最早斩获轿车大奖的人，他是中国共产党党员，众望所归，韩斌被授予义顺集团"义顺"商号恢复经营三十周年"功勋员工"荣誉称号。

杨永乾 他，意志坚强、迎难而上，在营销的前沿展现了自己的风采，在市场搏击中创造了骄人业绩。身处不平危地，心若神明自定，他用非凡的胆量，向我们演绎了销售的奇迹。在不容易出成绩的地方创造价值，在日复一日的事务中保持着工作的激情。他视业绩为生命，客户为上帝，他是锐意进取的代表，他是"业精志远"的最好诠释者。他是中国共产党党员。众望所归，杨永乾被授予义顺集团"义顺"商号恢复经营三十周年"功勋员工"荣誉称号。

刘旭 岁月留痕，人生无悔，他用表率，闪耀着作为一颗平凡螺丝钉的光辉；从他身上我们看到的是义顺员工的兢兢业业、甘于付出的忘我工作。他刚强、自信、坚韧不拔，作为老员工，他竭心尽力，全力以赴，营销业绩成为大家的榜样。市场营销风起云涌，他用业绩向大家证明他是当之无愧的王者。他是中国共产党党员。众望所归，刘旭被授予义顺集团"义顺"商号恢复经营三十周年"功勋员工"荣誉称号。

第十二章 | 盛世义顺 高歌猛进

用谦和引领时尚

一个时代有一个时代的问题,一代人有一代人的使命。站在"义顺"商号恢复经营三十年这个时间刻度上,探究义顺三兄弟的所作所为、所思所想似乎别有一番意味。他们均是从苦难岁月里摸爬滚打、艰难跋涉而来的一代,换言之,他们是打江山的一代,当财富在握,外界对他们充满了好奇。

义顺三兄弟在多种场合时常会回忆当初创业的艰辛,他们几乎用相同的语言无限感伤地说过同一句话"真不知道当初是怎么抗过来的。"他们非常默契地形成一个共识,忆苦不是摆资历,目的是"必须让接班人知道创业时的艰辛,打江山不易,守江山更难!"

2017年大规模的几十场"迎中秋,庆国庆"厂商联谊会上,义顺三兄弟轮番出场为下属分公司助威。而在兰州举行的联谊会上,他们全部到场。事实上,截至目前,他们依然活跃在义顺商业大舞台的中央。当盛会散去,三兄弟醉眼蒙眬,面对满场狼藉,他们身心疲惫,然而,当他们相对而视,看到对方眼里的关切,看到场外同样疲惫却斗志昂扬的团队,那一刻,他们并不孤独。

若论共性,义顺三兄弟从始至终保持着至勤至俭、艰苦朴素的作风,他们可以一掷千金,为员工奖励汽车,但是个人并不热衷于追求物质享受。"裕后无良图,惟勤与俭",他们个人生活的节俭,似一座丰碑,影响着家族里的孩子们,令他们的后代不敢越雷池一步。

一整个夏天,他们若在公司,基本穿着印有公司统一标志的公司工服,若参加华商的活动,则穿印有西北校友会标识的服装。事实上,从公司高管到分公司总经理,再到普通员工,人人手里都有几件工服,大多数场合也都穿着统一的服装。他们每年都会设计不同颜色、标识统一的服装,比如2017年,他们的夏季T恤选择紫色,主题是"喜迎义顺恢复经营三十周年","老张的店"自成风格,选择白色,主题是"一起来约酒吧",两种风格,折射出两代人的格调,前者沉稳、厚重,后者轻松、时尚。有爱美的义顺企业女员工抱怨,我们的工服太多了,自己的衣服根本没有机会穿。但同时又承认,统一的服装展现出一种团队高昂的士气。

"如果不是作为知识储备,他们可能对奢侈品一无所知,但是他们对很多员工的家庭情况了如指掌。"

"他们对吃穿没有任何讲究,似乎专为做事业而来,而不在乎个人享受。财富在握,对于他们,只是可以更好地展现他的理想与抱负。"

"对于他们来说,工作就是享受,工作也就是休息。"

……

无论是媒体人还是义顺内部员工,这样的评述几乎异口同声。共性之下,所有人都认为,义顺三兄弟各具个性。

先说张秉柱。张秉柱的身上兼具了长者的风范,学者的睿智,商人的精明,还有农民的淳朴。在一次宴请他华商五十五期同学的饭桌上,他少言木讷,如果不是因为他坐在东道主的位置上,如果不是饭桌上都是些极有涵养的企业家,一声接一声"大哥"对他表示谦让与致谢,很难看得出他是此次宴会的主人。他的举动憨厚朴实,令所有浮华的举止不好意思在这里展现,他会绕饭桌一周,给每一位宾客碗里夹一筷子菜,但是却极少华丽的言辞。与两个弟弟在普通话与康乐话之间随意转换不同,张秉柱只会讲带有浓重口音的康乐话,然而,这并不妨碍他成为一个公众人物,相反,却成为他演唱"莲花山花儿"的招牌语言。接触到张秉柱的人都会感到他的心态极其平和,张秉柱坦承,这是他在华商书院学习的结果。"从华商书院结识的是全国甚至全世界的精英,有些企业大得不得了,我们根本没办法比。随便一出手,我们不敢想象。"但是,他话锋一转,"在献爱心、尊老爱幼方面,我们做得也不错。"

"天下华商是一家,一日进华商,终身华商人。该帮的忙要帮,该办的事要办。"

"我们兄弟三人都上华商以后,在思想上高度统一。学好,用好,传播好国学,受益匪浅！我的爷爷和父亲，虽然没有上过华商，学过国学，但是一直就是按照国学的理念在做。也就是千百年来流传下来的老人言、前人言和圣人言"。

华商书院倡导"修己安人"，张秉柱显然在修身养性上取得了巨大的进步。"上了华商，心态完全改变"，他有三句名言在义顺企业内部员工中广为流传，他也因此而披上了一层人生导师的光环。

第一句是：一切都是最好的安排。这造就了他不抱怨、不急躁的个性。2015年11月，张秉柱赴新加坡参加华商书院的学习，航班从中川机场起飞时因大雾延迟，到上海虹桥机场降落时又因雷雨天气而无法下降，最后转飞到浦东机场才降落。他从浦东机场搭乘大巴车赶往虹桥机场，到时已是晚上十一点，被告知飞往新加坡的航班依然无法按时起飞。吃没吃的，住没住的，滞留在机场的人们骂声不绝，骂客服，骂机场，甚至有人扬言要投诉航空公司，他没有骂，相反，他非常耐心地劝说几位情绪激动的乘客，这是天灾，不是人为，谁让我们早不走晚不走，偏偏赶在这个时候走呢。当晚，他在候机楼里一个海关办公桌上躺下休息。除了有点担心随身物件被偷而不敢睡得太死之外，他觉得并无不便，他甚至暗自宽慰自己，这可是一生中最大空间过的一次夜。

"上了华商书院，学了国学之后，遇到天大的事都不紧张。"对于不公正的待遇，他依然认为，一切都是最好的安排。"老天有一定安排，失此也许就是得彼的安排。我是真心感谢那些伤害过我们的人，不是他们的伤害，我们站不起来。义顺做人的风格，真诚感谢竞争对手。"

第二句是：细节决定成败，情绪决定人生。这是华商书院郝万山教授在讲授《黄帝内经》时对"细节决定成败"延伸扩展的一句话,张秉柱深以为然。他专程请康乐县的著名书法家以此内容书写了多幅字，并对内部员工讲，如果有谁需要可以拿去贴在墙上自勉。他教导员工说，要学会控制情绪，本来一个小事情如果不加以控制就会酿成大的矛盾，甚至带来损失。利用情绪，也许坏事变成好事。由于情绪的平和，他对生死、对金钱的看法升华了很多。对生死，他说，人一生下来就往那条路上走，只是走得快慢迟早而已，没有必要害怕；

对于金钱，他说，生不带来死不带去，该花的钱一定要花，但是该花一块的钱不能花两块钱，钱财要善于运用，否则，只不过是一个数字。

第三句名言是：不会砍价的商人不是好商人。早年间，勤扒苦作式的点滴积累让节俭深入他的骨髓，讨价还价已经成为他的天性。也许，讨价已经不是目的，而仅仅是一种习惯。为此，他被不少人讥讽为"抠门"。与他的"抠门"形成鲜明对比的是，他在对内员工的奖励上从不抠门。仅凭这一点，他赢得员工们的敬仰与尊重。在捐助孔子像时，在参与社会公益事业时，他舍得一掷千金，捐出个人名下数额巨大的资产做各种公益事业，但是在个人生活上，他保持着最初的苦行僧习惯。2017年的兰洽会上，碰到五十元一件的T恤衫大处理，他给自己和老父亲一人一件，他说穿着很舒服。当年做木匠时他亲手制作的一张木板床，用了二十多年，这张自制木板床超额服役，人一坐上去就咯吱咯吱地响个不停，被不止一个家族成员揶揄他"抠门"。2017年4月，张秉柱与妻子王香莲结婚四十周年纪念，流行的说法叫金婚，张秉柱为了纪念这份感情，以金婚为契机，终于破费买了一套慕思床垫。事实上，由于常年奔波，再加上年事渐高，他的颈椎、腰椎均显示出各种不适，换床也是迫不得已。为此，他认为自己"终于奢侈了一次"。

张秉柱被公认具有超强的执行力。他的扎实细心、追根究底、一丝不苟的精神，成为贯穿他一生事业的特点。他的敬业精神有目共睹，义顺企业康乐分公司总经理周贵军说，大总是个工作狂，他一下乡，总是要挨家挨户地拜访乡镇甚至村一级的经销门点，我们都陪不住！

张秉柱一年有大部分时间留在康乐，这使他兼顾家族生意的同时，对康乐的民生与发展倾注了更多的热情。近些年来，张秉柱不断获得来自康乐官方的各种褒奖，诸如"康乐县民族团结典范""康乐县和谐家庭"等荣誉不一而足。

张秉柱对"花儿"由排斥到喜爱，再到运用自如，部分优秀作品在《甘肃农民报》《临夏民族报》《临洮诗词》发表。张秉柱非常高产，几乎每天都有新作问世，这也成为他宣传自己和义顺企业的一种独特方式。他是康乐莲花山

"花儿"协会、康乐作家协会及康乐县书画协会名誉主席，他还是甘肃省诗词协会、临洮诗词协会及临夏州作家协会会员。这些多重社会身份令他引以为荣，而甘肃义顺公益助学基金会理事长这个闪耀着慈善光辉的头衔更让他内心坦然自豪。

张秉庆亦是一个文艺积极分子。2017年7月31日带领华商学兄"行至高山巅，蓝天碧水现"探访青藏高原活动的大巴车上，他即兴演唱"花儿"《黄河谣》，短短四句歌词他唱得如痴如醉：早知道黄河的水干了，我修这个桥做什么？早知道妹妹变心了，我下这个功夫做什么呢？极富磁性的嗓音里略带一点哭腔，使他的表演更具感染力，再外行的人都能感受到那份悲凉与无奈。

张秉庆兼具了多种复杂气质，抛开企业家的身份，他还具有诗人的浪漫，哲人的善思。"不知未来者，不足以评判当下，不知世界者，无以评判中国，不知全局者，无以评判微观"，类似这样洞悉深刻的话语常常从微信朋友圈里流传，马上引起一大群人的围观与点评。他诗人的浪漫表现在对"天人合一"的向往与热爱上，比如，深夜结束了觥筹交错的应酬后，他居然提议人们来一场月光下的散步；又比如，清晨六点钟，他便徒步游览甘南冶力关山水，并拍下系列精美照片。

正如张秉庆自己所言，他做企业做得"舍生忘死"。一次聚会中，张秉庆劝酒，席间一位先生从兜里拿出一盒药，说自己是高血压，不能多喝。张秉庆笑说，高血压那也算病呀，随即从兜里拿出三盒药，分别是治疗高血压、高血糖、胆结石的药。他说，我是卖酒的，别人得了高血压、高血糖，可以不喝，可是我得喝。大有一种"我自横刀朝天笑，去留肝胆两昆仑"的豪迈与视死如归。如果一个医生在场，定然会严厉批评他对生命的不负责任，但是也一定会被他大义凛然、对事业的忠诚执着所感动。

没有哪一个企业家做企业是轻轻松松、舒舒坦坦的。张秉庆同样忙碌，如果粗略翻看张秉庆的朋友圈，他的行程恐怕也会惊倒一大批人。头天还在深圳，第二天或许就在上海，头天还在贵阳，隔天或许又在郑州。一次饭桌上，张秉庆拿出手机里储存的两位企业家的照片，让席间的人们猜猜他们的年龄。出于礼貌，原本给人感觉七十岁的企业家，人们给出了六十岁的答案。张秉庆苦笑着公布了正确答案，其实这两位企业家均是五十几岁的人。"做企业累啊，这个累，不光是劳心费神，还有对未来不确定性的担忧。做企业其实是个苦差事，是个漫长的过程。"

他的敬业、勤奋超越常人。原五粮特头曲公司西北大区经理黄健曾经数次在子夜一两点钟收到张秉庆关于工作方面的短信回复，大为疑惑，问张秉庆"为什么深夜还在工作？"黄健感慨，在他所认识的企业家群体中，这样拼命的人并不多见。他的勤奋亦曾被义顺引进高管王延斌数次领略，王延斌回忆好几次与张秉庆出差，白天忙于开会和处理各种事务，晚上十一二点经常会在下榻的酒店里接到张秉庆的电话，有时候张秉庆会直接过来敲门，针对一些白天没有敲定的细节提出自己的看法。王延斌由此大为感叹，看到董事长这样努力，我们还有什么理由不努力呢？

不止一个人给张秉庆贴上"工作狂""拼命三郎"的标签。义顺员工只看到他不停地工作，工作于他就是最大的享受。他自己有一次非常诚恳地说了一句话，我们这一代人，没有什么个人爱好，也不懂享受，工作，就是我们生活的全部乐趣。事实上，他的自律才是不懂享受的根源。正如德鲁克所指出："一个有能力管好别人的人不一定是一个好的管理者，而只有那些有能力管好自己的人才能成为好的管理者。事实上，人们不可能指望那些不能有效地管理自己的人去管好他们的组织和机构。从很大意义上说，管理是树立榜样。"领导者的"自我管理"，用儒家的话来说就是"正己"。孔子说过"其身正，不令而行；其身不正，虽令不从。"中国企业的教父式人物联想柳传志说得好："以身作则不是企业管理的第一要素，而是唯一要素。"正是基于如此深刻的认知，张秉庆从不参与打牌一类的活动。他说，我要把打牌的时间用在学习充电上，我要把喝茶消遣的时间用来思考，我要把钻研维护各种关系的时间用来帮助企业员工拓展市场。如果我沉溺于莺歌燕舞的享受，我的团队又何来战斗力呢？他在努力做到温润如玉，自由包容，时刻都不忘反省自己的过失。

张秉庆待人极为和善，义顺员工的印象里，他平时甚至不会说一句重话，但是在一次年终奖发放现场，张秉庆说道，"结果已经出来了，是多是少就这么多。如果有谁觉得给你发得少了，不要来找我，你如果能找出一条理由告诉我，我给你发得少了，那么我能找出三条理由反驳你，给你发得多了"！一向温文尔雅的张秉庆展现出一种霸道总裁的不容置疑，如此一来，果然没有人来找他。

也有人认为张秉庆八面玲珑，智商高，情商更高。这主要体现在他的善于交际，张秉庆似乎带有一种天生的气场，每当他阳光自信的声音响起，瞬间便成为全场的焦点，领袖气质与生俱来。他有超强的领袖风范，他让每个人感到被尊重和被重视。听他说话，常常有一种拿笔记下语录的冲动。在一次义顺季度业务汇报会上，每位分公司经理面对公司高管汇报工作。下滑的业绩，不佳的状态几乎受到在场所有高管们的指责。在一进一出的间隙，张秉庆嘱咐高管们，注意正面引导，言辞不要太过激烈。这样的举动显示出他善于照顾下属情绪的工作技巧。

近些年来，张秉庆游刃于商界、政界、学界，难能可贵的是，他赢得各个层面的人们一致的好评。兰州大学新闻与传播学院教授穆建刚，曾于2015年应邀为《义顺商道九十年》画册提供创意，并为义顺企业发展战略和方向提供了诸多思路。在提到张秉庆时，他说了两个非常：非常讲义气，非常好的一个人！

各种耀眼的头衔加身，张秉庆却愈发谦和，看不到他身上有任何派头，尤其这些年，他甚至没有自己的专职司机，因为每招聘来一个司机，最后都被派往业务一线，做更能展现他们价值的工作。

2017年6月24日，张秉庆在上海虹桥机场写了一段话:做个有钱人，当个有情人，知足、感恩、善解、包容，创造被利用的价值！这段话一经他的微信朋友圈发出，点赞者众多，这几乎可以解读为他内心最为真实的表达。

诚如义顺企业众多合作伙伴所评述的，这三兄弟对外分工明确，对内却是协调一致，他们做事的风格有目共睹。他们特立独行，能看到他们喝酒、喝茶，但从不会看到他们打牌。

与两个哥哥视企业为自己的身家性命如出一辙，张秉华的兢兢业业也贯穿于他的职业生涯。张秉华体型魁梧，面相黝黑，乍一见面，很多人会不由自主地把他与影视剧里美髯公关公，或者梁山好汉武松的形象联系在一起，张秉华给人的感觉"很江湖"。张秉华不满二十岁便投入到家族的生意中来，从摩托车到大卡车，上山下乡送货收款，常年奔波在销售一线。张秉华天性豪爽，为人仗义又"善饮"，这使他行走酒业江湖独具优势，他给人的"江湖"感觉由此而来。张秉华的人生有两大爱好，车与酒在他的身上都得到了极致的体现。公司内部员工称他"三总"，而关系熟稔的圈内人称他"三哥"。"三哥"一路从康乐小县城开车开到大兰州，也把酒喝到了兰州，成为名震甘肃酒界的武林盟主"三哥"。

中国古人有"英雄从来不读书"的说法，在张秉华的身上，特别能体现这句话的深意。张秉华在学校读书的时间并不长，但他读的是社会这本大书，他的处事经验与能力除了从家族内部汲取"老人言"的营养外，几乎全部来自于社会各个阶层打交道"开悟"而来。读懂了社会这本大书，使他与人打交道的自然成本降低。历史上"英雄从来不读书"的人物很多，但是细究起来，这恰是善于读书和死读书的差别，即使把《论语》倒背如流，但是，如果不思考不观察，不懂得比照现实社会，一样是无用。所以，张秉华的可贵之处在于善于学习和发现，既读有字之书，更读无字之书，善于接受他人之所长，然后立足于自己的企业实践，去思考和学习。

换一种角度，如果细究张秉华报读兰州大学EMBA研究生班及华商书院博学班的诸多学习历程会发现，张秉华不是不读书，而是"百战归来再读书"。在经历了多年商战的摸爬滚打后，他的商业经验、人生阅历都有了翻天覆地的变化。此时，重回课堂再读书，沉淀的是另一种人生智慧，必然更加成熟，也更加冷静。正是基于此，张秉华以百余年前曾国藩的这句"百战归来再读书"作为自己的座右铭。

张秉华认为，很多人获得成功可能跟读书没有关系，但是一个人成功以后如果不读书一定会往下滑，而且会滑得很惨。当然，一个读书人如果只知道埋头苦读，不走出去看看外面的世界，接受社会的洗礼，那也不会与成功接轨。

威龙葡萄酒公司西北大区经理王凯因为业务关系与张秉华多有交集，"无论他头一天喝酒喝到多么晚，第二天他依然会如约和你来谈事"，这句叙述从一个侧面表现出张秉华"功成"之后依然勤奋敬业。

儒家讲，修身是齐家治国平天下的开始。义顺三兄弟是企业家，但有时候听他们讲话，又感觉他们是哲学家，历史学家。竹子长到一定高度就会停止，而其根则永不停歇，因为它知道"高度"取决于"根基"。商海浮沉，每个人都在拼命追赶，大喊着"杀出一条血路"。但是"血路"不是"成功之路"，"血路"的尽头必定是"万丈深渊"。唯有内心自省，像竹子一样适时地停下来，主动滋养自己的根基，自我修行，才能突破瓶颈，长出"新高度"。这成为义顺三兄弟的共识。

正是基于华商书院对企业家群体"富而好礼"的教导，义顺三兄弟向着社会大众所期望的方向努力着，他们亦形成共识，富不是有多少钱，内心的圆满无缺、自信光明才是富。贵不是因有什么社会地位才是贵，有价值于他人和社会，有更大的能力、利他才是贵。他们非常真诚地表达自己的想法：相比较很多大企业，我们的企业还很小，但是，我们为能给社会带来一些改变而感到欣慰。企业做到一定程度，赚钱已经不是最主要的目的，最主要的是我们因帮助到员工，对社会有益而感到内心的富足。

未来已来

"人类发现的只是世界的一小部分,人类没有发现的是世界的绝大部分。好奇与探索是推动人类不断进步的催化剂,同样的,义顺人也要不断地保持探索、创新的精神,为义顺商业版图的扩张打下坚实的基础。"张秉庆如是说。

不可否认,企业家是时代的产物,不论在发展的过程中曾经遭受多少不公,当云开雾散时,时代终究是值得感恩的。"义顺"商号恢复经营三十周年时,也是改革开放四十周年。站在这样一个特殊的时间节点上,张秉庆感慨万千。这几十年来,站在企业家的角度,一个交通,一个通信,是最让他唏嘘,也最能体现改革开放成果,并且也是影响企业生存处境和发展速度的两个方面。

"当年兰州和康乐之间横亘一个七道梁,两地单程四个多小时,七道梁隧道开通以后,两地高速公路全程只需一个半小时。"

"再说通讯,1993年夏天,我到浙江进货。当时因为银行汇票的问题,我得往康乐公司打个电话,当时是呼叫中心转接电话。排队近半个小时之后才从当地一个邮局拨出了电话,之后,就等着话务员给我接通。我在蒸桑拿一般的天气里苦等两个多小时,浑身大汗,终于等来了电话。有感于此,1994年,欣闻甘肃省康乐县开通程控电话,在省外出差的我心情激动,难以自抑,非常诚恳地给当时的康乐县政府发去了一封贺电。"

张秉柱同样感慨万千,但他更多的是关注改革开放的成果。他以《庆祝改革开放四十年》一诗抒发自己的情怀:

土地承包穷帽甩,改革开放富民间。

邓公南海一道圈,丁巳特区先启步。

巨变山川天地异,幸福康乐谱新篇。

胭脂湖畔风情好,大道观光美景添。

时代的潮流啊，永远裹挟着企业和个人的命运。在《义顺商道九十年》画册中，"画笔疯了"工作室创始人，当时尚为兰州大学新闻传播学院在读研究生的江洋洋创作了一幅名为"商道风雨路，义顺九十年"的手绘作品。作品从风雨飘零的年代"义顺张"三间铺面展开画卷，出现了扁担、自行车、摩托车、拖拉机、大货车，等到"义顺公司"时，出现的是车队、高档轿车，作品的最后依次出现了火车、飞机、轮船，甚至自由女神像。整幅作品线条分明，明暗有致，超级写实的风格中又极富想象力。

　　这样的画卷又岂止是"义顺"商号近百年历史的变迁呢？这何尝不是一个时代的缩影。现代交通和通讯为企业插上了腾飞的翅膀，走出国门，走向世界，对于义顺人来说，也已经不再是梦。有国家的强盛，才有企业的强盛，而企业的强盛又必然带来国家在世界舞台上的话语权。

　　"义顺"商号已经创造了九十多年的历史，她还将继续创造历史。安定和顺的社会环境，在任何时候都是企业生存和发展的先决条件。"义顺"商号几度中断，终于在今天完成了历史的飞越，"百年义顺"即将成为现实。义顺人从来没有像今天这样扬眉吐气。如果"义顺"商号创始人张庭鉴老太爷、"义顺"商号第二代掌门张好顺老先生地下有知，也该欣慰，欣慰于今天的太平盛世为义顺的发展提供了土壤，让"百年义顺"不再是梦。更欣慰于"义顺"商号的传承人仁义、团结、创新，勇于担当，使"义顺"商号在新世纪焕发新颜！

　　昨天已是历史，明天就是未来。我们拥有的是历史，而历史总是被不断颠覆，当商业模式的革命将无现金社会、信用城市、大数据、共享经济完美地链接起来,我们永远不知道下一个被颠覆的行业是什么，而企业，也只能永远奔跑在追赶的道路上。

　　在一个具有不确定性的世界里，只有像狼一样保持敏锐嗅觉和危机感，才能生存下来。随着新技术和新产品的更新迭代，当今世界上的任何企业，都面临一个危机四伏的世界，没有谁可以一劳永逸地活下去。而要活下去，就必须始终保持忧患意识，全力以赴地拿出颠覆性的创新，无论是技术方面，还是商业模式方面。经济学界有一个权威解读，中国家族企业的平均寿命只有三年。如果以此结论来看"义顺"，"义顺"商号恢复经营之后已经存在了三十年，这已经算是一个奇迹。如果再回溯"义顺"商号自1925年建号的历程，"义顺"商号迄今为止已有九十三年的历史，"百年义顺"近在咫尺。正如张秉庆所言，"百年义顺"的实现已经不在话下，我们的目标是再创下一个辉煌的三十年，实现"义顺"商号永续经营。

正如习近平主席在十九大报告中的讲话，历史的车轮滚滚向前，时代潮流浩浩荡荡。历史只会眷顾坚定者、奋进者、搏击者，而不会等待犹豫者、懈怠者、畏难者。成功永远只属于勇敢而笃行的人！

"积土而为山，积水而为海"。未来已来，盛世义顺，高歌猛进的同时，必将接受时代的考验。历史是何其相似，一个三十年终结，另一个崭新的三十年又开启了征程，轮回之中，时代大不相同，境遇翻天覆地，然而，明志之言依然如此契合于这历史的转折处。

《张氏家谱》开篇的这首七言律诗终将成为经典，永世流传的同时又不断启迪着来者：

披荆斩棘觅路径，峥嵘岁月记艰程。

风霜雨雪成壮夙，酸甜苦辣慰平生。

喜见家国去旧貌，乐闻山河唱新声。

一元复始春阳暖，继往开来看后人。

"义顺"商号发展史

1925年：张氏祖十世孙张庭鉴在康乐县康丰乡崖张家庄开设小卖部，首创商号"义顺张"。

1929年："义顺张"铺面在康乐匪患中被土匪焚烧，毁于动荡。

1944年：张氏祖十一代孙、张庭鉴之子张好顺承袭"义顺张"商号，在康乐县苏集街上开了两间杂货铺，改名"义顺永"。

1949年7月：康乐解放后遇土匪作乱，"义顺永"被迫歇业，一年后社会稳定，"义顺永"重新开业。

1954年："义顺永"加入初级合作社后停业。

1988年1月：张氏祖十二代孙、张好顺之子张守正牵头开办"康乐县义顺综合商店"，张守正此时尚为康乐县水利局副局长，他的儿子张秉柱、张秉华及家人纷纷参与了"义顺综合商店"的创建、经营工作。

1990年10月：引进润肤油生产技术，开始生产"白云牌"棒棒油，后更名为"义顺牌"润肤油。

1992年10月：康乐县义顺农工商公司成立。张守正的二儿子张秉庆任总经理。张秉庆此前为康乐县农业局干部，他在邓小平南行讲话的春风中"下海"，他的"下海"被视为"义顺"商号发展史上具有里程碑意义的大事件。

1993年：投资二十万元建设康乐公司大院。

1994年5月：引进了五色纸加工技术及相关设备，建成了五彩纸厂。

1995年5月19日：在康乐县城新集街28号公司大院内举行了全面开业典礼。

1997年7月：兰州义顺工贸有限责任公司成立，标志着"义顺"商号由康乐小县城开启了进军甘肃省城兰州的征程。

1997年8月："甘肃义顺商情网站"开通，成为甘肃本土首家搭乘互联网便车的酒类营销企业。

1998年10月：义顺公司成为五粮醇酒甘肃省总经销商，"义顺"商号自此与五粮液结缘。

2000年5月："义顺牌壮根灵"问世，标志着义顺企业涉农产业拉开序幕。

2002年1月：义顺公司成为剑南春酒甘肃省一级经销商。

2005年6月28日：甘肃义顺莲花山药业有限责任公司挂牌成立。"陇宝牌"当归醋上市。

2008年12月30日：兰州义顺公司乔迁新址，"义顺公司"大楼成为小西湖黄河大桥东南一个标志性建筑。

2010年6月29日：中共兰州义顺公司党支部正式成立。

2012年3月30日：义顺公司与聚成咨询公司举办的义顺网络商学院开班。

2012年6月18日：甘肃省光彩会义顺助学公益项目办公室成立，义顺公司及相关爱心人士首批募集专项基金一千零四十二万元。标志着义顺公司的慈善之路走上了规范之路。

2013年1月：义顺公司研发生产的"陇宝牌归芪养生盖碗茶""陇宝药膳"等产品相继面世，涉农产业继续多元化发展。

2014年9月：甘肃莲花山土特产有限公司成立。至此，义顺企业以中药材、醋及土特产的生产、研发、销售一条龙产业链条完全形成。

2014年7月：与国酒茅台签订了供销合同，正式晋升为茅台酒一级经销商。至此，义顺公司全面跻身茅台、五粮液、剑南春三大名酒经销商行列。

2014年4月：义顺"老张的店"连锁便利机构项目正式启动，截至2018年，共在兰州、临洮、康乐开设分店四十多家。

2015年4月："义顺牌壮根灵"正式更名为"义顺奇肥"，属于双商标注册保护。

2015年6月30日：纪念"义顺"商号建号九十周年，为全体员工派发了三百万元"相约2018"期权。

2016年3月：销售额再创新高，顺利实现在2008年的基础上，销售规模八年翻两番的中期目标。

2016年：以定向增发的方式成为五粮液股份公司股东。

2016年3月14日：义顺企业第一家合资公司于临洮成立，标志着义顺企业进入股权合作新阶段。截至2018年3月，在全省设立合资分公司三十九家，进一步强化了营销网络。

2017年7月："义顺奇肥"诞生十八年来，累计使用面积突破三百万亩，累计为农民创收二十八亿。

2017年7月："义顺"商号恢复经营三十周年系列活动启动仪式隆重举行。会上，为十三名老人颁发义顺黄金老人奖。该项奖励是专为八十岁高龄的员工的父母、公婆及岳父母特别设立的敬老奖。

2017年7月：义顺集团联合中华孔子学会、博鳌儒商论坛、华商院西北联盟校友会等多家单位募集爱心款项一百万元，计划于近两年内为甘肃省内院校捐建孔子雕像三十尊。

2017年8月27日：义顺企业董事长张秉庆被评为聚成股份"第五届感动聚成十大人物"。

2017年10月：义顺集团梳理完善义顺企业文化，进一步提出"建设共享型幸福企业，为'义顺'商号永续经营"而努力奋斗的长期目标。

2017年12月：甘肃义顺供应链管理集团股份有限公司正式成立，辖甘肃义顺供应链管理股份有限公司、兰州义顺工贸有限责任公司、甘肃汇龙商务服务有限责任公司、甘肃莲花山土特产有限公司、甘肃义顺老张的店品牌管理有限责任公司、康乐义顺农工商公司、甘肃义顺莲花山药业有限有公司、青海义顺工贸有限公司、甘肃丹露科技信息有限公司、甘肃华企科技信息有限公司十家子公司，下设甘肃、青海两省三十九家营销分公司，四十家老张的店连锁便利店，标志着义顺集团企业架构再建工程顺利完成。

2018年春节：义顺家族第三次股改签约仪式在兰州举行，这是继1992年、1998年两次家族内部股份制改造之后又一次创新与改革。

2018年3月31日，"义顺"商号建号九十周年之际派发三百万"相约2018"义顺期权股全部行权兑付。

"义顺"商号恢复经营三十年以来的主要荣誉

1998年10月,"义顺牌"润肤棒棒油荣获"优质地方产品奖"。
1999年5月,义顺公司被授予"酒类保真批发单位"。
2001年11月,义顺公司被评为兰州市七里河区"诚信单位"。
2003年1月9日,义顺公司被授予兰州市"诚信企业"。
2003年3月26日,义顺公司被评为兰州市七里河区"先进私营企业"。
2003年12月,义顺公司被评为临夏州"诚信单位"。
2003年12月26日,总经理张秉庆当选兰州市七里河区金港商会副会长。
2004年1月15日,义顺公司荣获兰州市"消费者信得过单位"。
2004年9月24日,义顺公司代表兰州市私营企业参加全省私营企业法律知识竞赛荣获一等奖。
2004年11月,"义顺牌壮根灵"被评为"甘肃省商业名牌商品"。
2004年12月,义顺公司荣获"甘肃省先进私营企业""甘肃省诚信单位"。
2004年12月18日,义顺公司荣获五粮液集团2004年"优秀经销商"称号。
2005年4月27日,总经理张秉庆当选为兰州市七里河区私营企业协会副会长。
2005年11月,总经理张秉庆被评为康乐县优秀政协委员。
2005年12月18日,义顺公司荣获五粮液股份有限公司"2005年度优秀经销商"。
2005年12月28日,义顺公司被泸州老窖公司评为"2005年度优秀分销商"。
2006年1月18日,义顺公司荣获"2005年兰州酒类市场最具影响力企业"。

2006年8月，"义顺牌壮根灵"荣获甘肃省"安全节能环保推荐产品"。

2006年11月2日，总经理张秉庆当选为兰州市工商联执行委员。

2006年12月18日，义顺公司荣获五粮液股份有限公司2006年度"优秀品牌运营销""优秀五粮液专卖店"。

2007年1月6日，义顺公司荣获"2006年度泸州老窖优秀分销商"。

2007年1月，总经理张秉庆当选兰州市七里河区人大代表。

2007年1月，总经理张秉庆再次连任康乐县政协委员。

2007年2月，总经理张秉庆当选临夏州政协委员。

2007年3月，总经理张秉庆再次被评为康乐县优秀企业家。

2007年7月，义顺公司被评为2007年度甘肃省"守合同重信用企业"。

2007年12月，义顺公司荣获五粮液集团"模范品牌运营商""优秀品牌运营商""优秀五粮液专卖店奖"。

2008年1月，义顺公司被评为兰州市2007年度"酒类批发诚信企业"。

2008年3月，义顺公司荣获剑南春集团"优秀经销商"称号（西北首家）。

2008年3月，义顺公司在首届中国酒业渠道冠军总评选中荣获西北区域"渠道冠军"。

2008年6月，"义顺"商标被认定为"甘肃省著名商标"。

2008年7月，总经理张秉庆再次被聘请为兰州市行风政风监督员。

2008年12月，总经理张秉庆再次当选金港商会副会长。

2008年12月，义顺公司荣获五粮液集团"模范品牌运营商""优秀经销商""五粮液专卖店终端网络拓展奖"。

2009年1月，总经理张秉庆被授予"全国个协私协系统抗震救灾无私奉献会员"。

2009年1月，总经理张秉庆被授予"创建全国青年文明号先进个人"。

2009年3月，义顺公司被剑南春集团授予"优秀经销商"。

2009年3月，总经理张秉庆被评为康乐县"优秀劳务带头人"。

2009年8月,商务部"万村千乡市场工程"项目由康乐县义顺农工商公司承办,完成首批七十家农家店改造任务,顺利通过省商务厅验收。

2009年9月,五粮液、剑南春专卖店被授予兰州市酒类"放心名酒示范店"。

2009年12月,五粮液专卖店被授予兰州市首批食品、药品"放心消费企业"。

2009年12月,义顺公司被西北师范大学、甘肃农业大学、甘肃联合大学和商学院陇桥学院授予"人才实训基地"。

2009年12月18日,义顺公司被五粮液集团授予五粮液模范品牌运营商(西北首家)、五粮醇模范品牌运营商(连续四年)、"五粮液专卖店终端网络拓展奖"。

2010年1月,义顺公司被临夏州物价局授予"临夏州价格诚信单位"。

2010年3月,义顺公司被《新食品》和中国酒协授予中国酒业渠道冠军"卓越运营商"大奖(全国仅三家)。

2010年3月,义顺公司被授予2009年"中国金牌酒水运营商"。

2010年3月,义顺公司被评为金剑营销"重点模范客户"。

2010年3月15日,义顺公司被市消费者协会授予2009年度"诚信单位"。

2010年4月13日,董事长张秉庆被评选为临夏州"首届道德模范"模范人物。

2010年4月29日,义顺公司被中共康乐县委县政府授予"民族团结进步示范企业"荣誉称号。

2010年6月5日,义顺公司被兰州市私营企业协会授予"兰州市私营企业协会理事单位"。

2010年7月,义顺公司被共青团兰州市委授予"青年就业创业实训基地"。

2010年12月18日,五粮液12·18大会上,义顺公司五粮液营销团队第二次被授予"模范运营商",五粮醇营销团队第五次被授予"模范运营商"。

2010年12月，义顺公司当选甘肃省酒协副会长单位。

2010年12月28日，义顺公司党支部被授予"党建工作示范点"，党支部书记张秉庆被评为"优秀党员带头人"。

2011年1月9日，甘肃省委省政府授予张秉庆"甘肃省第二届道德模范"。

2011年1月25日，义顺公司被兰州市酒类同业协会评为副会长单位。

2011年3月31日，甘肃义顺莲花山药业有限责任公司党支部被中共临夏州非公有制企业工作委员会授予"先进党支部"。

2011年6月30日，义顺公司被兰州市非公企业工委、市工商局授予"先进基层党组织"。

2011年9月27日，义顺公司董事长张秉庆当选代表，参加中国共产党七里河区第十次代表大会。

2012年1月，义顺超市中街店被命名为康乐县唯一一家困难职工爱心超市。

2012年2月，董事长张秉庆连任兰州市七里河区工商业联合会副主席。

2012年3月，由新食品杂志社主办的表彰会上，义顺公司被授予"中国酒业年度典范酒商"。

2012年4月，义顺公司被甘肃省工商局授予"守合同重信用企业"。

2012年7月8日，董事长张秉庆荣获聚成股份集团"最佳学习力企业家"。

2012年8月，义顺超市西湖店荣获2011年度"先进经营户"。

2012年8月，义顺公司荣获由兰州市工商行政管理局、劳动者协会、兰州市私营企业协会、联合颁发的2011年度"先进私营企业"。

2012年8月，义顺超市西湖店被评为"食品流通环节安全管理示范店"。

2012年10月30日，康乐县义顺超市，兰州义顺超市西湖店分别被评为省级"食品安全示范店"。

2012年12月18日，在五粮液第十六届共建共赢全国经销商大会上，义顺公司五粮醇营销团队被授予"模范运营商"、五粮液营销团队被授予"优秀运营商"。

2013年，义顺公司荣获"中国酒业领袖经销商"，甘肃省"首届优秀电子商务企业创业奖","兰州市先进私营企业",泸州老窖"战略合作伙伴"。董事长张秉庆当选兰州市七里河区"私营企业协会副会长",副总经理张世旺被评为"兰州市优秀青年企业家"。

2013年12月28日,在第十七届五粮液12·18经销商大会上,连续第八年荣获"模范品牌运营商"。

2014年,康乐县委县政府授予甘肃义顺莲花山药业"捐资助教先进单位"。

2014年,五粮液系列酒营销团队荣获"五粮液优秀经销商""五粮液战略新品拓展奖"。

2015年,义顺公司被评为"首批国家级放心酒示范店",五粮液营销团队荣获"模范品牌运营商",五粮醇营销团队荣获"模范品牌运营商",五粮特(头)曲营销团队荣获"市场拓展奖"。酱酒营销团队荣获国酒茅台"2015年度王茅酒市场拓展奖"。义顺企业董事长张秉庆被评为中国酒类流通二十年"营销领袖奖"。

2016年,义顺公司被授予五粮醇四星级运营商,剑南春优秀经销商,九粮液优秀经销商,莫高功勋经销商。"奇"商标被认定为甘肃省著名商标,被授予中国酒业重构期先锋酒商,中国先锋酒商西北百强单位,兰州酒界功勋企业,甘肃·丝绸之路经济带甘肃黄金段一百张名片等称号。

2016年,义顺企业董事长张秉庆被推选为博鳌儒商论坛常务理事,甘肃酒业影响力人物,并当选七里河区工商联第十三届执委会副主席,义顺企业副总经理张世旺任执委;义顺企业副董事长张秉华被推选为金港商会副会长;义顺企业副总经理赵月玲当选中国共产党兰州市七里河区第十一次代表大会代表,并被聘任为七里河区区委、区政府巡察工作组巡察员。

2017年6月28日,中共兰州市委组织部授予义顺公司党支部"非公党建工作示范点"。

2017年8月27日,义顺公司董事长张秉庆被评为"第五届感动聚成十大人物"。

2017年，义顺公司被评为中国糖酒茶领袖经销商高峰论坛（西北）转型创新百强经销商，中国酒业新营销企业，五粮醇四星运营商奖，五粮醇市场开拓奖，五粮液专卖店奖，剑南春银牌经销商，"五粮醇"被评为"2017兰州消费者最喜欢的白酒品牌"，"威龙有机"被评为"2017兰州消费者最喜欢的葡萄酒品牌"。

义顺公司董事长张秉庆被推选为华商书院校友总会常委、华商书院39期班长、西北联盟校友会会长，被评为儒商标杆人物，第五届感动聚成十大人物，被授予兰州市首批金城创新创业非公企业家。义顺企业副董事长张秉柱，被推选为华商书院55期班委、西北联盟校友会副会长兼临夏区域会长。

2018年1月，义顺公司被授予"全省先进私营企业"。

2018年5月，义顺公司荣获滨河九粮液"忠诚合作商"，义顺旗下老张的店便利连锁机构各店荣获滨河九粮液"2017年度最佳增长奖"。

2018年5月，义顺公司荣获国窖1573"年度新秀奖"。

2018年8月，义顺公司被评为2016—2017年度"中国糖酒茶领袖经销商高峰论坛（西北）转型创新百强经销商"。

2018年5月，义顺公司被授予兰州市七里河区"民族团结进步创建活动"先进单位。

2018年7月，义顺公司荣获"2018年度中国糖酒茶领袖经销商"。

2018年7月，义顺公司被授予"国窖荟"常务副会长单位。

参考书目

1. 王恒真,《追梦》,义顺企业刊印,2010年11月。
2. 《跨越20年》,义顺企业刊印,2012年12月。
3. 《商道九十年》,义顺企业刊印,2015年。
4. 杨文君,《守正之路》,义顺企业刊印,2017年3月。
5. 唐振寰,《不褪色的记忆》,敦煌文艺出版社,2012年8月。
6. 陈海,《九二派》,中信出版社,2012年7月。
7. 郭凡生,《中国模式——家族企业成长纲要》,北京大学出版社,2009年。
8. 黎红雷,《儒家商道智慧》,人民出版社,2017年。
9. 李晓,《商贾智慧》,广西师范大学出版社,2011年4月。
10. 张国刚,《资治通鉴与国家兴衰》,中华书局出版社,2016年8月。
11. 赵武明,《酒道·商道·共赢之道》,2010年。
12. 赵伟,《马云,我的管理实录》,企业管理出版社,2014年5月。

后　记

在义顺企业2017年度大会上，又有"五大功勋员工"新鲜出炉，至此，义顺企业的历史上共诞生了十五位功勋员工，并分别获得汽车大奖。在甘肃民营企业，这是一个创举。而义顺企业董事长张秉庆，对企业家精神的经典论述也在这一系列的举动中得以再次彰显——什么是企业家？企业家就是办好企业为大家！

本书记录和回顾"义顺"商号恢复经营三十年来的艰辛历程和辉煌成就的同时，实际上一直穿插着一条主线，这就是"人"的发展。企业命运与国家命运息息相关，个人命运又与企业命运相连。国运昌盛，企业兴旺，企业享受到了中国改革开放的成果，企业员工则享受到了企业发展的成果。他们不但在物质层面上获得了丰厚回报，从精神层面上，也有爱与归属以及自我实现的满足。随着义顺企业"商者有其股"的全面展开，义顺人"共享型幸福企业"的蓝图渐渐清晰，他们也将逐步实现"有钱、有股、有位子"这样更加有尊严、有奔头的职业生涯目标。

也是在这次年会上，义顺公益助学基金会正式揭牌。这是"办好企业为大家"企业家精神在更高层面上的体现，展现出义顺企业公益社会、反哺大众的济世情怀。这种引领社会优良风尚的善举无疑值得称赞！

五月芬芳，历时一年，《"义顺"30年》一书数易其稿，终于正式校审付梓。艰难孤苦的创作历程中，难忘的瞬间太多太多，而最铭心刻骨的，是那一个个励志而又上进的灵魂带给我的感动。自强不息、奋斗不止的义顺三兄弟，吃苦耐劳、勤奋好学、"苦孩子"出身的"功勋员工"，我曾经在采访和写作的过程中数次为他们流下眼泪，当我书写的文字让我自己也落泪时，我想，我呕心沥血，注入真情实感的作品，也一定会打动更多的读者。

在资料收集、采访、素材整理、写作及修改过程中，我得到义顺家族及义顺企业上上下下的支持与大力配合，在此谨表示衷心感谢。我尤其要特别感谢义顺企业诸多高层，感谢张秉庆为我创造种种便利条件并提供无私帮助，感谢张秉柱在我后期修改阶段提供宝贵素材，感谢张秉华毫无保留讲述生动有趣的过往历史，感谢王培从始至终牵线搭桥给予种种协助。

本书的采访和写作亦得到康乐县委原书记唐振寰、甘肃省酒类商品管理局局长陈浦以及中国商报甘肃记者站原站长王恒真的大力帮助和支持，他们为本书作序，在此一并致谢。

借用一位传播学研究学者的判断作结：家族企业文化在很长时间都被视为是低效率和落后的代名词。事实上，家族企业文化以家为纽带，所呈现出的人本思想以及自我约束力，不同于法律的强制性，是中国家族企业发展重要的软实力。

2018年4月